E. L. Doctorow

City of God

Roman

Deutsch von
Angela Praesent

Kiepenheuer & Witsch

Aus urheberrechtlichen Gründen konnte die dem Originaltitel entsprechende deutsche Übersetzung nicht genommen werden.

2. Auflage 2001

Titel der Originalausgabe *City of God*

Aus dem Amerikanischen von Angela Praesent

Umschlaggestaltung: Rudolf Linn, Köln
Umschlagfoto: Rudolf Linn
Gesetzt aus der concorde
Satz: Pinkuin Satz und Datentechnik, Berlin
Druck und Bindearbeiten: GGP Media, Pößneck
ISBN 3-462-03031-0

Für
Alison
Gabriel
Graylen
Annabel
und
NN

Also will es die Theorie, daß sich das Universum von einem Punkt aus exponentiell ausgedehnt hat, von einem einzigen Raum-Zeit-Punkt aus, einem Moment-Ding, einem Urereignis auf Partikelebene oder einem substantiellen Quantengeschehen solchen Ausmaßes, daß das Wort Explosion dafür unzulänglich ist, auch wenn die Theorie als Urknall-Theorie bezeichnet wird. Im Kopf – in unserem Kopf – behalten sollen wir, daß das Universum nicht etwa in einen bereits existierenden, bereitstehenden Raum hineingeplatzt ist, sondern daß sich vielmehr der Raum plötzlich blähte und in seinem grandiosen, ausgreifenden Erblühen alles mit sich riß – die lautlose, sekundenschnelle Entstehung des gesamten fernerdrängenden Universums aus Gas, Materie und Licht-Dunkel, ein kosmischer Schwups vom Nichts zur voluminösen, chronologischen Raumzeit. Kapiert?

Und seitdem hat die Universalgeschichte eine Art von Evolution der stellaren Materie erlebt, des elementaren Staubs, der Nebel – alles brannte, glühte, pulsierte in den letzten vielleicht fünfzehn Milliarden Jahren und flog von allem übrigen fort.

Doch was heißt es, daß die ursprüngliche Einzigartigkeit oder die einzigartige Ursprünglichkeit, die in ihrem submikroskopischen Stadium allen Raum, alle Zeit in sich barg und das abrupt und monumental Räumliche annehmen,

Ideen hervorbringen sollte, die wir verstehen oder lernen können – was heißt das, wenn man sagt, daß ... nicht das Universum durch den Raum ins Dasein platzte, sondern daß vielmehr Raum, der doch selbst eine Eigenschaft des Universums ist, sich plötzlich mitsamt allem, was sich darin befindet, auftat? Was heißt das, wenn man sagt, der Raum sei dasjenige, was sich ausdehnte, weitete, erblühte? In was denn? Das Universum, das sich auch jetzt noch mit seinen Galaxien von brennenden Sonnen, sterbenden Sternen, metallischen Gesteinsformationen, kosmischen Staubwolken ausdehnt, es muß doch etwas füllen ... was auch immer. Wenn es sich ausdehnt, hat es Dimensionen, die freilich unsere gegenwärtigen Meßmöglichkeiten bei weitem übersteigen. Was geht genau in diesem Moment am Rand des Universums vor? Was befindet sich gleich jenseits dieses voranstürmenden, überwältigenden, dimensionierten äußersten Randes, bevor es überwältigt wird? Was wird da überwunden, gefüllt, belebt, erhellt? Oder gibt es gar keinen Rand, keine Grenze, sondern nur eine unendliche Folge von Universen, die sich, alle zugleich, ineinander ausdehnen? So daß dasjenige, das sich ausdehnt, sich fruchtlos in sich selbst hinein ausdehnt, eine sich grenzenlos dahinwindende dunkle Angelegenheit, entsetzlich fühllos, endlos, ohne Eigenschaften, ohne Volumen, ohne elementare Umwandlungsenergien wie Licht, Kraft oder pulsierende Quanten, die allesamt erst Erfindungen unseres Bewußtseins sind, und unser Bewußtsein, das selbst kein Volumen und keine physischen Eigenschaften besitzt, wäre ein letztlich ebenso geistloses, kaltes und inhumanes Projekt wie das Universum unserer Illusionen.

Ich würde gern einen Astronomen finden, mit dem ich reden könnte. Ich denke daran, wie manche Menschen sich in Abstumpfung einigelten, um die Lager zu überleben. Töten sich etwa auch Astronomen dem bestirnten Universum gegenüber ab? Indem sie das Universum als einen Job sehen, meine ich. (Nicht um uns übrige zu entlasten, denen diese quälenden Hinweise auf die Unermeßlichkeit des Universums serviert werden und die dann mit ihrem Leben fortfahren, als handelte es sich um nichts weiter als um ein Exponat im Museum für Naturgeschichte.) Begreift der durchschnittliche Astronom bei seiner täglichen Arbeit, daß jenseits der Himmelsphänomene, die zu erforschen ihm obliegt, jenseits seiner radiometrischen Berechnungen (ganz zu schweigen von der Ehrfurcht, die seine Profession ihm auferlegt) eine so gigantische, grauenerregende Wahrheit liegt – der entscheidende Kontext all unseres Strebens, die Schlußfolgerung aus all unseren zeitgebundenen Arten von Intellekt, die zu betrachten so grauenvoll ist –, daß nicht einmal die Hinwendung zu Gott das Elend einer so abgründigen, katastrophalen, hoffnungslosen Unendlichkeit lindern kann? Das ist meine Frage. Sollte Gott damit, mit diesen elementaren Fakten, diesen anscheinend evidenten Ideen, wirklich etwas zu tun haben, dann wäre er ein so furchtbarer Gott, daß er sich erheben würde über alles menschliche Flehen um Trost und Stärkung oder um Erlösung, die uns zuteil werden könnte, wären wir in sein Geheimnis eingeweiht.

– Beim Essen gestern abend jemandem mit Codenamen Moira begegnet. Nachdem ich sie nun seit ein, zwei Jahren kenne und immer nur kurz mit ihr gesprochen habe, immer mit den gleichen inneren Symptomen bei mir, habe ich gelernt, auf eine gewisse erhöhte Aufmerksamkeit zu achten, eine flüchtige Beklemmung in der Brust oder eine Erregung, die seltsamerweise nicht sexueller Natur ist und meist gleich darauf einem Verlustgefühl weicht, der momentanen Einsicht, daß mein Leben wohl vertan ist oder, und dafür spricht noch mehr, daß das Leben an sich störrisch ist, sich nicht so gestalten lassen will, wie es sein sollte ... Als ich feststellte, daß ich Moiras Tischherr war, begriff ich endlich, wie lohnend es sein kann, ein geselliges Leben in dieser Clique zu ertragen.

Sie trägt kein Make-up und keinen Schmuck und erscheint stets in weitaus schlichterer Abendkleidung als üblich, mit fast allzu lässig hochgestecktem oder hergerichtetem Haar, als habe sie sich in letzter Minute hastig für das festliche Dinner zurechtgemacht, zu dem ihr Mann sie wieder einmal geschleift hat.

Ihre Ausgeglichenheit vor allem fiel mir auf, als ich sie zum ersten Mal sah – als denke sie an etwas anderes, als befinde sie sich anderswo, ungeachtet der distinguierten Umgebung, in der wir uns bewegten. Da sie nicht auf Beachtung erpicht war und anscheinend selbst keinen Beruf ausübte, hätte sie inmitten der vielen umwerfenden Frauen völlig unauffällig wirken können. Deren nie ganz zu verhehlende Bewunderung jedoch stets ihr galt.

Eine schlanke Figur mit tiefer Taille. Wohlgeformte Wangenknochen und dunkelbraune Augen. Der Mund üppig, der Teint von einem ebenmäßigen Beigeton, der ihr Gesicht so makellos überzieht wie ein Beleuchtungseffekt. Dieses slawische Ebenmaß, zumal das ihrer Stirn unter dem hochgesteckten Haar, mag zu dem Eindruck souveräner Gelassenheit beitragen, den sie für mein Empfinden stets vermittelt.

Sie nickte, lächelte, sah mir dabei klar in die Augen und nahm mit dieser inneren Ruhe, dieser Ausgeglichenheit, die ich so verlockend an ihr finde, ihren Platz am Tisch ein.

Es lief gut. *Lassen Sie sich von mir verwöhnen ...* Ich stolperte über meine Sprüche. Auf ihre stille Art ging sie wohlwollend darauf ein. Beim dritten Glas Bordeaux meinte ich, im Schutz der Gespräche ringsum sollte ich es riskieren. Mein Geständnis rief bei ihr eine wohlwollende, unverbindliche Heiterkeit hervor. Doch dann stieg ihr ein rosiger Hauch in die Wangen, sie hörte auf zu lachen und blickte kurz zu ihrem Mann hinüber, der am Nebentisch saß. Sie nahm ihre Gabel auf und widmete sich gesenkten Blicks ihrem Teller. Bezeichnenderweise klaffte ihre Bluse an dem nicht geschlossenen obersten Knopf auseinander. Offensichtlich trug sie nichts darunter. Und doch fand ich es unvorstellbar, daß sie sich auf eine Affäre einlassen könnte, und ich wurde trübsinnig und schämte mich sogar ein wenig. Bitter fragte ich mich, ob sie wohl jeden Mann ihrer Umgebung moralisch aufrüstete.

Doch kurz vor dem Dessert hieß es, die Männer sollten die Rückseite ihrer Tischkarte zu Rate ziehen und sich an einen neuen Tisch begeben. Ich fand mich neben einer Fernsehjournalistin wieder, die bei Tisch deutliche politische Ansichten äußerte, nie aber auf dem Bildschirm, und ich hörte ihr nicht zu, so dämlich und elend fühlte ich mich; und dann sah ich mich um und stellte fest, daß ... Moira ... mich mit eindringlichem, an Zorn grenzenden Ernst fixierte.

Sie hat sich mit mir zum Lunch in der Nähe des Museums verabredet; danach werden wir uns die Monets anschauen.

– Und alles fliegt von allem übrigen weg, seit ungefähr fünfzehn Milliarden Jahren, Affinitäten bilden sich heraus, stellare Liaison, und allmählich triften die Sterne so umeinander, daß sie rotierende Gruppen oder Galaxien von Sternen bilden, und noch allmählicher, in grandiosen, monumentalen Bewegungen, gesellen sich die Galaxien zu Schwärmen, die sich wiederum linear verteilen, zu einer großen Kette oder Schnur von Superschwärmen, Milliarden von Lichtjahren lang. Und in all diesem erhabenen, unermeßlichen kosmischen Treiben ereignet sich ein kleiner, unbedeutender Zwischenfall, gruppieren sich zufällig Kohlenstoff- und Stickstoffatome, die zu molekularer Existenz verschmelzen, zu einer einzigen Zelle, einem Spritzer von organischer Verderbtheit, und, sacreblen, da haben wir im Universum die erste, mit einem eigenen Willen versehene Einheit.

Nachricht des Pastors:
– Everett@earthlink.net
Hallo, die Antworten auf Deine Fragen, der Reihe nach: The Book of Common Prayer; Chorrock; Stehkragen mit rotem Hemd; in direkter Anrede, Herr Pfarrer, indirekt: Hochwürden Soundso (bei einem Bischof: Eminenz); für mich war Tillich der entscheidende Mann, obwohl es Leute gab, die mich Jim Pike zuordnen wollten. Und das gestohlene Kreuz war aus Messing, drei Meter hoch. Du machst mich nervös, Everett.
Gott segne Dich
Pem

– Raub
Heute nachmittag im Battery Park. Warmer Tag, viele Leute unterwegs. Sanfte Herbstbrise, als hauchte mir eine Frau ins Ohr.

Felsentauben sausen überall herum, die Unverfrorenheit der Stadt in den Schwingen.

Hinter mir die Finanzskyline des unteren Manhattan, im Sonnenschein eine Inselkathedrale, ein Palast der Religionen.

Und ich stoße auf diesen Uhrenhändler, Rastalocken, breites Lächeln. Stolz steht er da in seinem violetten Chorgewand. In seiner sakralen Wirkung ungeschmälert durch die neuen weißen Nikes an seinen Füßen.

»Brauchste nicht aufziehn, kannste mit unter die Dusche nehmen, komplett dicht, hat Diamanten und so was drin, jederzeit die richtige Zeit.«

Aus dem Glast der ölglatten Bucht taucht geisterhaft ein Schiff auf: die Ellis-Island-Fähre. Schiffe beobachte ich immer gern. Es schwenkt herum, alle drei Decks überfüllt bis an die Reling. Streift Dammauer zu verächtlicher New Yorker Landung. Uuff. Pfähle ächzen, krachen wie Gewehrfeuer.

Mann auf der Promenade meint, sie wären hinter ihm her, rennt los. Touristen poltern die Laufplanke runter. Kameras, Camcorder und benommene Kinder auf den Schultern.

Mein Gott, wie erschöpft die Ufer von New York anmuten, als ginge ein Ölgeruch vom Meer aus, als wären die Schiffe Busse, als wäre der Himmel eine einzige Garage mit Pin-up-Kalendern an den Wänden, die noch kommenden Monate schon eselsohrig und von schwarzen Schmierfingern betatscht.

Ging aber zu dem Händler im Chorgewand zurück und sagte zu ihm, seine Aufmachung gefiele mir. Ich würde ihm einen Dollar geben, wenn er mich das Etikett sehen ließe. Das Lächeln weicht. »Wohl übergeschnappt, Mann?«

Zieht sein Tablett voll Uhren außer Reichweite: »Weg da, hab nichts mit dir zu schaffen.« Schaut nach rechts und links, während er das sagt.

Ich war in Zivil-Jeans, Lederjacke über Holzfällerhemd über T-Shirt. Keine Erkennungsmarke in Kreuzform.

Und dann später auf meinem Spaziergang, am Astor Place, wo sie ihre Waren auf dem Trottoir ausbreiten: drei der violetten Chorgewänder, säuberlich gefaltet und auf einem Plastikduschvorhang gestapelt. Ich nahm eins, drehte den

Kragen um, und da war das Etikett, Churchpew Crafts, und der Klebestreifen der Wäscherei von Mr. Chung.

Der Händler, ein ernster junger Mestize mit dieser typischen Halbkugel aus schwarzen Haaren, wollte zehn Dollar pro Stück. Ich fand das nicht übertrieben.

Sie kommen aus dem Senegal herüber oder aus der Karibik herauf oder aus Lima, San Salvador, Oaxaca, suchen sich ein Stück Trottoir und machen sich an die Arbeit. Die Armen der Welt schwappen an unsere Küsten wie das global erwärmte Meer mit seinem steigenden Wasserspiegel.

Ich weiß noch, wie ich auf dem Weg nach Machu Picchu in Cuzco haltmachte und den Straßenmusikern zuhörte. Als ich feststellte, daß meine Kamera fehlte, erklärte man mir, ich könne sie am folgenden Morgen in der Marktgasse hinter der Kathedrale zurückkaufen. Gnädiger Himmel, war ich sauer. Die Hehler aber waren diese scheu lächelnden Frauen von Cuzco in gewebten roten und ockerfarbenen Ponchos. Sie trugen schwarze Derbyhüte und ihre Babys in Tüchern auf dem Rücken ... und angesichts all der Anglos, die an den Ständen herumkramten, als suchten sie nach ihren vermißten Toten, wie, o Herr Jesus, konnte ich da die Situation nicht als gerecht akzeptieren?

Was ich auch am Astor Place im Schatten des stolzen, ausladenden, mansardengekrönten Sandsteingebäudes der Volkshochschule Cooper Union tat, während die Vögel vom Platz aufflatterten.

Eine Straße weiter östlich, bei St. Marks, wurden in einem Trödelladen die Altarkerzenständer angeboten, die zusammen mit den Gewändern geklaut worden waren. Zu fünfundzwanzig Dollar das Paar. Da ich schon einmal dabei war, kaufte ich auch ein halbes Dutzend gebrauchter Taschenbuchkrimis. Um das Metier zu erlernen.

O Herr, ich lüge. Ich lese die verdammten Dinger nur, wenn ich deprimiert bin. Der Taschenbuchdetektiv, er spricht zu mir. Sein Stab und Stecken tröstet mich. Und seine Welt ist begrenzt, in ihren Strafen berechenbar, was mehr ist, als man von deiner Welt sagen kann.

Ich weiß, du bist auf diesem Bildschirm bei mir. Wenn Thomas Pemberton, baccalaureus divinitatis, das Leben zurückgibt, dann hier, an seinen wachsamen Gott. Nicht nur hinter meiner Schulter orte ich dich präsumptiv, nicht nur in meinem anglikanisch gestärkten Kragen, in den Mauern der Pfarrei oder in den kühlen Kirchensteinen, welche die Tür rahmen, sondern im blinkenden Cursor ...

Wir schmiedeten Pläne vor einem der großen blaugrünen Wasserlilienbilder. Alles hängt davon ab, wann sie weg kann. Sie hat zwei kleine Kinder. Es gibt eine Kinderfrau, aber alles ist so verplant. Wir hatten einander nicht berührt und taten es noch immer nicht, als wir das Metropolitan Museum verließen und die Stufen hinuntergingen und ich ein Taxi für sie heranwinkte. Der Blick, den sie mir beim Einsteigen zuwarf, war fast trauervoll – ein Moment bekundeten Vertrauens, den ich als Stoß ins Herz empfand. Genau dies wollte ich, ich hatte es darauf angelegt, es zu bekommen, doch kaum wurde es mir zuteil, verwandelte es sich augenblicklich in ihre Abhängigkeit von mir, als wäre ich jemandem heimlich angetraut worden, ohne daß die Bedingungen und Verantwortlichkeiten des Ehebundes festlagen. Als das Taxi davonfuhr, wollte ich ihm nachlaufen und ihr sagen, alles sei ein Fehler, sie habe mich mißverstanden. Später konnte ich nur daran denken, wie wundervoll sie war, wie stark das Wiedererkennen zwischen uns, ich konnte mich nicht erinnern, je eine so starke, so reine Anziehung verspürt zu haben, und ich fühlte mich nicht etwa wie kurz vor einer Affäre, sondern ich hatte die Phantasie, ich könnte im besiegelten Zusammenleben mit dieser Frau endlich mein Heil finden. Der Zustand, in dem sie lebt, ist wahrlich so unversehrt, daß man es kaum glauben kann; eine Frau von ungekünstelter Anmut, von keiner der groben Ideologien dieser Zeit befleckt.

– Streife in der Stadt umher und suche Drehorte aus wie ein Filmregisseur. St. Timothy plaziere ich im East Village, in einer Seitenstraße der Second Avenue, auf Höhe des ukrainischen Zentrums und Restaurants. Genügend WASPs, um mindestens eine Kirche zu füllen, muß es dort unten einst gegeben haben. Bevor Manhattan nordwärts zog, auf die sonnigeren freien Flächen oberhalb der vierzehnten Straße ... St. Timothy, der Episkopalkirche angehörig, im typischen New Yorker Kirchenstil aus braunem Sandstein errichtet, die kleine Schwester der prächtigeren Church of the Ascension an der unteren Fifth Avenue. Dem guten Gemeindehirten zuliebe habe ich nun also Namen und Standort der Kirche verändert. (Tatsächlich gibt es an der East Sixth Street eine alte Kirchenruine, allerdings in der falschen Farbe, katholisch granitgrau, mit eher kuppelförmigem Glockenturm und zerschmettertem Buntglas-Bullauge und auf den Steinflächen Taubenscheiße, die Regenspuren gleicht. Drei junge Männer auf den Stufen, von denen der mittlere mich beäugt, als ich vorübergehe; die beiden anderen observieren die Straße, jeweils in eine Richtung.)

Hier in der Umgebung von St. Tim kommen viele Leute gerade so zu Rande. An der Ecke ein junges Mädchen, T-Shirt, kein BH, enganliegende Bermuda-Shorts; rennt zu dem, was aus ihrem Walkman kommt, auf der Stelle. Grauhaariger, abgehalfterter Bohemien, Schluckspecht, leistet sich einen Pferdeschwanz. Breite, kurzbeinige, fettsteißige

Lateinamerikanerin. Gebeugter alter Mann in Pantoffeln, mit Baseballmütze und schmutziger, von einem Strick gehaltener Hose. Junger Schwarzer, der gegen den Verkehrsstrom die Straße überquert; gebieterischen Blicks tut er seine Botschaft kund.

Im East Village vorwiegend noch die Haushöhe des neunzehnten Jahrhunderts, fünf Stockwerke über der Straße. Angeblich dekonstruiert sich die Stadt ja alle fünf Minuten und erschafft sich neu. In Midtown vielleicht, aber mit Ausnahme der Verazzano Bridge stand die Infrastruktur schon in den späten dreißiger Jahren. Die letzte größere Subway-Linie wurde in den zwanziger Jahren gebaut. Sämtliche Brücken, Tunnel und die meisten Fern- und Schnellstraßen, ob mittlerweile ausgebaut oder nicht, waren vor dem Zweiten Weltkrieg fertig. Und wohin man auch blickt, ist das neunzehnte Jahrhundert noch sichtbar – im East und West Village, an der Lower East Side, in der Brooklyn-Bridge-Gegend, am Central Park, in den Reihenhäusern von Harlem, den Eisenfassaden in Soho ...

Das Raster der Stadt wurde zwischen 1840 und 1850 angelegt, und somit leben wir trotz allem noch immer mit den Entscheidungen der Toten. Wir folgen den Straßen, über die schon Generationen dahinschritten, schritten, schritten.

Aber verlaß die Stadt bloß für ein paar Tage, und der Megaschock erwartet dich. Feuersirenen. Polizeiwagen-Geheul. Rituelles Preßluftgebohre auf den Avenues. Die Jogger in ihren Jogging-Shorts, die Rollerblades, die Fahrradboten. Zischende Bustüren. Gedränge auf den Trottoirs, wo irgendein Star einen Aufnahmetermin hat. Alle Restaurants ausgebucht. Aus den Geburtshilfestationen purzelnde Babys. Auf die Straße stürzende Fassaden. Polizistenverbrechen. Täglich erschießt ein Bulle einen schwarzen Jungen, drückt einem Stammkunden die Luft ab, stürmt ein Rudel von ihnen die falsche Wohnung, schlägt alles kurz und klein, legt den

Frauen und Kindern Handschellen an. Vertuschung seitens der Behörde, Ausreden des Bürgermeisters.

New York, New York, Hauptstadt der Literatur, der Künste, der gesellschaftlichen Anmaßung, der Subway-Tunnel-Siedlungen. Napoleonische Immobilienhaie, aufgeblasene Lumpenhändler. Überhebliche Sportreporter. Staatsmänner, die sich nach Sutton Place zurückgezogen haben, um ihre jämmerlichen Errungenschaften umzuformulieren ... New York, Hauptstadt der Leute, die immense Summen verdienen, ohne zu arbeiten. Die Hauptstadt von Leuten, die ihr Leben lang arbeiten und am Ende mittellos und grau dastehen. Das graue New York ist die Hauptstadt, die aus Bezirken mit schier endlosen Gegenden schäbiger, anonymer Mietskasernen besteht, wo täglich ein Genie geboren wird.

Die Hauptstadt aller Musik. Die Hauptstadt erschöpfter Bäume.

Die wandernden Elenden der Welt, sie glauben, wenn sie es bloß bis hierher schaffen, dann können sie Boden unter die Füße kriegen. Einen Zeitungsstand, eine Bodega betreiben, ein Taxi fahren, irgend etwas verhökern. Hausmeister, Wachmann, Buchmacher, Dealer werden, was auch immer. Man möchte ihnen erklären, daß dies kein Ort für arme Leute ist. Der ethnische Graben verläuft im Kerngebiet, quer durch unsere Herzen. Wir sind farbdeterminierte ethnische und soziale Enklavisten, multikulturell mißtrauisch und verbal aggressiv, als sei die Stadt als Idee sogar für diejenigen, die darin leben, nicht mehr zu ertragen.

Ich kann jedoch an der Kreuzung zweier belebter Straßen an jeder Ecke stehenbleiben, und vor mir streben Tausende von Leben in alle vier Richtungen, uptown, downtown, nach Osten und Westen, zu Fuß, auf Fahrrädern, auf Inline-Skates, in Bussen, Kinderwagen, Autos, Lastern, mit der Subway, die unter meinen Füßen grollt ... und wie sollte ich nicht wissen, daß ich in diesem Augenblick Teil des spektakulärsten Phänomens der nicht-natürlichen Welt bin? Es gibt da ein speziesbezogenes Wiedererkennen, zu dem wir uns nie bekennen werden. Eine Primaten-Übersee-le. Wie behutsam oder gleichgültig wir auch unsere öffentlichen Räume durchmessen, wir sind auf die uns umgebenden Massen angewiesen, um uns abzugrenzen. Die Stadt mag mit einem Marktplatz, einem Handelsposten, dem Zusammenfluß von Wasserläufen beginnen, insgeheim aber gründet sie auf dem menschlichen Bedürfnis, unter Fremden einherzugehen.

Und so ist jeder der Passanten an dieser Straßenecke, jeder knittrige, überdimensionierte, unterdimensionierte, kuriose, fette oder dürre, hinkende, brabbelnde, befremdlich aussehende, sich grünhaarig-punkig breitmachende, drohende, verrückte, wütende, untröstliche Mensch, den ich sehe ... ein New Yorker, also in dieser Diaspora ebenso zu Hause wie ich und ein Teil unseres großartigen, stotternden Experiments, in einer universalistischen Gesellschaft eine Welt ohne Nationen zu entwerfen, in der jeder alles werden kann und seine Erkennungsmarke die des Planeten ist.

Was nicht heißt, daß Sie nicht auf Ihre Handtasche aufpassen sollten, meine Dame.

– Ungezählte Milliarden von Jahren trödeln dahin, während dieser einzellige Organismus, dieses verunreinigte Pünktchen, dieser submikroskopische Verstoß gegen die Unbelebtheit, seine selektive Evolution vollzieht, durch Reiche des Schleims und gepanzerter Ungeschliffenheit hindurch, an experimentellen Regimes halbmetergroßer Pferde und fliegender Echsen vorüber und hin zu den triumphalen Domänen der haarigen, selbstverbesserungsfähigen Zweifüßler, derjenigen mit den sich gegenüberliegenden Daumen und Zeigefingern, derjenigen, die aus der Prähistorie hervortrotten werden, um sich zum halbwüchsigen Computerfreak an der Bronx High School of Science zu mausern.

Unter den begabten Jungen, denen ich an dieser naturwissenschaftlich orientierten Schule begegnet bin und deren Verstand wie dafür gemacht war, mathematische Probleme zu lösen und glücklich zwischen den abstrusesten physikalischen Theorien herumzuhopsen, waren sehr viele Klötze. Ein paar sind mir seither als Erwachsene wieder über den Weg gelaufen, und sie sind Klötze geblieben. Kann sein, daß ein naturwissenschaftlicher Verstand seinem Wesen nach kindlich ist, sich ein Leben lang kindliches Staunen und Entzücken bewahrt, es ihm jedoch an wahrer Einsicht und Melancholie mangelt und er sich zu leicht am eigenen Intellekt begeistert. Es gibt natürlich Ausnahmen, den Physiker Steven Weinberg zum Beispiel, den ich gelesen habe und der den moralischen Ernst besitzt, den man sich bei einem Naturwissenschaftler wünscht. Ich frage mich jedoch, warum zum Beispiel die Kosmologen und Astronomen im allgemeinen dazu neigen, ihrem Universum neckische Namen zu geben. Nicht nur daß es als Big Bang, als Urknall, begann. Falls es seine eigene Schwerkraft nicht überwinden kann, wird es in sich selbst zurückplumpsen, und das ist dann nicht der Große Knall, sondern der Große Knatsch. Falls es dem Universum an Dichte mangelt, wird es sich weiter ausdehnen, und das heißt dann das Große Bibbern. Die unerklärlich dunkle Materie des Alls, die existieren muß, weil das meßbare Verhalten der Galaxien dafür spricht, setzt entweder das Vorhandensein von Neutrinos oder von schwach interagierenden, massiven Partikeln voraus, kurz WIMPs genannt. Und die Höfe dunkler Materie um die Galaxien sind massive, kompakte Halo-Objekte oder MACHOs.

Machen diese schlauen Burschen sich etwa über sich selbst lustig? Handelt es sich da um eine amerikanische

Form von Fachhumor, den sie aus Bescheidenheit pflegen, wie Engländer sich im beiläufigen Gespräch unentwegt selbst verunglimpfen? Oder handelt es sich dabei um Tapferkeit unter Beschuß, um eine Spielart der bemühten Unbekümmertheit im Schützengraben, während die metaphysischen Geschosse herandonnern?

Ich glaube, es mangelt diesen Naturwissenschaftlern schlicht an heiliger Ergriffenheit. Ich meine, der wahnsinnige, analphabetische Priester einer prähistorischen Religion, der einem lebendigen Opfer das Herz herausreißt und es noch pulsierend in seinen blutbefleckten Händen hält ... er besaß vielleicht mehr Einsicht.

– Raub

Dienstagabend

Nach Lenox Hill hinaufgefahren, um mein Endstadium zu besuchen. Krankenwagen, die mit biiip-biiip und blendenden Drehlichtern rückwärts in die Notaufnahmebucht fahren. Früher gab es in der Umgebung von Krankenhäusern immer RUHE-Schilder. Autos von Ärzten, in doppelter Reihe geparkt, auf Tragen geschnallte Patienten, auf dem Gehweg in doppelter Reihe so geparkt, daß nicht daran vorbeizukommen ist, schicke junge Upper-East-Side-Arbeitnehmer, die aus der Subway strömen.

In den Apartmenthäusern gehen die Lichter an. Ach, führe ich nur zu einem schicken Studio hinauf ... eine geschmeidige junge Frau, soeben von ihrem interessanten Job heimgekehrt, wartet auf mein Klingeln ... entkorkt den Wein, summt, keine Unterwäsche am Leib.

In der neonhellen Eingangshalle eine stoische Horde, zum Start in die Besuchszeit bereit, Tüten, Bündel und zappelnde Kleinkinder auf dem Schoß. Und dieser Berufsstand, der die Pest unserer Zeit repräsentiert, der Wachmann, in diversen dickfelligen Varianten.

An der Tür zum Zimmer meines Endstadiums ein KEIN ZUGANG-Schild. Breit lächelnd schiebe ich mich hinein.

Arznei dabei, Pastor? Machen Sie mich gesund? Dann raus hier. Verschwinden Sie, verflucht noch mal, brauch Ihren Scheiß nicht.

Riesige Augen sind alles, was von ihm übrig ist. Ein Armknochen zielt mit der Fernsteuerung wie mit einer Waffe, und schon läßt das lächelnde Mädchen in dem Kasten oben an der Wand das Glücksrad kreisen.

Nach Absolvierung meines heilsamen Pastoralbesuchs komme ich auf dem Flur an mehreren adrett gekleideten Schwarzen vorbei, die vor einem Einzelzimmer warten. Sie halten Geschenke in den Armen. Ich nehme krankenhausuntypische Gerüche wahr ... den Duft von noch ofenwarmen Obstkuchen, von Suppen, einem brutzelnden Braten. Ich stelle mich auf die Zehenspitzen. Wer liegt da drin? Hinter Blumen, wie auf einem Gauguin, eine gutaussehende, hellhäutige Schwarze, die aufrecht im Bett sitzt. Die Haltung einer Königin, einen Turban auf dem Kopf. Ich kann nicht hören, was sie sagt, doch ihre melodische, tiefe Gebetsstimme weiß, wovon sie spricht. Mit geneigten Köpfen stehen die Männer da, die Mützen in den Händen. Die Frauen mit weißen Kopftüchern. Auf dem Weg hinaus erkundige ich mich bei der Stationsschwester. Zweimal am Tag volles Haus, sagt sie. Ganz Zion kommt uns besuchen. Das einzige Gute daran ist, daß ich nicht mehr zum Abendessen einkaufen muß, seit unsere Freundin eingeliefert wurde. Gestern hab ich gebackene Koteletts mit nach Hause gebracht. Sie glauben nicht, wie gut die waren.

– Noch jemand, der mit meinem Scheiß Schwierigkeiten hat, ist die Witwe Samantha. In ihrer neuen Maisonette-

Wohnung mit Blick über den Fluß und auf das Pepsi-Cola-Zeichen las sie Pagels Buch über das Frühchristentum, als ich kam.

Es war immer nur alles Taktik, nicht wahr? fragt sie mich.

Ja, sag ich zu ihr.

Und wer gerade gesiegt hat, dem verdanken wir, was wir heute haben?

Nun ja, wenn man dabei an die Reformation denkt, dann dürfte das wohl so sein.

Sie legt sich wieder hin. Also ist alles nur erfunden, fabuliert.

Ja, sage ich und nehme sie in die Arme. Und, weißt du, die längste Zeit hindurch hat es wirklich funktioniert.

Schon bei den Tanzabenden am Brearley College habe ich versucht, sie zum Lachen zu bringen. Gelang mir damals nicht, gelingt mir heute nicht. Eine begabte Melancholikerin, diese Sammy. Der tote Mann verstärkt es noch.

Aus der alten Clique aber war sie fast die einzige, die nicht meinte, ich würde mein Leben vergeuden.

Dichtes, welliges braunes Haar, in der Mitte gescheitelt. Dunkle, schimmernde Augen, eine Spur zu weit auseinander. Figur nicht nach dem Zeitgeschmack, nicht straff genug, gepriesen sei Gott in der Höhe.

Zwischen ihren vollen Lippen kommt im Mundwinkel ihre Zunge zum Vorschein und leckt eine Träne fort.

Und dann, mein Gott, die überraschende Beileidsbekundung ihres feuchten, salzigen Kusses.

– für die Predigt

Mit der Szene im Krankenhaus beginnen, wo die guten, rechtschaffenen Leute am Bett ihrer Seelsorgerin beten. Die Demut dieser Leute, ihr Glaube, der sie strahlend wie Licht umgab, weckte in mir solche Sehnsucht … ihre Zutraulichkeit teilen zu können.

Doch dann fragte ich mich: Muß Glaube blind sein? Warum muß er dem *Bedürfnis* der Menschen zu glauben entspringen?

Wir alle sind so erbärmlich in unserem Wunsch, entlastet zu werden, daß wir bereitwillig das Christentum annehmen oder auch jede andere Lehre, die Anspruch auf Gottes Autorität erhebt. Man schaue sich nur um. Gottes Autorität degradiert uns alle, wo auf der Welt wir uns auch befinden, in welcher Tradition wir stehen, zu unterwürfigen Bettlern.

Wo also ist die Wahrheit zu finden? Die ökumenische Bewegung ist politisch korrekt, *aber worum geht es?* Wenn der Glaube in all seinen Formen gilt, treffen wir dann lediglich eine ästhetische Wahl, wenn wir Jesus wählen? Und wenn Sie darauf sagen, Nein, natürlich nicht, dann müssen wir fragen: Wer sind die Erwählten, die selig dem wahren Weg der Erlösung folgen ... und wer die irregeführten anderen? Können wir das erkennen? Wissen wir es? Wir glauben es zu wissen – natürlich glauben wir es zu wissen. Doch wie unterscheiden wir, die wir rechten Glaubens sind, unsere Wahrheit von der falschen Erkenntnis eines anderen, wenn nicht aufgrund der Geschichte, an die wir uns klammern, unserer Geschichte von Gott? Aber ich frage euch, meine Freunde: Ist Gott eine Geschichte? Können wir, kann ein jeder von uns seinen Glauben prüfen – dessen reinen Kern, meine ich, nicht seine Tröstungen, seine Gepflogenheiten, nicht seine Riten und Sakramente –, können wir weiterhin im Innersten unseres Glauben gewiß sein, daß Gott mit unserer Geschichte von ihm identisch ist? Um annehmen zu können, daß Gott in dieser unserer christlichen Geschichte enthalten ist, um ihn zu erfassen, ihn beschreiben zu können, ihn, den Urheber aller Dinge, die uns begreiflich und die uns unbegreiflich sind ... mittels *unserer* Geschichte von *ihm*? Von *ihr*? *VON WEM?* Wovon in Christi Namen glauben wir eigentlich zu sprechen!

– Mittwoch, mittags

Also, ich höre, Sie haben mal wieder eine Prachtpredigt vom Stapel gelassen, Pastor.

Woher haben Sie eigentlich Ihre Informationen, Charley? Von meinem kleinen Diakon vielleicht oder von meinem Kapellmeister?

Keine Scherze, bitte.

Nein, ganz im Ernst – es sei denn, Sie haben St. Timothy verwanzen lassen. Denn außer uns kleinen Kerlchen ist weiß Gott niemand da. Geben Sie mir eine Uptown-Gemeinde, wo die Subway nicht die Balken zum Beben bringt. Geben Sie mir eines von Gottes Midtown-Schaufenstern für die frommen Reichen und Prominenten, dann zeige ich Ihnen, was eine Prachtpredigt ist.

Jetzt hören Sie einmal gut zu, Pem, sagt er. Das ziemt sich nicht. Sie tun und sagen Dinge, die ... beunruhigend sind ...

Mit gerunzelter Stirn blickt er auf seinen gegrillten Fisch, als frage er sich, was der da zu suchen hat. Vernachlässigt schamlos seinen sorgsam ausgewählten Pinot Grigio und nippt Eiswasser.

Sagen Sie mir doch, Charley, worüber ich sprechen sollte, wenn nicht über die Prüfung unseres Glaubens. Meine fünf Gemeindemitglieder sind ernsthafte Leute, sie können das aushalten.

Legt Messer und Gabel nieder, ordnet seine Gedanken: Sie waren schon immer eigenwillig, Pem, und insgeheim habe ich Sie früher für die Freiheit bewundert, die Sie sich im Rahmen der kirchlichen Disziplin erobert haben. Uns allen ging es so. Und in gewisser Hinsicht haben Sie den Preis dafür bezahlt, das wissen wir beide. So wie Sie in Yale Furore gemacht haben, wenn es nach Talent und Grips gegangen wäre, hätten eigentlich Sie mein Bischof werden müssen. Andererseits aber ist die Aufgabe, die ich habe, schwerer – die Autorität zu verkörpern, die Leute wie Sie immer wieder auf die Probe stellen.

Wie ich?

Bitte, denken Sie darüber nach. Es hat sich da so ein gewisser Ton eingeschlichen, ein gewisser intellektueller Hochmut – etwas stimmt da nicht.

Entwaffnend blicken seine blauen Augen in die meinen. Jungenhafter Haarschopf, nun ergraut, fällt ihm über die Stirn. Dann huscht das berühmte Lächeln über sein Gesicht und erlischt sofort – es war nur die zerstreute Grimasse eines administrativen Kopfs.

Soweit ich mich mit solchen Dingen auskenne, Pem, kenne ich mich gut damit aus. Selbstzerstörung geht nicht in einem einzigen Akt vonstatten – auch nicht nur auf eine Weise. Selbstzerstörung kann mit Kleinigkeiten beginnen und einem zunächst unbedeutend erscheinen, doch wenn sie in Schwung kommt, dann geht der Mensch komplett entzwei, und die Fetzen fliegen in alle Himmelsrichtungen – und zwar über dreihundertsechzig Grad.

Amen, Charley. Was meinen Sie, bliebe wohl noch Zeit für einen doppelten Espresso?

Ach ja, er kam auch noch mit folgendem Spruch: Wir sind uns absolut nicht im klaren darüber, was in Ihnen vorgeht. Aber ich bin mir ziemlich sicher, daß Sie die vorhandene Kraft nicht nützen.

Das mag schon sein, Eminenz, hätte ich sagen sollen. Aber wenigstens halte ich keine Séancen ab.

– Heute nachmittag klopfte es zweimal leise an die Tür. Anfangs herrschte Verlegenheit, während sie sich meine Bücher, die Drucke an den Wänden, meine Höhle ansah. Sie trank nur Wasser vom Hahn. Ganz im Banne ihrer Ruhe, wußte ich nicht viel zu sagen. Sie ging ins Schlafzimmer und schloß die Tür. Kein Laut. Schließlich ging ich hinein. Sie lag im Bett, bis zum Kinn zugedeckt. Sie war scheu, störrisch, wich meinem Kuß mit dem Kopf aus. Sie mußte festgehalten werden, um das zu tun, wozu sie gekommen war.

Danach war mir, als läge ich in der blaugrünen Wärme von Monets Teich, und ich spürte die nassen Lilien, die an meiner Haut haften.

– Raub

Freitag

Also gut, Tillich, der weise alte Hund, Paulus Tillichus – wie baute der seine Predigten? Griff sich einen Text und kitzelte Himmel und Hölle daraus hervor. Beschnüffelte die Worte, betatschte sie: Was ist eigentlich, wenn man der Sache wirklich auf den Grund geht, ein *Dämon*? *Errettet* willst du werden, sagst du? Was heißt das? Wenn du um ein *ewiges Leben* bittest, was glaubst du denn, was du da verlangst? Paulus, Gottes Philologe, dieser Enzyklopäde unter den DDs, den doctores divinitatis oder Dividetektiven, dieser Deutsche ... Schäferhund. In welcher Spannung er uns hielt – führte uns mit wedelnden Armen bis an den Rand des Säkularismus. Natürlich rettete er uns auch jedesmal, zog uns vom Abgrund fort, und alles war wieder in Ordnung, wir waren wieder bei Jesus. Bis zur nächsten Predigt, zur nächsten Vorlesung. Denn wenn Gott fortleben soll, müssen die Worte unseres Glauben lebendig bleiben. Wiedergeboren werden müssen sie.

Ach, wie wir ihm zugelaufen sind. Die Zahl der Einschreibungen schoß in die Höhe.

Doch das war damals, und jetzt ist heute.

Wir sind wieder beim Christentum angekommen, Paulus. Menschen, nicht Worte werden wiedergeboren. Du kannst es dir im Fernsehen anschauen.

Samstagmorgen

Seiner Intuition folgend spaziert der Dividetektiv zu den Restaurantbedarf-Geschäften an der Bowery hinüber, südlich von Houston Street, wo lebhaft mit gebrauchten Wärmeplatten, begehbaren Gefrierkammern, Grillgeräten, Spülen, Töpfen, Woks und Besteckkästen gehandelt wird. Ganz am Ende, hinter der Taipei Trading Company, fand sich, so frisch hereingekommen, daß noch kein Preisschild daran hing, der antike gasbetriebene Kühlschrank, auf der Tür noch der Abdruck meiner Schuhsohle; wenn sie nicht zubleiben wollte, habe ich immer dagegengetreten. Und in einer der Verkaufsgondeln der Abteilung für gebrauchtes Geschirr das Service aus unserer Teeküche, weiß mit grünem Rand, Geschenk des werten, dahingeschiedenen Damenhilfsvereins.

Habe den Kaufpreis praktisch diktiert, o Herr. Lieferung inklusive. Ein Schnäppchen.

abends

Spaziere zum Tompkins Square hinüber, finde meinen Dealerfreund auf seiner Bank.

Das muß aufhören, sage ich zu ihm.

Auweia, was sind Sie aufgebracht.

Wären Sie das nicht auch?

Nicht so wie der Pope, den ich kenne.

Ich dachte, wir hätten uns verständigt. Auf gegenseitige Respektierung.

Haben wir auch. Setzen Sie sich.

In der Dämmerung fallen Spatzen über die Bänke her.

Hab Ihnen ja gleich gesagt, Sie verschwenden nur Ihre

Zeit, hab mich aber doch mal umgehört, wie versprochen. Wer da bei Tim zuschlägt, ist nicht hier aus der Gegend.

Nicht von hier?

Genau.

Wie können Sie da so sicher sein?

In der Gegend hier gibt's feste Gesetze.

Gesetze! Sehr komisch.

Wo bleibt jetzt Ihr Respekt? Wir reden hier über meine Gemeinde. Die Kirche der süßen Visionen. Die Leute stützen sich auf mich, kapisto? Ich bin bekannt für mein Mitgefühl. Mich belügt keiner. Sie haben da Auswärtige auf den Hacken, Ausländer oder so, das ist meine Nachricht für Sie.

Mist. Na gut, Sie haben wohl recht.

Gern geschehen. Läßt Attachékoffer aufschnappen: Hier, meine ganz persönliche Mischung. Kostenlos. Relaxen Sie.

Danke.

Zeichen meiner Sympathie.

Montagabend

Habe auf der Empore gelauert. Sollte sich etwas regen, würde ich nur auf den Knopf drücken, und meine 6-Volt-Bärenschreck-Superbeam würde den Altar mit 300 000 Sekundenkilometern treffen – der Finger Gottes hat die gleiche Reisegeschwindigkeit.

Die bernsteinfarbenen Verbrechensbekämpfungslampen an den Straßen rings um meine Kirche machen sie im Inneren zum idealen Tatort. Unter den Gewölben scheint irgendeine die Luft trübende Substanz zu wabern. Die Gestalten in den bunten Fenstern sind fahl geworden, zu Gespenstern verblichen. Seit wie vielen Jahren ist diese Kirche nun schon mein Zuhause? Und doch brauche ich mich nur für ein paar Stunden ganz hinten auf die Empore zu setzen, um zu begreifen, wie stumpf und gleichgültig die Kirche in Wahrheit ist. Wie das Knarren von Eichengestühl klingt. Daß eine vorbeigellende Polizeisirene mit ihren beiden Doppler-Tönen sich wie eine Krise ausnimmt, die von den Steinmauern flachgeschliffen wird.

Und dann, ich bekenne es, o Herr, bin ich eingenickt. Das wäre Hochwürden Brown nie passiert. Doch da ertönte dieses Geschepper, als hätte jemand ein ganzes Tablett mit Geschirr fallen gelassen. Wieder in der Teeküche – ich hatte erwartet, sie wollten an den Altar. Eilends tappte ich die Stufen hinunter, die Superbeam wie eine Keule in der erhobenen Hand. Ich glaube, ich habe irgendwas gebrüllt. In der Art von »Auf in die Schlacht für Gott, England und St. Tim!«. Wie lange hatte ich wohl geschlafen? Auf der Schwelle hielt ich an, um nach dem Lichtschalter zu suchen, und wenn man das tut, ist für einen Moment der einzige funktionstüchtige Sinn der Geruchssinn: Haschisch in der leeren Teeküche. Der Geruch eines männlichen Körpers. Aber auch der stechend blutrünstige Duft von weiblichen Pheromenen. Und von noch etwas, von was nur. Wie von Lippenstift oder Lutscher.

Der Geschirrschrank – ein paar der Glasscheiben zerbrochen, auf dem Fußboden Scherben von Tassen und Untertassen; eine Tasse wackelte noch.

Die Tür zur Hintergasse stand offen. Ich ahne, daß sich dort draußen irgendeine Masse bewegt. Ein tiefes metallisches Dröhnen hallte von meinen Absätzen empor. Jemand flucht. Ich bin das, beim Fuchteln mit der verdammten Taschenlampe. Ich lasse den Lichtstrahl hinausschweifen und sehe deutlich einen größer werdenden Schatten, etwas Rechtwinkliges, das soeben um die Ecke verschwindet.

Ich rannte zurück in die Kirche und ließ mein Lichtlein scheinen. Hinter dem Altar, wo sich das große Messingkreuz hätte befinden sollen, war noch ein Schatten deines Kruzifixes, o Herr, zu erkennen, im unverblaßten Farbton, der vom schlechten Geschmack meines Vorgängers zeugte.

Und der echte Kriminalbeamte sagte: Können Sie mir ruhig glauben, Padre. Ich bin jetzt zehn Jahre in diesem Bezirk. Die knöpfen sich vielleicht eine Synagoge vor, wegen diesem Dingsbums da, der Thora. Weil die mit der Hand geschrieben ist, wissen Sie? Kein Massenprodukt. Bringt mindestens fünf Riesen. Dagegen geht der Buchwert von Ihrem Kreuz da gegen Null. Nada. Nichts für ungut, wir sind schließlich Verwandte, ich bin Katholik und geh zur Messe, aber da auf der Straße ist das Ding nun mal nicht mehr als Altmetall. Himmel, was für ein perverses Pack.

Dienstag

Mit der *Times* zu sprechen war ein Fehler. Solch ein mitfühlender junger Mann. Ich habe überhaupt nichts begriffen, bevor sie das Kreuz mitgenommen haben, erklärte ich ihm. Ich dachte, es wären einfach Crack-Süchtige, die auf ein paar Dollars aus sind. Vielleicht haben sie es selbst nicht begriffen. Ob ich wütend bin? Nein. Ich bin's gewohnt, beraubt zu werden. Als die Diözese mir die Obdachlosenspeisung wegnahm und mit einem ähnlichen Programm am anderen Ende der Stadt zusammenlegte, habe ich den größten Teil meiner Gemeinde eingebüßt. Das war die dickste Plünderei. Und nun haben diese Leute, wer sie auch sein mögen, unser Kreuz gestohlen. Zunächst habe ich mich gegrämt. Allmählich aber sehe ich es anders. Daß derjenige, der das Kreuz gestohlen hat, es tun mußte. Und wäre das nicht geradezu ein Segen? Wenn Christus dort hinginge, wo er gebraucht wird?

Mittwoch

Pausenlos klingelndes Telefon. Ein eisig wütender Bischof. Jedoch auch Unterstützungszusagen, eine Welle von Schecks. Darunter einige von der alten Clique, die nun Freunde meiner teuren Gattin sind, die aber meine Ausdrucksweise rührend gefunden hatten – als ob man Mozart auf alten Instrumenten gespielt hört: Und nun spielt Tommy uns ein paar fromme Stücke auf seiner Viola da Gamba. Ich zähle neunhundert und ein paar Zerquetschte. Bin ich da etwa über einen neuen Publicity-Trick gestolpert? Ich sage dir, o Herr, diese Leute kapieren's einfach nicht. Was soll ich eigentlich tun – einen Stacheldrahtzaun ziehen? Meine Kirche verhüllen wie den Reichstag?

Die Fernsehleute wuseln überall herum. Wummern an meine Tür. Mayday! Mayday! Ich schiebe jetzt das Fenster hier hinter meinem Schreibtisch hoch, lasse mich geschickt auf den Kies fallen, husche unter dem Fenster des Fitneß-Studios Ecstatic Reps entlang, wo die Dame mit dem dikken Hintern auf der Stelle rennt, und weg bin ich. Besten Dank, Lokalredaktion.

– Nur für den ... das trügerische, unsichtbare, bislang nur erschlossene Neutrino hat eine aufspürbare Masse. Wie läßt sich das verifizieren? Es gibt da diesen Kult der Neutrino-Physiker, und überall auf der Welt bauen sie mächtige Tanks für schweres Wasser, tief im Berginnern, unter der Ägäis, auf dem Grund des Baikalsees in Sibirien, in Alpentunneln, unter dem Antarktiseis ... um die fliegenden Neutrinos beobachten zu können, die so leicht, so mühelos entschlüpfen – mitten durch die Erde, wie Fledermäuse, die einem nachts hinter den Ohren vorbeisausen und einem mit dem Windzug ihrer Flügelschläge ein paar Haarsträhnen lüpfen –, und um mit starken Lichtsensoren die minimale Spannung aufzuspüren, die von den Neutrinos ausgeht, wenn sie durch die riesigen dunklen Tanks voll reinem schweren Wasser flitzen ... Einigen Leuten zufolge ist Enrico Fermi darauf gekommen, daß Neutrinos existieren müssen. Er mag ihnen ja den Namen gegeben haben, doch ohne daß irgendwer außer mir davon wußte, wurde das Neutrino eines Nachmittags im Jahre 1948 im Studiensaal der Bronx High School of Science entdeckt, als dieser fette, unbeholfene Junge namens Seligman sich meine Algebra-Hausaufgaben zum Abschreiben lieh und mir zum Dank dafür verriet, daß er die Existenz eines subatomaren Teilchens bewiesen habe, welches keinerlei physikalische Eigenschaften besitze. Er war so aufgeregt, daß er mich beim Reden mit Spucke besprühte, sehr unangenehm. Andrerseits bekamen wir beide für unsere Hausaufgaben eine Eins.

Also, wenn das Neutrino letztlich doch etwas ist, was Masse besitzt und im gesamten Universum in überwältigendem Umfang vorhanden ist, warum ... wird dadurch denn dann nicht die dunkle Materie bestimmt? Und deutet es nicht darauf hin, daß das All nicht leer ist, nicht lediglich aus der Fähigkeit von Objekten besteht, Distanz voneinander zu halten, sondern selbst eine mit Eigenschaften ausgestattete Substanz darstellt ... und eine, die sich unserem Wahrnehmungsvermögen so sehr entzieht – wie Hundepfeifen, wie Geister –, daß wir trotz all unserer naturwissenschaftlichen Eigenbrötlerei gerade erst zu verstehen beginnen, daß wir noch ganz am Anfang sind? Ich meine, wenn das Universum eine derartige Masse besitzt, wird es dann nicht unweigerlich aufhören, sich auszudehnen? Es wird einen Moment des Friedens geben, ein Universum im Stillstand, wie zwischen Flut und Ebbe, wenn alles stillsteht, und dann wird es ein bißchen ächzen und knirschen, und leise beginnt das All zu schrumpfen, saugt sich erst langsam, dann schneller wieder in Richtung auf sich selbst zurück. Und was dann? Vergessen wir den Großen Knatsch. Was wird es hinterlassen, leer zurückgelassen haben? Nichts? Wie kann es denn nichts geben! Genau das wollte Leibniz wissen: Wie, fragte er, kann es nichts geben? Und was wäre, wenn die Neutrinos, die in ihrer unzählbar massenhaften dunklen Materialität das All gravitationsartig steuern … die Seelen der Toten sind? Hat das je einer der Schlauköpfe von der Bronx High School of Science erwogen?

Himmel, ich glaube, ich werde wahnsinnig.

– Das Midrash Jazz Quartet spielt die Standards

ME AND MY SHADOW
Me and My shadow,
Strolling down the avenue.
Me and my shadow
Not a soul to tell our troubles to …
And when it's twelve o'clock
We climb the stair
We never knock
For nobody's there
Just me and my shadow
All alone and feeling blue.

ICH UND MEIN SCHATTEN
Ich und mein Schatten
schlendern die Avenue entlang
Ich und mein Schatten
und nicht eine Seele, um ihr von unserm
Kummer zu erzählen…
Und wenn es zwölf schlägt
Steigen wir die Stufen hinauf
Klopfen nicht mal an
Denn keiner ist da
Nur ich und mein Schatten
Ganz traurig und allein

Der Song spricht von einem selbst im Schatten der
Einsamkeit.
Vielleicht ist der Sänger ein Schatten seiner selbst,
Er könnte auch singen: »Ich und der Schatten meiner selbst,
Hier sind wir auf dieser namenlosen Avenue,
Niemand sonst zu sehen,
Sind wohl alle unterm Apfelbaum,
Haben die ganze verdammte Stadt uns überlassen,
Meinem Schatten und mir.«
Der Sturz des Menschen bedeutet Elend, will er sagen:
»Ich hör keine Schritte, nur meine,
Und die Avenue führt geradeaus
zwischen den hohen Gebäuden,
Meile um Meile, und die Ampeln, die werden grün
Und werden rot,
Als käm's drauf an, als gäb's da Taxis, Laster, Autos, Busse,
Stoßstange an Stoßstange, höllisches Gehupe,
Polizistengepfeife,
Menschenströme, strudelnde Seelen.
Die Avenue voller Leute, so weit du nur siehst,
und keiner davon bin ich.
Aber das ist nicht das Bild, das ich sehe. Ich bin ganz allein,
Renne auf der Straße meiner Versklavung dahin,
Werfe meinen Schatten auf sonniges Pflaster,
an meinen Schatten gekettet, Knochen um Knochen.«
Und dann hört der Sänger es zwölfmal schlagen –
ist's Mittag oder Mitternacht?
Ist's das Zeitenende, das Ende von Gottes Geduld?
Des Sängers Weg zum Himmel ist eine offene Tür ins All.
Er denkt, Wenn's keinen Himmel hinter dieser Tür da gibt –
Wenn's mehr nicht gibt für diesen armen Sterblichen hier,
warum wurde ich dann hierhergebracht,
Wozu ist dieses Leben da?

(vorsichtiger Applaus)

Doch überlegt mal rasch, was so ein Schatten zeigt,
Die Sonne ist in ihrem Himmel, das zeigt er,
Vielleicht ist dies ja nicht die Welt nach deinem Sinn,
Aber dies ist Gottes Welt, wo's Güte gibt und Sünde.
Den Unterschied, den müssen
  immer wieder neu wir lernen.
Dein Schatten zeigt, daß dich das Licht des gütigen Gottes
  nicht durchdringt
Du bist zu dickhäutig, zu undurchsichtig,
  bei Gott, das sollte dir ein Zeichen sein!
Um zwölf, wenn meine Zeit zu Ende geht?
Ich weiß, dann steig ich die Himmelsleiter hinauf!
Und hör sie sagen: Brauchst nicht zu klopfen,
  das Tor ist offen!
Sein himmlisches Licht wird warm sich auf mich ergießen,
Und wenn ich mich umdreh, ist mein Schatten fort!
Hinabgesandt, um eine weitere Seele hinaufzuleiten!
O glücklicher Tag, an dem die Glock ertönt
  für all die armen Seelen dieser Welt –
Ich kann euch sagen, sie werden nicht traurig sein,
Wenn sie merken, daß sie auf Gottes Glorie
  zugeschlendert sind!

(begeisterter Applaus)

Der Sänger sagt: »Von allem Kummer, den ich je sah,
Am längsten und schlimmsten ist der, nie wieder jemanden
  zu haben, dem ich davon erzählen kann.«
Im Grunde sagt er: »Ich hätte keinen Kummer mehr,
Hätt ich nur einen Zuhörer außer mir.«
Dies ist ein Lied der Trauer über die verlorene Liebe,
Der Erinnerung an vergangnes Glück,
Als er noch die eine Hälfte eines schmucken, stolzen
  Paars war, das am Tag der Ruhe gern einen Bummel
  machte,

Während er nun nur noch seinen fahlen Schatten zur
  Gesellschaft hat.
Und es ist ja nicht so, als ging's ringsum nicht festlich zu,
  alles ist bunt und summt vor Leben,
  andere schmucke, stolze Paare machen unter Fahnen
  in der warmen Morgensonne ihren Sonntagsbummel.
Vielleicht ist die ganze Bevölkerung der Stadt zum
  Osterspaziergang auf den Beinen –
Nein, festlich ist es schon. Feingemacht sind alle andern
  in der Stadt unterwegs.
Er dagegen, der ein Requiem für die verlorene Liebe seiner
  Seele singt,
Ist allein, ungebunden, atonal, die Dissonanz selbst.
Und wenn er das Ziel aller schattentragenden
  Wesen erreicht,
Den allerstillsten und geheimnisvollsten Palast,
Dann schwingt das Tor auf, noch eh er anklopfen kann,
Und er tritt in das Dunkel des Schattens,
  den Gott wirft.
Und als der Sänger das Tor durchschreitet,
  muß er eingestehen:
»In seinem Schatten bin ich nichts, hab nicht mal meinen
  Schatten mehr.«

(spärlicher Applaus)

Beschatte mich,
  o Schatten du,
  was soll ein Schatten
  denn bloß tun …
Erhebt sich im Morgengrauen
  am Mittag dann verbirgt er sich
  am Abend endlich,
  wenn der Mond aufgeht
Geht er zu Boden

ohne Ton
die Trauernden haben ausgesungen,
der Schatten ist dahin.

– Und wenn's nun keinen Himmel gibt, nur ein Tor?
– Nicht einmal meinen Schatten hab ich mehr ...
– Wir ahnen nicht, welcher Glorie wir entgegenschlendern ...
– Dahin, dahin, der Schatten ist dahin.

Me and My shadow,
Strolling down the avenue.
Me and my shadow
Not a soul to tell our troubles to ...

Ich und mein Schatten
schlendern die Avenue entlang
Ich und mein Schatten
und nicht eine Seele da, um ihr von unserm Kummer zu erzählen ...
(wilder Beifall)

– Daß das Universum, wie auch unsere Kenntnis davon durch irgendeinen Zufall entstanden sein, daß dieses dunkle Universum von unberechenbarer Größe sich versehentlich selbst erschaffen haben könnte ... das ist als Idee sogar noch absurder als die von einem Schöpfer.

Ein Physiker, der recht gut mit der Schöpfer-Idee leben konnte, war Einstein. Er hatte die Angewohnheit, Gott das alte Eine zu nennen. Das war sein Wort für Gott, das alte Eine. Kein eleganter Stilist, dieser Albert, sondern einer, der seine Worte unter dem Aspekt der Genauigkeit wählte. Sehr alt ist Gott in jedem Fall ... denn in den fünfziger Jahren haben Archäologen auf den Pontinischen Feldern an der tyrrhenischen Küste Westitaliens eine heilige Gebeinshöhle der Neanderthaler entdeckt. Sie fanden den Schädel eines Mannes, bestattet inmitten eines Steinkreises. Die Hirnschale war von Kiefer und Stirnknochen abgetrennt und als Trinkgefäß verwendet worden. So alt also ist Gott. Darin hat Einstein also recht. Und *das Eine* ... weil Gott definitionsgemäß nicht nur unduplizierbar und allumfassend ist, sondern auch geschlechtslos. Daher ist der Ausdruck im Grunde sehr exakt: das alte Eine. Natürlich nicht gerade eine große Erleuchtung. Albert verstand seine physikalische Arbeit als ein Aufspüren Gottes, als lebte Gott unter Bedingungen der Schwerkraft oder pendelte zwischen der schwachen und der starken Kernkraft hin und her oder als könnte man ihn hie und da dabei beobachten, wie er sich mit dreihunderttausend Kilometern in der Sekunde gleichmütig dahinbewegt ... nicht gerade der sorgende Gott, zu dem die Leute beten oder den sie bitten, aber zum Teufel, das ist doch schon etwas, ein Anfang, wenn nicht gar das einzige, was wir haben, wenn wir uns selbst gegenüber aufrichtig bleiben wollen.

– Raub

Mittwoch

Trish gab ein Dinner, als ich hinkam. Der Mietbutler, der mich empfing, hielt mich für einen verspäteten Gast. Wenn ich's mir jetzt überlege, schaute ich geradeaus, als ich am Eßzimmer vorbeiging, oder? Und doch sah ich im Bruchteil einer Sekunde alles: mit welchem Besteck gedeckt war, was für ein Blumengebinde die Tafel schmückte. Sie gibt das Veau-Paillard-Dinner. Château Latour in den Steuben-Kristallkaraffen. Ach, welche Verschwendung. Zwei von den

Hoffnungsträgern sind da, der französische UN-Diplomat und das Wunderkind von Fonds-Manager. Ich setze auf den Franzosen. Die übrigen sind Statisten. Verblüffend, welchen Lärm zehn zu Tisch sitzende Leute machen können. Und im selben Sekundenbruchteil Trishs Blick über den Rand des Weinglases, das sie an die Lippen führt, ihre Wangenknochen, die amüsierten blauen Augen, die starre Frisur. Dieser Bruchteil eines Moments, in dem ich an der offenen Tür vorüberging, genügte ihr, vom Kopf der Tafel aus alles zu sehen, was mir anzusehen war, um zu verstehen, um zu wissen, warum ich mich nach Hause geschlichen hatte. Ist es denn nicht furchtbar, daß die Synapsen noch immer gleichgeschaltet funken, nachdem es zwischen uns vorbei ist? Was hast du dazu zu sagen, Herr? So viele Probleme haben wir mit dir, daß wir uns mit deinen kleinen Gemeinheiten noch gar nicht beschäftigen konnten. Ich meine, wenn ein Augenblick noch immer der umfassende, springlebendige Träger unserer ganzen Intelligenz sein kann! Und die gleiche verdammte, blöde Biologie wirkt, wenn meine Fingerspitzen mir übermitteln, daß eine andere Frau, wie sehr sie mich auch anrühren mag, nicht Trish ist.

Aber das Eßzimmer war noch das wenigste. Der Weg über den Flur zum Gästezimmer ist lang, wenn die Mädchen zum Wochenende daheim sind.

Wir funktionieren auf Batteriebetrieb, Herr, ich hab den Akku für die Steckdose vergessen. Und ich bin erschöpft – vergib mir.

In der E-Mail:

»lieber Paster, von wegen dem Kreuz von Ihnen, gehn Sie nach Nummer 2531 W 168 St, Apart 2A, wo der Santeria

Oombalah Priester die Muschln wirft un Hühnerhälse aufschneit.«

»Lieber Bruder, wir sind zwei Missionare der Kirche Jesu Christi der Heiligen der Letzten Tage (Mormonen), entsandt an die Lower East Side von New York ...«

»Sehr geehrter Herr Pastor, ich gehöre einer Gruppe Ihrer Nachbarn im nahen New Jersey an, die einen heiligen Eid geschworen haben, die Republik und den Namen unseres Herrn Jesus Christus gegen fremde heidnische Eindringlinge zu verteidigen, woher sie auch kommen mögen, und sei es von der Bundesregierung. Und zwar wirklich zu verteidigen – mit Sachkenntnis, organisatorischem Können und dem einzigen, was diese Leute verstehen, dem Gewehr, das zu führen unser Preweleg als freie weiße Amerikaner ist ...«

– Als wir heute nachmittag nebeneinander auf dem Rücken lagen, erzählte Moira mir von sich: Sie ist in einer Arbeiterfamilie in Pennsylvania aufgewachsen. Besuchte zwei Jahre lang die Pennsylvania State University, bevor sie das Studium an den Nagel hängte und nach New York ging. Sie meinte, ein Job im Verlagswesen wäre fein, arbeitete aber erst einmal als Zeitkraft in einer Konzernzentrale, wo ihr künftiger Mann, der Vorstandsvorsitzende, auf sie aufmerksam wurde. Den Rest der Geschichte kannte ich schon: Er ließ sie in sein persönliches Sekretariat versetzen, führte sie ein paarmal aus, machte ihr einen Antrag und beendete seine zwanzigjährige Ehe. Das Leben ist Geschäft, darauf stößt man bei Spitzenmanagern unweigerlich. Eine Grausamkeit ist da am Werk, von der sie meinen, sie stünde ihnen zu. Früher, in Gamaschen- und Zylinderzeiten, wäre er wohl ins Theater gegangen und hätte sich ein Mädchen aus dem Ballettcorps ausgesucht. So ausschweifend sind wir heute nicht mehr, wir sind kultiviert, haben echte Kunst an den Bürowänden hängen und mischen hie und da einen Romancier, einen Filmemacher unter unsere Dinnergäste. Wir wissen, wer Wittgenstein war.

Moira ihrerseits kappte die wenigen Fäden, die sie noch mit ihrer Familie verbanden, indem sie niemanden zu ihrer Hochzeit einlud.

So sieht sie aus, die Genealogie ihrer heiteren Gewißheit, ihres Zaubers, den Männer und Frauen in unseren Kreisen so fesselnd fanden, auch ich – daß sie sich so reizend unbefangen unter ihnen bewegte.

Ich fühle mich getäuscht, nicht von ihr, sondern vom äußeren Anschein: wie echt kann er in meinem Amerika schon sein? Ihrem Mann gegenüber empfinde ich keine Animosität; ich kenne ihn ja kaum. Er ist eine mächtige Figur in der Industrie, wird in Zeitungsartikeln über Wirtschaftsfragen oft zitiert. Moira sagt, er sei ein Kind, das unaufhörlich ihre Bewunderung und ihr Lob brauche. Ständig sorgt er sich um seine Position in der Geschäftswelt, sie muß sich seine gequälten Berichte über Dinge anhören, von denen sie im Grunde nichts versteht, und seine heftigen Stimmungsumschwünge zu Hause ertragen, die zwischen Eitelkeit und Stolz und weinerlichem Selbstzweifel schwanken. Unbestimmte Ängste peinigen ihn, nächtliche Schweißausbrüche, und oft äußert er die Befürchtung, daß alles, was er geschaffen hat, alles, was er besitzt, ihm eines Tages fortgenommen wird. Mich eingeschlossen, sagte sie abschließend.

Sie drehte sich zur Seite. Sie lächelte. Mich eingeschlossen, sagte sie noch einmal sehr leise, und dann schob sie die Zunge in mein Ohr.

– Wenn ein Song ein Standard ist, kann er sich aus einem seiner Bestandteile reproduzieren. Wenn Sie den Text sprechen, hören Sie die Melodie. Summen Sie die Melodie, stellt sich der Text in Ihrem Kopf ein. Dies deutet auf eine ungewöhnliche selbstreferentielle Kraft hin – ein physisches Äquivalent wäre die Regeneration von Gliedmaßen oder das Klonen eines Geschöpfs, ausgehend von einer einzigen Zelle. Standards aus sämtlichen Phasen unseres Lebens bleiben in unserem Gehirn unter jedem denkbaren Gesichtspunkt gespeichert, lassen sich im Ganzen oder in Teilen abrufen oder kommen einem ungebeten in den Sinn. Nichts sonst vermag so plötzlich und ergreifend heraufzubeschwören, wie etwas aus unserer Vergangenheit aussah, wie es sich anfühlte, wie es roch. Tief in uns benutzen wir Standards als Kennzeichnung für unsere Handlungen und Beziehungen. Sie lassen sich kostenlos zur therapeutischen Selbsterforschung nutzen. Wenn Sie zum Beispiel sehr verliebt sind, an die Frau denken und sich danach sehnen, sie zu sehen, dann achten Sie einmal auf die Melodie, die Sie summen. Ist es »Just One of Those Things«? Sie werden die Affäre bald beenden.

– Raub

Gestern, Montag,
auf dem Anrufbeantworter eine Nachricht von einem Rabbiner namens Joshua Gruen von der Synagoge für evolutionären Judaismus an der achtundneunzigsten Straße West: Es ist in Ihrem Interesse, daß wir uns so bald wie möglich treffen. – Eindeutig keiner von den Spinnern. Als ich zurückrufe, ist er entgegenkommend, aber nicht bereit, am Telefon auf Fragen zu antworten. Na meinetwegen, Herr, das tun Detektive nun einmal, sie forschen nach. Klang wie ein

ernsthafter junger Mann, ein Geistlicher, der sich mit einem anderen unterhält; Zivil oder Stehkragen? Entscheide mich für den Kragen.

Die Synagoge in einem Brownstone zwischen West End Avenue und Riverside Drive, die Tür über steile Granitstufen zu erreichen. Ich schließe daraus, daß der evolutionäre Judaismus auch Aerobics umfaßt. Bestätigt sich, als ich eingelassen werde. Joshua (mein neuer Freund), ein trainierter Mann von knapp einsachtzig in Sweatshirt, Jeans, Rennschuhen. Fester Händedruck. Um die zweiunddreißig, vierunddreißig, gutes Kinn, schön gewölbte Stirn. Keine Jarmulke auf dem welligen schwarzen Haar.

Zwei ineinandergehende Empfangsräume mit einer Bundeslade am hinteren Ende, einem rustikalen Tisch zum Lesen der Thora, Regale mit Gebetsbüchern und einige wenige Reihen schlichter Klappstühle, nicht mehr – das ist die Synagoge.

Eine Etage höher stellt er mich seiner Frau vor, die ihr Telefongespräch unterbricht, sich von ihrem Schreibtisch erhebt, um mir die Hand zu geben; sie ist ebenfalls Rabbiner, Sarah Blumenthal, in Bluse und Hose, hübsches Lächeln, hohe Wangenknochen, ohne Make-up, braucht sie auch nicht, helles, modisch kurzgeschnittenes Haar, Lennon-Brille – o mein Gott, mein Herz. Sie ist einer der Rabbinerassistenten am Temple Emanuel. Und wenn nun Trish den Kragen trüge, mit mir zusammen das Abendmahl feierte? Als Scherz nicht übel, aber nicht komisch, wenn ich's mir überlege, gar nicht komisch.

Noch eine Etage höher lerne ich die Kinder kennen, Jungen von zwei und vier, in ihrem natürlichen Habitat – an der Wand Kistenregale in den Grundfarben, voller Plüschtiere. Sie hängen an den Hüften ihres dunklen guamaltekischen Kindermädchens, das ebenfalls vorgestellt wird, wie ein Mitglied der Familie …

An der hinteren Wand des Treppenabsatzes im zweiten Stock gibt es eine Eisenleiter. Joshua Gruen steigt hinauf, öffnet eine Falltür, klettert hinaus. Im nächsten Augenblick zeichnet sich sein Kopf vor dem blauen Himmel ab. Er winkt mich hinauf, mich armen, kurzatmigen Pem, so unter Streß, so hingerissen ... so entschlossen, es mühelos erscheinen zu lassen, daß ich an nichts anderes denken kann.

Schließlich stand ich auf dem flachen Dach – die alten Mietshäuser von West End Avenue und Riverside Drive überragten zu beiden Seiten die kaminreichen Stadthausdächer dieser Straße – und versuchte, gleichzeitig zu Atem zu kommen und zu lächeln. Hinter den Mietshäusern die Herbstsonne, auf meinem Gesicht die spätnachmittägliche Brise, die vom Fluß her wehte. Ich fühlte mich, wie immer auf einem Dach, aufgekratzt und leicht schwindlig ... und dachte zunächst überhaupt nichts, bis mir der erstaunte, unverhohlen forschende Blick des Rabbiners bewußt wurde, seine offensichtliche Frage, warum er mich meiner Ansicht nach wohl hierhergebracht habe, warum er mich nach hier gebracht habe. Die Hände in den Taschen, deutete er mit dem Kinn auf die Fassade zur 98th Street hin, wo flach auf dem schwarzen Teerdach, mit der Querachse genau parallel zur Außenmauer, der Länge nach an den Granitgiebel gedrückt, das dreimeterhohe, hohle Messingkreuz der Episkopalkirche St. Timothy lag und trüb in der Herbstsonne schimmerte.

Vermutlich wußte ich schon von dem Moment an, als ich die Stimme des Rabbiners hörte, daß ich es gefunden hatte. Ich beugte mich hinunter, um es mir genauer anzusehen. Die alten Kratzer und Dellen. Auch ein paar neue. Es besteht gar nicht aus einem Stück, was ich nicht gewußt hatte: die Querstreben sind durch Bolzen oder Zapfen mit dem vertikalen Teil verbunden. Ich hob es am Fußende an. Es war nicht allzu schwer, aber doch eindeutig auch wieder ein zu schweres Kreuz, als daß man es durch Subway-Stationen hätte tragen wollen.

Woher Rabbiner Joshua Gruen gewußt habe, daß es sich dort befand?

Ein anonymer Anruf. Eine Männerstimme. Hallo, Rabbiner? Ihr Dach brennt.

Das Dach brennt?

Wären die Kinder im Haus gewesen, hätte ich sie hinausgeschafft und die Feuerwehr angerufen. So aber habe ich mir unseren Handlöscher aus der Küche geschnappt und bin hinaufgerannt. Nicht besonders schlau von mir. Natürlich brannte das Dach nicht. Aber so bescheiden das Haus hier auch ist, es ist eine Synagoge. Ein Ort des Gebets und des Studiums. Und wie Sie sehen, wohnt in den oberen Etagen eine jüdische Familie. Hatte er also unrecht, der Anrufer?

Er beißt sich auf die Lippe, wendet die dunkelbraunen Augen vom Kreuz ab. Für ihn ist es ein abscheuliches Symbol. Es brandmarkt seine Synagoge. Frißt sich abwärts, Stock um Stock, der Inbegriff einer christlichen Kirche. Ich möchte ihm sagen, daß ich dem Komitee für ökumenische Theologie der Transreligiösen Gesellschaft angehöre. Daß ich Mitglied des Nationalrats von Juden und Christen bin.

Das ist eine überaus bedauerliche Sache. Es tut mir aufrichtig leid.

Sie können ja wohl kaum etwas dafür.

Ich weiß, sage ich. Aber diese Stadt wird von Stunde zu Stunde unheimlicher.

Die Rabbiner boten mir eine Tasse Kaffee an. Wir setzten uns in die Küche. Ich fühlte mich ihnen sehr nah; schließlich waren unsere Gebetsstätten beide geschändet, das gesamte jüdisch-christliche Erbe wie Ramsch behandelt worden.

Diese Bande hat es seit Monaten auf mich abgesehen. Und was haben sie schon davon gehabt? Ich meine, ein Einbruch bei einer Reinigung hätte genausoviel gebracht. Hören Sie, Rabbi –

– Joshua.

Lesen Sie Kriminalromane, Joshua?

Er räusperte sich und wurde rot. Nur jede Nacht, sagte Sarah Blumenthal und lächelte ihn an.

Nun, dann gehen wir doch einmal mit vereinten Geisteskräften vor. Wir stehen hier vor zwei Rätseln.

Wieso vor zwei?

Diese Bande. Ich kann nicht glauben, daß die vorsätzlich eine antisemitische Handlung begehen wollten. So etwas wie einen Vorsatz haben die nicht. Sie wissen gar nicht, daß es so etwas gibt. Und dann das Ding noch von der Lower East Side an die Upper West Side schaffen, quer durch Manhattan? Nein, das wäre zu viel von ihnen verlangt.

Dann war es ein anderer Täter?

Es muß so sein. Jemand hat ihnen das Kreuz abgenommen – wenn er's nicht zufällig auf einer Müllhalde gefunden hat. Und dieser zweite oder diese zweiten, die hatten dann einen Vorsatz. Aber wie haben sie es nur aufs Dach hinaufgeschafft? Und keiner hat sie gesehen oder gehört?

Angelina, ich glaube, Sie haben sie bei den Kindern gesehen – sie hat eines Morgens vom Dach her Geräusche gehört. Als wir schon aus dem Haus waren. Das war an dem Tag, als ich meinen Vater besucht habe, sagte Sarah und sah Joshua an, um bei ihm Bestätigung zu finden. Aber die Geräusche hielten nicht lange an, und Angelina machte sich keine Gedanken mehr darüber, sie nahm an, ein Handwerker hätte dort etwas repariert. Wir vermuten, daß sie durch eines der anderen Häuser an der Straße gekommen sind. Die Dächer grenzen aneinander.

Haben Sie nachgefragt? Bei den Nachbarn geklingelt?

Joshua schüttelte den Kopf.

Und wie ist es mit der Polizei?

Die beiden tauschten Blicke. Ich bitte Sie, sagte Joshua. Die Gemeinde ist noch neu, kaum mehr als ein Studienkreis, noch ganz am Anfang. Ein grüner Sproß. Aufsehen dieser Art ist das letzte, was wir gebrauchen können. Außerdem wollen sie doch genau das, wer immer es war.

Wir lehnen es ab, als Opfer gekennzeichnet zu werden, sagte Sarah Blumenthal und sah mir dabei in die Augen.

Und nun sage ich dir, Herr, während ich wieder hier in meinem Studierzimmer sitze, in diesem kahlen, heruntergekommenen Chorraum, daß ich heute abend ungewöhnlich viel Selbstmitleid verspüre, denn mir fehlt eine Gefährtin wie Sarah Blumenthal. Nicht Lüsternheit quält mich, und du weißt, ich würde es dir eingestehen, wenn es daran läge. Nein, aber ich denke daran, wie rasch ich für sie eingenommen war, wie unbefangen ich sein durfte, wie selbstverständlich ich mich unter diesen schwierigen Umständen willkommen fühlen durfte. Diese Leute haben etwas so Frisches, so Aufrichtiges, alle beide, sie waren so präsent, so selbstbeherrscht, ein wundervolles junges Paar mit einem stillen, engagierten Leben. Welch mächtige Familienburg sie doch bilden, und welches Glück er hat, o Herr, der Rabbiner Joshua Gruen, mit dieser schönen Gottesfürchtigen an seiner Seite.

Anscheinend hatte Sarah den Zusammenhang hergestellt. Joshua saß noch da und versuchte sich darüber klarzuwerden, wie er mit der Sache umgehen sollte, und sie war gerade von einem Kongreß irgendwo zurückgekommen, und als er ihr berichtete, was da auf dem Dach lag, fragte sie sich, ob es sich nicht um das fehlende Kruzifix handele, vom dem sie in der Zeitung gelesen hatte.

Ich hatte den Artikel nicht gelesen und war skeptisch.

Dir kam es einfach zu seltsam vor, daß du da in eine Zeitungsgeschichte hineingeraten warst, sagte Sarah.

Stimmt. Nachrichten sind Dinge, die anderswo passieren. Und zu erkennen, daß man mehr weiß, als der Reporter wußte ... Aber dann haben wir den Artikel wiedergefunden.

Er läßt mich nichts wegwerfen, sagt Sarah.

In diesem Fall zum Glück, sagt der Mann zu seiner Frau. Man hat das Gefühl, in der Library of Congress zu wohnen.

Dank Sarah haben wir also nun den rechtmäßigen Eigentümer.

Sie sieht mich an und errötet leicht. Nimmt die Brille ab, ganz die Gelehrte, und reibt sich den Nasenrücken. Bevor sie die Brille wieder aufsetzt, sehe ich flüchtig ihre Augen. Sie ist kurzsichtig, wie ein kleines Mädchen, das ich in den ersten Schuljahren geliebt habe.

Ich bin Ihnen überaus dankbar, sage ich zu meinen neuen Freunden. Zu allem übrigen haben Sie hier auch noch eine Mitzwa vollbracht. Darf ich Ihr Telefon benutzen? Ich lasse einen Transporter kommen. Wir können es zerlegen, verpacken und schnurstracks aus dem Haus bringen, ohne daß irgendwer etwas davon erfährt.

Ich bin bereit, die Hälfte der Kosten zu übernehmen.

Danke, das ist nicht nötig. Ich brauche Ihnen wohl kaum zu sagen, daß mein Leben in letzter Zeit die Hölle war. Ihr Kaffee ist sehr gut, aber Sie hätten nicht zufällig etwas zu trinken?

Sarah geht zu einem Hängeschrank. Wäre ein Scotch das Richtige?

Joshua lehnt sich seufzend auf seinem Stuhl zurück. Ich könnte selbst einen Schluck gebrauchen.

Die Lage jetzt: zerlegt und wie Baumaterial gestapelt liegt mein Kreuz hinter dem Altar. Es kann nicht mehr rechtzeitig zum Sonntagsgottesdienst zusammengebaut und wieder aufgehängt werden. Das ist nicht schlimm, daraus kann ich eine Predigt machen. Der Schatten ist ja da, der Schatten des Kreuzes in der Apsis. Wir werden unsere Gebete an Gott im Namen seines unauslöschlichen Sohnes Jesus Christus richten. Nicht übel, Pem, so etwas kannst du immer noch aus dem Hut zaubern, wenn du willst.

Beinahe war ich davon überzeugt, daß wirklich irgendeine neue Sekte hinter der Sache steckte. Na gut, dachte ich, dann halte ich eben von gegenüber aus Wache und sehe ihnen dabei zu, wie sie St. Tim Backstein um Backstein auseinandernehmen. Helfe ihnen vielleicht noch. Sie werden sie irgendwo wieder zusammensetzen, als Volkskirche. Als Ausdruck ihres schlichten Glaubens. Vielleicht schau ich dann mal vorbei, höre mir ab und zu die Predigt an. Lerne etwas draus ...

Daneben meine andere, zugegebenermaßen paranoide Theorie: Die Kirche würde als Kunstinstallation in Soho landen. Nachdem ich, sagen wir, ein paar Monate, ein Jahr gewartet habe, schaue ich durch das Fenster einer Galerie, und da sehe ich sie, die Kirche, gebührend verschönert, ein Statement. Weißwein trinkende Leute stehen umher. Das also war die säkulare Version. Ich glaubte, ich hätte alle Ausgangspunkte im Blick. Nun bin ich erschüttert. Wie soll ich mir nur diese sonderbare Nachtkultur von kaputten Schleichern erklären ... diese kopflosen Diebe des Wertlosen, die – auf dem Rücken was? Egal was! – kichernd durch die Straßen ziehen, durch die wässrigen Gefilde des urbanen Nihilismus ... deren Witz im glimmenden Wiedererkennen von etwas besteht, das einmal eine Bedeutung besaß, die ihnen vor Gelächter nicht mehr einfällt. Himmel, nicht einmal ein Sakrileg liegt da mehr vor. Ein Hund, der einen Knochen stiehlt, weiß besser, was er tut.

Moira verwandelt sich in eine Geschichte: eine Frau, die Klassenschranken überschreitet. Der Mann hat schon etwas vom Snob, was? Ich weiß nicht, ob er mir sympathisch ist, wenn er sich's leisten kann, seine Nachmittage im Metropolitan Museum zu verbringen. Als sie ihm ihre Zunge ins Ohr schob, war er schockiert. Nicht nur, weil es so vulgär war, sondern weil so nur jemand anderes handeln konnte, nicht die Person, die sie in seiner Vorstellung war.

Hin kriegst du das nur, wenn du sie moralisch aufmotzt, ihnen eine Antriebskraft verpaßt, aber dann bekommst du bloß einen Film.

Film: Typ fängt eine Affäre mit dieser wirklich eleganten Trophäenfrau eines führenden Industriellen an – alle drei bewegen sie sich im unscharf abgegrenzten Gewirbel der New Yorker Gesellschaft, unter Verlags- und Werbungsleuten, Künstlern, Journalisten und Brokern.

Gehörig ermutigt, entpuppt sie sich als feurige Geliebte ohne Schuldgefühle oder Selbstanklagen. Was er sich auch einfallen läßt, sie hat nichts dagegen, es auszuprobieren. Ihm fällt manches ein. Sie würdigt jede seiner bizarren Launen, schmollt nicht und ist nicht wütend zu machen.

Vornehmlich aufgrund der Bedingungen, die er gesetzt hat, übt sie sich darin, nicht mehr von der Beziehung zu erwarten, als er zu geben bereit ist. Unangefochten übernimmt er die Regie – wo sie sich treffen, wie sie sich verhalten werden, welche Aufgaben er für sie in ihrem Zustand inbrünstiger Selbsterniedrigung ersinnen wird. Sie ist damit zufrieden, ihn zu treffen, ihnen beiden gefällig zu sein und wieder nach Hause zu gehen, bis zum nächsten Mal.

Doch ihr totaler Verzicht auf einen eigenen Willen und die daraus resultierende Stabilität der Affäre beginnen ihn zu langweilen. So übernimmt er auch die Regie in ihrem Eheleben: Er bestimmt, wann sie sich ihrem Mann verweigern soll und wann nicht, welche Kleider, welches Parfum sie tragen soll, welche Speisefolgen sie ihrem Koch vorschreiben, auf welchen Restaurants sie bestehen soll, wohin die Reisen des Paars gehen werden, sogar, auf welchen Laken der Gatte schläft, welche Seife in der Seifenschale liegt. Der Liebhaber findet es belebend, über die Frau das intime Leben ihres Mannes fernzusteuern.

Jetzt merke ich, daß er ein richtiger Scheißkerl ist. Warum sollte ich mit ihm etwas zu schaffen haben? Auf seine Regieanweisungen hin gerät der Gatte einmal mit seiner Frau nach Maui – und während er, der Ehemann, sich an einem Privatstrand sonnt, hält sich der Liebhaber in dessen Suite auf und schält die Ehefrau aus dem Badeanzug, liest aus der Falte zwischen Leiste und Oberschenkel die Sandkörnchen, die er dort findet, und tupft sie mit der Fingerkuppe auf ihre allerempfindlichste Stelle. Er läßt sie atemlos zurück, sie ist süchtig nach der Gefahr, die er für sie geworden ist, nach der Bedrohung ihres Wohlbefindens, ihrer Selbstachtung, ihres Lebens.

Jemand, der so mies ist wie dieser Bursche, muß ein Star sein. Ich meine, wäre er ein fetter, kahler Sack, der die Luft durch die Zähne einzieht, dann wäre das Publikum abgestoßen, gereizt bis zur Entrüstung. Wollte sein Geld zurück. Nun ist er aber schlank, fit, und pflegt sich so aufwendig, wie es zutiefst glaubenlose Menschen tun. Er joggt, trainiert fast rituell, pflegt sich, wie es ihm zusteht. Trinkt mehr als maßvoll, übertreibt in nichts außer im Intrigieren. Bemüht sich nicht, sich bei andern einzuschmeicheln, und läßt sich nicht auf das Geplauder ein, das zeigen soll, wie liebenswürdig man doch ist. Wenn er sich komisch gibt, wirkt er verächtlich, wenn er wütend ist, lautlos gefährlich. So gleichmäßig ist sein Egoismus über sämtliche Facetten seines Lebens verteilt, daß andere ihn nicht wahrnehmen, es sei denn als snobistische Patina, als eine gewisse Arroganz, die bei besserer Beleuchtung als Skrupellosigkeit zu erkennen wäre. Und dies zieht Frauen an. Es hat Moira angezogen.

Inzwischen ist mir klar, daß sein zwangloses Oberschichtbenehmen, sein Wissen um Ersatzbefriedigungen, Weine, Pferde, Segelei und so weiter, von seinem früheren Beruf herrührt, dem eines CIA-Manns, der verdeckte Aktionen geplant, von allerlei Auslandsposten aus operiert hat. Wie könnte es schon anders sein? Normalen Menschen, die ihre Nachrichten der Zeitung entnehmen, begegnet er mit der Herablassung eines Mannes, der die geopolitischen Abenteuer des Kalten Krieges als Insider erlebt hat.

Er entstammt ebenso der Mittelschicht wie sie; er mag im Norden des Staats New York geboren sein, obwohl es falsch ist, ihn regional einordnen zu wollen, weil sein ganzes Leben bisher eben darauf angelegt war, sich die spezifische Identität, die jemanden mit einer Region oder Familie verbindet, abzutrainieren. Genauer, seine nihilistische moralische Ausstattung – oder vielleicht auch nur die Notwendigkeit, den Film auf unter zwei Stunden zu bringen – hat aus seinem Charakter jede sekundäre Eigenart getilgt, die eine religiöse oder ethnische Zugehörigkeit verleiht.

Inzwischen hatte er seine Geliebte verwanzt, so daß er die intimen Gespräche zwischen ihrem Mann und ihr mithören, die Schwächen registrieren kann, all jene Untertöne, die Furcht oder Schuldgefühle, Lust oder Liebe verraten. Der Ehemann hat diese weiche Kinnpartie, diesen Mama-Drang in seinen intimsten Augenblicken, das Verlangen, von seiner Frau gelobt und bewundert zu werden. Im Zusammenleben mit ihm ist sie sich immer wie eine Gefangene vorgekommen. Sein dramatisches Berufsleben setzt er wie einen Knüppel ein. Sie begreift, daß er mit der stolzen Beachtung, die er ihr in der Öffentlichkeit schenkt, gleichsam sich selbst beglückwünscht; gerade so, wie er auch nirgendwo hingeht und keine Einladung annimmt, wenn nicht alles darauf hindeutet, daß es ihm Ehre oder Statuspunkte eintragen wird.

Warum sie auf den Geliebten mit dem düsteren Herzen eingegangen ist, hat sie nie klar durchdacht, tatsächlich aber hat sie wieder auf das gleiche reagiert wie damals, als ihr Managergatte um sie warb, beide Male mit dem Gefühl, von einer Woge mitgerissen zu werden, die sie mit ungeheurer Macht über sämtliche Freiheitschancen hinaustragen würde, die sie sich allein hätte schaffen können. Sie ist jedoch von ihrem Geliebten und seinem Stil so abhängig geworden, wie sie es entsprechend von ihrem Mann gewesen war, und Freiheit nimmt für sie die Gestalt von Unterjochung an, wird zu einer Idee, zu der man nur durch ihr Scheitern vordringen kann.

Und somit haben wir in diesen drei Rollen drei Leben, die mehr oder weniger von der Wirklichkeit abgekoppelt sind und eben dadurch belebt werden. Dem Liebhaber für seinen Teil schwebt ein grandioses Finale für sein Unterfangen vor, das so gefährlich, so extrem ist, daß er zu dem Schluß gelangt, sein Leben, das bislang in Langweile, Entfremdung und ohne jede ernste Überzeugung dahingetriftet ist, könnte nun vielleicht Erlösung finden, indem es zur Kunstform umgestaltet wird.

– Dies ist mein Laboratorium, hier in meinem Schädel. Es ist spärlich möbliert, das kann ich Ihnen versichern. Tatsächlich könnte man sagen, meine Arbeit habe darin bestanden, das Mobiliar aus meinem Laboratorium zu räumen, die Bechergläser, Meßgeräte, Schränke, alten Bücher. Bis zu einem bestimmten Grade ist mir dies zwar gelungen, doch noch immer gibt es hier ein paar Dinge, von denen ich mich offenbar nicht trennen kann: von der Vorstellung, daß das Universum planvoll entworfen ist; daß es einige wenige simple Regeln oder Gesetze – physikalische Gesetze – gibt, aus denen sich all die mannigfaltigen Prozesse von Belebtem und Unbelebtem ableiten lassen. Sie sehen also, daß ich nicht gerade der alles untergrabende, subversive Revolutionär bin, als den mich Hitlers Nazis hinstellten.

Natürlich wird das Universum, das wir alle von Kindheit an kennen und wahrgenommen haben, von dem großen, geachteten Sir Isaac Newton nur scheinbar erklärt. Dieses Universum – mit all den Sternen am Firmament, mit den auf ihren Umlaufbahnen kreisenden Planeten und mit der Nacht, die auf den Tag folgt, mit Bewegungen, die Reaktionen auslösen, und Körpern, die gemäß ihrer Schwerkraft fallen – wirkt insgesamt ganz vernünftig, außer für einen Geist wie mich, und es ist auch nicht das einzige. Denn mit seinem mechanischen Modell vom Universum setzt mein verehrter Sir Isaac so einiges voraus, was sich nicht beweisen läßt. Die Vorstellung von absoluter Bewegung und absolutem Stillstand zum Beispiel, die Vorstellung, daß etwas sich absolut, ohne Relation zu etwas anderem, bewegen kann. Das ist glatt unmöglich, eine Idee, die empirisch, in Hinblick auf die Erfahrung, nicht zu beweisen ist. Das Schiff, das sich auf dem Meer bewegt, tut dies im Verhältnis zum Festland. Oder, wenn Sie wollen, im Verhältnis zu einem anderen Schiff, das sich mit größerer oder geringerer Geschwindigkeit bewegt. Oder im Verhältnis zu einem Luftschiff darüber. Oder zu einem Wal unter Wasser. Oder zu den Strömungen des Meeres. Stets im Verhältnis zu etwas. Und das gleiche gilt für einen Planeten. Es gibt im Universum nichts, das sich beweisbar absolut bewegt, nicht im Verhältnis zu etwas anderem im Universum oder gar zum Universum in seiner Gesamtheit.

Nun beharre ich da auf einem sehr simplen Punkt, auf dem alle meine weiteren Überlegungen basieren. Daß absolute Bewegung und absoluter Stillstand falsche Vorstellungen sind, die sich nicht nachweisen lassen. Aber Sie sehen, welch immense Implikationen es hat, wenn ich so kleinlich und dickköpfig darauf beharre, daß wir uns mit diesen Dingen nur insofern beschäftigen, als sie beweisbar sind. Ich will es Ihnen zeigen, es ist ganz einfach. Machen wir ein kleines Gedankenexperiment …

Wenn ich mich in einer Rakete befinde, die mit Millionen Stundenkilometern durch den Raum fliegt … und wenn Sie in Ihrer Rakete mich einholen und Ihre Maschinen so drosseln, daß wir mit derselben Geschwindigkeit nebeneinander herfliegen … und wenn in jedem unserer Raumschiffe jemand schläft und aufwacht und durch sein Fenster in das des anderen blickt … ohne die vorbeizischenden oder vorbeitriftenden Meteoriten und stellaren Partikel zu sehen … sondern nur in die Kabine des anderen schaut … dann werden diese Personen nicht entscheiden können, ob ihre Raumschiffe sich gemeinsam konstant bewegen oder überhaupt nicht. Weil die Erfahrung in beiden Fällen gleich ist.

Sehen Sie, wie einfach das ist? Ich bin im Grunde ein einfacher Mensch und beginne bei den Fragen, die ein Kind stellen würde. Zum Beispiel war ich beinahe noch ein Kind, als ich mich fragte, was passieren würde, wenn ich mit Lichtgeschwindigkeit unterwegs wäre. Nichts im Universum kann sich schneller bewegen als das Licht. Wissen Sie, was das bedeutet? Es bedeutet, daß es in unserem Universum keine momentanen Prozesse gibt, da sich nichts schneller ereignen kann, als sich das Licht bewegt, und das Licht braucht Zeit, um von einem Ort zum anderen zu kommen. Es bedeutet zum Beispiel, daß eine Person nicht an zwei Orten gleichzeitig sein kann. Und zum Beispiel auch, daß es die von vielen Menschen so geliebten Geister nicht geben kann, weil Geister so wenig wie sonst jemand auftauchen und verschwinden können, als hätte es sie keine Zeit gekostet, von einem Ort zum anderen zu gelangen. Wäre ich also mit Lichtgeschwindigkeit unterwegs und hielte dabei einen Spiegel in der Hand, dann sähe ich – das wurde mir als Kind klar – im Spiegel nicht mein Abbild, denn ebenso lichtschnell wie das Abbild meines Gesichts sich auf den Spiegel zubewegte, würde der Spiegel sich entfernen. Und in dem Spiegel, den ich mir vors Gesicht hielte, könnte ich gar nichts sehen. Und doch kommt einem das nicht richtig vor. Man hat nicht das Gefühl, daß es so wäre, nicht wahr? In der Tat ist es eine recht beängstigende Vorstellung, daß ich, wenn ich mich mit Lichtgeschwindigkeit bewegte, keine Bestätigung meiner Existenz von einer objektiven Quelle reflektierten Lichts wie einem Spiegel erhalten könnte. Ich wäre dann so etwas wie ein Geist im Universum, im Zeitstrom materiell nicht zu verifizieren.

Aus diesem simplen Gedankenexperiment leitete ich also das Folgende ab: Kein Objekt, ob Spiegel oder Mensch, nicht einmal ein dünnerer als ich, der sich nicht an Sachertorte oder Tee mit Himbeermarmelade oder Hörnchen mit Butter gütlich getan hat, nein, selbst der dünnste lebende Mensch kann sich nicht mit Lichtgeschwindigkeit durchs All bewegen. Da wir für uns selbst im Spiegel und füreinander stets sichtbar bleiben, müssen wir uns langsamer bewegen, obwohl das Licht sich von der Oberfläche unserer liebenswerten Gesichter und von unserem Spiegel mit der gleichen konstanten Höchstgeschwindigkeit fortbewegt. Wir selbst sind langsamer. Sogar in unseren schnellsten Raumschiffen. Wissen Sie, was geschähe, wenn wir uns in Richtung Lichtgeschwindigkeit beschleunigten, wenn wir schneller und schneller würden, von null Kilometer in der Stunde auf dreihunderttausend in der Sekunde? Du meine Güte, wir würden so bleischwer, immer schwerer, je schneller wir uns bewegten, bis unser enormes Gewicht oder unsere Dichte so groß würde, daß sich der Raum um uns herum auf uns zu krümmen würde und wir den Raum in eine solche Dichte um uns herum hineinsaugen würden ... Je schneller wir uns bewegten, desto geringer würde unsere Chance, die Lichtgeschwindigkeit zu erreichen ... denn je schneller wir uns bewegten, desto mehr Masse hätten wir, und je mehr Masse, desto größer der Widerstand, der unser Fortkommen behinderte ... bis die uns umgebenden himmlischen Gefilde sich und uns bis zur Unkenntlichkeit krümmen, verbiegen und verzerren würden.

Und ausgehend von diesen wenigen einfachen, möglicherweise einfältigen Gedanken habe ich Gesetze entdeckt, physikalische Gesetze, die auf manche Leute so beunruhigend wirken, daß sie zu dem Schluß gekommen sind, der Mann auf der Straße könne das, wovon ich spreche, die Revolution, die ich angeblich angezettelt habe, unmöglich begreifen. Daß ich so etwas wie ein Genie sei, das man respektieren oder gar verehren müsse, während man sich am Kopf kratzt und sagt, hol ihn der Teufel. Guck mal, wie komisch ihm die Haare zu Berge stehen, das kommt vielleicht davon, daß er versucht hat, mit Lichtgeschwindigkeit in seinen Spiegel hineinzufliegen. Guck mal, sein Sweatshirt, seine ungebügelten Hosen – die trägt er nicht etwa, weil sie zum Arbeiten praktisch sind; nein, wenn er vergißt, Jackett und Krawatte zu tragen, muß er ein Genie sein. Die Kreide, mit der er seine Geheimformeln an die Tafel schreibt – das Kreidestück bricht ihm in der Hand ab! Mit alldem haben die Presse und die Rundfunkleute Ihnen das Nachdenken darüber abgenommen, was ich zu sagen habe. Das ist beleidigend nicht nur für mich, sondern auch für Sie, denn natürlich kann der menschliche Verstand die Wahrheit immer herausfinden, denn so verborgen sie auch sein mag, irgendwann kommt sie an den Tag. Und nichts von dem, was ich entdeckt habe, ist revolutionär, denn ich nehme nur wahr, was immer schon so war wie jetzt und, soweit ich sehe, immer so sein wird. Nur unsere Wahrnehmung ist … schärfer geworden.

Also: Letztlich können wir über das Universum des alten Einen mit Gewißheit nur das Folgende sagen: nichts bleibt konstant, außer der Geschwindigkeit des Lichts.

Über den Raum können wir mit Gewißheit nur sagen, daß er etwas ist, das man mit dem Lineal mißt.

Und über die Zeit können wir nur sagen, daß sie etwas ist, das man mit der Uhr mißt.

Für die theologischen Visionen, die Aufschreie und die Panik aber, die dies in unseren Köpfen auslöst, bitte ich Sie, nicht mich verantwortlich zu machen.

– Naturwissenschaftliche Songs gibt es kaum. Kein Song erzählt Ihnen, daß die Schwerkraft ein Produkt der Massen zweier Körper ist, geteilt durch den Quotienten der Distanz zwischen ihnen. Umgekehrt aber sagt uns die Wissenschaft etwas Lehrreiches über Songs: Wissenschaftliche Formeln beschreiben die Gesetze, nach denen das Universum funktioniert, und deuten in Form von Gleichungen an, daß ein Gleichgewicht möglich ist, selbst wenn die Dinge sich im Ungleichgewicht zu befinden scheinen. So ist es auch mit Songs. Songs sind ausgleichende Erscheinungen. Wenn ein Sänger fragt: Warum hast du mir das angetan, warum hast du mir das Herz gebrochen … dann ist darin die Formel enthalten, daß das Maß an Verrat der Beredtheit des Schmerzensschreis entspricht. Gefühle verwandeln sich so rasch und unvorhersehbar wie subatomare Phänomene, und wenn sich eine kritische Masse gebildet hat, bricht ein Song hervor; doch die Gesamtmenge an reiner Energie bleibt konstant. Und wenn ein Song gut ist, wenn er ein Standard ist, dann erkennen wir darin den Ausdruck einer Wahrheit.

Wie eine Formel kann er sich auf jedermann beziehen, nicht nur auf den Sänger.

– Seltsamer Anblick auf dem Pier, ein herrlicher Blaureiher, in die eine Richtung spähend, fast Rücken an Rücken mit einem schneeweißen Silberreiher, der in die entgegengesetzte Richtung blickte. Solcher Dinge wegen sollte jeder manchmal die Stadt verlassen.

Da sie die gleichen Nahrungsquellen haben, wundert es mich, daß sie sich vertragen, aber da stehen sie und beachten einander einfach nicht. *Ich schaue nicht hin, aber ich weiß, daß du da bist.* Der Silberreiher bricht als erster aus, den Hals gestreckt, den gelben Bajonettschnabel vorgereckt, ein schöner Vogel in der Luft, geschmeidig, wie ein präraphaelitisches Wasserflugzeug, aber mit erbarmungslosen Augen … und der Graureiher, der mit seinem runden schwarzen Schulterfleck so zerzaust aussieht – der gefiederte Rumpf ist eher blaugrau, die langen Beine, die Füße und der Schnabel sind schwarz –, ist ein weniger anmutiger, weniger eleganter Vogel als der Silberreiher, obwohl er, als er mit seiner mächtigen Flügelspanne flach über dem Wasser startet, die Stattlichkeit eines Linienflugzeugs gewinnt. In seinem Blick aber liegt ein gewisser Kummer, und eindeutig ist er ein Einzelgänger, ein Junggeselle von Vogel, dem ein bißchen weibliche Beachtung, ein bißchen Geschniegeltwerden guttäte, wie mir.

– Raub

Anruf von Rabbiner Joshua:

Wenn wir uns in dieser Sache wie Detektive verhalten

wollen … dann beginnen wir mit dem, was wir wissen – das haben Sie doch auch getan, nicht wahr? Was ich weiß, womit ich anfange, ist folgendes: kein Jude hätte Ihr Kruzifix gestohlen. Er käme nicht auf die Idee. Nicht einmal in der größten drogenbedingten Verstörung.

Vermutlich nicht, sage ich und denke: Warum meint Joshua, er müsse das ausschließen?

Die Polizei hat Ihnen gesagt, ihr Kreuz hätte auf der Straße keinen Marktwert. Wenn es aber jemand haben will, dann besitzt es einen Wert.

Für einen bereits vorgegebenen, wildwütigen Antisemiten etwa.

Ja, das ist das Wahrscheinlichste. Wir sind hier in einer gemischten, multikulturellen Gegend. Es mag Leute geben, die nicht gern eine Synagoge in ihrer Straße haben. Niemand hat mir das zu verstehen gegeben, aber möglich ist es immer.

Richtig.

Möglich ist aber auch … das Kreuz auf mein Dach zu schaffen, nun ja, das hätte sich auch ein ultraorthodoxer Fanatiker ausdenken können. Auch das ist möglich.

Mein Gott!

Ich sage ja nicht, daß es so ist. Ich versuche nur, sämtliche Möglichkeiten zu erwägen. Es gibt Menschen, für die das, was Sarah und ich tun, unsere Bemühungen, unsere Tradition umzugestalten, ihr neue Gültigkeit zu geben – nun, in deren Augen auf Apostasie hinausläuft.

Das nehme ich Ihnen nicht ab, sagte ich. Ich meine, ich kann das nicht wahrscheinlich finden. Wieso denn auch?

Erinnern Sie sich, der Anrufer sagte, mein Dach brenne. So etwas könnte ein Jude sagen. Natürlich weiß ich es nicht sicher, ich mag völlig falsch liegen. Aber man muß es erwägen. Sagen Sie, Reverend –

Tom.

Tom. Sie sind ein wenig älter als ich, Sie haben mehr gesehen, vielleicht haben Sie über diese Dinge mehr nachgedacht. Wohin Sie in der Welt heute auch blicken, gehört Gott den Atavisten. Und sie sind so inbrünstig, diese Leute, so selbstgewiß, als ob nicht alles menschliche Wissen seit der Schrift ebenfalls Gottes Offenbarung wäre! Was ich sagen will, verläuft die Zeit denn in einer Schleife? Haben Sie das auch, dieses Gefühl – daß alles rückwärts zu laufen scheint? Daß die Zivilisation den Rückwärtsgang eingelegt hat?

Ach, mein lieber Rabbiner Joshua! Was kann ich dir darauf antworten? Wenn es wirklich so ist, wenn Gott wahrhaftig den Atavisten gehört, dann ist Glaube eben das, dann bewirkt Glaube eben das. Und wir sind gestrandet, du und ich.

– Montag

An der Haupttür ein Vorhängeschloß. In der Pfarreiküche der frisch angeheuerte, klassisch-stumpfsinnige private Wachmann von St. Timothy, der auf nach hinten gekipptem Stuhl die Zeitschrift *People* liest.

Trost spendet mir auch die Frau im Studio Ecstatic Reps. Wie gewöhnlich ist sie da und rennt auf der Stelle, Kopfhörer auf den Ohren, und ihre dicken Schenkel im schwarzen Trikot rollen auf und ab wie Sisyphus-Steinbrocken. Sobald es dämmert, geht sie entzwei, und die Grüns und blassen Lavendeltöne der Lichter, die sich an der Glasscheibe brechen, huschen über sie hinweg.

Somit ist alles, wie es sein sollte, die Welt ist in den Fugen. Die Wanduhr tickt. Ich muß mich um nichts sorgen, nur darum, was ich vor den Prüfern des Bischofs sage, die über den Verlauf meines verbleibenden Lebens bestimmen werden.

Zum Auftakt will ich folgendes sagen: »Meine lieben Kollegen, was Sie hier heute zu prüfen haben, ist keine spirituelle Krise. Stellen wir das zunächst klar. Ich bin nicht zusammengebrochen, eingeknickt, ausgerastet oder ausgebrannt. Gewiß, mein Privatleben ist ein Trümmerhaufen, meine Kirche sieht aus wie nach einem Krieg, und da ich nicht jemand bin, der sich in Therapie begibt oder in einer Betroffenengruppe Beistand sucht, und da Gott meine Mitteilungen wie üblich ignoriert hat (Herr, nimm's mir nicht krumm), fühle ich mich ein wenig isoliert. Ich gebe sogar zu, daß ich in den letzten Jahren, nein, seit mehreren Jahren gegen meine chronische Verzweiflung nichts Besseres zu tun wußte, als durch die Straßen Manhattans zu wandern. Gleichwohl sind die Gedanken, die ich Ihnen vortragen will, wirklich substantiell, und selbst falls Sie einige davon beunruhigend finden sollten, möchte ich Sie doch ersuchen – möchte ich Ihnen doch nahelegen, empfehlen, raten – möchte ich Ihnen doch raten, sich mit ihnen so auseinanderzusetzen, wie sie es verdienen, und darin nicht Indizien für den psychisch bedingten Niedergang eines Verstandes zu sehen, für den Sie einmal eine gewisse Achtung – vor dem Sie einmal eine gewisse Achtung hegten, will ich sagen.«

Das geht doch soweit, Herr, oder? Wenn ich's ihnen sozusagen selbst kredenze? Eine Spur riskant vielleicht. Was könnten sie schließlich mit mir vorhaben? In der Reihenfolge der Wahrscheinlichkeit, erstens: eine Verwarnung, zweitens: ein förmlicher Tadel, drittens: Zensur, viertens: etwa ein Monat in therapeutischen Exerzitien, gefolgt von glanzvoller Versetzung an einen abgelegenen Posten, wo man nie wieder von mir hören wird, fünftens: erzwungene Frühpensionierung bei vollen Bezügen, sechstens: Amtsenthebung, siebtens: Exkommunikation. Und-wenn-schon!

Übrigens, worin bestehen eigentlich meine »wirklich substantiellen Gedanken«? Das troff mir so von der Zunge. Ein bißchen Hilfe täte da schon gut. In Anbetracht des heutigen, verminderten Konzentrationsvermögens brauche ich keine fünfundneunzig Thesen – mit zwei, drei schlage ich mich schon durch. Der entscheidende Punkt ist: was immer ich sage, es wird sie alarmieren. Nichts in einer Kirche wackelt so sehr wie ihre Lehre. Darum bewachen sie die ja auch mit ihrem Leben, nicht? Nur um das H-Wort einmal auf den Tisch zu werfen – Häresie ist schließlich ein juristischer Begriff, sonst nichts. Ich meine, angeblich wird damit ja dir ein Schlag versetzt, Herr, dabei kann doch ein Häretiker dich nicht mehr kümmern als jemand, der aus einer Eigentumswohnung geworfen wird, weil er nach zehn Uhr abends noch Klavier spielt. Ich bitte dich also, Herr, sieh zu, daß mir etwas einfällt, das nur für einen Tadel gut ist. Gönn mir mal was. Sprich zu mir. Schick mir eine E-Mail.

> Einst hörten Menschen dich sprechen,
> Du selbst bist ja ein Wort, wenn auch ein
> unaussprechliches, wie manche meinen,
> Du bist das Wort, heißt es, und daß du das
> letzte Wort hast, daran zweifle ich nicht.
> Du bist der Herr unser Erzähler, der einen Text
> aus nichts schuf, so wenigstens will es unsere
> Geschichte
> über dich.

Hier also steht dein Diener, Dr. Thomas Pemberton, schon fast nicht mehr Pfarrherr der Episkopalgemeinde St. Timothy, und wendet sich an dich in einer deiner Erfindungen, einem deiner Intonationssysteme aus Schnalz- und Grunz-, Gurr- und Knacklauten.

Gedenkst du, dich seiner nicht zu erbarmen, dieser armen gequälten Seele voller Sehnsucht nach deinem einzigen Sohn? In seiner Ausbildung zum Detektiv hat dein Diener versagt; nichts hat er gelöst.

Darf er dir dennoch auf der Spur bleiben? Gott? Dem Mysterium?

– Um Ihnen noch weiter zu versichern, daß ich kein Genie bin, dessen Gedanken für die Mehrheit der Menschen zu abstrus sind, lassen Sie mich Ihnen ein paar persönliche Dinge mitteilen. Sie werden sehen, wie normal mein Leben begann und daß ich von der entsetzlichen Geschichte meiner Zeit mitgerissen wurde wie alle anderen auch. In den ersten drei, vier Jahren meines Lebens habe ich nicht gesprochen, und auch danach blieb ich maulfaul. Sogar noch bis zum neunten Lebensjahr sprach ich langsam, als hätte ich es mit einer Fremdsprache zu tun, und wie sich herausstellte, war es auch so. Nicht daß es darauf ankäme – Sprache ist immer eine Übersetzung aus etwas anderem, und in diesem anderen habe ich dreiundsiebzig Jahre gelebt.

Meine früheste Erinnerung ist das Kopfsteinpflaster von Ulm, über das ich im festen Griff meines Papas tappte oder schwebte, wobei ich manchmal wild an der Achse meines Handgelenks schlenkerte. Jeder rundliche Pflasterstein, gegen den ich stieß, gab seine unausweichliche Masse an mich weiter. Und wie kommt es, fragte ich mich, daß die Steine so hübsch aneinanderpassen, wie Brotlaibe im Bäckerofen? Dann entdeckte ich die Meißelspuren, die jeden Stein verschieden und doch den anderen gleich machten. Jeder Stein bewahrte die Erinnerung an seine Gestaltwerdung, er trug die Spuren seiner Geschichte, der Geschichte menschlicher Arbeit, und all die Steine zusammen stellten eine Unzahl von Entscheidungen im Dienste eines einzigen Plans dar, der Absicht, eine begehbare Straße zu schaffen. Die auch entstanden war – eine Straße, die bergan führte und sich auf einmal nach allen Seiten zu dem großen Platz des Doms verbreiterte, der ebenfalls aus Stein war. Die ganze Welt war aus Stein. Von Pferden gezogene Karren und Kutschen rollten durch mein Gesichtsfeld mit herrlich donnerndem Geratter, das für mich gleichwohl nie in Unheil endete, Stiefel schritten vor meinen Augen vorbei, Damenröcke wirbelten dahin, und der zähe Verkehr der ganzen Stadt fand auf diesen vor langer Zeit einzeln behauenen und aneinandergefügten Steinen statt. Und im Schatten des großen, schwarzen, steinernen Doms wurde mir die kindliche Erleuchtung zuteil, daß ich auf den Gedanken toter Männer dahinging. Und so sind die Pflastersteine von Ulm, meines mittelalterlichen Geburtsorts, meine früheste Erinnerung – nicht die Brust meiner Mutter, nicht mein Bett, nicht ein verzweifelt geliebtes Spielzeug, sondern eine Straße, eine Möglichkeit, von hier nach dort zu gelangen.

Die kleine Ingenieurwerkstatt meines Vaters lag am Domplatz. Zusammen mit meinem Onkel Jakob fertigte er dort elektrische Motoren. Ein wundervolles Surren war zu hören, ein leises, melodisches Geräusch, eine vollkommen verschliffene Sprache, nicht in Wörter zu unterteilen, deren Bedeutung sich einem augenblicklich und zugleich unvollkommen mitteilte.

Das einzig Vergleichbare kam von dem kanalisierten Bach hinter unserem Haus, einem der kleineren Wasserläufe, die in den Fluß Blau münden. Meine Mutter machte es sehr nervös, wenn Kinder auf der steinernen Böschung spielten, ihre Zweige und Papierschiffe in den Bach warfen und daran entlangliefen, um zuzuschauen, wie die Strömung diese erfaßte. Aber ich war ein phlegmatisches, schweigsames Kind. Es war, als bewegte ich mich ungern allzu schnell unter dem Gewicht meines großen Kopfes, und so stand ich nur da und lauschte dem Wasser, das durch sein Kanalbett floß, schwarzen Schlick auf den Steinen hinterließ und im Dahinströmen zischte und schlürfte, als führten die geschäftigen Bürger einer anderen Welt dringliche Gespräche.

Sie schließen aus diesen Bemerkungen vielleicht, daß ich mir als Kind gar zu viel Wahrnehmungskraft zubillige. Das tue ich natürlich, wie wir alle. Wir springen vor und zurück und revidieren unsere geistigen Prozesse unentwegt. Das ganze Bewußtseinsproblem ist außerordentlich interessant, und doch erfordert es eine übermenschliche Courage, darauf einzugehen. Das sich selbst ergründende Bewußtsein – es schaudert mich davor; zu unendlich ist das Gebiet, ein dimensionsloser Raum, erfüllt von kosmischen Ereignissen, die lautlos und immateriell sind. Wer nicht den Verstand verlieren will, tut besser daran, Gott in der äußeren Welt nachzuspüren.

Ulm wurde natürlich im Zweiten Weltkrieg zerstört. Einige Zeit vor diesem Krieg verlegten mein Vater und mein Onkel ihr kleines Unternehmen nach München, wo sie Dynamos, Bogenlampen, Transformatoren und andere elektrische Geräte für die Stadtwerke herstellten. Für eine Weile ging auch alles gut. Wir wohnten in einem großen Vororthaus; hinter der Mauer lag ein Garten mit Bäumen. Die Frühlingsabende waren vom Duft der Apfelblüten erfüllt, dort, wo es die Nazis geben sollte. Und nun hatte ich als ständige Gefährtin meine kleine Schwester Maria, die zwei Jahre jüngere Maja, deren riesige braune Augen mich zum Lachen brachten; für sie fing ich in einem Glas Grillen und flocht Halsketten aus Löwenzahn.

In diesem Haus erhielt ich dann Geigenunterricht, meine Mutter bestand darauf. Sie war Musikerin, eine resolute, ernsthafte Pianistin, die Musik als zentral für die Erziehung eines Menschen betrachtete. Brav begab ich mich in die Hände von Herrn Schmied, eines mürrischen Mannes, der sein spärliches Haar als Hommage an Paganini lang trug und dessen Finger vom Tabak gelb verfärbt waren. Wie viele

Jahre mögen wohl vergangen sein, bevor ich begriff, daß Noten Intervalle sind, Verhältnisse von Zahlen zueinander, und daß jeder Ton das Merkmal eines solchen Verhältnisses ist? Schließlich aber erschloß sich mir das System der Musik, und ich erbebte angesichts der Schönheit, die jedes Stück als eigenständiges, logisches Gebäude darbot. Ich begann ernstlich zu üben. Ich wollte meiner Bogenführung Präzision verleihen; bei jeder Note nach dem reinsten Klang zu suchen erschien mir als intellektuelle Notwendigkeit, und die Lust am Musizieren, zumal mit anderen, empfand ich als geistiges Reisen innerhalb eines vollkommen verläßlichen Kosmos. Bach, Mozart, Schubert – sie lassen einen niemals im Stich. Wenn man ihre Werke richtig spielt, dann hat dies etwas so Zwingendes wie große Mathematik, die stets aus präexistenten Wahrheiten zu bestehen scheint.

Im Vergleich dazu will ich Ihnen erzählen, was ich in der Schule lernte. Am Luitpold-Gymnasium hatte ich einen Lehrer: Wenn er das Klassenzimmer betrat, standen wir auf, und wenn er an die Samtrevers seines Gehrocks faßte und nickte, setzten wir uns. Das war ganz normal. Ich habe jedoch immer angenommen, daß Disziplin die Methode der Schule war, intellektuelle Rigorosität zu erzwingen und unbedingt die Aufnahme neuer Ideen zu verhindern. Und deswegen gingen wir in jener lächerlichen Schule nicht, sondern wir marschierten, und wir erhoben und setzten uns und rezitierten unsere lateinischen Deklinationen alle gemeinsam, als wären es Stammesschwüre. In meinen Augen stellte das eine einzige Beleidigung dar, vielleicht gar eine tödliche. Nach ein, zwei Schuljahren büßten die Jungen jeden Funken von Geist ein, alle Neugier wurde ihnen ausgeprügelt, ihre Persönlichkeit versiegelt, und in den Pausen saß ich oft mit dem Rücken zum Schulgebäude da und sah ihnen beim Umherrennen, Ringen oder Fußballkicken zu; doch gleichgültig, was sie gerade spielten, es war unverkennbar, daß sie stets versuchten, einander umzubringen. Ihre Uniformjacken lagen säuberlich gefaltet irgendwo am Rande, damit sie keinen Schaden nahmen. In der Ruchlosigkeit der Jungen steckte die ganze Wut ihrer schwelenden Seelen, und die ließen sie hilflos an ihren Kameraden aus. Das sah ich also und hielt mich abseits, erledigte meine Hausaufgaben, die recht anspruchslos waren, und ließ es nicht auf die Probe ankommen, ob mit einem von ihnen Freundschaft möglich wäre, denn in meinen Augen war es alles verderblich, und zwar wegen dieses so sichtlich schädigenden germanischen Prinzips der Erziehung durch Tyrannei. Ich saß im Klassenzimmer und hing meinen Gedanken nach. Casar, der Bruder meiner Mutter, hatte mir ein Buch über euklidische Geometrie geschenkt. Ich hatte es so gelesen wie andere Leute Romane. Für mich war das ein aufregendes Buch voller Neuigkeiten. Und eines Morgens dachte ich an das großartige Theorem des Pythagoras und lächelte vor mich hin, als plötzlich der Lehrer vor mir stand und mit seinem Zeigestock auf mein Pult schlug, um meine Aufmerksamkeit zu wecken. Nach der Stunde, als ich mit den anderen hinausgehen wollte, rief er mich zu sich nach vorn. Von seinem Pult blickte er auf mich herab. Er hatte ein rundes, glänzendes, rotes Gesicht, dieser Lehrer, das mich an einen karamelisierten Backapfel erinnerte. Man hätte in so ein Gesicht reinbeißen können in der Erwartung, die harte Glasur zu knacken und dann auf Mus zu stoßen. Du hast einen schlechten Einfluß auf meine Klasse, Albert, sagte er. Ich lasse dich in eine andere versetzen. Ich begriff das nicht. Ich fragte, was ich denn getan hätte. Du sitzt da hinten und träumst lächelnd vor dich hin, sagte er. Wenn ich nicht die Aufmerksamkeit jedes einzelnen Schülers habe, wie kann ich denn da meine Selbstachtung wahren? Aus dieser Bemerkung lernte ich blitzartig das Geheimnis jeglichen Despotismus.

Eben dieser Lehrer, es mag auch ein anderer gewesen sein, eigentlich jeder von ihnen, aber egal: Eines Tages hielt er zwischen Daumen und Zeigefinger einen rostigen Nagel hoch. Ein Dorn wie dieser hier ist Christus durch Hände und Füße getrieben worden, sagte er und sah mich dabei direkt an.

Armer Jesus. Über diesen Juden und das System, das unter seinem Namen läuft, möchte ich hier sagen: Was hat ihm die Geschichte doch für einen entsetzlichen Streich gespielt.

– Walt Whitman versichert uns, das tosende Gewühl von New York, die Erhabenheit, die überbordende Arroganz der Lebenswirklichkeit sei überirdisch. Lügen denn die Bilder? Die alten Silbergelatine-Abzüge ... Die Karren und Kutschen, Trambahnen und Hochbahnen, die Segelschiffe an den Piers ... Eine emsige Stadt, riesige, mit Holz abgestützte Baugruben, geplante Straßen, mit Schnüren markiert. Kniende Männer, die Pflastersteine setzen; große, trüb erleuchtete Lofts voller Frauen an Nähmaschinen; hemdsärmlige Männer posieren mit Derbyhüten in den Türen ihrer Textilgeschäfte; endlose Reihen von Angestellten an ihren Stehpulten; Frauen in langen Röcken und hochgeschlossenen Blusen, die Schulklassen unterrichten; Paare, die auf der Fifth Avenue andere Paare grüßen; vermummte Schlittschuhläufer auf dem See im Central Park ... So sieht sie aus, unsere konstruierte Stadt, unsere Seelenlandschaft, kein Zweifel; doch die Leute da sind nicht wir, sie bewohnen unsere Stadt, als gehörten sie hierher, mit jeder Geste, jedem Blick maßen sie sich ein Recht darauf an, aber sie sind nicht wir; es sind Fremde, wenn auch vage vertraute, die da unsere Stadt bewohnen, wie die Fremden in unseren Träumen.

Ich nehme eine solche Reglosigkeit wahr, die Reglosigkeit dessen, der einer Geschichte lauscht, deren Ausgang er kennt. Ich blicke in eine Zeit, in der die Menschen noch eine Rolle in einer Geschichte zu spielen hatten und in der die Straßen, auf denen sie sich bewegten, Passagen in Erzählungen darstellten. Was ist das für ein Wort, *Infrastruktur*? Es ist ein Wort, das beweist, daß wir unsere Stadt verloren haben. Unsere Straßen sind Transitwege. Unsere Geschichten sind zerlegt, die Pferche von Wolkenkratzern verhöhnen die Vorstellung von einer glaubhaften Kultur.

Mein Gott, wie falsch, die Brooklyn-Brücke, Soho oder die Reihenhäuser von Harlem als Beispiele für Kontinuität hervorzuheben. Etwas Schreckliches ist geschehen. Als stellten jene Fotografien nicht stumme vergangene Momente dar, sondern als mahnten sie uns geisterhaft, daß wir zugleich von damals und von heute sein sollen; wie um spukhaft zu prophezeien, daß wir ihre Welt verwirkt haben und daß uns eine gewisse Zeitspanne nur zugestanden wird, damit unsere Illusionen Blüten treiben können, bevor wir zur Strafe auf unsere Plätze in den Fotografien verwiesen werden, zu ihnen, den Fremden unserer Träume, nur weniger deutlich, mit nur schwer kenntlichen Gesichtern und Gestalten, wenn nicht gar völlig unsichtbar.

– Da meldet sich also Tom Pemberton bei mir, und wir treffen uns auf einen Drink im Knickerbocker, Ecke Ninth und University Place.

Er trägt den Kragen nun nicht mehr, amtsenthoben ist er zwar nicht, aber mehr oder weniger auf Dauer ohne Posten. Arbeitet in einem Krebshospiz auf Roosevelt Island. Er ist schwerer geworden, sein breites Gesicht faltiger, als ich es in Erinnerung hatte, aber immer noch offen, aufrichtig, frisch, ansehnlich. Rastlos läßt er die hellen, weit auseinanderliegenden Augen im Raum umherschweifen, wie auf Suche nach jemandem, der sein Herz erfreuen könnte.

Du schreibst schon ganz ordentlich, sagt er, aber die wirkliche Konsistenz von gelebtem Leben kann kein Schriftsteller wiedergeben.

Nicht einmal Joyce?

Den sollte ich mir wieder ansehen. Aber jetzt, wo ich die Differenz sozusagen von innen kenne, werde ich mich vor der Literatur wohl künftig hüten.

Guter Schachzug.

Du bist gekränkt. Dabei erkläre ich dir, daß du exemplarisch bist. Das ist ein Kompliment. Schließlich hätte ich dich ja auch einfach als miesen Schriftsteller abhaken können. Es wirft mich aus dem Geleis, über mich aus der Sicht meines eigenen Bewußtseins zu lesen. Noch ein Schock – noch ein Glaube, der ins Wanken kommt.

Nun ja, vielleicht sollte ich die ganze Sache fallen lassen.

Um Gottes willen, du hast doch meine Billigung nicht nötig! Ich habe hierzu mein Okay gegeben – punktum, ohne irgendwelche Klauseln. Ich würde dich nicht mal bitten, die Stelle rauszulassen, wo es um meine Töchter geht. Sie sind inzwischen natürlich älter, haben ihre eigenen Wohnungen.

Ist schon so gut wie geschehen.

Trish hat wieder geheiratet ... Warum hast du eigentlich nicht erwähnt, wer ihr Vater ist?

Das kommt noch.

Gelegentlich höre ich noch von ihm. Dann begegnet er mir mit seinem üblichen herablassenden Schmunzeln, obwohl ich sagen muß, einen schrägen pazifistischen Geistlichen in der Familie zu haben, hat ihm gefallen.

Ist gut fürs Image.

Mag sein. Aber mal was anderes: du gebrauchst die tatsächlichen Namen. Du hast mir gesagt –

Ich weiß. Die ändere ich noch. Sie sind nur bisher noch die besten. Andrerseits waren sie früher einmal die einzig möglichen Namen. Es gibt da also einen Fortschritt.

Und die Geschichte um mein gestohlenes Kruzifix hat auch nicht die *Times* gebracht, sondern eine von den Zeitungen, die nichts kosten.

Tja, Reverend, wenn man etwas komponiert, dann schafft man eben eine Komposition. Man verbiegt die Chronologie, verändert etwas, tut was dazu, läßt was fort. Man hat keinen Eid darauf abgelegt, daß man alles unterbringt. Oder daß man etwas so geschehen läßt, wie es war. Tatsachen können ein Hemmnis sein. Aufs Tatsächliche kommt's nicht an. Es ist irrelevant.

Das Tatsächliche ist irrelevant?

Du sorgst dafür, daß die Uhr weitertickt.

Aber ein paar Dinge sind schlicht falsch.

Hoppla. Was denn zum Beispiel, Pem?

Ich schreibe dir ja nicht vor, was du schreiben sollst, das weißt du. Ich mische mich nicht ein. Aber den Bischof habe ich nicht durch eine Predigt in St. Tim auf den Buckel gekriegt. Und was du mich da sagen läßt, ist auch nicht wirklich der Grund. In Wirklichkeit lag es an einem ganzen Schwung von Dingen.

Du hast mir aber von einer bestimmten Predigt erzählt –

Nun, ja und nein – ich hab darüber nachgedacht, und jetzt meine ich, er könnte auch nach einem Gastauftritt von mir drüben in Newark gefunden haben, das sei das Ende der Fahnenstange. Aber sicher bin ich mir nicht. Übrigens, in der Diözese dort geht es anders zu, dort wollen sie alle miteinbeziehen – die Frauen, die Schwulen ... die liberale Seite in der Auseinandersetzung. Meine Seite. Du solltest da nicht zu sehr vereinfachen. Die Anglikaner verteilen sich über das gesamte Spektrum. Im Grunde haben Leute wie ich mehr Spielraum, als du's der Kirche zutraust.

Was hast du denn gesagt?

Hm?

Wodurch für deinen Bischof das Ende der Fahnenstange erreicht war.

Ach das – ganz einfach eigentlich. Ich habe die Gemeinde lediglich gefragt, was die technisch organisierte Ermordung der Juden in Europa ihrer Ansicht nach wohl der Christenheit angetan habe. Unserer Geschichte von Jesus Christus. Ich meine, ist der Holocaust – in Anbetracht der mageren Reaktionen unserer Leute – nur ein Problem für jüdische Theologen? Doch darüber hinaus habe ich sie gefragt – die Kirche war an dem Morgen voll, und ich hatte sie im Griff, das spürte ich, nach den leeren Kirchenbänken in St. Tim kam ich mir vor wie in Radio City –, ich habe sie gebeten, sich vorzustellen … welche Kasteiung, welches Ritual oder welche geistliche Übung als christliche Reaktion auf die Katastrophe angemessen gewesen wäre. Irgend etwas, das uns Gewißheit gäbe, daß unser Glaube keine behagliche Selbsttäuschung darstellt. Etwas, das auf seine Weise so welterschütternd wäre wie Auschwitz und Dachau. Was also könnte das sein? Ich zeigte ein paar Möglichkeiten auf. Ein Massenexil? Die Selbstverpflichtung von Millionen Christen, lebenslang in Armut durch die Welt zu streifen? Die Evakuation des Landes und der Städte in fünfhundert Kilometer Umkreis von jedem einzelnen Todeslager? Ich sagte ihnen, ich wüßte nicht, welche Antwort die richtige wäre … aber ich sei mir sicher, wenn ich sie sähe, würde ich sie erkennen.

Das hast du gesagt?

Zur Einleitung.

Ich verstehe.

Ja. Das war die Prachtpredigt.

– Mit den simpelsten invasiven digitalen Techniken sind die Anlage- und Kontoauszüge des Ehemanns zu beschaffen, seine Versicherungspolicen und medizinischen Befunde, Hypothekenzahlungen, Ausbildungs- und Militärdienstzeugnisse, seine Kreditwürdigkeit und seine politischen Spenden. Alles wird verfügbar, zur Prüfung und eventuellen Beschlagnahme. Die Berater, welche ihm in juristischen, in Steuer- und Anlage-Fragen zur Seite stehen. Die verwendeten Kommunikationsmittel. Graphologische Analyse. Stimmanalyse – ein leicht modifizierter Philadelphia-Akzent. Überprüfung seines Kreditkartengebrauchs und seiner Telefonrechnungen in einem typischen Monat auf mögliche Geheimnisse in seinem Leben – eine Freundin, eine unterstützungsbedürftige Mutter. Nichts. Keine ungewöhnlichen Käufe bei Juwelieren oder Floristen; der Gatte ist ein quietschsauberer Narziß, und die einzige, wenngleich alles verschlingende Affäre hat er mit sich selbst.

Etwa zehn, beziehungsweise fünfzehn Jahre älter als die beiden, gilt der Ehemann in der Konzernwelt als Wunderknabe: Vorstandsvorsitzender eines Computerherstellers, der von einem japanischen Großkonzern umworben wird, mit internationalen Beteiligungen in Satelliten-Kommunikation, Elektronik und Getränkeindustrie. Der Liebhaber begreift, daß man zum effizienten Management auf dieser Ebene keine besonderen Branchenkenntnisse mehr benötigt. Er weist seine Geliebte an, ihren Mann davon zu überzeugen, daß er die Herausforderung annehmen müsse – Leben in einer anderen Stadt, regelmäßige Japanreisen, neu zu erobernde Terrains ... Dies geschieht. Dann, während der Ehemann noch damit beschäftigt ist, bei seinem alten Job klar Schiff zu machen – sorgfältig darauf bedacht, freundschaftliche Beziehungen zu wahren, dem Aufsichtsrat sogar einen Nachfolger vorzuschlagen, da Volatilität das Konzernleben nun einmal prägt und keine Brücke je verbrannt wird –, reist die Gattin/Geliebte an die Westküste, um sich mit den Spielregeln dort vertraut zu machen, ein neues Haus in der richtigen Gegend zu suchen und so fort.

Der Liebhaber fliegt mit ihr in die neue Stadt, wählt das Haus und die Einrichtung aus, kümmert sich um alles bis ins letzte Detail. Mittlerweile steht sie innerlich so in seinem Bann, daß ihr alles, was sie tun, völlig natürlich und normal vorkommt.

Sie hat ihm mehrere Fotografien von ihrem Mann gegeben, vom Schnappschuß bis zur offiziellen Porträtaufnahme. Der Liebhaber fliegt mit den digitalisierten und in Hologramme übertragenen Fotos nach Budapest zu einem kooperationsbereiten Chirurgen, den er aus alten Zeiten kennt und den er, ohne es auszusprechen, im Glauben läßt, er gehöre noch dem Geheimdienst an, damit die Regeln äußerster Diskretion gültig bleiben. So weit sind Sie gar nicht von ihm entfernt, sagt der Arzt, als er das Hologramm betrachtet. Das stimmt sogar, denkt der Liebhaber: Wenn sie von mir angezogen war, dann muß das schließlich auch davon mitbestimmt gewesen sein, daß wir beide mehr oder weniger dem gleichen schlanken morphologischen Typus angehören und sie an jemanden erinnern, den sie als Kind geliebt hat. Ich meine damit nicht unbedingt eine ödipale Fixierung, nur daß wir alle nach Wiederholungen der reinen Bindungen Ausschau halten, die uns in unserer unbewußten Kindheit eingepflanzt worden sind. Schon da, in jenen zarten Lebensphasen, finden Übertragungen statt – Vorbildgestalten prägen sich einem als lebenslange Lieben so unlöschbar tief ein, daß man sich ihnen zuwendet wie der Sonne.

Er wird mir die Nase brechen und vergrößern, den Haaransatz mittels Transplantation spitz zulaufen lassen, ich werde die Haare kurz und an den Schläfen ergraut tragen müssen, um rund zehn Jahre älter zu wirken. Das Kinn wird durch Implantate etwas verbreitert. Ich werde sechs, sieben Kilo zunehmen, Schuheinlagen tragen müssen …

Aber um die Details kann es hier in dieser Geschichte nicht gehen. Sie soll ihre Glaubwürdigkeit nicht aus der realistischen Wiedergabe umsichtig gestalteter Details beziehen. All das läßt sich durch Montage leicht überspielen. Der Film sollte auf jener abstrakten Ebene funktionieren, wo praktische Dinge in den Hintergrund treten, weil man unheimliche Anklänge an alltägliche Wahrheiten vernimmt. Weil das Böse, wie es sich zumeist in Taten äußert, den Lebensgegebenheiten entspringt, bezieht es aus dem Gewebe der bestehenden Umstände nicht nur sein Motiv, sondern auch seine Form; und daher stellt es gewöhnlich auch keine hochgradige Normabweichung dar und erfordert keine so eingehende Planung.

Im Grunde kann man sagen, daß der Film erst mit der Szene beginnt, die dem Liebhaber als Höhepunkt vorschwebt – ein Meisterwerk darstellerischer Kunst –, die Szene, in der ein erfolgreicher amerikanischer Industrieller, ein Mann, für den der Liebhaber nicht das mindeste empfindet, schon gar keine Abneigung, abrupt in materielles und psychisches Elend gestürzt wird. Er kommt an eine Haustür, die er für die eigene hält, und wird von seiner Frau nicht erkannt. Sie bestreitet, ihn zu kennen. Ein Doppelgänger seiner selbst bittet die Polizei, ihn abzuführen und wegen Belästigung Klage gegen ihn zu erheben. Wachleute hindern ihn am Betreten seines Büros. Hotels akzeptieren seine Kreditkarten nicht. Alte Freunde ziehen sich furchtsam von ihm zurück. Anwälte nehmen seine Anrufe nicht entgegen. Sein Paß wird als gefälscht eingezogen. Desorientiert und nur halb begreifend, daß ihm etwas angetan wurde, tobt und randaliert er in seiner Verstörung und totalen Selbstentfremdung – ein aus sich selbst Vertriebener.

Vielleicht, überlegt der Liebhaber, wird er wahnsinnig.

Vielleicht versucht er, mich umzubringen, und landet in einer Anstalt für geisteskranke Kriminelle. Ein weiteres köstliches Spannungsmoment ergibt sich daraus, wieviel Macht ich über die Frau besitze, ob ich den Punkt, bis zu dem auf sie Verlaß ist, genau kalkulieren kann. Sollte sie Reste von Zuneigung in Form von Mitleid oder Panik verspüren, womöglich so stark, daß sie ihm die Wahrheit offenbart, sogar auf die Gefahr hin, sich selbst krimineller Handlungen beschuldigt zu sehen, dann wird sie das gesamte herrliche Kunstwerk zum Einsturz bringen.

Wahrscheinlicher aber – und wie könnte ich behaupten, ich hätte diesen Verdacht gegen mich nicht von Anfang an gehegt – ist natürlich, daß ich, nachdem mir dieses Vergehen der Vereinnahmung geglückt ist, entdecken werde, daß selbst dadurch meine tiefe, chronische Lethargie nicht zu vertreiben ist; die sich nun, wenn auch nur für einen Moment, lindern läßt, indem ich die Frau, die sich mir so besessen, so voller Anbetung ausgeliefert hat, verlasse, womit ihr im Leben nichts mehr bleibt als der vernichtete Gatte, den sie verraten hat.

Und da haben wir nun Amphitryon in der weltlichen, aufgeklärten Version. Und alles ging von der reizenden, selbstsicheren jungen Frau aus, die bei einem Dinner meine Tischdame war. Das ist mein Laboratorium, hier in meinem Schädel ...

– Krähen auf dem Pier? Die sind jetzt also auch da. Noch nie habe ich gehört, daß Krähen in die Nähe von Salzwasser kommen. Das ist wirklich schlimm. Sieh an, drei oder vier hüpfen vom Pfahlwerk aufs Pier und picken an den Krebsbeinen und Muschelschalen herum, die die Möwen übriggelassen haben. Eine Vorhut, eine Patrouille. Wenn ihnen behagt, was sie vorfinden, dann keifen und krächzen bald Scharen von ihnen in den Uferbäumen und machen einen Höllenkrach wie ein verfluchter Motorradclub. Mein Gott, ich habe hier schon Pirole gesehen, die Blaubeeren stibitzen, Finken, die gern auf Schilfhalmspitzen balancieren, wenn Wind aufkommt, ich habe hier rotflüglige Sperlinge gesehen, Spottdrosseln, Kuhstare, Kardinäle, Zaunkönige, Goldspechte, ich habe Scherenschnäbel, Schnepfen und Nachtreiher gesehen, die mit ihrer schlechten Haltung buckligen alten Damen gleichen ... Krähen sind gewitzter, größer und lauter, und sie bilden Gemeinschaften. Sie übernehmen die Macht, sie werden alle übrigen verdrängen, die Lage ist ernst, ich muß sie genau beobachten. Ihr müßt in die Vorstadtwäldchen von Westchester zurück, ihr Krähen. Ihr seid Inlandbewohner, ihr versammelt euch in den großen Ahornbäumen und kommt auf die Straße geflattert, um die Eichhörnchenkadaver zu fressen. Vor einem freien Himmel nehmt ihr euch nicht gut aus. Krähen auf dem Pier, das ist Metaphernsalat.

– Nehmen wir uns für einen Moment jene Bemerkungen meines Lehrers am Luitpold-Gymnasium vor: daß er meine Aufmerksamkeit benötige, um seine Selbstachtung zu wahren, und daß Jesus von solchen wie mir gekreuzigt worden sei. Da waren die beiden Elemente also nun verschmolzen: das autoritäre und das militant-christliche Element. Und nun bitte ich Sie, die Möglichkeit in Betracht zu ziehen, daß dieses fromme Hirngespinst von Priestern und Königen, die mit Autodafés, Pogromen, wirtschaftlichen Beschränkungen, juristischen Behinderungen, Vertreibungen und einem gesellschaftsfähigen kulturellen Antisemitismus die jüdische Bevölkerung in Europa jahrhundertelang dämonisiert und diskriminiert haben ... daß diese Kopfgeburt in jenem Augenblick in meinem Gymnasiums-Klassenzimmer die kritische Masse erlangte. Stellen wir uns vor, wie lauter solche kleinen, leisen Ressentiments in den Ohren von Tausenden, von Millionen Kindern meiner Generation implodierten. Und im nächsten Moment: der Holocaust. Denn, sehen Sie, was sich langsamer als das Licht bewegt, aber doch recht schnell und mit einer akkumulierten Masse von ausreichender Dichte, daß es nicht schweben kann, das ist die sich beschleunigende Katastrophe der Menschheitsgeschichte.

Was also müssen wir logischerweise daraus schließen? Daß angesichts der Ereignisse der europäischen Zivilisation im zwanzigsten Jahrhundert an der überlieferten religiösen Gottesvorstellung im Ernst nicht länger festzuhalten ist. Wenn ich nun ein ernsthafter Mensch bin, und dafür halte ich mich, dann muß ich Gott anderswo suchen als in den religiösen Schriften. Ich muß versuchen, bestimmte nicht weiter reduzierbare Gesetze des Universums als transzendentes Verhalten zu verstehen. In diesen Gesetzen wird sich Gott, das alte Eine, offenbaren.

Nun sind diese mächtigen, lautlosen, unermeßlichen Gepflogenheiten von universaler Ausdehnung zwar, soweit wir sie bisher verstehen, seltsamerweise kalte, ewige, unbildliche Wahrheiten, doch wir können uns mit ihrer Schönheit trösten. Wir können uns, wenn wir sie bewußt wahrnehmen, dessen rühmen, daß sie für uns – unbegreiflicherweise – begreiflich sind!

Denn vergessen Sie nicht, theoretisch könnte es zu dem, was ist, Alternativen geben. Machen wir ein Gedankenexperiment: Wenn beispielsweise die Schwerkraft als mechanisches Grundprinzip des Universums entfiele, was ergäbe sich daraus? Unser Sonnensystem flöge auseinander, alles Wasser der Erde würde aus seinen Meeresbecken schwappen und sich in Kristallen in den schwarzen Raum ergießen, wie Kohlebrocken eine Schütte hinunterpurzeln, das gesamte System des Raums mit dunkler Materie und Sternen, Sonnenlicht, organischem Leben und Mitose, wo in einer Kettenreaktion von einander auslösenden notwendigen und ausreichenden Bedingungen eines zum andern führt … all das existierte nicht. Gut, aber was existierte dann? Vielleicht entstünde nach ein paar Billionen Jahren aus der unermeßlichen, immerwährenden schwarzen Formlosigkeit etwas Organisches, das nicht auf Licht oder Feuchtigkeit angewiesen wäre, um sich zu vermehren – irgendwelche formlosen, kurzlebigen Erscheinungen, die sich vom Nichts ernähren –, und wie man Leben, falls es eines wäre, dann definieren müßte, könnten wir heute nicht sagen. Gewiß böte all das weniger Anreiz, Bewußtsein zu entwickeln, als das, was wir heute haben, heute sehen, heute zu verstehen versuchen.

Lassen Sie uns also, zur Beruhigung unserer Nerven, die Konstanz der Lichtgeschwindigkeit feiern und die Schwerkraft dafür preisen, daß sie die Krümmung des Raums bewirkt und daß sich ihrer Macht sogar das Licht beugt, das auf den Krümmungen des Raums den Himmelskörpern entgegenreist, als legte sich ein feines, rotgolden schimmerndes Netz auf sie. Daß das Licht der Schwerkraft unterliegt, wurde – einige Jahre nachdem ich meine Theorie aufgestellt hatte – von meinem Kollegen Millikan bewiesen, als sich das Licht, das den Stern X passierte, Millikans Messungen zufolge in den roten Spektrumsbereich verschob, was zeigte, daß es sich gebogen hatte. Und da, meine lieben Freunde, haben wir nun ein Sakrament, nicht wahr? Ein erstes Sakrament, die Biegung von Sternenlicht. Jawohl. Die Biegung von Sternenlicht.

– Sarah Blumenthals Gespräch mit ihrem Vater

Ich war Laufjunge. Meine Aufgabe bestand darin, Nachrichten oder Anweisungen vom Rat zu den Familien in die

Häuser zu tragen. Oder von einem Ratsmitglied zum anderen. Oder am Platz, an der Brückenrampe, Wache zu stehen, um sie wissen zu lassen, ob der offene Wagen eintraf, gefolgt von dem Raupenfahrzeug voller Soldaten, was bedeutete, daß das nächste Unheil unmittelbar bevorstand. Dann lief ich wie der Wind durch die Hintergassen und Nebenstraßen, um zu warnen. Ich trug also eine Verantwortung, die meinem Alter nicht entsprach. Wir waren zu siebt, sieben Laufjungen. Wir trugen besondere Mützen, wie Polizistenmützen, mit militärischer Litze. Und natürlich die aufgenähten Sterne auf den Jacken, so daß ich mir wie ein Soldat vorkam – ein sehr perverses Gefühl. Ich fühlte mich privilegiert, weil mein Stern nicht wie all die andern Sterne war, sondern ein Rangabzeichen, wegen der militärischen Mütze, und weil ich fast vor allen anderen wußte, was vorging – all das gab mir das Gefühl, etwas Besonderes zu sein. Herr Barbanel, der Hauptsekretär des Gemeindevorstands Dr. König, sagte, ich sei sein bester Laufjunge. Für die wichtigsten Aufgaben suchte er mich aus. Da trug ich also einen Stern auf meiner Uniformjacke, eine Schirmmütze und war der Star der Laufjungen. Und so fühlte ich mich auch.

Bitte vergiß nicht, daß ich erst zehn Jahre alt war. Während ich in dieser Illusion lebte und manchmal insgeheim die Uniformen unserer Feinde bewunderte, wußte ich sehr wohl, was geschah. Wie hätte ich es auch nicht wissen können?

Die Pflicht des Rats bestand vor allem darin, täglich Arbeiterbrigaden für die Waffenfabriken in der Stadt zu beschaffen. Wenn das nicht gelang, wenn die Deutschen uns nicht für produktiv genug hielten, dann würde das für uns das Ende bedeuten. Während die Männer und die jüngeren Frauen zur Zwangsarbeit eingezogen wurden, teilte man den meisten Frauen und den weniger kräftigen Männern die Aufgabe zu, das Ghetto zu verwalten, es funktionstüchtig zu halten – die Bäckerei, das Krankenhaus, die Wäscherei und so fort. Daher mußten auch die Frauen in Form sein. Jede sichtlich schwangere Frau wurde fortgebracht und ermordet. Oder, wenn das Kind zur Welt kam, wurden beide ermordet, Mutter und Kind. Daher wurden schwangere Mütter, alte Leute, elternlose Kinder und körperlich Behinderte überall im Ghetto illegal untergebracht. Wenn wir wußten, daß eine Durchsuchung bevorstand, war jeder Laufjunge für eine bestimmte Anzahl von Häusern zuständig. Ich flitzte zu den mir zugeteilten Häusern und klopfte auf bestimmte Art an die Tür. Das war das Zeichen, daß sich die Leute verstecken mußten. Alles geschah leise und effizient, ohne Geschrei oder Gebrüll. Wenn ich dann meine Runde hinter mir hatte, blieb mir entweder noch genügend Zeit, in die Sicherheit des Ratsbüros zurückzukehren, oder aber ich versteckte mich selbst irgendwo, meistens auf dem Dach irgendeines leerstehenden Hauses, an den Schornstein gekauert. Dies waren die Momente des reinsten Schreckens, wenn die Illegalen auf alle möglichen Verstecke verteilt wurden – Schränke, leere Kartoffelkisten, Rübenkeller, Speicherverschläge, Brunnen, unterirdische Gelasse. Und ich hörte mit an, wie ein paar dieser Verstecke unweigerlich entdeckt wurden. Aus verschiedenen Vierteln hörte ich die Laufschritte eines Soldatentrupps oder kehliges Gebrüll, dann die Schreie von jemandem oder manchmal einen Pistolenschuß. Die Deutschen nahmen zu diesen Durchsuchungen jüdische Ghettopolizisten mit und folterten sie an Ort und Stelle, um herauszukriegen, was sie wußten. Menschen wurden aufgespürt und fortgeschleppt, aus verschiedenen Straßen waren furchtbare Geräusche zu hören. Wo immer ich mich gerade befand, wie sicher ich mich selbst auch fühlte, ich verspürte eine solche Wut – das konnte bis zu dem selbstmörderischen Impuls gehen, herauszustürmen und die Soldaten anzugreifen, ihnen auf den

Rücken zu springen, sie zu zerkratzen, mit den Fäusten auf sie einzuschlagen. Das Verlangen danach spürte ich im Unterkiefer, in den Zähnen.

Wenn ich an den Platz beordert wurde, wo die Wachposten die Arbeitskommandos vor Überqueren der Brücke anhielten und überprüften, lautete mein Auftrag, dem Rat sofort jedes ungewöhnliche Vorkommnis zu melden. Die Wachen waren zumeist Tölpel, Dummköpfe, der Bodensatz der deutschen Armee, manchmal sichtlich schon in mittleren Jahren. Mit meiner Schildmütze war ich für sie praktisch unsichtbar. Ich konnte endlos im Zickzack über den Platz laufen, mich sogar gelegentlich hinter einen Schutthaufen ducken, um zu beobachten, was vorging. Wenn zum Beispiel einer der Arbeiter am Abend dabei erwischt wurde, daß er einen Laib Brot oder ein paar Zigaretten hereinschmuggeln wollte, gab es einen fürchterlichen Aufstand, und der Rat mußte dann eilends eingreifen und versuchen, eine möglichst niedrige Bestrafung auszuhandeln. Manchmal pickten sich die Wachen begehrlich eine Arbeiterin heraus und versuchten, sie unter irgendeinem Vorwand im Wachlokal festzuhalten, und darauf mußte reagiert werden. Tagsüber, wenn weniger passierte, blieb ich meist in den Seitenstraßen, aber immer so, daß ich sehen und hören konnte, was auf dem Platz geschah. Ich war ein Kind mit Verantwortungsgefühl, aber wenn es allzu still wurde und ich dem Impuls nicht widerstehen konnte, glitt ich in eines der leeren Häuser, kletterte aufs Dach und hielt von dort aus Wache. Die meisten Häuser im Ghetto waren kaum mehr als Hütten, einige aber waren zweistöckig, manche aus Stein; es gab auch Scheunen mit Heuböden, Ställe, Werkstätten mit flachen Dächern und ein paar wenige Kontorhäuser. Wenn ich von einem Dach aus Wache hielt, an den Schornstein gekauert und von der Sonne gewärmt, bestand die Gefahr, daß ich plötzlich einschlief und einer der offenen Wagen über die Brücke kam und unter mir vorbeifuhr, ohne daß ich es bemerkte. Meistens war ich zu hungrig, um einzuschlafen, aber manchmal träumte ich vor mich hin. Ich konnte die ganze Brücke überblicken und jenseits des Flusses die Uferstraßen der Stadt, die ich einmal meine Heimatstadt genannt hatte. Die Adern der Stadt zogen sich bergan, und ich sah die Mietshäuser und Bürogebäude und vielleicht sogar, je nachdem, wo ich mich befand, vor den Bergen die Waffenfabriken, von deren hohen Schornsteinen an windlosen Tagen der Rauch senkrecht in den Himmel stieg.

Wenn ich den Kopf nach Osten drehte, sah ich das Land hügelig werden und dahinter Berge mit Schluchten, und alles war mit dichten Fichten- und Birkenwäldern bewachsen. Diese Gegend war für mich magisch, weil dort die jüdischen Partisanen saßen, die bewaffnet waren und die Deutschen hie und da militärisch angriffen. Wider alle Vernunft glaubte ich, meine Eltern wären bei den Partisanen und selbst heldenhafte Kämpfer des jüdischen Widerstands. Das glaubte ich, und zugleich glaubte ich, daß sie tot waren. Ich glaubte beides gleichzeitig. Das möchte ich dir erklären, weil es dir auch zeigt, wie ich überhaupt Laufjunge wurde.

Vor der deutschen Invasion, vor der Judenvertreibung, war mein Vater, dein Großvater, Agronom an der Universität gewesen. Das hieß, er beschäftigte sich mit Ernteerträgen, landwirtschaftlicher Produktion und so weiter. Und deswegen beriet er heimlich den Rat. Sie mußten einen Schlüssel für die Verteilung der Lebensmittel finden, die ihnen von den Deutschen zugeteilt wurden. Natürlich gab es nie genug. Darum plante mein Vater auch auf zwei leeren Grundstücken einen gemeinschaftlichen Gemüsegarten, und der Rat legte den Plan den Deutschen zur Billigung vor.

Meine Mutter war an derselben Universität Doktorandin gewesen – ihre Fächer waren englische Sprache und Literatur. Als wir ins Ghetto zogen, war es mit alldem vorbei. Anfangs ging mein Vater noch jeden Tag bei Morgengrauen mit den Arbeitskommandos über die Brücke und arbeitete in der Flugzeugfabrik am Fließband, und meine Mutter sollte an der Ghettoschule unterrichten. Aber nichts blieb, wie es war, eine Beschränkung folgte auf die andere, und immer mehr Dinge des normalen Lebens wurden uns genommen. So schlossen die Deutschen eines Tages unsere Schulen, und danach wurde meine Mutter wie auch mein Vater den Arbeitsbrigaden in der Stadt zugewiesen.

Mir wurde gesagt, ich sollte mich möglichst nicht zeigen. Die meiste Zeit verbrachte ich zu Hause. Meine Mutter hatte ein paar Bücher vor der Beschlagnahme gerettet und sie mir nach Hause mitgebracht. Sie wurden hinter einem lokkeren Wandbrett in meinem Zimmer versteckt. Es war ein Dachzimmer mit einem kleinen Fenster, durch das ich nur schauen konnte, wenn ich mich hinkniete. Begierig studierte ich die Bücher – französische und englische Lesebücher, Mathematikbücher und Darstellungen der europäischen Kulturgeschichte. Ich genoß es, Bücher für höhere Schulklassen zu lesen, und war stolz, wenn ich sie verstand. Meine Mama stellte mir anhand dieser Bücher Aufgaben und sogar Prüfungsfragen, die mochte ich besonders gern. Ich liebte Mamas Stimme, wenn sie meine Arbeiten las und korrigierte, und ich fand es schön, wenn wir uns abends, nachdem sie unser Essen zubereitet hatte, gemeinsam über mein Heft beugten.

Natürlich hatte ich auch ein paar Freunde. Joseph Liebner, der in der Schule eine Klasse über mir gewesen war und dessen Vater Bäcker in der Ghettobäckerei war, und ein Junge namens Nicoli, der mir seine deutschen Cowboyromane lieh, und Sarah Levin, ein blondes Mädchen, dessen hübsche Mutter Miriam Musik unterrichtete und meiner Mutter verraten hatte, Sarah habe ein Auge auf mich geworfen, eine Neuigkeit, die ich mit gespieltem Gleichmut zur Kenntnis nahm. Allerdings ging ich jeden Dienstag zur Geigenstunde zu Frau Levin, die zwei Straßen weiter wohnte. Die Geige blieb bei ihr im Haus, obwohl sie mir gehörte. Also konnte ich nie üben. Ich übte während der Unterrichtsstunde für die nächste Stunde. Sie fand zu einer Uhrzeit statt, wo die Männer in der Schreinerei nebenan noch arbeiteten, so daß man bei dem Lärm die Geigentöne nicht hörte. Sarah Levin saß dann mit im Zimmer, ein dünnes Kind mit hellem Haar und großen Augen, die mich beobachteten. Ich redete mir ein, ich könnte das nicht leiden, obwohl es mich natürlich dazu brachte, besser zu spielen.

Dennoch, die meiste Zeit war ich allein. Ich wartete auf meine Eltern und betete zu Gott, daß sie von der täglichen Arbeit in der Stadt zurückkehrten. Wenn sie zur Tür hereinkamen und die kalte Luft mitbrachten, vielleicht gar ein bißchen geschmuggeltes Essen dabeihatten, von den Litauern im Tausch gegen irgend etwas erstanden, dann dankte ich Gott für seine Güte.

Zu dieser Zeit in meinem Leben lernte ich aus der Beobachtung meiner Mutter und meines Vaters, was für Erwachsene die Liebe ist. Daß sie Bestand haben konnte – daß man so tun konnte, als habe ein Vater männliche Kraft, eine Mutter Schönheit, daß sie ihn umsorgte, ihn in ihrem gemeinsamen Bett erwartete –, obwohl meine Eltern doch ihres gesamten Lebensstils beraubt waren, versklavt, besitzlos. Wie bemerkenswert das war, ging mir erst Jahre später auf. Zunächst sammelte ich nur die Indizien dafür. Die starke Anziehung, die zwischen ihnen herrschte, hatte nichts mit mir zu tun. Meine Mutter konnte es nicht lassen, ihren Mann anzusehen. Wenn er sich mit uns im Zimmer aufhielt, war sie wie gebannt. Ich sah, wie ihr Busen sich bewegte, wenn sie atmete. Ich bemerkte die kräftige Kurve seines Unterarms unter dem aufgekrempelten Ärmel des Hemds.

Ich sah ihn in der offenen Tür stehen und in beiden Richtungen die Straße entlangblicken, bevor er zuließ, daß sie beide aus dem Haus gingen. Wenn sie sich im Morgengrauen zur Arbeit fertigmachten, half er meiner Mutter in den Mantel, und dann wandte sie sich um und stellte ihm den Jackettkragen auf. Sowohl auf ihrem Mantel wie auf seiner Jacke war vorn und hinten der Stern aus gelbem Tuch aufgenäht.

Eines Nachts erwachte ich davon, daß der Wind, wie ich meinte, durch die Ritzen der Dachbodenbretter pfiff. Aber es war nicht der Wind, es waren Schreie. Nicht aus der Nähe, nicht aus unserem Haus – ich hörte meine Eltern im Zimmer unter mir, den dringlichen Ton, in dem sie miteinander sprachen, wenn sie glaubten, ich könnte sie nicht hören. Ich kniete mich an mein Fenster: Der Himmel brannte. Auf der Straße war es still, in den Häusern kein Licht, aber der Himmel darüber schien aufwärts zu fliegen. Ich sah den Widerschein von Flammen auf meinem Nachthemd und rief nach meinen Eltern. Feuer, Feuer! Sekunden später war meine Mutter bei mir und brachte mich wieder zu Bett. Pssst, machte sie, es ist ja gut, bei uns brennt es nicht, du bist in Sicherheit, schlaf jetzt weiter. Ich klappte mir das Kissen über die Ohren und summte vor mich hin, um die Schreie nicht hören zu müssen. Obwohl das Geräusch aus der Ferne kam, war es entsetzlich – viele schreiende Stimmen. Ich nahm wahr, wie der Feuerschein auf der Innenseite meiner Lider verblaßte. Beim Einschlafen bildete ich mir ein, die Schreie verwandelten sich wieder in das Pfeifen des Windes, der, wie von Gott hinaufgezogen, zum Himmel stieg.

Am Morgen kam die Nachricht, daß die Deutschen das Krankenhaus niedergebrannt hatten. Wenn ich Krankenhaus sage, darfst du dir nicht etwa so ein modernes Hochhaushospital vorstellen, wie wir sie hier haben. Es bestand aus einer Gruppe von Häusern, die umfunktioniert worden waren, indem man Mauern durchbrochen und die einzelnen Gebäude mit hölzernen Durchgängen verbunden hatte, um drei Stationen mit Bettstellen zu schaffen, eine für Männer, eine für Frauen, eine für Kinder, und dazu ein paar Untersuchungsräume, einen kleinen, schlecht ausgestatteten Operationssaal und eine Apotheke. Die Deutschen umzingelten das Krankenhaus, vernagelten die Fenster und Türen und steckten das Ganze in Brand, mit mehr als fünfundsechzig Menschen darin, davon waren dreiundzwanzig Kinder. Diese Zahlen haben sich mir unauslöschlich ins Gedächtnis eingegraben. Fünfundsechzig. Dreiundzwanzig. Einige der Patienten waren an Typhus erkrankt, und die Deutschen befürchteten, die Krankheit könnte sich ausbreiten, den Nachschub an Arbeitskräften dezimieren. Und das war dann ihre Lösung – alle bei lebendigem Leibe zu verbrennen, einschließlich des Personals. Den ganzen folgenden Tag stieg Rauch aus der Stadt auf. Der Himmel war bedeckt, das Wetter unnatürlich warm. Der Rauch stand wie Nebel in der Luft. Mir tränten die Augen, ich hustete vor Rauch. Ich bildete mir ein, ich hätte den Rauch der Toten eingeatmet, und so war es vielleicht auch. Bei Morgengrauen mußten alle zur Arbeit gehen wie gewohnt. Am Abend, als die Arbeiter zurückkamen, schlichen einige Männer trotz des Versammlungsverbots ins Haus des Rabbiners nebenan, um für die ermordeten Seelen das Kaddisch zu sprechen.

Dies war nicht die erste der sogenannten Aktionen der Deutschen. Es hatte schon andere gegeben, und weitere sollten folgen, plötzliche, unangekündigte Hausdurchsuchungen, bei denen sie Menschen mit Lastwagen zu der alten Festung am Fluß im Westen der Stadt schafften, um sie dort umzubringen. Sie hatten diese Anfälle von Tüchtigkeit, die Deutschen. Nach diesem grauenvollen Geschehen aber legte mein Vater die Tätigkeit für den Rat nieder. Er konnte es nicht mehr ertragen, als Komplize an einem Leben in hilfloser Unterwerfung mitzuwirken. In der Nacht nach der Feuersbrunst fand eine geheime Ratssitzung statt, und als mein Vater zurückkam, lag ich oben und schlief angeblich, in Wirklichkeit aber war ich hellwach und spitzte die Ohren. Eine Weile herrschte Schweigen, bis meine Mutter das Brot und die Suppe vor ihn hingestellt hatte. Er schob die Schüssel von sich.

»Morgen ist die monatliche Unterredung mit den Deutschen«, berichtete er meiner Mutter. »Der Rat will förmlich protestieren. Damit soll moralisch auf die unkontrollierbaren Terrorkräfte eingewirkt werden.« Er sprach ganz anders als sonst, bleiern, tonlos.

»Was sollte der Rat denn deiner Ansicht nach tun?« fragte meine Mutter. Sie sprach leise. Ich verstand sie kaum.

»Nicht nur, daß sie uns systematisch versklaven, es macht ihnen obendrein noch Spaß, uns zu überraschen«, sagte mein Vater. Seine Stimme wurde lauter, zorniger. »Sie amüsieren sich gern. Schmitz, dieser Schakal, der alles bestimmt« – das war der ranghöchste SS-Offizier –, »wie kann der Rat es nur über sich bringen, ihn anzusehen, mit ihm zu sprechen, als wäre er ein Mensch? Dieses rituelle Getue – alle wären wir schließlich Menschen, und das müßten wir anerkennen, wenn wir hofften, die Deutschen zu überleben! Als ob wir die Hüter von Wahnsinnigen wären, denen man bloß nie sagen darf, daß sie verrückt sind! Schmitz und die übrigen werden so tun, als führten sie ein gesittetes Gespräch, und sich ins Fäustchen lachen. Sie werden sagen, es herrscht Krieg, und manche Maßnahmen sind zwar bedauerlich, aber nicht zu vermeiden. Dann werden sie zum nächsten Punkt der Tagesordnung übergehen und die Zuteilungen von Mehl und Kartoffeln besprechen.«

»Nicht so laut, Ari«, sagte meine Mutter. »Du weckst ihn auf.«

»Ich halte das nicht mehr aus!«

Diesen Verzweiflungsschrei werde ich niemals vergessen, nicht nur, weil sich mein Jungenherz vor der Einsicht zusammenkrampfte, daß mein Vater wirklich und wahrhaftig nichts unternehmen konnte, um uns zu beschützen, sondern weil mir dabei so eindringlich klar wurde, daß ich selbst als lebendes Wesen die Jagdbeute für ein Raubtier darstellte. Mein Vater redete noch länger über diese Pointe unserer Geschichte: Da hätten wir nun Generation auf Generation unter ihnen, den Christen, gelebt, nur um zu sehen, daß wir schließlich so verbogen und verdreht waren, daß wir ihrer Haßvorstellung entsprachen. Wir seien zu Juden gemacht worden, damit sie Christen sein könnten.

Nun, was danach genau geschah, kann ich dir nicht sagen. Etwa zwei, drei Monate nach dem Brand waren die Empfindungen der Menschen abgestumpft. Der Schock verblaßte in der Routine aus Arbeit, geheimen Treffen, geheimen Gebeten bei den Frommen. Noch einmal gaben sie sich der Hoffnung hin, sie könnten die Deutschen überleben, durchhalten, bis die Befreiung käme. Es gab Gerüchte über die Niederlage der Nazitruppen in Afrika. In dieser Phase kamen meine Eltern eines Tages von ihrer Zwangsarbeit nicht wieder nach Hause zurück. Bis heute kenne ich die Umstände nicht. Eines Morgens half er ihr wie üblich in den Mantel, sie stellte ihm den Kragen gegen die Kälte hoch, beide küßten sie ihren Sohn. Wie üblich gaben sie mir ihre Anweisungen für den Tag. Und sie öffneten die Tür in den düsteren Morgen und schlossen sie hinter sich, und ich habe sie nie wieder gesehen.

Allerdings weiß ich, daß um diese Zeit im Ghetto ein Anschlag aushing – für besondere Aufgaben im Stadtarchiv suchten die Deutschen hundert Akademiker als Kuratoren und Katalogbearbeiter. Mama und Papa sprachen darüber. Sie war dagegen, sich zu melden, weil den Deutschen nicht zu trauen sei. Papa war der Ansicht, das Risiko könne man eingehen, und sie sollten sich einschreiben. Er glaubte, bei so einer Arbeit würde er Leute treffen, die er kannte, und könnte Kontakt zum Widerstand aufnehmen. Meine Mutter sagte, sie wolle, daß wir alle überlebten. Mein Vater sagte, zwar könne jede Entscheidung, die sie träfen, die letzte sein, aber eines wisse er sicher – welches Ende allen, die im Ghetto blieben, bevorstehe.

Nun, natürlich hatte meine Mutter recht, es handelte sich um eine weitere mörderische Falle der Deutschen: Die Akademiker, die sich mit ihren Zeugnissen um eine archivarische Tätigkeit beworben hatten, wurden mit Lastern aus der Stadt zu der alten Festung am Fluß geschafft und erschossen. Doch falls mein Vater unter ihnen gewesen war, wo war dann meine Mutter, die sich nicht hatte melden wollen? Oder hatte sie es schließlich doch getan? Aber so leichtfertig wären sie nicht gewesen, beide ihr Leben aufs Spiel zu setzen und einen kleinen Jungen zurückzulassen. Vielleicht hatte er sich gemeldet, und irgendwie war sie hineinverwikkelt worden, und man hatte auch sie abtransportiert, bevor sie fliehen konnte. Vielleicht hatte man meine Eltern aus ganz anderen Gründen, die nichts mit dieser Frage zu tun hatten, umgebracht. Ich wußte es nicht.

Es bestand jedoch noch eine andere Möglichkeit – daß sie noch lebten, daß es ihnen gelungen war, zu fliehen und sich den Partisanen anzuschließen. Rabbi Grynspan von nebenan war es, der mir dies noch an dem Abend erklärte, an dem meine Eltern nicht heimgekommen waren. »Komm schnell mit, du darfst hier nicht bleiben«, sagte er. »Offiziell bist du ein Waisenkind, obwohl sich deine Eltern natürlich nur im Wald aufhalten und dich holen werden. Möge der Herr, gesegnet sei er, ihnen den Weg weisen.«

»Sie haben sich dem Widerstand angeschlossen?«

»Ja.« Er hatte einen Moment gezögert.

»Aber warum konnten sie mich denn nicht mitnehmen?«

»Sie meinten, hier wäre es für dich sicherer. Jetzt rasch, kein Gerede mehr. Die Nazis dulden keine unbeaufsichtigten Kinder. Für dich wird gesorgt. Laß alle Bücher liegen, nimm nur deinen Pullover, die Hemden da, wickle die Sachen in deinen Mantel und komm mit.«

Von da an lebte ich in dem Bewußtsein, daß Mama und Papa tot waren, zugleich aber auch in der Erwartung, sie würden kommen und mich retten. Ich wußte, daß sie tot waren, denn sie hätten nie angenommen, daß ich im Ghetto allein sicherer wäre als bei ihnen. Andrerseits glaubte ich, sie seien am Leben, weil der Rabbiner bestätigt hatte, was mein Vater gesagt hatte – daß er Kontakt mit dem Widerstand aufnehmen wolle. In diesem Zustand der Unschlüssigkeit lebte ich für geraume Zeit. Im Herzen wußte ich, daß sie tot waren, aber immer wieder blickte ich auf von dem, was ich gerade tat, um zu sehen, ob sie nicht gekommen waren, um mich zu holen. Es dauerte sehr lange, bis ich ganz aufhörte, an sie zu denken.

– Wenn Albert recht hat, läßt sich in den Planeten Trost finden. Zum Beispiel den, daß sie alle sphäroid sind, daß keiner von ihnen die Form von Würfeln oder der Pappen hat, um die Hemden gefaltet sind, wenn sie aus der Wäscherei kommen. Und wenn man an die Entstehung der Planeten denkt – daß sich alles aus amorphen, ungestümen Wirbeln von kosmischem Staub und Gas entspinnt, sich abkühlt und zu einem auf Basis der Gravitation funktionierenden Sonnensystem ordnet ... Und daß dies anscheinend auch anderswo geschehen ist, daß es Milliarden von Galaxien mit zahllosen Sternen gibt; und wenn auch nur ein Bruchteil der Sterne Planeten haben, die sie umkreisen und die ihrerseits von Monden umkreist werden ... dann könnte zumindest auf einigen wenigen Planeten das notwendige Wasser für ein intelligentes Leben vorhanden sein, das unter der gleichen metaphysischen Krise leiden könnte, die uns aus der Bahn wirft. Daran können wir uns immerhin erbauen.

– Sarah Blumenthals Gespräch mit ihrem Vater

Der Rabbiner brachte mich in die Zentrale des Rats. Dort waren schon mehrere Kinder. Einige weinten. Ich setzte mich zu ihnen auf den Fußboden und lehnte mich an die Wand, beobachtete und hörte zu. Die Angestellten des Rats baten alle, still zu sein. Ein einziger Mann an einem Schreibtisch tippte. Er hatte eine Schreibmaschine, weil dies der Rat war. Das klare, präzise Klacken der Schreibmaschinentypen gefiel mir. Für eine Weile schlief ich ein. Als ich aufwachte, waren die anderen Kinder nicht mehr da, es war still im Raum, und eine Frau kniete vor mir. »Du hast jetzt einen neuen Namen«, sagte sie lächelnd. »Und was für einen hübschen, Yehoshua. Los, wiederhol das mal.«

»Yehoshua.«

»Genau. Yehoshua Mendelssohn. Das bist du von nun an. Auf diesen Namen mußt du hören, und hier ist dein Ausweis, in dem steht, daß du nun so heißt, und den du immer in der Tasche haben mußt, verstanden? Falls dich jemand fragt, ja? Du wohnst in der Demokratu-Straße. Ich bringe dich jetzt dahin. Es ist hübsch dort, du blickst auf den Gemüsegarten.«

Die Frau hob mein Bündel auf, nahm mich bei der Hand, als wäre ich noch ganz klein, und ging mit mir durch das Ghetto. Ihre Hand war feucht vor Angst, aber sie ließ mich nicht los. Vor der Tür eines kleinen Hauses blieb sie stehen. »Du hast einen Großvater«, erklärte sie mir, und dann klopfte sie.

Der sogenannte Großvater war ein Schneider namens Srebnitsky, ein dürrer, reizbarer Mann, etwas gebeugt; unter seiner Mütze kamen graue Locken hervor, und an den schmalen Schultern hingen locker das Hemd und eine Weste. Ein modriger Geruch ging von ihm aus, den ich für Großvatergeruch hielt. Er hatte blaßblaue Augen, die wäßrig schimmerten. Den mächtigsten Eindruck aber machte er auf mich dadurch, daß er ein Unbekannter war.

Sein Haus bestand aus zwei Räumen, ein Raum nach vorn, einer nach hinten hinaus, und einem kleinen Alkoven, der als Küche diente. Ich sollte auf einem Sofa in dem Vorderzimmer schlafen, wo der Schneider sein Gewerbe ausübte.

»Aha, ich habe also einen Enkel«, sagte er ohne zu lächeln. »Gott in seiner Weisheit sorgt eben für alles. Ob ich wohl darauf hoffen darf, daß er mir auch eine Tochter und einen Schwiegersohn schenkt? Und warum eigentlich nicht eine Frau, wenn er schon dabei ist?« Er sprach nicht mit mir, sondern anscheinend mit der Arbeit in seinen Händen, oder vielleicht mit diesen Händen, die lang, glatt, gewandt und daher faszinierend waren, weil sie so viel jünger wirkten als sonst alles an ihm. Die Nadel flog durch den Stoff, rein und raus, und verblüffend rasch entstanden vollkommen gerade Linien von Stichen.

Im Verlauf der Wochen übernahm ich es, die Fadenenden und Stoffetzen aufzufegen, die sich auf dem Fußboden ansammelten. Aber nichts durfte weggeworfen werden, alles wanderte in die Restekiste. Die Kleidungsstücke, die man dem Schneider brachte, waren fadenscheinige Mäntel, Kleider und Hosen, die er mit den Fäden und Fetzen aus seiner Restekiste flickte oder erst auseinandernahm und dann irgendwie zusammenfügte, so daß man die Sachen wieder tragen konnte, wenigstens noch ein Weilchen. Die Kunden bezahlten ihn nicht mit Geld, sondern mit Berechtigungsscheinen. Noch häufiger wurde Tauschhandel betrieben; den konnten die Deutschen nicht gut kontrollieren. Ein Schreiner, dem der Schneider die Jacke flickte, reparierte einen Fensterladen, der nun wieder richtig schloß. Eine Frau, deren Mantel er neu gefüttert hatte, brachte ihm ein wenig Suppe.

Das einzige Buch im Haus war eine Bibel, und so begann ich sie eingehend zu lesen. Manches darin fand ich rätselhaft. Da ich annahm, der alte Mann sei fromm, fing ich an, ihm Fragen zu stellen. Triumph funkelte in Srebnitskys wäßrigen Augen. Mit Genuß deutete er auf die Widersprüche und Absurditäten im biblischen Text hin. »Schau dir genau an, was du liest«, sagte er. »Die Daten erklären es dir. Wann dieses geschehen ist, wann jenes. Samuel kann das Buch Samuel so wenig geschrieben haben wie Moses das Buch Mose. Woher hätten sie wissen sollen, wann sie gestorben sind? Alles nur Geschichten, lauter Unsinn. Frommer Betrug. Und am Anfang? Am Anfang – was heißt denn das? Wer spricht da, wer wird angesprochen? Wer war dabei? Wer ist der Gewährsmann? Die Leute, die diese Geschichten erfunden haben, wußten sogar noch weniger als wir. Du suchst nach Gott? Dann sieh nicht in die Bibel, schau überall hin, auf die Planeten, die Sternbilder, das All. Sieh dir einen Käfer, einen Floh an. Sieh dir die mannigfaltigen Wunder der Schöpfung an, die Nazis eingeschlossen. Da findest du den Gott, mit dem du es zu tun hast.«

Ich fand diese Bemerkungen seltsam tröstlich. Was den biblischen Gott angeht, so hatte ich selbst auch schon immer meine Zweifel gehabt – und habe sie bis zum heutigen Tag, wie du wohl weißt und mir hoffentlich verzeihst. Zudem erinnerte mich die Einstellung des Alten an meinen Vater, der Zionist und ein Mann der Wissenschaft gewesen war, auch wenn er den Sabbat und die hohen Feiertage einhielt. Darüber hinaus aber bedeutete es ein Kompliment, wenn der alte Mann mich, der ich doch nur ein Junge war, offenbar ernst genug nahm, um mit mir wie mit einem Menschen zu reden, der imstande ist, seinen Kopf zu gebrauchen, selbständig zu denken und nichts in gutem Glauben zu akzeptieren.

Meistens allerdings gab es kein Gespräch mit Srebnitsky. Stunde um Stunde saß er gebeugt an seinem Arbeitstisch vor dem Fenster, und in meinen Augen redeten seine schönen Hände gewandt in einer Art von Taubstummensprache. Sein konzentrierter Blick auf diesen kleinen Stoffausschnitt, über dem seine Hände sprachen, enthielt für mich seine trotzige Ablehnung all der Lügen über Gott und seine hartnäckige Weigerung, der Verzweiflung zu erliegen, die das Ghetto wie Fieber in Wellen erfaßte.

Man hatte ihm seine Nähmaschine abgenommen, und über diesen Verlust fluchte er jeden Tag. Das Zugeständnis der Deutschen an sein Gewerbe bestand darin, daß sie ihm seine Schere, seine Nadeln, seine Knopfkästen und Garnspulen ließen. Dazu seine beiden rollbaren Figuren, die eine männlich, die andere weiblich; von der Gürtellinie aufwärts waren sie aus Draht geformt. Über diese Schneiderpuppen sann ich oft nach. Obwohl man durch sie hindurchsehen konnte, empfand ich sie als wirkliche Wesen im Raum. Mir wurde klar, wie wenig ausreicht, damit etwas wie ein Mensch wirkt. Manchmal wurden die Puppen umhergeschoben, und ich fuhr zusammen, wenn ich ihnen an unerwarteter Stelle begegnete und sie erst für echte Menschen hielt. Ich phantasierte über ihren Gleichmut – nichts konnte ihnen weh tun. Man konnte sie hängen, erschießen, zu einem formlosen Klumpen schlagen, an ihnen zupfen und zerren, bis sie zum langen Drahtschlauch wurden, und sie spürten es nicht, es war ihnen egal. Unbelebt zu sein war in meiner Vorstellung ein beneidenswerter, ja überirdischer Seinszustand. Zugleich aber fiel es mir überhaupt nicht schwer, mir vorzustellen, daß die Puppen miteinander sprachen. Wenn der Schneider sich zurückgezogen hatte und kurz bevor ich mich selbst schlafen legte, rollte ich sie gern in eine Gesprächsposition: So, jetzt ist es Abend, Zeit, sich auszuruhen, sagte dann der Mann zur Frau. Ja, antwortete sie, und morgen kommt gewiß die Sonne wieder und wärmt uns mit ihren Strahlen.

– Pems Äußerungen vor dem Prüfungsausschuß des Bischofs

Gott in uns zu fühlen ist eine allumfassende, inspirierende Empfindung, die dem ganzen Menschen zuteil wird, eine Offenbarung. So lautet gewöhnlich die Antwort auf das Fragen des Intellekts, der aus eigener Kraft die heilige Wahrheit nicht begreifen kann. Aber wird der Intellekt damit nicht entwertet? Gehört zum ganzen Menschen nicht auch der Intellekt? Warum sollte der Glanz Gottes nicht erhellend bis zum menschlichen Verstand vordringen?

Ich vertrete die Position, daß der wahre Glaube kein Ersatzwissen darstellt. Er kann den Intellekt nicht beiseite wischen. Er kann dem Intellekt nicht mit herablassendem Lächeln begegnen. Ich suche hier nach Parität. Ich werde nicht behaupten, Ihre Annäherung an das Numinosum sei eine Täuschung, solange Sie mir nicht erklären, mein Intellekt sei irrelevant …

Die biblischen Geschichten, die Geschichten der Evangelien, entsprachen den frühen Erkenntnissen, sie stellten Wissenschaft und Religion dar, alles – alles, worüber man einmal verfügte. Aber sie haben sich nicht selbst geschrieben. Wir müssen anerkennen, daß da Geschichtenerzähler am Werk gewesen sind.

Wenn auch nicht in sämtlichen Geschichten, so doch gewiß in allen, die ein Geheimnis enthalten, arbeitet der Autor mittels des Rückblicks. Das Ende ist bekannt, und die Geschichte wird so angelegt, daß sie am Ende ankommt. Wenn man weiß, daß die Menschen auf der Welt viele Sprachen sprechen, so ist dies das Ende: Die Geschichte vom Turm zu Babel führt einen dorthin. Das bekannte Ende des Lebens ist der Tod: Die Geschichte von Adam und Eva gelangt zu diesem Ende. Warum leiden wir, warum müssen wir sterben? Nun, weißt du, es gab da einmal diesen Garten …

Das Ende der Geschichte impliziert, daß es auch ein anderes Ende gegeben haben könnte. Da liegt der kleine, billige Trick. Indem man behauptet, daß die Dinge sich so entwickelt haben, räumt man ein, daß sie sich auch anders entwickelt haben könnten. Man erzeugt Konflikte und Spannung, wo es keine gab. Man hat die Conditio humana in eine Fortsetzungsgeschichte darüber verwandelt, wie sie selbst zustande gekommen ist.

Nun – nach meiner Lesart hat Gott gezinkte Karten ausgeteilt. Adam und Eva hatten nie eine Chance. Die Geschichte des Sündenfalls ist eine Parabel über Glanz und Pein des menschlichen Bewußtseins. Mehr ist sie jedoch nicht …

Mein Gott, niemand ist so gefährlich wie der Geschichtenerzähler. Nein, ich korrigiere mich, wie der Redakteur des Geschichtenerzählers. Augustinus, der Genesis 2-4 auf die Erbsünde hin umredigiert. Was für ein famoser kleiner Akt der Dekonstruktion – die Sünde an die Kinder weiterzugeben, wie Aids. Wie die Lehre von der allgemeinen Verdammnis wird der Sündenfall zum Instrument sozialer Kontrolle. Gott erteilt seinen Agenten Vollmacht, das Heil zuzuteilen oder vorzuenthalten. Ich weiß nicht, wie es Ihnen, liebe Kollegen, damit geht, doch die historischen Ereignisse haben es so an sich, daß sie immer wieder ein grelles Licht auf meinen Glauben werfen. Wir sind an eine Theologie gebunden, die sich nur mit größter Mühe gegen den ungläubigen Alltagsverstand behaupten kann. So sind zum Beispiel neugeborene katholische Babys, die ungetauft sterben, dazu verdammt, in die höheren Höllenregionen einzugehen! Ich muß schon sagen … In allen Konfessionen aber haben Strafphantasien, die sich um die Erbsünde ranken, Generationen von verängstigten Kindern und zerquälten Erwachsenen hervorgebracht, ja bringen weiterhin solche hervor und verleihen den kalvinistischen Friedhöfen Neuenglands eine besondere Schärfe, da sie an die Hexenverbrennungen gemahnen, an die Züchtigungen und an die vielen, die sich die normalen Freuden und Wunder des irdischen Lebens versagten, welche zum natürlichen Erbe der nichtindoktrinierten Seele gehören …

Wie können wir uns angesichts der beklagenswerten Geschichte dieses Unsinns noch erdreisten, unsere religiöse Vision über das gewöhnliche Wirken unseres Verstandes zu stellen?

Der alte Schneider ging zumeist mit mir um wie mit einem erwachsenen Mieter, der für sich selbst sorgen konnte. Gleichwohl änderte er für mich Kleidungsstücke, aus denen ich hinauswuchs, oder er trieb andere für mich auf. Als ich zu hinken begann, weil meine Schuhe mir zu klein geworden waren, besorgte er mir auf dem Tauschweg ein paar Holzschuhe. Er kochte unsere Kartoffelsuppe oder schnitt unser Brot, dann deutete er zum Tisch, und wir setzten uns zu einem schweigsamen Essen. Dies alles nahm ich als das Bestmögliche hin. Ich war ja tatsächlich ein Mieter. Der alte Mann und ich waren in Wirklichkeit nicht verwandt, und ich hörte nie auf, diese Lebensumstände als vorübergehend zu empfinden.

Da ich illegal lebte, konnte ich meine Freunde aus der Zeit davor nicht mehr treffen, auch nicht mehr bei Frau Levin Musikunterricht nehmen und die kleine Sarah sehen, die so verrückt nach mir gewesen war. Von Zeit zu Zeit kam die Frau vom Rat, die mir meinen neuen Namen gegeben hatte, vorbei und schaute sich um, ob alles in Ordnung war. Sie brachte Srebnitsky dann ein paar Zigaretten mit oder einen kleinen Krug Schnaps. So etwas nahm er an, als stehe es ihm zu. Für Yehoshua Mendelssohn hatte sie vielleicht einen Taschenkamm oder einen Bleistift und ein Schreibheft. Das Schönste aber, was sie je mitbrachte, mein größter Schatz, war ein amerikanisches Comicblatt, die farbige Comicseite aus einer amerikanischen Zeitung, die wundersamerweise als Auspolsterung eines Pakets ins Ghetto gelangt war. Ich strich die verknitterte Seite glatt, studierte sie immer wieder und versuchte, den englischen Text über den Köpfen der Figuren zu entschlüsseln. Eine Geschichte handelte von einem mittelalterlichen Ritter, der in seiner Rüstung auf einem weißen Pferd über Land ritt. In einer anderen war ein Detektiv im gelben Mantel zu sehen, der mit einer Pistole in der Hand über das Dach eines Eisenbahnwaggons lief. Daß ich jede der Geschichten nicht über die sechs oder acht in der Zeitung abgedruckten Bilder hinaus verfolgen konnte, störte mich nicht, es genügte mir zu wissen, daß es diese Helden gab, und mir auszumalen, welche Abenteuer sie erlebten. Verschiedene geschichtliche Epochen wurden da angedeutet, die Menschen waren in verschiedene Zeiten hineingeboren, von denen jede ihre eigenen Gefahren mit sich brachte. Mehr oder weniger steckte darin der gleiche Gedanke, den ein Rabbi bei einem heimlichen Chanukka-Treffen für Kinder ausgesprochen hatte. »Der heilige Eine, gesegnet sei sein Name, hat uns die Thora geschenkt, das Mitgefühl, die Demut und Kraft, allen zu widerstehen, die uns unseren Glauben versagen wollen. Und wir werden sogar geprüft wie einst die Makkabäer, die den Tempel von den Sündhaften zurückeroberten und die Lampe entzündeten, welche nur Öl für einen Tag enthielt und dennoch, dem heiligen Einen sei Dank, acht Tage lang brannte. Und wie die Makkabäer werden wir unsere Ketten sprengen und die Unterdrücker überwinden.«

Jeden Morgen blickte ich nach dem Aufstehen zu dem Gemüsegarten jenseits der Straße hinüber, den mein Vater für die Gemeinschaft angelegt hatte. Selbst bei kaltem, rauhen Wetter, wenn der Boden bis auf verdorrte Pflanzenstrünke kahl war, sah ich die Furchen, die einzelne Beete markierten, und stellte mir die Überlegungen meines Vaters vor, als er bestimmt hatte, was wo angepflanzt werden sollte. Nachmittags, wenn es dunkel genug war, spazierte ich dort gern umher. Niemand hinderte mich daran. Die Soldaten, die dort Wache zu schieben hatten, waren meist weniger wachsam und mehr darauf bedacht, sich warm zu halten, als irgend etwas zu bewachen. Doch dann legte sich Schnee über das Feld wie ein Leichentuch. Sämtliche Konturen des Bodens waren verschwunden, es blieb nur dieser kalte, grellweiße Hügel. Er blendete mich, wollte mich nicht hinsehen lassen, und zum ersten Mal, seit ich meine Eltern verloren hatte, weinte ich. Diese weiße Fläche hatte mir die furchtbare Einsicht vermittelt, daß meine Erinnerung an sie begonnen hatte zu verblassen ... meine Erinnerung an ihre physische Erscheinung, an ihre Stimmen.

Schließlich konnte ich sie mir trotz aller Mühe nur noch als Schemen, als moralische Gestalten heraufbeschwören, die mir aus meinen eigenen Denkgewohnheiten blitzartig vor Augen traten.

Eines Tages kam ich von meiner Wanderung zurück und traf Srebnitsky dabei an, wie er aus einem dicken Ballen edlen Stoffs von satter, dunkelgrauer Farbe und auffälliger Geschmeidigkeit etwas zuschnitt. Woher stammte dieser Stoff? Ich hätte ihn danach gefragt, hätte die konzentrierte Haltung des Schneider nicht Stillschweigen geboten. Seine Lippen bewegten sich, als spräche er mit sich selbst. Er schien zornig zu sein. Und doch tat er flink und präzise seine Arbeit. Ich setzte mich in einem Winkel zu ihm und beobachtete seine Hände. Nach einer Weile hoben sie die Stoffteile, die sie zugeschnitten und geheftet hatten, hoch und streiften sie der männlichen Drahtpuppe über, die in diesem Moment die Gestalt eines SS-Offiziers anzunehmen begann.

Srebnitsky trat zurück, um sein Werk zu betrachten. »Da siehst du mal, wie berühmt dein Großvater geworden ist. Die Kunde von seinen Fertigkeiten ist bis zu seiner Eminenz, dem SS-Major Schmitz gelangt. Ist es falsch von mir, diese Ehre anzunehmen?« fragte er und deutete auf die Puppe.

»Du mußtest es tun«, antwortete ich mit der Offenheit des Jungen.

»Ja. Vermutlich. Ich sage mir auch, daß es ein Hoffnungszeichen darstellt, ein erster Hinweis auf ihre Entwicklungsfähigkeit, wenn einer von diesen Halsabschneidern sich tatsächlich auf ein normales Geschäft einlassen kann.«

Hier deckte er eine Nähmaschine mit Tritt ab. »Jetzt habe ich sie also wieder. Und was sagst du dazu? Hast du gerade etwas gesagt?« Ich schüttelte den Kopf, aber er führte das Streitgespräch mit sich selbst weiter, als hätte ich ihm etwas entgegengehalten. »Srebnitsky versteht etwas von seinem Handwerk, sonst wäre er nicht mehr hier. Merk dir das. Die Hände hier, die du immer so bewundernd anschaust – so viel weiß ich nämlich von dir, auch wenn du zu hochgestochen bist, um selbst Schneider zu werden –, diese seine alten Hände haben ihn am Leben gehalten. Und falls dir das nicht schnurzegal ist: dich auch, Yehoshua Mendelssohn!« Grummelnd wiederholte er das, »Yehoshua Mendelssohn«, während er sich seiner Arbeit zuwandte.

Denn so, wie er für mich ein Fremder war, war ich natürlich auch nicht sein Enkel, das wurde mir in diesem Moment klar. Das hast du doch verstanden, oder, daß sie mir den Namen des toten Enkels des Schneiders gegeben hatten? Er hat mir nie erzählt, was passiert war, ich habe es erst später beim Rat erfahren. Bevor es ein Ghetto gab, als der Krieg unsere Stadt erreichte, zogen die Russen nach Osten ab. Unsere litauischen Nachbarn nützten die Gelegenheit, sich ihrerseits einen kleinen Pogrom zu gönnen. Srebnitsky hatte mit seiner Tochter, seinem Schwiegersohn und seinem Enkel Yehoshua in einer Wohnung an der Vytauto-Straße gewohnt. Während er in seiner Werkstatt in einem anderen Stadtteil arbeitete, brach eine Meute die Wohnungstür auf, jagte seine Angehörigen auf die Straße und prügelte sie zu Tode. Ringsum taten andere Leute das gleiche, brachten jüdische Menschen um und raubten aus ihren Häusern Möbel, Teppiche, Geschirr, Radios, alles. Srebnitsky lief nach Hause und fand die Leichen seiner Tochter, ihres Mannes und Sohns auf dem Trottoir. Als die Deutschen die Stadt besetzten, stellten sie die Ordnung wieder her, indem sie sämtliche Juden auswiesen und in den verfallenden Slum jenseits des Flusses umsiedelten, der zu unserem Ghetto wurde. Natürlich geschah dies nicht zu unserem Schutz, sondern damit wir als Zwangsarbeiter in den Kriegsfabriken verfügbar blieben. Ich erinnerte mich selbst noch an diese Zeit, als ich mich in unserer Wohnung versteckt gehalten hatte, die zum Glück in einer höheren Etage lag; die Wohnungstür war mit der Kommode verrammelt. Und ich erinnerte mich noch an unseren Auszug, bei dem meine Eltern einen Leiterwagen mit Habseligkeiten und ein paar Möbelstücken schoben, die über die Brücke mitzunehmen uns gestattet worden war. Srebnitsky, all seiner lebenden Verwandten beraubt, hatte den Weg allein zurückgelegt.

Natürlich waren die Erlebnisse des Schneiders in keiner Weise außergewöhnlich, und doch kam ich, als ich Jahre später über die Tat nachdachte, die zu seinem Tod führte, zu dem Schluß, daß zwar ein jeder bis zu dem Punkt zu bringen war, an dem er dem Leben entsagte, daß es sich jedoch in Fällen wie dem von Srebnitsky nicht einfach um den Wunsch zu sterben handelte, sondern um den Wunsch, über sich hinauszuwachsen – der einen, wenn man ihn sich einmal eingesteht, ans Ende des Lebens führt. Das ist überhaupt nicht das gleiche, sondern etwas anderes. Und daher waren die alltäglichen, unerträglichen Qualen, die wir alle erlebten, in der Tat außergewöhnlich in Hinblick darauf, wie jeder einzelne sie sich zu Herzen nahm.

– Pems Äußerungen vor dem Prüfungsausschuß des Bischofs

Burkert – vielleicht unser führender Kenner der alten Religionen – kennen Sie seine Werke? Burkert erforscht die Ursprünge des Heiligen, was an sich schon ein häretisches Unterfangen darstellt. Bei ihm findet sich das Gleichnis von der Eidechse, die ihren Schwanz im Maul des Raubtiers zurückläßt. Das Gleichnis vom Fuchs, der seinen Lauf durchnagt, um der Falle zu entkommen. Nun fragen Sie, was dies mit Gott zu tun hat. In solchen biologisch programmierten Reaktionen ist die Idee des Opfers angelegt. Man gibt einen Teil auf, um das Ganze zu retten. Es wimmelt von uralten Mythen, in denen Menschen vor Ungeheuern fliehen und nur entkommen, indem sie Stücke von sich opfern, um den Verfolger abzulenken oder aufzuhalten. Orest gibt einen Finger preis, und Odysseus ebenfalls. Das Fingeropfer war in der griechischen Antike eine wichtige Sache. Meistenteils wurden die Opfer jedoch mit der Zeit ritualisiert, auf Symbole reduziert. Man verstümmelt sich nicht mehr, sondern hinterläßt an Stelle des Fingers einen Ring auf dem Altar. Man schlachtet ein Lamm. Man läßt einen Sündenbock in der Wüste zurück. Wenn jedoch das Schicksal einer Gemeinschaft auf dem Spiel steht, wird ein Mensch ausgewählt, der in den Abgrund springt, damit der nicht die Gemeinschaft verschlingt. Eine Jungfrau wird dem bodenlosen See geopfert. Einer von den Menschen auf dem Schlitten wird den verfolgenden Wölfen hingeworfen. Man wirft Jonas ins Meer, um das Schiff und seine Besatzung zu retten. Und gerade so, wie die Herde für eine Weile in Sicherheit grasen kann, nachdem die Löwen ein Tier daraus geschlagen haben, das sie nun verschlingen, gerade so fühlt sich die Menschheit sicherer vor den namenlosen, gestaltlosen Schrecken, wenn einer aus ihren Reihen geopfert wird, wenn zugunsten aller einer als pars pro toto herhalten muß, wie der in der Falle zurückbleibende Lauf des Fuchses.

Denken Sie darüber einmal nach. Wir führen hier den intellektuellen Diskurs. Wir finden den möglichen biologischen Ursprung des Heiligen, dessen, was uns das Heiligste ist, unserer grandiosen Ikone vom menschgewordenen Gott, der immer von neuem stirbt, von einem Sonntag zum nächsten, auf daß wir Erlösung finden.

Ist all dies denn irrelevant?

Anhand der 1945 bei Nag Hammadi in Ägypten entdeckten Schriftrollen stellt Elaine Pagels fest, daß es unter den frühen Christen eine tiefe Spaltung zwischen jenen gab, die eine Kirche befürworteten, welche gemäß der apostolischen Tradition von einer buchstäblichen Deutung von Jesu Auferstehung ausging, und solchen, die eine Auferstehung verwarfen, es sei denn als spirituelle Metapher für eine auf emotionalem, mystischen Wege erlangte Gnosis, als Wissen jenseits des normalerweise Wißbaren, als Wahrnehmung auf einer Ebene, die unter oder über derjenigen der alltäglichen Wahrheit liegt … Es fand somit ein Machtkampf statt. Gnostiker und Synoptiker standen einander mit konkurrierenden Lehren gegenüber. Die Gnostiker, die meinten, man brauche keine Kirche, keine Priester, kein Bischofsamt, unterlagen – unvermeidlich, weil sie ihren Ansichten entsprechend über keine Organisation verfügten. Wenngleich die institutionell gesinnten Christen verständlicherweise betonten, ihre verfolgte Sekte brauche zum Überleben ein Kommunikationsnetz, mit Ordnungsregeln und gemeinsamen Überlebensstrategien, wie etwa der Vorstellung vom Märtyrertum, so trifft es doch auch zu, daß der Kampf für Jesus ein Kampf um Macht war, daß die Vorstellung von einer tatsächlichen Auferstehung, welche die Institutionsanhänger in den Vordergrund stellten und die Gnostiker verhöhnten, den Kirchenämtern Autorität verschaffte und daß die Bestrebungen, Jesus zu definieren und seine Worte – oder deren Deutungen durch andere – zu kanonisieren, reine Politik waren, wie leidenschaftlich oder fromm sie auch betrieben wurden, und daß mit dem Begehren, Jesu Autorität Dauer zu verleihen, welches sich mit der Reformation und mit dem Entstehen protestantischer Sekten fortsetzte, in denen aus Protest gegen die sakramentalen Anhäufungen einer kirchlichen Bürokratie gleichsam eine rudimentäre Gnosis befürwortet wurde, womit das Christentum, wie es heute besteht, mit all dem Widerhall, das es als Glaube und als reiche, vielschichtige Kultur gefunden hat, eine politische Schöpfung mit einer politischen Geschichte darstellt. Aus den frühchristlichen Konflikten heraus wurde ein politisch siegreicher Jesus geschaffen, und ein politischer Jesus ist er seither geblieben, von der Bekehrung des Kaisers Konstantin im vierten Jahrhundert an und während der ganzen langen Geschichte des europäischen Christentums – wir brauchen nur die Geschichte der katholischen Kirche zu betrachten, ihre Kreuzzüge, ihre Inquisition, ihre Kontroversen und/oder Allianzen mit Königen und Kaisern und mit dem Aufkommen der Reformation die Geschichte der aktiven Teilnahme, in all ihren Formen, der Christenheit an den Kriegen zwischen Staaten und an der Beherrschung von Völkern. Es ist die Geschichte der Macht ...

Es tut mir leid. Sie haben Fragen an mich, und hier verbreite ich mich über diese elementaren Dinge, die Ihnen wohlbekannt sind. Aber ich beginne, sie als Bürde zu empfinden. Seit nunmehr hundertfünfzig Jahren findet Kritik auf höherer Ebene statt. Wir müssen einfach erneut betrachten, was uns da entgegenstarrt. Die Divergenz zwischen uns beruht darauf, wie wir sie bewerten, diese … intellektuellen Finessen. Sie erachten sie als irrelevant. Ich wünschte, Sie erblickten darin eine Herausforderung. Unsere Tradition ist weitgefächert. Was uns eint, sind die Sakramente, doch geteilt sind wir, wo es um Fragen der Lehre geht, und ich meine, dies müssen wir anerkennen. All die Wunder, die wir predigen, sind mir eine Bürde. Dennoch betrachte ich mich als guten Christen. Dies ist ein Glaubensbekenntnis. Ich hoffe, Sie werden es nicht dazu gebrauchen, jemanden meiner Generation aus Ihren Reihen zu entfernen, von dem Sie das Gefühl haben, er habe noch die sechziger Jahre im Gepäck. Ich danke Ihnen.

– Das Midrash Jazz Quartet spielt die Standards

STAR DUST
Sometimes I wonder why
I spend the lonely night
dreaming of a song?
The melody haunts my reverie,
And I am once again with you
When our love was new,
and each kiss an inspiration,
But that was long ago: now my consolation
is in the stardust of a song.
Beside a garden wall, when stars are bright,

you are in my arms
The nightingale tells his fairy tale
of paradise, where roses grew.
Tho' I dream in vain
In my heart it will remain:
My stardust melody,
The memory of love's refrain.

STERNSTAUB
Ich frag mich manchmal, warum träum ich
die ganze Nacht allein von einem Song?
Die Melodie geistert durch meine Phantasie,
und ich bin wieder bei dir wie einst,
als unsere Liebe jung war
und jeder Kuß eine Erleuchtung.
Doch das ist lang vorbei: jetzt find ich Trost
im Sternstaub eines Songs.
An einer Gartenmauer, im klarsten Sternen-
schein
liegst du in meinen Armen.
Die Nachtigall erzählt ihr Märchen
vom Paradies, wo Rosen wuchsen.
Ich träum umsonst,
doch in meinem Herz wird sie ewig klingen:
Die Sternstaubmelodie
und mir vergangene Liebe wiederbringen.

Der Sänger fragt, warum er seine Nächte damit vertut,
sich nach seiner verlorenen Liebe zu sehnen,
Die ihm im Traum als Song erscheint. Natürlich weiß er
warum –
Er ist besessen, kann's nicht lassen,
rührselig ist er und voll Selbstmitleid.
Sie muß für ihn wie ein Stern geleuchtet haben, wenn der

Song, den er vernimmt, nur Sternstaub gleicht.
Wie seltsam, im Namen der verlorenen Liebe
den Ascheabfall einer nuklearen Feuersbrunst
heraufzubeschwören.
Das ist sein Problem, seine metaphorische Verzweiflung.
Man staunt über seine Sentimentalität
– sich auch nur einzubilden, er wäre im Paradies gewesen,
im Garten Eden,
wo alles ewig währte und die Rosen unaufhörlich blühten
und seine Liebste des Abends Duette sang
mit einem Vogel auf hohem Ast, den einst chinesische
Fürsten schätzten –
Als hätte nie ein Vorfahr von ihm die Frucht
von dem berühmten Baum gekostet,
Als gäb's ewige Liebe, ein Leben ohne Tod.
(schwacher Applaus)

Wenn einer sich nicht einen
Song vorsingt,
Sondern den Traum davon, wie ein Song sein sollte,
Dann liegt er natürlich völlig falsch,
Der Song bricht ein wie Träume auch,
Und alles, was man zu wissen meinte,
ist dahin.
Jeder Ton ein Klagelaut.
Das ist das wahre Herzensproblem:
Im Kopf herrscht Wirrwarr,
und der Unterschied zwischen Nacht und Tag
ist nicht mehr klar.
Als hätte Gott bestürzt
die Welt zum Anbeginn zurückgedreht.
Und bei alldem steht der Liebende wie im Traum,
wie im Song gewiß in keinem Garten.
Es blitzt, es gießt,

der Himmel ist entbrannt, Welten prallen aufeinander,
Und der Song vom Liebesschwund
ist der Gesang der Sphären.

(gleichgültiger Applaus)

Am schlimmsten ist's für ihn des Nachts allein,
  doch sie ist da, ist nicht gegangen.
Einst waren sie vereint, er hat es nicht vergessen
das einzige Paradies, das wir erstreben können,
auch wenn wir dort nur kurz verweilen
kürzer, als eine Rose blüht.
Nun also leben sie nicht mehr im Garten,
Als wär er auf der Welt der einzige Junge,
  das einzige Mädchen sie,
sondern sie sitzen sich im Wohnzimmer gegenüber,
sie in dem Sessel da, er in dem dort drüben.
Und er liest vielleicht die Zeitung oder tut zumindest so,
und sie hält ein Buch oder eine Bibel,
und beide haben sich nichts zu sagen.
Nur ihre Arzttermine stimmen sie noch miteinander ab.
Wenn er sie jetzt in die Arme nähme,
würde sie zusammenzucken und sich entziehen,
Ganz verwirrt von seinem abwegigen Tun.
Und vielleicht schaut er verträumt durchs Fenster,
Sieht entzückend schlanke junge Mädchen vorübergehen
und denkt mit des Dichters Worten:
»Einst kannt ich eine, lieblicher als ihr.«
Was nicht viel Trost bringt.
So wenig wie der Anblick
der Sterne in der Nacht –
groß und ganz schön hell
und sind doch nur erlöschende Funken
in der Asche seiner Lethargie.

(sehr schütterer Applaus)

Wir singen den Blues
  Erfinden Worte
  Wollen wie die Vögel sein
Im Garten Addition
  Leben Eva Gerade und Adam Ungerade
  Sie liegt nicht in seinen Armen
  Sie suchen Gott
Eine Nachtvoll Sterne
  Ist zu Staub geworden
  Und da steh ich
  Im verlor'nen Paradies

– Der Sänger erträumt sich einen Song
– jeder Ton ein Klagelaut,
– wenn wir in unsern Sesseln sitzen
– hier im verlor'nen Paradies.

Sometimes I wonder why
I spend the lonely night
dreaming of a song?
The melody haunts my reverie,
And I am once again with you
When our love was new,
and each kiss an inspiration ...

Ich frag mich manchmal, warum träum ich
die ganze Nacht allein von einem Song?
Die Melodie geistert durch meine Phantasie
und ich bin wieder bei dir wie einst,
als unsere Liebe jung war
und jeder Kuß eine Erleuchtung...
(dankbarer Applaus)

– Eines Wintermorgens, Srebnitsky hatte Minuten zuvor die Rangabzeichen auf die Schultern und die Biesen auf die Revers genäht, fuhr vor der Haustür ein Wagen vor, und der SS-Offizier, der den Auftrag erteilt hatte, traf ein. Es war SS-Major Schmitz, der Kommandant und Vollstrecker all des Grauens. Ich lief ins Hinterzimmer und schlüpfte durch die Tür hinaus. Dieses Projekt des Schneiders hatte mich von Anfang an beunruhigt, weil es gegen die Regel verstieß, so anonym zu bleiben wie nur möglich, durch nichts aufzufallen. Wenn seine Nadelfertigkeit ihn nützlich gemacht und ihn – samt mir – am Leben gehalten hatte, so erhöhte sie auch die Wahrscheinlichkeit, zu Tode zu kommen. Die Logik unserer unseligen Lebensumstände sorgte dafür, daß es nicht eine simple Aussage gab, die nicht auch ihr Gegenteil enthielt.

Ich stellte mich ein Stück weiter unten an der Straße an den Zaun des Gemüsegartens. Es war ein kalter, bewölkter Morgen. Aus der winterlichen Öde der Straße, zwischen den schäbigen Behausungen, aus deren Kaminen dünne Rauchsträhnen aufstiegen, stach der Kommandantenwagen als einschüchternder Luxusgegenstand einer anderen Welt hervor. Es war eine schwarze Mercedes-Limousine mit kastenförmigem Personenraum, langer, geduckter Motorhaube und einem verchromten Kühlerrost als Bug. Die großen Scheinwerfer waren silbrig. Anscheinend war das Automobil in seinem Hochglanz gegen Matsch, Schnee und Ruß gefeit. Der Chauffeur vertrieb sich die Zeit, in dem er mit einem Lappen darum herumging und die jüngsten Anwürfe abwischte. Die kurzen Blicke, die er in meine Richtung warf, sagten mir, daß ich so nah herankommen konnte, wie ich wollte, damit ich, der Judenjunge, einmal sähe, was die deutsche Kultur hervorzubringen vermochte – dieses erlesene Automobil und die erhabene Lässigkeit seines Chauffeurs. Er trug die Uniform eines SS-Unteroffiziers und eine Pistole im Holster.

Natürlich zog mich nicht der Glanz des Wagens an, sondern die Wärme, die der Motor verströmte. Dadurch hatte ich einen unverstellten Blick auf die Geschehnisse. Als Major Schmitz herauskam, trug er seine neue, maßgeschneiderte Uniform samt schmissiger Schirmmütze. Er war ein stattlicher, breithüftiger Mann. Ihm folgte Srebnitsky, die alte Uniform über dem Arm. Der Chauffeur sprang herbei, um sie ihm abzunehmen. Er öffnete für seinen Kommandanten die hintere Wagentür und war in den nächsten Sekunden damit beschäftigt, die Uniform sorgsam über den Beifahrersitz zu legen. Die Hände in die Hüften gestützt, ein verächtliches Lächeln im Gesicht, posierte Schmitz in seiner schikken Uniform und den schwarzen Stiefeln. »Aber wollen Sie denn nicht zahlen?« fragte Srebnitsky scheu. Der Offizier lachte. »Nicht einen Pfennig für Srebnitskys schöne Arbeit – doppelte Nähte überall und sogar gefütterte Ärmel?« Nun lachte auch er. »Nicht einmal eine Zigarette für den alten Schneider, der so hart gearbeitet hat, den Künstler, der diesen Rock für den schönen Major des Dritten Reichs angefertigt hat?« Beide lachten sie jetzt herzlich über diesen Scherz – ein Jude, der Bezahlung erwartete. Auf einmal runzelte Srebnitsky die Stirn, er machte einen Buckel und blickte scharf auf irgend etwas an der neuen Uniform. Er hatte seine Schere in der Hand. »Verzeihung, Exzellenz, einen Moment, ein Fadenende.« Und er führte die Hand zur Brust des Kommandanten, der zum Himmel blickte, um dieses abschließende Schnipp der Vollendung über sich ergehen zu lassen, und riß dann am Revers, ratschte, die Scherenspitzen vorweg, quer über die Vorderseite der Uniformjacke, mit einer so abrupten Geste, daß im nächsten Augenblick ein großer Fetzen aus der ruinierten Jacke zum Knie des Offiziers hing. »Näh's dir doch selbst, du Dieb!« kreischte der Schneider. »Ein Dieb bist du, nichts sonst. Alle seid ihr Diebe, stehlt uns die Arbeit, unser Leben!«

Überrumpelt stand der Major da, ich glaube, er hatte sogar aufgeschrien vor Angst. Sein Chauffeur aber warf sich auf den alten Mann und schlug ihn mit dem Pistolengriff zu Boden, trat dann auf ihn ein. »Du wagst es, einen deutschen Offizier anzugreifen?« brüllte er. »Du wagst es, die Hand zu erheben!« Dann zielte er auf den verwundeten Schneider und hätte ihn auf der Stelle erschossen, hätte ihm der Major nicht befohlen aufzuhören. Wie er sich die zerrissene Uniformjacke gegen die Brust hielt, glich Schmitz einer Frau, die ihre Brüste bedeckt. Er sah sich um, ob jemand Zeuge seiner Demütigung geworden war, und Gott sei Dank sah er nicht mein Gesicht, denn ich hatte kehrtgemacht und verschwand soeben in dem Gäßchen zwischen zwei Häusern. Von diesem dunklen Winkel aus sah ich den Wagen wenige Augenblicke später auf der Straße vorübersausen. Ich horchte auf die immer leiser werdenden Motorgeräusche, dann lief ich zu Srebnitsky zurück, der da, wo er hingefallen war, im Schnee lag. Er blutete am Kopf, er hustete, fuhr sich mit der Hand an die Kehle und versuchte zu sprechen. Ich kniete mich neben ihn. Nun schüttelte er den Kopf und versuchte zu lächeln, dann hustete und gluckste und hustete er noch ein wenig, und irgendwann rollte er die Augen so, daß ich nur noch das Weiße sah. Plötzlich wurde ich von einem der Nachbarn auf die Füße gezogen. »Hast du denn keinen Verstand? Der ist erledigt, dein Alter. Los, lauf, verschwinde hier!« Und dann rannte er selbst in sein Haus zurück und knallte die Tür zu.

Er wollte sagen, dieser Nachbar, daß die Deutschen, wenn ein Familienoberhaupt ein Verbrechen beging oder aus irgendeinem Grund zur Exekution ausersehen war, grundsätzlich auch seine Angehörigen umbrachten. Eben deswegen hatte man mich, als meine Eltern nicht mehr nach Hause kamen, sogleich zum Rat gebracht und mir einen anderen Namen gegeben. Und dorthin, zum Rat, lief ich nun, diesmal allein.

Als ich dort ankam, wurden an diesem geschäftigen Ort auf einmal alle still, denn das schreckensbleiche Gesicht eines Kindes war ein Warnsignal, das sie nur zu gut kannten. Was ich zu erzählen hatte, alarmierte sie. Mehrere Jungen wurden herbeibeordert und mit dem Auftrag losgeschickt, in den Häusern und Werkstätten die Parole zu verbreiten, alle den Deutschen nicht bekannten Personen sollten sich verbergen. Ich saß benommen da, während die Jungen, deren Schar ich mich bald anschließen sollte, in alle Richtungen davonstoben. Minuten später wußte im Ghetto jeder, was der Schneider getan hatte. Nach einer Weile traf die Rückmeldung ein, man habe ihn verhaftet und ins Gestapo-Hauptquartier gebracht. Nun stellte sich die Frage, wie die Deutschen sein Verbrechen aburteilen würden. Auf der Straße vor dem Ratsgebäude begannen sich Leute zu versammeln. Gerüchte grassierten – Srebnitskys Tat werde dreißig, fünfzig, hundert tote Juden kosten. Mehrmals mußte Herr Barbanel, der Bürovorsteher, hinausgehen und den Leuten sagen, sie sollten sich zerstreuen und sich um ihre eigenen Angelegenheiten kümmern.

In deutlichem Gegensatz zur Allgemeinheit, die immer erregter wurde, wahrten die Ratsmitglieder die Ruhe. Am ruhigsten von allen, vielleicht sogar derjenige, von dem die Ruhe ausging, war der Vorstand des Rats, Dr. Sigmund König, ein gutaussehender, würdevoller Mann von Mitte Sechzig, gut ein Meter achtzig groß. Schließlich trat er hinaus auf die Straße, und sein bloßes Erscheinen beruhigte die kleine Menschenmenge, die sich versammelt hatte. Er erklärte den Leuten, daß er einen Anruf des Ghettokommandanten erwarte, was denn genau zu tun sei, aber er bezweifle, daß die Gefahr einer größeren Aktion unmittelbar bestehe. Er sprach fast im Flüsterton. Ich stand hinter ihm in der Tür und konnte ihn kaum verstehen. Er trug weder Hut noch Mantel. Die Kälte schien ihm nichts auszumachen. Er war sehr adrett gekleidet – ein grauer zweireihiger Anzug, ein sauberes Hemd mit Krawatte. Bald sollte ich feststellen, daß er nur diesen Anzug besaß. Und der war fadenscheinig, für solche Dinge hatte ich nun einen Schneiderblick, und fiel so, daß man ahnte, wie körperlich mitgenommen der Träger war. Der Hemdkragen saß locker. Auch die schwarzen Schuhe waren abgetragen, und ich hatte bereits den Sprung in seinem rechten Brillenglas bemerkt, wodurch es so aussah, als sei das Auge selbst entzwei. Und dennoch wirkte an Dr. König alles tadellos. Er war sauber rasiert, und sein feines Silberhaar, das er in einer langen Welle zurückgekämmt trug, kam mir irgendwie poetisch vor, wie die Standarte, die über einem mittelalterlichen Ritter flattert, während er in die Schlacht galoppiert. Dr. König ging wieder in sein Büro, ohne von mir Notiz zu nehmen. Anders hätte ich es von einem Mann seines Rangs auch nicht erwartet.

Irgendwann am Nachmittag traf auf einem Motorrad ein deutscher Soldat ein, mit dem schriftlichen Befehl, der Rat habe unverzüglich Schreiner abzustellen, die auf dem Platz zur Brücke hin einen Galgen errichten sollten. Kurz darauf gelang es Dr. König, den Kommandanten telefonisch zu erreichen. Ihm wurde erklärt, alle Juden hätten sich bei Morgengrauen auf dem Platz einzufinden und der Erhängung des Schneiders Srebnitsky beizuwohnen. Außer mir nahmen dies anscheinend alle mit großer Erleichterung auf. Nun, da mein vorgeblicher Großvater erledigt war, wurde im Rat ruhig überlegt, was man mit mir anfangen sollte. Nach Durchsicht der Akten kamen sie zu dem Schluß, daß es im Augenblick keine Familie mit einem toten Kind gab, dessen Identität ich annehmen könnte.

Herr Barbanel, der in der Hierarchie die zweite Stelle innehatte und den ich später verehren lernte, kam zu der Bank herüber, auf der ich saß, und ging vor mir in die Hokke. Er muß etwa fünfunddreißig gewesen sein, somit das bei weitem jüngste Ratsmitglied. Er war ein untersetzter Mann mit einem gütigen, ehrlichen Gesicht, einem schwarzen Haarschopf, dunklen Augen unter dichten, schwarzen Brauen, einem breiten Mund und einer slawischen Skischanzen-Nase, die aussah, als verdankte sie ihre Form Boxschlägen. Er konnte scherzen, dieser Barbanel. Er konnte mit einem Kind reden.

»Also, Yehoshua X, du mysteriöses Wesen, du Geheimagent, bist du bereit für deinen nächsten Auftrag?« Er hielt genau so eine Schirmmütze in den Händen, wie ich sie bei den anderen Jungen gesehen hatte. Und ohne weitere Umstände stülpte er mir die Mütze über, wodurch ich als offizieller Laufjunge unter die Fittiche des Rats kam. Allen war ich als Yehoshua bekannt, jedoch ohne Nachnamen, weder Mendelssohn noch mein eigener Familienname, und ohne einen schützenden Ausweis, dafür aber mit der Schirmmütze der Laufjungen, deren gelbes Band zu dem gelben Stern auf meiner Jacke paßte.

Vermutlich um mich vom Grübeln abzuhalten, wurde ich rasch in die offizielle Laufjungenarbeit eingewiesen. Am gleichen Abend noch begleitete ich Micah, einen älteren, schlaksigen Jungen auf seiner Runde, bei der er seine »Kunden«, wie er sie nannte, darüber informierte, daß sie bei Morgengrauen auf dem Platz zu sein hätten. Nach einer Weile ermutigte Micah mich, die Nachricht zu überbringen. Damit kam ich zurecht. Der alte Mann würde gehängt werden, und da lief ich nun umher und teilte allen mit, sie müßten kommen und es mit ansehen. Mir war ganz sonderbar, so schwindlig, als hätte man mich um die eigene Achse gedreht. Ich war nun nicht mehr der vorgebliche Enkel des Schneiders, sondern jemand vorgeblich anderes – ein namenloses Mündel der Gemeinde? Ein Bote des Rats? Ich wußte es nicht. Jedenfalls war ich ein Junge, der sich zu verstecken wußte, wenn jemand im Schlamassel saß, und der allen mitteilen konnte, sie sollten sich den Schlamassel anschauen.

Die erste Nacht, die ich im Schlafsaal der Laufjungen über den Ratsbüros verbrachte, bibberte ich vor Angst. Wie widerwärtig, mit ansehen zu müssen, wie ein alter Mann zu Boden geschlagen und dann getreten wurde. Und dann hatte er mit ganz verdrehten Augen im Schnee gelegen. In dem Moment hätte ich ihm helfen sollen, statt wegzulaufen. Wenigstens ein bißchen hätte ich noch bei ihm bleiben können, wenn auch nur, um ihn ins Haus zurückzuschaffen.

Nachts, im Dunkeln, erkennt man die Wahrheit. Ich sprach mich nicht frei, nur weil ich ein Kind war.

Und dann gab es da noch einen weiteren Punkt. Noch nie war ich der eigentlichen Ghettoverwaltung so nahe gewesen, obwohl ich natürlich meinen Vater kritisch über den Rat hatte reden hören. Und während ich in jener entsetzlichen Nacht wach lag, dachte ich über alles nach, was ich im Büro beobachtet hatte, und zwar mit gemischten Gefühlen. Man hatte mich durchaus freundlich behandelt – das quälte mich nicht, wohl aber, daß alle so ruhig waren. Sie war so unveränderlich, diese Ruhe der Wissenden, die das ganze Bild überschauten. Und zweifellos war sie auch notwendig, wenn der Rat seine Funktion erfüllen sollte. Aber in gewisser Hinsicht nahm ich diese Ruhe mit meinen jungen Augen so wahr, empfand ich sie so, als würde damit behauptet, alles, was geschah, sei Routine und alltäglich, als wäre diese furchtbare Macht der Deutschen über uns normal.

Dieser Dr. König mit der Bürde seiner Verantwortung – es mag mir so vorgekommen sein, als operiere er auf einer Ebene mit den Deutschen und als sei er ihnen gleichrangig. Angesichts seiner unangreifbaren Würde mögen die Deutschen den gleichen Eindruck gewonnen haben, und vielleicht um dies sich selbst gegenüber zu leugnen, hatten sie ihm, wie ich bald erfuhr, den höhnischen Titel »Oberjude«

verliehen, eine Verhöhnung, die ihn auf seinen Platz verweisen sollte. Natürlich war er kein Dummkopf, man mußte ihm die Situation nicht erst erklären. Er verstand sie genau. Auch leugnete er weder vor sich selbst noch vor den anderen Ratsmitgliedern, was sie sonst vielleicht zu tun versucht gewesen wären – daß ihre Rolle moralisch zweideutig war. Für jede Sonderration, für jede Lockerung der Vorschriften, die sie erwirkten, bezahlten sie mit einem Zugeständnis. Sie hatten es mit grausamen Aufrechnungen von Leibern gegen Arbeitskraft, von Lebensmitteln gegen Heizmaterial, von Gesundheit gegen Krankheit zu tun. Ich möchte hier keineswegs die Ehre, die Stärke, die Noblesse von Dr. König in Frage stellen. Seine leitende Stellung war ihm auf Grund der hohen Achtung, die ihm die Gemeinde entgegenbrachte, aufgezwungen worden. Unter den gefährlichsten Umständen verhielt er sich mutig, wie ich später aus nächster Nähe erfahren sollte. In dem vorliegenden Falle aber unternahm er nichts zugunsten des Schneiders, der die Krise ausgelöst hatte. Nicht daß Dr. König irgend etwas hätte ändern können, natürlich nicht. In meinem zehnjährigen, von eigenen Schuldgefühlen bedrängten Herzen aber kam es mir so vor, als würden er und alle übrigen sich recht bereitwillig mit dem Unheil abfinden, das über Herrn Srebnitsky hereingebrochen war, und dem Unglück seinen Lauf lassen. Über all dies habe ich sehr viel nachgedacht. Die Ruhe, die mich als Kind so verwunderte, war zuallererst jene, die Ärzten eigen ist, die mit dem Tod vertraut sind und in seiner Gegenwart die Haltung wahren. Denn schließlich war Sigmund König Mediziner. Doch darüber hinaus ergibt sich diese Ruhe aus der Fähigkeit, pragmatisch und realistisch auf Erfahrungen zu reagieren, die surreal sind – eine Fähigkeit, über die Erwachsene verfügen, Kinder jedoch gemeinhin nicht. Und dies ist der Punkt, wo Mehrdeutigkeit entsteht.

Natürlich sollten alle diese feinsinnigen Überlegungen später entfallen, als ich selbst als Laufjunge mit der Ghettoverwaltung in Verbindung stand und von dem Drama meiner Pflichten ganz in Anspruch genommen wurde.

Im Morgengrauen beleuchteten die Deutschen den Platz mit den Flutlichtanlagen, mit denen sie sonst Sperrzonen überwachten, und mit den Scheinwerfern ihrer Lastwagen. Von den Ghettobewohnern hatten sich vielleicht tausend, vielleicht auch fünfzehnhundert versammelt, genug jedenfalls, um den Platz zu füllen und die Befehlshaber zufriedenzustellen. Bis auf die Lastwagenmotoren, die im Leerlauf brummten, herrschte absolute Stille. Unübersehbar anwesend waren Schmitz und sein Stab, Vertreter der litauischen Polizei, der Bürgermeister der Stadt, diverse Militärs und so fort. Herr Barbanel hatte gemeint, es wäre besser, wenn ich im Schlafsaal bliebe, bis die ganze Sache vorbei sei, aber ich entschied mich anders. Ich drängte mich vielmehr durch die Menge, bis ich an einer Seite stand, gar nicht weit vom Schafott entfernt.

Als sie den Schneider herbeischafften, hing er über den Schultern zweier jüdischer Ghettopolizisten und war bereits halb tot. Seine Füße schleiften nach. Gehen konnte er nicht, und für mich sah es so aus, als wären ihm die Beine gebrochen worden. Sie schleppten ihn die Stufen zum Podest hinauf und hielten ihn aufrecht, indem sie ihn unter den Armen packten, während ein anderer Polizist ihm die Hände auf dem Rücken fesselte und ihm die Schlinge um den Kopf legte. Die Hände des Schneiders, diese schmalen, flinken Instrumente, die ich so bewundert hatte, waren entstellte, mit getrocknetem Blut bedeckte Stummel. Im letzten Moment, bevor sie den Schemel unter seinen Füßen wegtraten, schien Herr Srebnitsky aus seiner stumpfen Pein zu erwachen. Er hob den Kopf, nahm – da bin ich mir sicher – die Szene vor ihm wahr und deutete sie, angesichts ihrer Ausmaße, als ruhmreich für ihn selbst. Du fragst, wie ich das wissen konnte: Ich hatte die verkohlten Überreste der Krankenhausopfer gesehen, wir alle hatten sie gesehen, wir kannten die geplante Anonymität der Leichen jener, die in der Festung massenweise mit Maschinengewehren getötet wurden. Heute glaube ich, in den Augen des Schneiders blitzte ein irrer Triumph auf, bevor der Schemel unter ihm fortgetreten wurde und sein schwacher Körper am Hals baumelte. Nichts an ihm regte sich, kein Kampf fand statt, das Leben war fast augenblicklich aus ihm gewichen. Die Würdenträger der Stadt stiegen in ihre Wagen und fuhren davon, die Soldaten zerstreuten sich, die Arbeitskommandos traten in Reih und Glied an, passierten das Tor und zogen über die Brücke. Ein SS-Mann hängte ein grob beschriftetes Schild um den Hals der Leiche: Dieser Jude hat sich erdreistet, die Hand gegen einen deutschen Offizier zu erheben.

Endlich hellte sich der Himmel auf. Ich blieb noch auf dem Platz. Ich hatte mir gewünscht, Herr Srebnitsky möge mich sehen, möge sehen, daß ich ihn nicht vergessen hatte. Mit dem Rücken an das Podest gelehnt, setzte ich mich eine Weile hin.

Es hatte in seiner Macht gestanden, den Kommandanten mit seiner Schere zu erstechen. Einen Moment lang meinte ich, genau das habe er getan, so groß war sein Zorn. Seither bin ich zu dem Schluß gekommen, daß er begriffen haben muß, welche Katastrophe über das Ghetto hereingebrochen wäre, wenn er den Mann getötet hätte. Du siehst also, genau betrachtet, war seine Tat ein Selbstopfer, ein fein abgestimmter Akt des Widerstands, so gewandt und präzise wie seine Schneiderkunst.

Doch in all den Jahren seither habe ich es diesem mürrischen alten Mann, diesem Bilderstürmer, dieser verbitterten Seele nie vergessen, daß er mir die Kleider herausließ, als ich aus ihnen herausgewachsen war, und dafür sorgte, daß ich ein neues Paar Schuhe bekam, als mir die alten nicht mehr paßten.

Und noch etwas: Die Deutschen hatten angeordnet, daß die Leiche vierundzwanzig Stunden lang hängen zu bleiben habe, öffentlich zur Schau gestellt. Ein orthodoxer Rabbi fand dies unduldbar pietätlos. Er kam in das Büro des Rats und verlangte, man solle etwas unternehmen. Herr Barbanel verlor die Beherrschung. »Pietätlos!« brüllte er. »Sagen Sie mir mal, was nicht pietätlos ist! Ihn zu ermorden, was war denn das – haben Sie dafür ein anderes Wort?« Der Rabbi machte auf dem Absatz kehrt und rannte davon. Zusammen mit einem Helfer, der ein weißes Leichentuch mitbrachte, ging er auf den Platz. Sie stiegen auf das Podest und waren eben im Begriff, das Seil zu durchschneiden und die Leiche herunterzuholen, als ein deutscher Wachposten seinen Karabiner hob und sie beide erschoß.

– Der Planet Erde ist mit Wasser gesegnet, mit mächtigen Mengen davon, mit einer schwappenden Tonnage von salzhaltigem Ozean und Meer, mit klaren blauen Seen und von Fischen durchschnellten Strömen, mit Flüssen, Rinnsalen, pulsierenden Quellen, Gebirgsbächen, mit Regen, Dunst, Nebel und Hurrikanen. Bei unserer Geburt vor Milliarden Jahren schmolzen wir, ein amorpher Batzen wild strahlenden Sternenabfalls, nach innen zu einem Kern aus Eisen und Nickel, am Rand noch flüssig, und bildeten darüber einen heißen Gesteinsmantel und eine Kruste von Mineralen. Unverzüglich begannen wir abzukühlen, wobei wir gewaltige Dampfwolken erzeugten, welche so lange in die mächtigen Krater und Becken von Gestein herabregneten, bis die

Meere gefüllt waren. Das Gestein löste sich zu Erde auf, verkrümelte zu Meeresgrund, und der krümelige Meeresgrund wurde salinisch und brachte die ersten blubbernden, stickstoffgeschwängerten, sauerstoffgenährten Möglichkeiten von blindem, tauben Leben hervor. Tote zellulare Materie, von den Meeren emporgeschleudert, düngte das steinige Erdreich. Eine blaue Oase im schwarzen Raum sind wir, umhüllt von unserer Atmosphäre nährender Gase. Wir sehen friedlich aus, sind es jedoch nicht. Wir sind ein Planet aus Wasser und Stein, Sand, Schlick und Erde. Die tektonischen Platten unter der Erdkruste bewegen und verschieben sich, zerbrechen die Landmasse in Kontinente, die im Laufe der Äonen verrutschen und ihre Gestalt verändern. Die Platten stoßen zusammen, schieben sich übereinander, platzen, und gewaltige Aufwölbungen des Meeresgrundes erheben sich jäh zu Gebirgsketten, riesige Vulkane auf dem Meeresgrund bringen Inseln hervor, die aus den Ozeanen ploppen, die Erdkruste preßt uns unter Beben und Zittern zu diversen Formen, wir biegen uns und bersten, Stürme wüten in unseren Himmelssphären, unsere Berge schütteln donnernde Schneelawinen auf unsere Täler nieder, unsere arktischen und antarktischen Eisschollen brechen wie die Knochen Gottes, unsere windgepeitschten Wüstendünen türmen sich auf, um uns zu begraben, tollwütige Tornados schleudern uns umher und schmettern uns wie Stoffpuppen zu Boden, gewaltige Fluten von zäher, brennender Lava wälzen sich über unsere Dörfer, und in all dieser unbändigen planetarischen Selbstverwirklichung drehen wir uns um eine Achse und um die Sonne, und unsere Ozeane werden von Mondgezeiten hin- und hergeschoben, sie wogen in Wellen, die unabhängig von dem Wasser existieren, das sie durchdringen, unsere Atmosphären sind durchsetzt von elektromagnetischen Frequenzen, und exterritorial stehen wir da, vollkommen magnetisiert von dem eisernen Kern in unserem

Zentrum, unsere Nachthimmel durchschossen von Asteroiden und blinkend von entflammten borealen Partikeln der Sonnenwinde, die lodern wie die Leuchtaugen von Säbelzahntigern, welche im Dunklen um unser Feuer kreisen.

Alles in allem: welch ein fideler Planet. Denn schließlich läßt es sich dort leben, oder?

– Königsfischer, ein kleiner Tauchvogel mit übergroßem, wahrscheinlich geschwelltem Kopf und lachhaft königlicher Haltung, die ihm das schwarze Band um seinen Hals verleiht: Er hat eine kleine Goldmakrele geschnappt und patscht sie nun mehrmals auf die Pfähle. Patsch, patsch. Macht sie tot. Wirft sie in die Luft und fängt sie vertikal so auf, daß sie ihm glatt in den Schlund flutscht. Bei solcher Kompetenz hat der Königsfischer ein Recht auf Überheblichkeit. Neigt gewißlich nicht dazu, sich neidvoll mit Tauchvögeln von fünffacher Größe zu vergleichen, mit dem Fischadler etwa, der sich hoch in der Luft mit Flügelschlägen auf der Stelle halten und, wenn er im Wasser einen Schatten erspäht, wie ein Stein vom Himmel fallen kann.

– Natürlich kann es einen säkularen Amphitryon nicht geben. Die glaubwürdige Verkörperung des Gatten kann nur mittels einer Art von Zauber gelingen, wie er einem boshaften, geilen Gott wie Zeus zu Gebote steht. Solche Ambitionen einem Menschen zuzuschreiben, und sei er so böse und talentiert wie dieser Bursche da, heißt, sich in einen schwerfälligen, waffenstarrenden Panzer von Geschichte hineinzubohren und sich auf der Piste ihrer Handlung rasselnd voranzuwälzen. Eben darum ist es ein Film. Er endet ungefähr so: Unser Verführer-Usurpator hatte im Verlauf seines geheimen Abenteurer-Lebens eine gewisse Zeit bei dem Kopfjäger-Stamm der Jivaros am oberen Amazonas verbracht, nicht weit von der Grenze zwischen Peru und Ecuador. Er hatte von einem der Stammesältesten ihre Bräuche gelernt. Nun, da der enteignete Gatte fortwährend lästig fällt, da er als rachedurstiger Kämpfer nicht bereit ist, seine Niederlage hinzunehmen, und unter anderem die Mittel aufgetrieben hat, einen gebrauchten Lieferwagen zu erwerben, in dem er wohnt und den er auf der Straße vor dem Wohnsitz des finsteren Paares parkt, und da er vor Gericht mit Erfolg seine Verteidigung selbst übernimmt und sein Recht als Bürger geltend macht, tagsüber in einer öffentlichen Straße zu parken, sowie weiterhin sein Recht, vor dem Haus mit Plakaten zu demonstrieren und auf Handzetteln das Unrecht zu erläutern, das ihm widerfahren ist, und da es ihm auf ganzer Linie gelungen ist, darauf hinzuwirken, daß die Geschichte noch eine Fortsetzung haben wird, ja er es sogar geschafft hat, einen Artikel in der örtlichen Tageszeitung zu initiieren, in dem er als interessanter Exzentriker dargestellt wird … so provoziert er den vorgeblichen Ehemann zur Vergeltung in einem Ausmaße, das bei jedem undenkbar wäre, der nicht länger außerhalb der Zivilisation gelebt hat.

Der großzügige Usurpator lädt den entrechteten, zum Bettler erniedrigten Spitzenmanager ins Herrenhaus ein und killt ihn kurzerhand. Er enthauptet die Leiche und schafft sie beiseite. Wie er das im einzelnen tut, ist unwichtig. Interessanter ist, was genau er mit dem Kopf anfängt.

Natürlich sind Sie nicht auf den Schädel erpicht. Sie schlitzen mit dem Messer vom Nacken bis zum Scheitel und schälen dann Gesicht und Skalp ab, ein zeitraubender Vorgang, wenn Sie es richtig machen, denn Sie wollen ja die Gesichtszüge nicht aus der Form bringen. Sie entledigen sich des Schädels, einschließlich der Augen und Zähne, und behalten nur Ihr Grundmaterial.

Sie stülpen die Gesichtshaut um und nähen die Augenlider zu. Dann heften Sie die Lippen zusammen, und schließlich, nachdem Sie die Haut wieder nach außen gewendet haben, nähen Sie den Schnitt zu, den Sie auf der Rückseite des Kopfes vorgenommen haben, bis ein Beutel etwa von der Größe des ursprünglichen Kopfes vor Ihnen liegt. Diesen geben Sie in kochendes Wasser, dem bestimmte Kräuter – die ich nicht nennen kann, damit dies nicht irgendein Schwachkopf als Gebrauchsanweisung auffaßt – beigefügt werden, damit die Haare nicht ausfallen. Nach mehreren Stunden hat der Beutel etwa ein Drittel seiner früheren Größe.

Und in dieser Schrumpfform wird der entblößte Spitzenmanager auf ausgestreckter Hand als Trophäe seiner geraubten, versklavten Gattin präsentiert, welche, kurz bevor sie Selbstmord begeht, bei der Polizei anruft und mitteilt, daß ihr Mann den Penner, der vor ihrem Haus kampierte, ermordet hat und daß alle notwendigen Beweise an der Perlenschnur hingen, die sie um den Hals trage. Ironischerweise ähnelt der Schrumpfkopf nun mehr dem finsteren Hochstapler, wie er vor seiner chirurgischen Gesichtsumwandlung aussah, als dem Gatten vor dessen Schrumpfung, so daß, wenn Gott ein Degen der Ironie ist, diese schärfste aller Pointen postum dem Hochstapler versetzt wird, welcher, da er seit seinem kosmetischen Identitätswechsel offiziell für vermißt erklärt wurde, nun als Mörder seiner selbst vor Gericht gebracht wird.

Und was als subtil existentielle Horrorgeschichte geplant war, erweist sich schließlich doch nur als simples Melodram aus dem Wachsfigurenkabinett, worin dem Verfasser – wie seinem Bösewicht – die gerechte Strafe zuteil wird. Und wenn es stimmt, daß ein Soziopath sich niemals zügeln kann, sondern immer weitermachen und das Böse in sich immer mehr verstärken muß, bis er selbst vernichtet wird, dann muß ein Autor die Eigenart seiner Idee achten und ihr gestatten, sich in all ihrer armseligen Unzulänglichkeit auszudrücken bis zu ihrem erbärmlichen

Ende.

– 1. Der Klarheit halber numeriere ich meine Gedanken durch, damit jeder Gedanke klar und in seinem ganz eigenen Ton erklingt, wie eine Glocke.

1.01. Mit anderen Worten, ich beabsichtige, nur in Tatsachen zu denken. (Dies ist an sich keine Tatsache.)

2. Ich trage den Namen Ludwig Wittgenstein.

3. Ludwig ist ein häufig vorkommender deutscher Name.

4. Gleichwohl bin ich der Überzeugung, daß ich nach Ludwig van Beethoven benannt wurde.

5. Obwohl sich dies (4.) nicht verifizieren läßt, ist meine Überzeugung, daß es wahr ist, eine Tatsache.

5.01. Meine Überzeugung stellt eine vernünftige Folgerung aus der Tatsache dar, daß meine Mutter Pianistin war und es als Tatsache betrachtete, daß Musik für das Leben wesentlich ist …

5.11. … und daß mein älterer Bruder Paul Konzertpianist wurde …

5.21. … und daß mein älterer Bruder Hans, der durch Selbstmord endete, ein musikalisches Wunderkind war …

5.31. … und daß meine Schwestern Hermine, Helene und Margarete alle musikalisch begabt oder gebildet waren …

5.41. … und daß Brahms und Mahler Freunde meiner Eltern waren und zum Musizieren zu uns kamen.

5.51 Brahms, Mahler, meine Eltern und alle, die ich kannte, hielten es für eine Tatsache, daß Beethoven das größte aller musikalischen Genies war.

5.61. Ich war überzeugt, dadurch, daß ich nach einem Genie benannt war, selbst zum Genie bestimmt zu sein.

6. Eine Tatsache ist, daß meine Eltern und Geschwister meine Überzeugung nicht teilten.

6.01. Sie kamen zu ihrem Schluß aufgrund der Tatsache, daß ich erst mit vier Jahren zu sprechen begann.

7.01. Seitdem habe ich in all meinem Philosophieren stets zwischen den aussprechbaren Wahrheiten und jenen unterschieden, die nur existieren, wenn man schweigt.

7.02. Seitdem habe ich in all meiner Philosophie stets die Position vertreten, daß die Wahrheiten des Schweigens nicht länger wahr sind, wenn sie ausgesprochen werden.

8. Meine früheste Erinnerung ist die an die prächtige Freitreppe in meinem Elternhaus in der Wiener Alleegasse.

8. 01. Sie bestand aus vierunddreißig Stufen von drei Metern Breite.

8.02. Sie waren mit einem flauschigen Läufer in Rot, Grün und Weiß ausgelegt – den Farben des Österreichisch-Ungarischen Reichs.

8.03. Am Fuße jeder Stufe wurde der Läufer von einer blanken Messingstange gehalten.

8.1. Geländer mit Alabasterdocken von schlanker Vasenform markierten jeden Treppenabsatz.

8.12. Wandpaneele aus rosafarbenem Carrara-Marmor spiegelten jede Gestalt, die zur großen Halle hinaufschritt, bis ins Unendliche.

8.2. Die Decken waren von vergoldeten Stuckkanneluren umrahmt.

8.21 Sie waren mit Fresken nach persischen Mustern geschmückt.

8.3. Wo die Treppe endete, hing eine riesige Tapisserie mit Herren in seidenen Beinkleidern und Damen in ausladenden Hüten, Reifröcken und Sonnenschirmen; die Herrschaften posierten vor einem Wäldchen, über ihren

Häuptern dichte rosige Wolken und ein blaßblauer Himmel.

8.4. Auf einem Piedestal vor dieser Tapisserie stand eine große Vase aus Dresdner Porzellan mit Blumen, die allmorgendlich erneuert wurden.

8.5. Auf dem Fußboden zu beiden Seiten der Vase kauerte ein chinesischer Hund aus Messing.

9. Die barocke Pracht dieses Palais in der Alleegasse bereitete mir damals Übelkeit und tut es noch jetzt, wenn ich nur daran denke.

9.01. Übelkeit ermittelt die unverdaulichen Bestandteile des Mageninhalts, die erbrochen werden sollen.

9.02. Übelkeit bereitende Erinnerungen ermitteln die Geistesinhalte, die niemals erbrochen werden können.

9.03. Nach der peristaltischen Krise erfaßt das Empfinden von Kranksein oder Schwäche das gesamte System.

9.04. Mit der Erinnerung an die Freitreppe in dem Palais in der Alleegasse befällt mich die allgemeine Verzweiflung der Fin-de-siècle-Kultur meiner Jugend.

10. Meine Eltern gaben ihr Leben dafür hin, solch eine Treppe erklimmen zu können.

10.01. Ihre Großeltern waren zum Katholizismus konvertierte Juden gewesen.

10.02. An der technischen Lehranstalt, auf die ich geschickt wurde, war Adolf Hitler zwei Jahrgänge unter mir.

11. Als ich aus dem Weltkrieg heimkehrte, überschrieb ich meinen Geschwistern unverzüglich mein enormes Erbteil.

12. Nach dem Prinzip des Würfels entwarf ich für meine Schwester, um deren Seele ich fürchtete, ein schmuckloses, nicht verschnörkeltes, nicht ornamentales Wohnhaus von schlichter Strenge in der Kundmanngasse.

13. Ich zog aufs Land, um arm zu leben und mit den Händen zu arbeiten.

13.01. Ich unterrichtete Bauernkinder im Rechnen.

14.1. Die Philosophie zog mich an.

14.01. Ich begriff, daß die Sprache des westlichen philosophischen Denkens unter prätentiösen, barocken Schnörkeln erstickte wie mein Elternhaus in der Alleegasse.

15. Ich kaufte ein liniiertes Notizbuch.

16. Ich zog mich in eine Hütte an einem norwegischen Fjord zurück und war trostloser und einsamer, als ich ertragen konnte.

17. Ich weinte, um menschliche Laute zu hören.

18. Ich schaute in die unendliche norwegische Nacht und dachte über die neue Physik von Einstein nach.

19. Selbst wenn sämtliche möglichen wissenschaftlichen Fragen beantwortet sind, schrieb ich in mein Notizbuch, *ist unser Problem noch nicht einmal berührt.*

Im Knickerbocker mit Pem:

Ich laß das Band mitlaufen, okay?

Meinetwegen.

Hat sich sonst noch was getan?

Ob ich noch dabei bin, meinst du? Ich häng am seidenen Faden. Von ihrer Seite, wie können sie zu einem aus ihren Reihen, oder doch zu einem Ehemaligen, schon anders als barmherzig sein? Und ich geb nicht auf, ich habe Angst davor. Mein Amt, wie unsinnig es auch sein mag, bewahrt mich in meinen Augen vor dem Verkommen. Das Kruzifix hier, das mir am Hals baumelt, beschützt mich vor mir selbst.

Na, komm …

Lach nicht. Ich war nie sehr fern davon, nicht einmal als ich noch eine Familie hatte und an der Park Avenue wohnte. Der Vagabund in mir wirft seinen Schatten. Immer schon. Im Grunde bin ich auf der Straße zu Hause. Auf den

Straßen von New York. Ich durchstreife sie. Sie haben mir etwas zu sagen, die Straßen, irgendein Geheimnis, nicht unbedingt eines, das mir guttut ... Ein weiterer Grund dafür, daß ich nicht aufgebe, ist der, daß ich noch immer bete. Ich tue das noch immer, stelle ich fest. Betest du?

Nein.

Du solltest es versuchen. Als Akt der Selbstdramatisierung ist es unschlagbar. Du erlebst, welche Möglichkeiten von Hall, von Widerhall, in deiner eigenen, gewichtigen Stimme liegen. Wie wenn du unter der Dusche singst. [Lacht.] ... Ich sollte nicht so reden. Warum muß ich auf jedes Gefühl, das ich habe, gleich scheißen? In Wahrheit habe ich für mich noch Hoffnung ... läuft wohl darauf hinaus, daß ich zu einer Nachbarkonfession konvertiere. Zum Katholizismus etwa oder zum Luthertum. Wie der große Bischof Pike, den es nirgendwo hielt, der erst Katholik war, dann Protestant, dann im Spiritualismus dilettierte ... Na ja, vielleicht ist er nicht gerade das beste Beispiel, schließlich war er auch so einer, dessen Verstand vor die Hunde ging.

Pem, was ist eigentlich mit dem großen Kreuz – dem von St. Tim?

Was soll damit schon sein?

Zuletzt hast du angedeutet, es gäbe noch eine andere Erklärung. Eine, die mir in dem Raub-Kapitel entgangen sei.

Hab ich das gesagt?

Allerdings.

Ach, weißt du, vielleicht hast du sie ja schon irgendwo drin und weißt es nur nicht.

Jetzt komm aber, Pem, das ist doch wichtig.

[Kaum hörbar] ... Laß diesmal mich die Rechnung übernehmen.

Warum denn?

Ich bin nicht verarmt. Außerdem bin ich so billig nicht zu kaufen. Ich bin mehr wert.

Du meinst, ich nütze dich aus?

Nein, nein, darum geht's nicht, das weißt du doch. Das haben wir geklärt. Ich hab gesagt, ich will keine Beteiligung und so weiter. All das steht fest. Aber manchmal werde ich nervös. Es geht hier um die wesentlichen Fragen meines Lebens.

Bitte, die Herren?

Was trinken wir?

Absolut on the rocks.

Für mich einen Stoli Cristall ...

Also?

Vielleicht möchte ich mein Buch selbst schreiben. [Lacht.] Sieh an, da wird er ganz bleich.

Nein, warum denn nicht, das solltest du tun.

Nicht auf deine Weise. Nicht fiktiv. Als nicht-fiktives Buch über eine fiktive Sache. Genau das Gegenteil von dem, was du machst.

Meinst du? Dann überlasse ich dir die Ergebnisse meiner Recherchen.

[Gelächter]

Die Beachtung gefällt mir schon, das gebe ich zu. Wenn du deine Arbeit anständig machst, wird die Nachfrage nach meiner eigenen Geschichte enorm sein, schätze ich. Nach dem Motto: Das Opfer meldet sich zu Wort. Dicker Verlagsvorschuß. O Mann.

Dann sollten wir mal wieder an die Arbeit gehen. Können wir?

Stoli für Sie, Absolut ...

L'chaim ... Der springende Punkt ist, daß die Typen, die das Kreuz geklaut haben, womöglich doch nicht solche Schwachköpfe waren, wie ich dachte. Und womöglich waren es keine Antisemiten oder ultraorthodoxe Juden, die es aufs Dach der EJ-Synagoge verfrachtet haben. Der arme Joshua vermutete das allmählich auch.

Wer dann? Ich versteh das nicht. Und egal wer das Kreuz dort hingebracht hat, ein Affront war es in jedem Fall.

Vielleicht, vielleicht auch nicht.

Was denn sonst?

Das ist Sarahs Ansicht. Sie ist und bleibt die überlegene Rationalistin.

Nun, ich bin auf ihrer Seite. Lehrt ihr denn etwa nicht, daß das Christentum die Nachfolgereligion ist? Wohin sollte die Evolution einen evolutionären Judaismus nach Überzeugung eines militanten Christen denn schon sonst hinführen als zum Kreuz? Und auf welchem Irrweg befand sich diese kleine Synagoge nach Meinung eines ultraorthodoxen Juden? Auf dem Weg in die Abtrünnigkeit. Beides sehr verwerflich.

Ich möchte dich daran erinnern, daß der späte Wittgenstein sagt, es gebe in nichtverifizierbaren Aussagen letztlich doch einen Sinn.

Wittgenstein? Was hat denn der hier zu suchen?

Du weißt natürlich, daß das Christentum ursprünglich eine jüdische Sekte war. Jeder weiß das.

Na und? Was hat das mit –

Bitte. Bin ich nun dein theologischer Detektiv oder nicht?

Gewiß doch, gewiß doch.

Hab bitte ein bißchen Geduld mit mir. Paulus – du weißt doch, der Bursche, der auf dem Weg nach Damaskus den Schlaganfall hatte?

Einen Schlaganfall? [Lacht.]

Warum denn nicht? Es hat ihn jedenfalls umgehauen, und danach war er schwach und wacklig. Ein visionärer Schlaganfall. Die Sorte kommt bei uns heute nicht mehr vor. Heutzutage büßt du bei einem Schlaganfall bloß Fähigkeiten ein. Paulus wurde davon verwandelt. Zuvor hatte er sich Jesus gegenüber ziemlich geringschätzig verhalten. Kommst du soweit mit?

Ich bemühe mich.

Er war voll Inbrunst, dieser Paulus. Er habe ihren Messias gefunden, predigte er. Die meisten nahmen es ihm nicht ab. Inzwischen standen da in den hinteren Reihen diese Nichtjuden und spitzten die Ohren. Bei denen kam er besser an. Aber die Nichtjuden fürchteten sich vor der Beschneidung – wer könnte das einem erwachsenen Mann auch schon verübeln. Drum sagte ihnen Paulus, sie bräuchten sich nicht beschneiden zu lassen, sie könnten auch so Juden werden. Wußtest du das? Damit war's gelaufen, auf der Stelle.

Was war damit gelaufen?

... [Unverständliches Gemurmel] ... und er zog aus, mit Sack und Pack. Und die Nichtjuden mit ihm. Ich meine, es gab auch begünstigende Umstände, nicht-historische Umstände. Jemand hat eine Offenbarung, schön, aber was dann? In diesem Fall eine neue Religion. In allen Fällen. Neue Visionen entspringen alten, Sekten spalten sich von Kirchen ab und werden zu Kirchen, Gottesvorstellungen verbreiten sich wie Viren. Immer und immer wieder ... [Unverständlich] ... reagieren auf die Historisierung Gottes, indem sie sagen: Nein, das ist es nicht, das ist es nicht. Weil Gott nicht historisch ist. Gott ist ahistorisch. Tatsächlich sind Gott und Religion wahrscheinlich inkompatible Behauptungen.

Der Gott der Bibel wirkt auf die Geschichte ein.

Klar.

Du bestreitest, daß sich irgendeine Offenbarung vertreten läßt?

Jede Offenbarung wird widerlegt. Laß mich dich eines fragen: Glaubst du, daß Gott Moses den Dekalog, die zehn Gebote, auf dem Berg Sinai gegeben hat?

Nun ja, als Geschichte ist das großartig. Ich glaube, Geschichten kann ich beurteilen, und die ist großartig.

Es sind alles großartige Geschichten. Strukturell, dem Genre nach, ist der Dekalog den uralten mesopotamischen

Verträgen zwischen Herr und Lehnsmann nachgebildet. Wußtest du das?

Nein.

Glaubst du, daß Jesus der Sohn Gottes war und auferstanden ist? Weißt du, daß in seinem Leben und zu seiner Zeit die vorherrschende Kultur die griechische war? Daß überall im Römischen Reich Griechisch die vorherrschende Sprache war? Und in wie vielen griechischen Mysterienkulten von Auferstehung die Rede war?

Ich kann mich an die griechischen Mythen nur dunkel erinnern.

In Dutzenden. Die Evangelisten waren Schriftsteller. Und was tun Schriftsteller noch mal, dir zufolge? Sie schaffen eine Komposition. Fügen dieses ein, lassen jenes weg. Für einen weltlichen Typ wie dich mag das ja keine Neuigkeit sein, und eine schlechte Nachricht schon gar nicht. Aber wenn du religiös bist wie ich und kein Fundamentalist, bedeutet das Ärger. Verwandelst du die Wahrheiten deines Glaubens in eine Art von erbaulicher Poesie? Dann bist du in religiöser Hinsicht schizoid, deine rechte Gehirnhälfte glaubt, die linke kann nur an der Empfindung, man glaube, Gefallen finden. Und Jesus, der auserwählte Sohn, ist keine stichhaltigere Vorstellung als: die Juden, das auserwählte Volk. Und wo ist bei alldem Gott geblieben?

Du meinst, das menschliche Denken verlief damals in anderen Bahnen?

Es war damals so brillant wie heute das Denken der Kosmologen. Es war raffiniert, es war politisch schlau, es schuf Ordnung. Es schob das Grauen hinaus. Ob es andere Bahnen waren, weiß ich nicht. Sie benutzten eben, was sie hatten. Visionen. Halluzinationen. Gerade so, wie die Naturwissenschaft das benutzt, was sie hat. Und damit hat sich's. Ich hab dir alles gesagt. Trinken wir noch was. Könnten Sie uns noch eine Runde bringen?

Moment mal, Pem.

Klar doch, solang dein Geld reicht.

Hast du denn von dem allen früher nichts gewußt?

Ich hab es alles immer schon gewußt. Tun wir alle. Theologiestudenten lesen Nietzsche, um sich zu immunisieren. Tatsache ist, daß die meisten von uns eine Entscheidung treffen und bei der Stange bleiben ... Aber wenn du von Bahnen des Denkens sprechen möchtest, dann sag ich dir, woran ich festgehalten habe. Was ich mit Herz und Verstand weiß – näher komme ich aus eigener Kraft nicht an eine Offenbarung heran. Für einen Aspekt der Urvorstellungen bin ich noch immer empfänglich, und das macht mich glücklich und dankbar. Ich kann ein Zeichen erkennen, wenn ich eines sehe.

Was heißt das?

Kein Stopzeichen, mein lieber weltlicher Kumpel.

Holla. Das heißt, daß du trotz all dem, was du gesagt hast –

Es ist schwer, ich weiß.

... wie es die Juden für Jesus waren? Willst du mir das sagen?

Everett, jetzt mach mal einen Punkt, verflucht noch mal ... Es geht nicht darum, was die Juden für Jesus waren oder um sonst eine blöde Kiste, die dir einfallen kann! Warum hab ich bloß damit angefangen! Darüber zu sprechen richtet einen zugrunde, es wird dadurch zu Scheiße, wie alles andere auch.

Na, ich weiß nicht, w [unverständlich] ...

Jetzt hör mal zu: Was für Irre das Kreuz dort hingetragen haben und warum, ist gleichgültig, verstehst du das denn nicht? Ein Zeichen ist ein Zeichen. Und wenn du weißt, daß es eines ist, dann genügt das. Daran erkennst du, daß es ein Zeichen ist. Es ist nicht etwas, dessen Bedeutung sich sofort erschließt. Es leuchtet nicht am Broadway auf. Und es ist auch nichts, wonach du dich auf die Suche machst, es muß zu dir kommen. Das tun Zeichen nämlich: Sie kommen zu dir. Sie haben diese Wucht, an der du erkennst, daß etwas … endlich geschehen ist. So etwas dröhnend Lautloses. Es war ein Fehler von mir, es überhaupt zu erwähnen.

Darf ich Ihnen vielleicht unsere Spezialitäten des Tages nennen?

Nicht jetzt, Fräulein, wir müssen noch was trinken. … Ich sollte nicht darüber reden, und du auch nicht. Vergessen wir das Ganze …

Ach, komm.

Nur eines noch, mehr nicht. Hör mal, da setzt jemand ein großes Messingkreuz auf einem Synagogendach ab – was tut er damit wohl? Nun, möglicherweise mit einem grandiosen Schlag alles, was ich für dich gerade in Sprache übersetzt habe.

– Joel, das war der kleinste Laufjunge … dann Isaiah, Dov, Micah, der später in der Stadt arbeitete. Verstehst du, wenn ein Junge zu groß wurde, wenn er in den Stimmbruch kam und er sichtlich zur Fabrikarbeit taugte, wurde für ihn eine neue Identität gefunden, und fort war er. Daniel, Solomon … vielleicht waren das in manchen Fällen ihre angenommenen Namen, wie Yehoshua bei mir. Ich weiß es nicht. Alle aber waren sie für ihre jüdischen Eltern, die sie als Waisen zurückgelassen hatten, Hoffnungsträger gewesen, diese Schar von Königen und Propheten, die dort oben im Speicher auf ihre Aufträge wartete.

Daß zwischen uns ein großartiger Kameradschaftsgeist herrschte, kann ich nicht behaupten. Jeder von uns hatte große Verluste erlitten und war geistig erschöpft. Außerdem waren wir meistens hungrig. Für heranwachsende Jungen hatten wir nicht genug zu essen, und das machte uns schlapp. Wenn wir nicht beschäftigt waren, schliefen wir leicht ein. Drum war Lärm nie ein Problem, wir verhielten uns nie so flegelig wie Jungen sonst. Wir waren still und in uns gekehrt. Dazu war jeder von uns in geheime Dinge eingeweiht, und man hatte uns beigebracht, darüber absolutes Stillschweigen zu wahren, uns nicht einmal gegenseitig anzuvertrauen, wohin wir gingen und was wir zu erledigen hatten.

Unter diesen Lebensumständen wurden wir stoisch und entwickelten eine für unser Alter unnatürliche Geduld. Und daher habe ich selbst jetzt noch, als erwachsener Überlebender, dem soviel Segen zuteil geworden ist – womit ich deine liebe verstorbene Mutter und dich meine, den wunderbaren Segen und Trost, den ihr für mich bedeutet –, und selbst als jemand, dem die heilige Wonne widerfährt, als freier Mensch eine amerikanische Straße entlangzugehen, einen ständigen Gefährten, den Schatten meiner ungelebten Vergangenheit, den Jungen mit dem anderen Namen aus meiner verlorenen Geschichte.

Als der Gemüsegarten meines Vaters erneut in Blüte stand, begannen in langen Reihen Flüchtlinge aufzutauchen. Mit ihren Taschen und Koffern kamen sie über die Brücke geschlurft, denn die Deutschen waren bestrebt, den Bestand an Arbeitssklaven für ihre Kriegsfabriken aufzufüllen. Die Neuankömmlinge kampierten auf dem Platz, bis die SS sie überprüft und an Mitarbeiter des Rats weitergereicht hatte, die ihnen ihre Unterkünfte zuweisen sollten. Die Laufjungen wurden dazu eingesetzt, die Leute zunächst zur Entlausungsstelle zu bringen. Läuse stellten im Ghetto unaufhörlich ein Problem dar, ich hatte selbst welche gehabt. Die Gefahr bestand natürlich darin, daß sie Krankheiten wie Typhus übertrugen.

Von Zeit zu Zeit kletterten diejenigen, die aus dem einen oder anderen Grund abgelehnt worden waren, auf die offene Ladefläche eines Lastwagens, und wenn diese voll war, wurde der Lastwagen zurück über die Brücke gefahren. Ich konnte diese Leute nicht ansehen.

Bis zum Sommer war die Ghettobevölkerung auf sechs-, siebentausend angeschwollen. Die Aufteilung der Lebensmittelrationen wurde schwieriger. Sanitäre Maßnahmen im Dienste aller wurden dringlicher. Mehr Leute wurden zur Mitarbeit beim Rat beordert, die Bürokratie deutschen Stils nahm zu. Immer öfter mußte ich von meinem Beobachtungsposten auf dem Platz wie der Wind zum Rat sausen und dort melden, daß ein Dienstfahrzeug mit flatternder Nazifahne über dem Kotflügel die Brücke überquerte. Und all die neuen Leute mußten registriert werden, unter ihrem eigenen oder sonst einem Namen, und Herr Barbanel mußte heimlich ihre Berichte aufzeichnen. Viele der Flüchtlinge brachten Nachrichten zum Schicksal anderer Gemeinden mit. Außerhalb der Stadt Kaunas hatte man Menschen auf ein Feld gebracht, in dem Gruben ausgehoben worden waren, und in diese Gruben wurden sie getrieben und vom Rand aus mit Maschinenpistolen niedergemäht, und dann wurden auf die Erschossenen weitere Leute gestoßen und ebenfalls erschossen, und auf diese Weise, unter Schreien der Qual von Männern, Frauen und Kindern, die ermordet wurden, verbluteten und lebend begraben wurden, kamen zehntausend Menschen um, an nicht einmal einem ganzen Tag. Mehrere Zeugen bestätigten diese Zahl.

Wann immer Herr Barbanel Berichte erhielt, schrieb er entweder Wort für Wort auf, was ihm erzählt wurde, oder er bat die berichtende Person, eine Erklärung zu verfassen. Er führte ein Tagebuch, in dem er alles festhielt, was geschah, zusammen mit den entscheidenden Belegen, den neusten Anordnungen, den Hinrichtungsbefehlen, den Todesfällen, den Protokollen der Ratssitzungen, den Befehlen, unterschrieben von dem infamen Kommandanten Schmitz, den Beschränkungen, Bescheiden, den Ausweispapieren für die Arbeitskommandos – jede erdenkliche Einzelheit kam in dieses Geschichtswerk von Herrn Barbanel. Oft sah ich ihn schreiben. Er benutzte alles an Papier, was er zur Hand hatte – ungebrauchte Schulhefte zum Beispiel. Auch heute noch brauche ich nur die Augen zu schließen, und ich sehe Barbanels Handschrift vor mir – eine säuberliche jiddische Schrift, wie auf die Seite gestickt, sehr kleine Lettern. Zeile um Zeile flogen ihm die Wörter aus der Feder, voller Leidenschaft wollte er mitteilen, was an jedem Tag, in jedem Augenblick unseres Gefangenendaseins geschah, mit einer geschmeidigen, gewandten Entschlossenheit alles aufzeichnen, unauslöschlich festhalten wie etwas von enormer Bedeutung für die Menschheit. Was es tatsächlich war. Was es immer bleiben wird. Natürlich war das, was Barbanel da tat, illegal. Die Deutschen waren sich ihrer Schuldhaftigkeit durchaus bewußt und verboten jede unautorisierte schriftliche oder fotografische Dokumentation. Sie hatten sämtliche Fotoapparate konfisziert. Als Dr. Königs erster Adjutant aber hatte Barbanel stets etwas zu schreiben, und es war für ihn relativ leicht, sein Vorhaben mit seinen offiziellen Pflichten zu kaschieren.

Oft saß ich auf der Bank in seinem Büro, während er einen Neuankömmling befragte, oder ich sah ihn die gesammelten Anordnungen der deutschen Kommandatur aus der vergangenen Woche in seine Aktenmappe stopfen, und allmählich begriff ich, was er da tat. Eines Tages fragte ich ihn, ob er von Beruf Historiker sei. Für einen Moment wirkte Barbanel überrascht, dann lächelte er und schüttelte den Kopf. »Du bist mir vielleicht ein gescheiter Junge, Yehoshua«, sagte er. »Ja, ich bin Historiker, aus Notwendigkeit. Aber das wirst du keinem erzählen, nicht wahr.« Das war eine Feststellung, keine Frage. Ich schwor es ihm, und wir gaben uns die Hand darauf.

Barbanel war vor dem Krieg Holzhändler gewesen. Bei den Erörterungen des Rats vertrat er im allgemeinen kühnere Positionen als Dr. König, vermutlich, weil er jünger war. Die Moral von uns Jungen stärkte er, weil er sich über die Feinde lustig machte, ihre Usancen verhöhnte, als wäre nicht ihre Macht über uns kennzeichnend für sie, sondern ihre Dummheit. In Gegenwart der Deutschen war er nicht unterwürfig, sondern sachlich. Er bemühte sich nicht, seine Verachtung für sie zu verbergen, doch aus irgendeinem Grund tolerierten sie das.

Nun, da ich von Barbanels Archiv wußte, zog er mich weiter ins Vertrauen. Etwa einmal in der Woche legte er mir ein Päckchen in die Hände, das in Öltuch eingeschlagen und mit Zwirn verschnürt war. »Für Fräulein Margolin, und paß auf, wo du hintrittst.« Dann schob ich mir das Päckchen unters Hemd und lief damit zu Greta Margolin, einer der Schwestern im Krankenhaus, die seine Freundin und, wie mir erst einige Jahre später aufging, seine Geliebte war.

Fräulein Margolin war genauso mutig wie er. Nicht nur, weil sie das Tagebuch für ihn aufbewahrte, sondern weil sie mit dem sehr gefährlichen Unterfangen zu tun hatte, schwangere Frauen aus dem Ghetto zu schmuggeln, und wenigstens einmal hatte sie eine Frau, deren Schwangerschaft irgendwie unbemerkt geblieben war, entbunden und Mutter und Baby hinausgeschafft, wie und wohin wußte ich nicht. Greta Margolin war wirklich Krankenschwester, die einzige dort, die ausgebildet war. Ich schätze, sie war Anfang Dreißig. Natürlich war ich verliebt in sie. Auf diese Botengänge freute ich mich, obwohl sie wahrscheinlich das Gefährlichste waren, was ich unternommen habe. An ihrer Schönheit lag es gar nicht so sehr, obwohl sie recht gut aussah, diese Greta, mit ihren ausgeprägten Wangenknochen, der schönen, klaren Kinnpartie und dem glatten, strohblonden Haar, das sie im Nacken zusammenband ... sondern daran, wie sie lächelte und ihre Augen aufleuchteten, wenn sie mich sah. Ihr Lächeln war reizend und wohltuend, und es brach geradezu hervor, dieses Lächeln, spontan und mit solcher Zärtlichkeit, als könnten in diesem Moment keinerlei Schwierigkeiten das stören, was zwischen uns als Menschen, die sich mochten, bestand, die unverletzliche Liebe zwischen Menschen, die Liebe in ihrer wahren, natürlichen Form. »Yehoshua, mein Freund, wo hast du bloß die ganze Zeit gesteckt?«

Herrn Barbanel konnte ich vertrauen, ich konnte ihn bewundern und, ohne es zu wissen, sogar verehren, immer aber wirkte er unter Druck, bestimmte Dinge mußten unbedingt geschehen oder aber ungeschehen gemacht werden. An Greta Margolin in ihrer stets blitzsauberen Schwesternschürze nahm ich eine würdevolle Haltung, eine Gelassenheit wahr, an die ich mich bis heute erinnere und die meine Jungenseele als physische Attraktivität deutete. In meinen Augen war sie die schönste Frau, die ich je gesehen hatte. Wenn sie die Manuskriptpäckchen von mir entgegennahm, achtete ich auf ihre Hände, und manchmal berührten sie die meinen. Dann wurde ich ganz verwirrt, lief ohne jegliches Zeremoniell davon und hörte sie hinter mir sanft lachen.

Irgendwo bewahrte sie Barbanels Manuskript auf, wo, wußte ich nicht, aber ich sah ein, daß es aufgrund ihrer Position als Krankenschwester bei ihr eher in Sicherheit war, bis sie es über die Brücke und aus dem Ghetto schmuggeln konnte, in ein Versteck in der Stadt oder vielleicht auf dem Land.

Barbarels Tagebuch muß um die Zeit, als ich davon erfuhr, schon Tausende von Seiten umfaßt haben, viele Bände, eine ganze Kiste voll Material. Und da weder er noch Greta Margolin die Zerstörung des Ghettos überleben sollten, liegen diese Papiere bis zum heutigen Tag dort in der

Erde Osteuropas verborgen, im Schutt, im Staub und in den Trümmern seiner christlichen Tradition.

Ich bin kein Schriftsteller, und darum kann ich dir nicht vor Augen führen, welche Wirkung von diesem Paar ausging, welche Lebendigkeit, welche pulsierende Unmittelbarkeit und Vitalität. Meine ehrfürchtigen Erinnerungen an sie verschleiern, daß sie in Wirklichkeit normale Menschen waren, die zu normalen Zeiten ein recht bescheidenes Leben geführt hätten. Auf geradezu spektakuläre Weise waren diese beiden, Josef Barbanel und Greta Margolin, nichts Besonderes, so wenig wie meine Mutter und mein Vater, so wenig wie wir alle.

Heute nehme ich an, daß Dr. König zwar von Barbanels geheimem Archiv wußte und es billigte, nicht aber oder angeblich nicht von Barbanels Kurzwellenradio wußte, das in einer Wand unseres Speicherschlafsaals über den Büroräumen des Rats aufbewahrt wurde. Zwei-, dreimal in der Woche kam Barbanel abends die Leiter zu uns hinaufgestiegen, und dann halfen wir ihm, das Wandbrett aufzustemmen, das Radio freizulegen und mit der Steckdose zu verbinden, die an unserer einzigen Lampe angebracht war. Mehrmals übten wir, das Radio schnell wieder verschwinden zu lassen. Und ein Junge hielt stets am Fenster Wache, während ein anderer sich neben der Tür postierte und auf Geräusche von unten horchte.

Daß wir dieses geheime Radio besaßen, trug enorm zu unserem Kampfgeist bei, und ich glaube, Barbanel wußte das. Im Schneidersitz saß er auf dem Boden, die Kopfhörer auf den Ohren, und lauschte der spätabendlichen britischen Nachrichtensendung. Aufmerksam erforschten wir sein Gesicht und versuchten, seiner Miene zu entnehmen, ob die Nachrichten gut oder schlecht waren; wir sahen ihn nicken, den Kopf schütteln oder stumm die Faust erheben. Für fünfzehn Minuten hockten wir so da, vollkommen hingerissen, furchtlos, vor allem aber im Geiste mit der übrigen Welt verbunden.

Das Radio war ein verkratztes Gerät deutscher Fabrikation, ein Grundig-Gerät mit abgerundeten Ecken, Stoffbespannung über dem Lautsprecher und einem Drehknopf, mit dem sich auf der erleuchteten Skala der Kurzwellenfrequenzen ein Zeiger heben oder senken ließ. Ich meinte, in das glimmende Radio hineinblicken zu können wie in den Kosmos. Es brachte mich auf philosophische Gedanken. Wie kam es, daß ich, ein jüdischer Junge, die Ziffern der Skala auf dem Naziradio ablesen konnte? Weil Zahlen unveränderlich waren. Ihre Ordnung lag fest, war universal gültig. Sogar Nazis mußten sich ihnen fügen. Nun gut, wenn die Zahlen für jeden gleich waren, überall im Universum, hieß das nicht, daß Gott sie uns ins Hirn gepflanzt haben mußte? Und wenn ja, warum wohl – um jedermann zu lehren, was Wahrheit ist, warum schon sonst. Wahr zum Beispiel war, daß zwei plus zwei von was auch immer vier ergab. Egal worauf man sie anwendete, die Zahlen, feststehend und in alle Ewigkeit nichts anderes als das, was sie eben waren, stellten den Inbegriff des Wahren dar.

Meinem Vater oder dem Schneider Srebnitsky gegenüber hätte ich meinen Gedanken lieber nicht erwähnt. Im Dunkel unseres Speicherraums aber konnte ich in den erleuchteten Kosmos der Radiofrequenzen starren und der Idee nachhängen, daß die Zahlen die unvergänglich wahre Schöpfung Gottes darstellten. (Auch wenn die Nazis dies nie erfahren würden.) Und daß er uns aus gutem Grund befähigt hatte, seine unvergänglich wahre Schöpfung zu erkennen – und zwar, damit wir den Messias erkennen könnten, wenn er käme, der dann so selbstverständlich zu identifizieren wäre, wie zwei plus zwei vier ist, und der mit seiner Ankunft jedem und allem auf der Welt für alle künftigen Zeiten die universal anerkannte, unvergängliche, wohltätige Wahrheit Gottes bringen würde. So sahen im Dunkel der erleuchteten Frequenzen des Grundig-Radios die Gedanken eines Kindes aus.

– Nun ja, Sarah funktioniert, sie zieht ihrer beider Kinder groß, hält den Haushalt in Gang. Sie hat ihre Stelle an der Emanuel-Synagoge aufgegeben und arbeitet nun nur noch für die wenigen Menschen, die von ihrer kleinen Gemeinde übriggeblieben sind. Aber sie befindet sich in einem Zustand, der über tiefe Trauer hinausgeht. Ich muß dir sagen – könnten wir bitte das gleiche noch einmal bekommen! –, ich muß dir sagen, diese Frau ... Nicht daß sie so übermenschlich vollkommen wäre wie ein Engel ... aber es gibt da einen solchen seelischen Ernst, einen so enormen inneren, tja, ich weiß nicht – Anstand. Ich rede hier bestimmt nicht von alltäglicher Pietät und schon gar nicht davon, daß sie eine Heilige wäre – ein Wort, das ich hasse. Eher ist es so, als sei ihr von Natur aus eine bescheidene, urbane Gnade gegeben – als sei sie eine New Yorkerin, die hier lebt, aber zugleich auch ... in Tillichs Land der höchsten Anteilnahme. Drücke ich mich völlig unverständlich aus?

Nein, ich glaube, ich weiß, was du meinst.

Du hattest recht mit deiner Bemerkung, ich sei von ihr angezogen. Das hast du richtig erfaßt. Ausgesprochen habe ich es ja nicht, soviel ich weiß. Bei Gott, ja, ich bin in sie verliebt, ich möchte mit ihr zusammensein. Ich würde konvertieren, wenn es davon abhinge. Aber ich unternehme nichts. Ich habe das Gefühl, in ihren Augen würde ich dadurch banal, würde einen Mangel an Verständnis zeigen – obwohl sie mir das sofort vergeben würde –, an Verständnis für ihre ernste, lächelnde, unwiderrufliche ... Witwenschaft.

Und ob du's glaubst oder nicht, auch ich trauere um ihn.

So couragiert mit dem unglaublichen Angriff auf Gott umzugehen, den die Moderne, das Jahrhundert und selbst die religiösen Menschen führen. Die Suche nach einem glaubwürdigen Gott – Himmel, wie gut kann ich das verstehen. Ein dünner, drahtiger, kleiner Bursche war er, dieser Joshua, mit der Figur eines Langstreckenläufers, kein Gramm Fett hatte er auf den Rippen. Wirklich intelligent und dabei so aufrichtig bescheiden, immer runzelte er auf eine ganz bestimmte Weise die Stirn – ich weiß nicht, weil er sich prüfte? Eine so ernste, sanfte Seele, als Denker ordentlich und peinlich genau, von einer ganz natürlichen, ernstzunehmenden intellektuellen Präzision, und genau das liebte Sarah, das schätzte sie an ihm, deswegen sah sie in ihm ihren Gefährten und den Vater ihrer Kinder. Ich war von ihnen beiden völlig gebannt – das will ich sagen. Ist das nicht etwas Seltenes? Wo begegnet dir das heutzutage, Gottesleute, in deren Nähe es dich zieht?

– Mittlerweile war eine Häuserzeile am Südende des Ghettos in ein neues kleines Hospital von dreißig, vierzig Bettstellen umgewandelt worden, denn dieselben Deutschen, die das alte niedergebrannt hatten, waren zu dem Schluß gekommen, daß Leute mit ansteckenden Krankheiten gleichwohl weiterhin isoliert, identifiziert und dann auf präzisere, vielleicht auch weniger aufwendige Art und Weise beseitigt werden müßten. Natürlich war Dr. König fest entschlossen, nie wieder einen Patienten mit Typhus oder sonst einer anstekkenden Krankheit ins Hospital zu schicken. Unter großem eigenen Risiko behandelte er so einen Patienten zu Hause und schrieb auf dessen Karteikarte eine falsche Diagnose. Von Königs Tapferkeit habe ich dir ja schon erzählt, und hieran zeigte sie sich wieder. Aber er ging noch weiter. Im Einvernehmen mit dem einzigen anderen jüdischen Arzt und mit Greta Margolin wies König manchmal jemanden ins Hospital ein, der nicht krank war, sondern aus irgendeinem Grund in Gefahr, entdeckt und exekutiert zu werden. Zudem war da die Sache mit den illegalen Entbindungen. Aus all diesen Gründen stellte das Hospital einen äußerst sensiblen Bereich dar, deren Sicherheit der Rat ständig überwachte.

So kam ich eines Morgens mit einem Stapel von Herrn Barbanels Aufzeichnungen unter dem Hemd im Hospital an, und in der Aufnahme sprach Greta Margolin mit einem Mann, der ihr anscheinend lästig fiel. Sie warf mir über die Schulter einen Blick zu und schüttelte kaum merklich den Kopf, und ich verstand, daß dies nicht der Moment für unsere Angelegenheiten war. Ich blieb in Türnähe an der Wand stehen.

»Sie sind nicht krank«, sagte Greta Margolin zu dem Mann. »Ihnen fehlt nichts.«

»Wieso sind Sie da so sicher?« Er drehte sich um und sah mich mit einem breiten Lächeln an, jedoch mit einem Blick, der mich von meiner Laufjungenmütze bis zu den Zehen musterte. »Wie kann Schwester wissen, daß ich bin gesund, ohne Untersuchung?«

Er war ein häßlicher, pferdegesichtiger Mann mit abgebrochenen und verfärbten Zähnen. Irgend etwas stimmte nicht an dem sonderbaren Jiddisch, das er sprach. Gekleidet war er wie ein Bauer, und seine schweren Stiefel waren lehmverkrustet. Die Kappe, die er trug, nahm er nicht ab, obwohl er sich in einem Haus und in Gegenwart einer Frau befand.

»Sie müssen mich untersuchen, wenn ich sage, ich bin krank«, sagte er zu Greta Margolin.

»Ihren Kopf sollte man untersuchen«, sagte sie. »Gehen Sie wieder arbeiten, und wenn Sie hier noch mal so hereinplatzen, melde ich Sie.«

Sie öffnete die Tür hinter sich, warf ihm noch einen kalten Blick zu und verschwand. Die Tür schloß sich, und ich hörte, daß innen der Riegel vorgeschoben wurde.

»Sie wissen genau, was mir fehlt!« brüllte der Mann. »Liebeskrank bin ich – wegen Ihnen!«

Er drehte sich zu mir um, und nun lächelte er nicht mehr. »Was glotzt du so?« fragte er. Unverfroren trat er hinter den Tisch und schaute sich die Papiere dort an, die Wandanschläge – lauter Dinge, die ihn nichts angingen. Ich rührte mich nicht. Ich spürte das Päckchen voller Papiere auf der Haut. Ich fürchtete mich vor dem Mann, zugleich aber war ich auf ihn wütend und meinte, ich müsse Greta Margolin beschützen. Ich hätte verduften sollen, aber wenn jemand, selbst ein Junge, ihn beobachtete, würde er sich gezwungen sehen zu verschwinden, hoffte ich. Kurz darauf spazierte er unter nonchalantem Pfeifen an mir vorbei zur Tür hinaus und kippte mir auch noch die Mütze über die Augen.

In Erzählungen und Filmen sind Spione immer schlau und raffiniert, und zu ihrer Eliminierung ist die gesamte Geschichte erforderlich. Im Ghetto hatten sie überhaupt nichts Raffiniertes. Sie rochen nach Spion, selbst wenn sie keine Deutschen waren.

Am Abend oder vielleicht am Tag darauf rief mich Herr Barbanel zu sich und sagte mir unter vier Augen, das Archivmaterial, das er mit solcher Mühe zusammengetragen und das Greta Margolin für ihn versteckt hatte, sei im Ghetto nicht mehr sicher. »Es muß umgelagert werden«, sagte er. »Von nun an muß anders vorgegangen werden. Verstehst du, wie wichtig das ist?« Ich nickte. Ich wußte es. Und ohne zu fragen, wußte ich auch sofort, warum er mich ins Vertrauen zog, denn war ich schließlich nicht sein bester Laufjunge?

Mein matter kleiner Verstand wurde quicklebendig angesichts des aufregenden, gefährlichen Auftrags, der mir nun bevorstand. Sie war wie ein Fieber, alles andere als gesund, eine Droge, ein Amphetamin – diese Gefahr, in der sich ein Junge wußte, der gefoltert und erschossen werden konnte, falls man ihn erwischte.

In Wirklichkeit aber erwiesen sich meine Aktionen als einigermaßen sicher, wie eigentlich nicht anders zu erwarten, wenn man Barbanel kannte. Der größte Teil des Archivs, so viel, wie in eine Feldkiste paßte, war bereits über die Brücke in die Stadt befördert worden – wie, mittels welcher List oder Bestechung, das sagte man mir nicht. Ich brauchte nur noch das aktuelle Material hinauszuschmuggeln, in Öltuch eingeschlagen und mit kostbarem Klebeband an meiner Brust und an meinem Rücken befestigt. Ich habe vielleicht sieben oder acht solche Gänge in ebenso vielen Wochen unternommen, vom Spätsommer bis in den Herbst hinein. Je kälter das Wetter wurde, desto sicherer fühlte ich mich, weil ich über meinem Schmuggelgut nicht mehr nur ein Hemd trug, sondern einen Pullover und darüber noch eine Jacke.

Du lächelst jetzt vielleicht darüber, aber als Junge hatte dein Vater einen dichten Haarschopf. Das mußt du mir einfach glauben. Sie schoren mir die Haare sehr kurz und färbten sie mir obendrein, nicht gerade blond, aber doch viel heller. Dies war eine der Maßnahmen, die sie ergriffen, damit ich in der Stadt so unauffällig oder nichtjüdisch wie nur möglich wirkte. Ich wurde mit Sachen eingekleidet, die mir paßten und nicht zu klein waren wie meine eigenen. Natürlich trug ich keinen Stern und keine Schirmmütze. Und man gab mir ein ziemlich anständiges Paar Schuhe. Die trug ich, an den Schnürsenkeln zusammengebunden, um den Hals, wenn ich mich aus dem Ghetto schlich – über einen aufgegebenen Tunnel, der so alt war, daß die Deutschen nichts von ihm wußten. Der Zugang zu dieser Röhre befand sich übrigens in einer Zisterne innerhalb der Mauern einer Mühle. Ganz wohl war mir nicht, wenn ich dort unten gebückt dahinhuschte wie eine der Ratten, die dort zu Hause waren, und erfolglos versuchte, wegen des kalten, fauligen Geruchs nach Eisenteilen, Erde und Tierkot den Atem anzuhalten. Doch eigentlich war es gar nicht so weit. Der Tunnel mündete in einem Haufen Steinbrocken und Schutt am Flußufer, etwa einen halben Kilometer oberhalb des Stacheldrahtzauns, der das Ghetto umgab. Dort war das Wasser sehr seicht und voller Steine, zudem lag die Stelle an einer Flußbiegung, so daß man die Bäume und das Unterholz an beiden Ufern zur Deckung nutzen und ungesehen hinübergelangen konnte.

Wie ich es darstelle, klingt es mühseliger, als es war. Ich brauchte nur einen Pfad entlangzuschlendern, und schon befand ich mich in einer dünn besiedelten Wohngegend am Stadtrand. An einer Ecke wartete ich einfach auf eine Straßenbahn. Ich hatte Geld und einen Tornister mit Schulbüchern bei mir, ich konnte Litauisch, und ich besaß einen falschen Personalausweis mit wieder einem anderen Namen. Bei keinem meiner Gänge geriet ich jemals auch nur entfernt in Gefahr, entdeckt zu werden. Nie warf ein Polizist oder ein deutscher Soldat mehr als einen Blick auf mich. Sobald ich in die Innenstadt kam, musterten mich allerdings manchmal mütterlich aussehende Frauen mit Neugier oder gar ein wenig Mißtrauen. Dann strahlte ich sie an, lüpfte rasch die Mütze und wünschte ihnen einen guten Tag.

Das also war Yehoshua X, Geheimagent Nebeljunge, in Aktion. Meine Gänge waren so geplant, daß ich am späten Nachmittag, wenn die Straßen belebt waren, in der Innenstadt eintraf. Doch jedesmal erwartete mich dort eine niederschmetternde Erkenntnis. Sicher, es herrschte Krieg und die Stadt war besetzt, Laster voller Soldaten fuhren schnell durch die Straßen, Nazifahnen wehten vom Rathaus, in den Geschäften herrschte nicht gerade Überfluß an Waren und Lebensmitteln, und die Einwohner, die da ihren Geschäften nachgingen, wirkten nicht gerade wohlgenährt und glücklich … dennoch, allein diese städtische Umgebung zu erleben, die Szenen und Geräusche der Stadt, in der ich geboren und zur Schule gegangen war, auf mich einstürmen zu lassen, die Straßenzüge mit Mietshäusern aus Stein und Innenhöfen, die Stromleitungen, die Straßenbahnen, die Hinweisschilder, aus denen hervorging, wie enorm weit das Einzugsgebiet der Stadt reichte, nur daran erinnert zu werden, daß einmal wie selbstverständlich eine normale, in der Geschichte verwurzelte, moderne Zivilisation existiert hatte, so böse und antisemitisch sie auch gewesen war … und all dies unwillkürlich mit dem erbärmlichen, verarmten kleinen Sklavenlager zu vergleichen, in dem wir hausten, mit unseren ländlichen Hütten, in denen wir eingepfercht waren wie Tiere, isoliert, vertrieben und an die entsetzliche Lage gewöhnt, an keinem Tag zu wissen, ob man uns noch den nächsten würde erleben lassen … diese herbe Lehre so unerbittlich eingebleut zu bekommen, hätte niemandem gut getan, schon gar nicht einem Kind. Ich meine, wenn man mir nicht aufgetragen hätte, diese Gänge mit Barbanels Dokumenten zu unternehmen, hätte ich den furchtbaren Verlust, der uns zugefügt worden war, nicht so deutlich empfunden, nicht so überwältigend klar die Katastrophe wahrgenommen, die sich ereignet hatte und immer noch ereignete …

Mein Ziel war eine kleine katholische Kirche in einem Arbeiterviertel in der Nähe des Bahnhofs, eine Kirche aus Stein, vor der ein kleiner Friedhof lag. Ihren Namen weiß ich leider nicht mehr. Wahrscheinlich war sie gar nicht besonders groß, nicht annähernd so prächtig wie die Kathedrale auf dem größten Platz der Stadt, aber mir kam sie doch recht einschüchternd vor, und ich muß sagen, der Augenblick, in dem ich durch die Eichentür trat, war jedesmal der unbehaglichste auf meinem Botengang. Dort drinnen, im Dunkeln, flackerten reihenweise Kerzen – Opferkerzen, die mich an die Gedenkkerzen erinnerten, die wir im Ghetto, wenn wir welche hatten, für unsere Toten anzündeten. Ich verstand nicht, warum wie in einem Gefängnis ein Gitter den Altar von den Leuten trennte, die in den Kirchenbänken beteten, darunter gelegentlich ein deutscher Soldat, gewöhnlich aber eher Frauen, ältere Frauen mit Kopftüchern. Die Frauen und die Kerzen kamen mit sehr jüdisch vor, obwohl mich dieser Gedanke nur verwirren konnte angesichts des großen, sehr realistischen Jesu aus bemaltem Gips, der in der Apsis hinter dem Altar an seinem Kreuz hing, Blutstropfen an der Stirn, den Händen und Füßen.

Man hatte mir eingeschärft, wie ich vorzugehen hatte: Ich hatte niederzuknien, mich zu bekreuzigen und mich dann in einen der Beichtstühle zu begeben, die sich an einem Seitengang befanden. Dort sollte ich ein paar Minuten warten, bis ein Priester – er hieß Pater Petrauskas – sich überzeugt hatte, daß die Luft rein war, die Tür öffnete und mich in seine Pfarrwohnung führte.

Er war ein netter Mann, dieser Priester, der mir immer mit aufrichtiger Freundlichkeit zunickte und lächelte, wenn er mich begrüßte. Ihm fehlten ein paar Zähne. Sein Kopf war geschoren und sein Gesicht von Furchen, Falten und Runzeln so knittrig, daß es aussah wie aus Pergament. Seine Augen glichen Schlitzen in den Wangen. Sein schwarzer Anzug war ihm zu eng und sehr speckig. Nachdem ich mir das Hemd ausgezogen hatte, löste der Priester das Klebeband ab, immer sehr behutsam an den Stellen, wo er es mir von der Haut abziehen mußte. Er nahm das Päckchen mit dem Material an sich, und wenn ich meine Knöpfe wieder geschlossen hatte, gab er mir stets etwas zu essen, eine Scheibe Brot mit Marmelade oder etwas Suppe, setzte sich mir gegenüber an den Tisch und sah mir beim Essen zu. Ich möchte ja die katholische Kirche nicht verunglimpfen, aber über die Jahre hin ist mir gelegentlich durch den Kopf gegangen, daß dieser Priester vielleicht ein zum Katholizismus konvertierter Jude war. Ich weiß nicht, warum ich das vermute, ich habe keinen Beweis dafür. Irgendwoher kannte Barbanel ihn als Freund, dem man vertrauen konnte, und der Priester nahm dieses Risiko auf sich für ein Projekt, das angesichts der sonstigen Nöte jener Zeit nahezu abstrus hätte anmuten können, das Projekt, ein historisches Geschehen zu dokumentieren, das hilflose Projekt, anstelle von Abhilfe Erinnerung zu schaffen.

Wenn es zu dämmern begann, brach ich dann meistens wieder auf und folgte derselben Route in umgekehrter Richtung – ich fuhr mit der Straßenbahn bis zum Stadtrand, stieg eine Haltestelle vor oder nach meiner Straßenecke aus und schlenderte von dort den Pfad zur Furt hinunter. Am Fluß zog ich meine Schuhe eines litauischen Jungen wieder aus und kroch dann durch den Tunnel zurück ins Ghetto. Aufgekratzt kam ich dort an und machte mich auf die Suche nach Herrn Barbanel, um ihm meinen Erfolg zu melden, und dann zog ich, wie ein Schauspieler nach seinem Auftritt, wieder meine eigenen Sachen an und drückte mir meine Botenmütze fest auf den Kopf.

– Du kannst im kurzen arktischen Sommer in Kanada Vögel beobachten gehen, von Yellowknife aus in einer DC-3 niedrig über die aufgescheuchten Karibuherden hinweg nach Bathurst fliegen. Dort kampierst du oberhalb der unwegsamen Tundra und fährst mit den Inuit, den Menschen, die dort oben leben, im Boot mit Außenbordmotor hinaus. Im Sommer ist die südliche Arktis ein Meer, und in ihren offenen Booten bringen sie dich hinaus zu einer Insel, von der sie wissen, daß dort ein Adler lebt oder Wassertreter ihre

Nester haben oder ein weißer Geierfalke seine Jungen aufzieht. Die Zahlen sind in der Arktis klein, nichts Lebendiges bleibt unbemerkt. Die aufrichtige Freude auf dem Gesicht deines Führers an der Pinne, wenn er zu dem Gelbschnabel-Eistaucher hinaufdeutet, der eben vorüberrauscht, verstand ich als die Befriedigung, einen Kollegen zu sehen. Manche der kleinen Inseln, an denen man landet, scheinen nur aus Eierschalen, Federn und Guano zu bestehen. Dort existiert eine andere Lebenswelt, die nichts mit uns zu tun hat. Die Inuit, die nicht in die Städte gezogen sind, die geblieben sind und auf herkömmliche Art leben – modifiziert natürlich, sie fahren nun im Winter mit Schneemobilen zur Wolfsjagd –, diese Inuit jagen und fischen und navigieren in den Gewässern dort, indem sie ihre Position mit Hilfe eines fernen Bergs bestimmen, der aussieht wie ein zum Himmel schauendes Gesicht. Wie ein indianisches Gesicht – die Bergspitze bildet die Nase, und daher sind diese Inuit bekannt als die Leute von der Nase.

Verbrachte einen halben Tag wartend unter dem Geierfalkenhorst und sah schließlich das Weibchen, die Mutter, mit wuchtigen Flügelschlägen übers Tal herbeifliegen, eine erschreckend große Beute in den Krallen, einen Ziesel, den sie unter mächtigem Geschwirr der Schwingen in den Horst beförderte, den sie auf einem Felsvorsprung gebaut hatte. Der Himmel war eisblau. Das Geierfalkenweibchen ein breitbrüstiger Vogel, nicht so groß wie ein Adler. Die Jungen kreischten, die Kameras meiner Gefährten klickten, und ich hatte einen Adrenalinstoß vor Freude, diesen wunderbaren Raubvogel zu sehen, den auch Yeats erblickt hatte, und da fragte ich mich, wie man nur anders leben könne, als mit dem Boot durch arktische Gewässer zu fahren, um Vögel zu beobachten.

– Derweil die Erde um ihre Achse wirbelt, schwappt auf ihr ringsum unentwegt das Wasser, schwillt in planetarisch gesteuerten Gezeiten an, wölbt sich vor wie die Hornhaut eines weitsichtigen Auges. Gleichzeitig läßt die Erdumdrehung das Meerwasser gegenläufig zirkulieren, westwärts auf der nördlichen, ostwärts auf der südlichen Hemisphäre, so daß es die Erde, wenn Wasser sich flechten ließe, zu einem langen, blaugrünen Zopf schlingen würde. Nähme die Rotation des Planeten aus irgendeinem Grund hinlänglich ab, flöge alles Wasser auf der Erde davon und bildete einen eisblauen Ring von Kristallen, der irgendwann bröckeln und in den Weltraum abheben würde, ein gigantischer Komet voll Plankton, Krabben, Fischen, Muscheln, Walen, Staatsquallen und Schiffswracks, tiefgefroren für die Ewigkeit. Der verbleibende Planetenkern aus Gestein, Mineralien und geschmolzenem Magma würde einen Moment lang leuchten wie Glut oder wie das zähnefletschende Stück Kieferknochen eines leuchtenden Geschöpfs, bevor er in den Mond krachte und eine riesige, lodernde, rauchende Masse von Erztrümmern bildete, die säuberlich in die Sonne hinaufgesogen würden wie Krill in den Schlund eines Flösselaals. Danken wir also Gott dafür, daß dieses Balance schaffende kosmische Soll-und-Haben-System anscheinend funktioniert, so exzentrisch es auch ist. Und gerade so, wie es die Alpen und das Himalayagebirge gibt, die Anden und die Rocky Mountains, so gibt es sogar noch gewaltigere Gebirgszüge unter Wasser. Und gerade so, wie wir unsere lichtdurchfluteten, von Flüssen durchzogenen Täler haben, so hat der Meeresboden seine tiefen Gräben. Und wie wir unsere Ebenen und Wüsten haben, so erstrecken sich auf dem Grund der Ozeane endlos die Tiefseeflächen. Und wie wir unsere Gebirgsziegen haben, die auf den schroffen Felsspitzen unserer höchsten Berge gebannt in den Wind starren, so birgt der licht- und luftlose Ozeangrund mit den Tonnen von Druck, die auf jedem Quadratzentimeter lasten, seine lebendigen Röhrenwürmer, Seeteufel, Seespinnen, und Stechrochen und Seelilien, die schleimüberzogen in der tonlosen Schwärze wogen, mit aufgesperrten Mäulern und erhobenen Tentakeln, um die Flocken toter Materie einzufangen, die wie Schnee durch den blaugrünen Ozean über ihnen herabtriften. Namenlose Kreaturen, bestehend aus Fühlern, die in Saugnäpfen enden, Stiele mit Mündern oder Strudelwürmer mit giftigen Stacheln und Tintenabspritzapparaten, empfangen als Gottes milde Gabe den unaufhörlich anfallenden Tod, der sie am Leben hält, während sie spritzend oder zappelnd ihren Geschäften nachgehen. All dies gehört zum Weltenplan. Man lehrt uns, daß weder Luft noch Licht oder Wärme notwendige Voraussetzungen für Leben sind. Man lehrt uns, daß immer irgendeine Art von Kreatur sich selbst so erfinden wird, daß sie unter jedweden Bedingungen, die Gott gerade vorgibt, leben kann. Es gibt keine feststehende Morphologie für Lebewesen. Keine für das Leben notwendige Bedingung. Tausende von unbekannten pflanzlichen und animalischen Wesen leben in den tiefsten Abgründen der schwarzen, kalten Wasserwelt nach ihren eigenen Filmgeschichten. Ihre Biomasse übertrifft bei weitem die unseres Luft atmenden, von Sonnenlicht beschienenen pflanzlichen und tierischen Lebens. Auf dem tiefsten Meeresgrund gibt es rauchende Schlote voller Schwefelwasserstoffgase, in denen fröhlich Bakterien gedeihen. Und von diesen nähren sich knubblige zweischalige Muscheln, zähe Schwabbelgebilde und Stachelaale mit der erstaunlichen Fähigkeit zu fluoreszieren, wenn sie angegriffen werden oder Licht auf ihre Beute werfen müssen. Für all das hat Gott einen Grund. Es gibt da einen Fisch, den Tomahawk, der sich mit vorquellenden Augen oben auf seinem gehörnten Kopf in dunkler Tiefe herumdrückt und imstande ist, seinen Anus elektrisch aufleuchten zu lassen, um

Räuber, die sich hinterrücks anschleichen, zu blenden. Der elektrische Anus ist ihm jedoch nicht angeboren. Er bildet sich durch eine Kolonie leuchtfähiger Bakterien, die symbiotisch das Arschloch des Fisches besiedeln. Und auch hierhin liegt eine göttliche Absicht, die wir noch nicht ergründet haben. Wenn einer jedoch von Gottes erhabener Urteilskraft überzeugt ist und gegen Reinkarnation nichts einzuwenden hat, könnte er die vernünftige These aufstellen, daß eine bestimmte Bakterie, die im Anus eines besonders archaischen Tomahawk-Fisches am Meeresgrunde lebt, die recycelte, vollauf empfindungsfähige Seele Adolf Hitlers ist, welche kläglich den nährenden Kloakenschlamm durchglimmt, in dem er von Zeit zu Zeit gebadet und ernährt wird.

– Gefilmt wird in New York überall, und nun drehen sie eine Szene hier an meiner Straße. Mußte ja irgendwann passieren. Die Luft vibriert vor Wichtigtuerei. Polizeigitter sperren den Verkehr ab. Kabel, Gerüste, hydraulische Kameraheber, Reflektorschirme. Stars, in ihren Garderobenwagen versteckt. Menschenansammlungen, die dem gewichtigen Beschluß der Filmwelt, meine Straße zu verifizieren, die Reverenz erweisen.

Jetzt hab ich's wieder. Einmal bin ich morgens, als ich vom Joggen zurückkam, auf zwei Männer gestoßen, die in der Straße fachkundig fotografierten. Monate liegt das zurück. Ich dachte, es wären Europäer. Die lieben die schmalen Hinterstraßen von Soho. Die Pflastersteine aus dem neunzehnten Jahrhundert. Schmale Passagen für die Kavallerie-Einheiten.

Der eine machte Aufnahmen, der andere lud die Kameras und schleppte die Taschen. Besitzergefühle regten sich in mir. Würden sie die uralte Garage fotografieren, der kein Wagen je wieder entkommt? Würden sie meine chinesische Nutte erwischen? Würden die zwei erschöpften Bäume sie entzücken? Würden sie mitkriegen, wie stadtversaut die Seelen von uns allen sind, die hier leben, selbst am klarsten Frühlingsmorgen, wenn die Sprühfontänen der Wasserwagen von der Stadtreinigung Regenbogen werfen?

Es war kurz nach dem Morgengrauen, und die flach einfallenden Sonnenstrahlen hoben die solide geometrische Tiefe der Cast-iron-Fassaden hervor, der zurückgesetzten Hauseingänge und der Fenster hinter breiten Simsen.

Am Spätnachmittag waren die Fotografen wieder da. Die Straße sieht dann anders aus. Das Sonnenlicht heftet sich an die Partikel, die der Verkehr des Tages aufgewirbelt hat, so daß es zu schweben scheint, leuchtender Staub, der in die enge Schlucht zwischen den Häuserfronten sinkt, durch die Siebe der Feuerleitern dringt, den großen Loftfenstern einen Perlmuttschimmer verleiht, von den Pflastersteinen abprallt und mit der Abenddämmerung im Dunkel der uralten Garage und der Abflußkanäle an den Ecken zu versikkern scheint.

Das also waren sie. Filmvorhut. Und heute, siehe da, ein Armeebiwak. Kantinewagen. Generatoren. Klokabinen. Alles, was Truppen auf dem Vormarsch so benötigen. Autark in einem Land, in dem sie nicht heimisch sind, sondern das sie nur von Zeit zu Zeit besetzen.

Auf einen Schlag liegt die Straße blitzblank da. Von Licht überflutet, geht mir auf. Normal aussehende Leute gehen ihren Geschäften nach. Ein Taxi hält, ein Mann springt raus und packt eine Frau, die gerade an einem Hauseingang vorbeigeht, an der Schulter und dreht sie zu sich herum. Die Geste ist ernstlich aggressiv, wenn auch nach Filmmaßstäben recht zahm. Sie reden miteinander, und ich, vier Etagen höher, sehe den Widerstand der angesprochenen Frau, ihre

Haltung zeigt es mir. Das alles gehört zur Szene, doch dann gehen die beiden lässig davon, in entgegengesetzte Richtungen, als hätte nichts von dem, was sie gesagt haben, irgend etwas bedeutet, und ich kapiere, daß die Szene geendet hat, bevor es mir noch klar war, und nun gehen die Scheinwerfer aus, und das Taxi stößt in die Richtung zurück, aus der es kam.

Nun wimmelt es von Männern mit Walkie-talkies. Ein Trupp Arbeiter verstreut Abfall in der Straße. Die nicht-gefilmte Stadt in meilenweitem Umkreis ahnt nichts von ihrer Unwichtigkeit.

Wieder Stille, die Lichter gehen erneut an. Quietschend hält ein Taxi an, die Tür fliegt auf, ein Mann springt raus und packt eine Frau an der Schulter.

Die Filme brauchen die Städte auf, die Landschaften, die Meere und Gebirge. Eines Tages wird jeder Quadratzentimeter Welt auf Film vorhanden sein. Der Planet wird sich zu einer riesigen Filmrolle geebnet haben. Der Nachthimmel wird uns aufnehmen. Das Filmmaterial wird sich abspielen, wird in wallenden Schwaden und Möbius-Spiralen durch die Galaxien triften. Das Leben wird nicht simultan, sondern in Folgen ablaufen, eine Geschichte nach der andern, Geschichte auf Geschichte, als wäre die gesamte DNA jedes einzelnen Lebewesens, Byte für Byte, auf einem einzigen Band bis ins Unendliche aneinandergereiht.

– Filmversion: Typ kommt frühmorgens vom Joggen zurück und sieht, daß eine Filmcrew seine Straße besetzt hat. Die Szene, die sie drehen – eine Frau tritt aus seinem Haus, ein Taxi fährt vor, ein Mann springt raus und stellt sie, packt sie an der Schulter, die Frau sträubt sich, trotzig, wütend –, kommt ihm sehr bekannt vor, wie eine Szene aus seinem eigenen Leben.

Den ganzen Vormittag über wird die Szene gedreht, immer wieder. Von seinem Fenster aus sieht er zu. Die Szene, die da gefilmt wird, ist ... zutreffend, wird ihm klar. Anders kann er es nicht nennen. Er hatte sich so verhalten, als er nach Hause kam und sah, daß seine Frau gerade fortging. Der Darsteller, der ihn spielt, ist größer, hat dichteres Haar, alles in allem aber die gleiche Statur und das längliche Gesicht mit dem schweren Kinn. Die Darstellerin ist ein Fund – blond, reizend, schmal, biegsam in den Hüften.

Er kann sich nicht vorstellen, was da vorgeht, wer den Film macht, nach was für einem Skript. Hat etwa sie es geschrieben? Aber wie das? Sie lebte extrovertiert, extravagant, auf die Ränder hin, füllte ihr Leben ganz mit ihrer rastlosen, animalischen Integrität aus. Und unter so edler Verachtung für vernünftigen Eigennutz. Wann hatte sie denn über ihn geschrieben, über ihre Verbindung, ihre gescheiterte Verbindung? Hätte sie sich diese Mühe gemacht? Warum?

Sein Loft mit den großen unverhüllten Fenstern hatte sie mit ihrer unfehlbaren Spontaneität leichthin eingerichtet. Noch jetzt zögert er, bevor er einen Gegenstand verrückt, so beiläufig vollkommen ist der Raum. Die wie hingeworfen und doch zwingend wirkende Anordnung der Einrichtungsgegenstände vermittelt ihm die Illusion, sie wäre noch da, sie lebten weiterhin zusammen. Sie hatte die Wohnung gefunden, hatte allein darin gelebt, und dann war er eingezogen. Es war ihre Wohnung, ihre Straße und ihr Quartier, immer noch, obwohl sie fortgegangen war.

Er fragt sich, warum er geblieben ist, warum er das Risiko eingeht.

Die Truppe unten beendet ihre Arbeit, packt zusammen, und am späten Nachmittag liegt die Straße verlassen da. Er denkt, er sei vielleicht überspannt und lese zuviel an zufälliger Übereinstimmung in diese Szene hinein; da sie ihm aber nicht aus dem Kopf geht, verbringt er die nächsten Tage damit, die These zu prüfen, daß da sehr wohl sein Leben oder ihrer beider Zusammenleben gefilmt wird. Zu seinem Schrecken ist er imstande, die weiteren Stationen der Filmcrew in der Stadt zu verfolgen, denn er errät, wo sie sich aufhalten, sobald er annimmt, daß er die Drehorte, die sie zur Auswahl haben, kennt. Er findet die Filmleute uptown, bei der Columbia Universität, am Institut für Journalismus, wo sie ihren Mastergrad erworben hat; er sieht die Crew in dem italienischen Restaurant an der Ninth Avenue, dessen Interieur wieder so hergerichtet ist wie zu der Zeit vor dem Besitzerwechsel. Sie sitzen sogar am richtigen Tisch, an dem in der Ecke unter der Kaminhaube mit der angekohlten Blende.

Sein Versuch, sich an die Filmemacher heranzumachen, wird von den Aufpassern mit den Walkie-talkies, den Sicherheitsleuten, mühelos vereitelt. Nicht daß er darauf erpicht wäre, sich zu erkennen zu geben. Gelegentlich bekommt er flüchtig die Darstellerin zu sehen, und ihm scheint, mit jeder Szene, die sie drehen, wird sie seiner Frau immer ähnlicher. Er weiß nicht, was er tun soll. Es gibt Drehtage am Kennedy Airport, am Lincoln Center, am Battery Park. Schließlich verfolgt er das Team nicht weiter, sondern zieht sich in den Loft zurück und wartet ab. Und genau, wie er es vorausgesehen hat, klopfen sie eines frühen Morgens an seine Tür und halten Einzug mit Kabeln, Kameras, Scheinwerfern, Reflektoren. Er unternimmt keinen Versuch, sie aufzuhalten. Klappstühle werden aufgestellt, für den Regisseur, das Scriptgirl, die Schauspieler. Alle scheinen ihn als den Hauptdarsteller zu kennen. Er wird geschminkt und nimmt vor laufender Kamera seinen Platz ein: Es klopft an der Tür. Er öffnet und hat zwei Kriminalbeamte vor sich. Sie weisen sich aus und wollen ihm ein paar Fragen stellen. Ob es ihm etwas ausmache, wenn sie hereinkämen?

»Ihr findet das bestimmt verrückt, oder vielleicht haltet ihr mich für verrückt«, sagt er später, in der Szene, die im Untersuchungsgefängnis spielt, wo er mit zwei Schauspielern zusammensitzt, die Kleinkriminelle spielen, die darauf warten, daß ihre Anwälte sie loseisen. Ihm wird bewußt, daß er zwanghaft daherredet, aber er kann nicht aufhören. »Vielleicht bin ich ja auch verrückt, aber ich schwöre euch, im Film geht etwas vor sich, *was selbst die Filmemacher nicht durchschauen*. Da ist nämlich etwas sehr Seltsames geschehen, und darum bin ich überzeugt, daß die Leute, die allem Anschein nach die Filme machen, nur Werkzeuge der Filme selbst sind, deren Diener, Faktoten, und der ganze Vorgang, angefangen damit, daß jemandem eine Idee zugespielt wird, daß die Finanzierung gesichert und ein Star gefunden wird, dieser ganze Prozeß also, obwohl er scheinbar davon abhängig ist, daß Regisseure, Produzenten, Vertriebsleute und so fort sich daran beteiligen, und trotz aller Animositäten und Streitigkeiten zwischen ihnen – trotz der Machtkämpfe, der Einmischungen von Studiobossen und der gescheiten Urteilssprüche der Kritiker –, die gesamte blühende Filmindustrie ist in Wirklichkeit von A bis Z eine Illusion, wie es angeblich doch der Film ist, eine vorab fabrizierte Realität, wohingegen in Wirklichkeit die Filme selbst die Macht ausüben, alles vorherbestimmen und sich selbst erschaffen, wie es eine Spezies mit ihrer DNA tut. Die menschlichen Ausführungsorgane, die das dann umsetzen, leisten nur Hilfestellung, wie Garteninsekten, die auf die Welt kommen, um Blumen zu bestäuben, oder wie diese Vögel, die auf dem Rücken afrikanischer Rhinos reiten und ihnen die Läuse wegpicken.

Es gibt heute mehr Filme denn je zuvor, das wenigstens müßt ihr zugeben, sie erleben eine Populationsexplosion, überall sind sie, im Kino, im Fernsehen, über Kabel, auf Video, auf CD, man kann ihnen nicht entrinnen, Kreaturen sind das, die Filme, unglaublich schlaue, komplexe Kreaturen, die uns davon überzeugen, daß sie unsere Kultur repräsentieren, als individuelle Gebilde, die jedoch zugleich

Genres zugehören, gerade so, wie wir Individuen sind, aber innerhalb ethnischer Gruppierungen. Ihr haltet mich für einen Spinner, aber es ist möglich – ich meine, ihr solltet einmal in Erwägung ziehen, daß Filme womöglich eine bösartige Form von Leben darstellen, die vor rund hundert Jahren auf die Erde gelangte und die es schrittweise geschafft hat, die Herrschaft nicht nur über unsere Gefühle, sondern auch über unser Denken, unseren Verstand zu erobern. Sie nähren sich von uns, nachdem sie uns zunächst gezwungen haben, sie zu erfinden und mit der materiellen Basis für ihre Existenz zu versehen, die aus Zelluloid oder in jüngerer Zeit aus Magnetband besteht. Vielleicht würde euch klarer, was ich da sage, wenn ihr euch vorstellt, daß sie das gleiche Verlangen haben, uns in sich hineinzusaugen wie ein Bandwurm in unseren Eingeweiden – wie ein globaler Bandwurm, der in den Eingeweiden der Erde lebt und Städte, Landschaften, Meere und Gebirge aufbraucht.

Aber ich erwarte gar nicht eure Zustimmung, ich weiß schon, was ihr denkt, und das wird sich selbst dann nicht ändern, wenn ich euch diese pseudowissenschaftlichen Horrorfilme vor Augen halte, in denen eine Person, ein Wissenschaftler etwa, für die Menschheit irgendeine große Bedrohung erkennt, von deren Vorhandensein er die Welt nicht überzeugen kann, bis es schon fast zu spät ist – ein riesiges Ungeziefer oder eine Pest oder eine feindliche Spezies aus dem Weltraum: Was ich da beschreibe, ist ein apokalyptischer King-Kongismus ... Aber obwohl ihr diese Konvention kennt und sie in allen möglichen Versionen immer wieder gesehen habt, werdet ihr mir nicht die Wahrnehmung des Wissenschaftlers zugestehen – das furchtbare Wissen, über das nur der einsame Held verfügt und vielleicht noch seine loyale Freundin, die ihrerseits die Tochter eines überragenden Wissenschaftlers ist, der im Verlauf des Films sterben wird – *weil ihr denkt, ich hätte zu viele Filme gesehen!*

Aber zum Beweis führe ich mein eigenes Leben an, das irgendwie die Aufmerksamkeit der Filmkreaturen erregt hat wie sie anscheinend eure Aufmerksamkeit, und nun seht ihr mich hier mit euch an diesem Drehort sitzen, und schon denkt ihr, ich wäre bloß ein Darsteller, der seinen Text abliest, denn das ist die Rolle, die ihr spielen sollt, aber ob ich nun Darsteller bin oder nicht, ich kann bezeugen, daß ich fühle, wie mir meine Dreidimensionalität verlorengeht, meine moralische Substanz, meine Komplexität, daß ich flach werde, mich in eine Schimäre verwandle, und das ist ein entsetzliches Gefühl, zumal man dabei den Verdacht hegt, daß noch die intimsten leidenschaftlichen Empfindungen nur Worte auf Papier sind, geschrieben, damit man sie als Darsteller wiedergibt.

Und ich weiß nicht einmal mehr sicher, ob ich dies zum ersten oder zweiten oder zum hundertsten Mal sage. Wißt ihr's? Bin ich die echte Gestalt oder das Filmabbild? Und ihr? Ich weiß es einfach nicht mehr. Und selbst wenn ich mit diesem Monolog zu Ende bin und der Regisseur ›Schnitt‹ ruft, weiß ich es noch immer nicht, denn auch er könnte ja nur ein Abbild, eine Schimäre, eine Folge von heruntergeladenen Einsen und Nullen sein.«

Schnitt! ruft eine Stimme aus dem Dunkeln. Und er hört Bravorufe und versprengten Applaus von Zuschauern, vielleicht vom Tonband, vielleicht auch nicht.

– Das Midrash Jazz Quartet spielt die Standards

GOOD NIGHT SWEETHEART
Good night sweetheart,
Till we meet tomorrow,
(applause)

Good night sweetheart,
Sleep will banish sorrow,
Tears and parting may make us forlorn
But with the dawn, a new day is born.
So I'll say ...
Good night sweetheart
Tho I'm not beside you
Good night sweetheart
still my love will guide you
Dreams enfold you, in each one I'll hold you
Good night sweetheart, good night.

GUTE NACHT, LIEBLING
Gute Nacht, Liebling,
bis zum Wiedersehen morgen,
(Applaus)
Gute Nacht, Liebling,
der Schlaf vertreibt die Sorgen,
Abschied und Tränen höhlen uns aus,
Doch mit dem Morgengrauen wird ein neuer Tag geboren,
Drum sag ich ...
Gute Nacht, Liebling,
Auch wenn ich nicht an deiner Seite bin.
Gute Nacht, Liebling,
Steht meine Liebe dir doch bei,
Träume halten dich warm,
in jedem halt ich dich im Arm,
Gute Nacht, Liebling, gute Nacht.

Gute Nacht, du Süße, gute Nacht, du Kleine,
Was du mir auch an Lügen auftischst, du schläfst sicher nicht alleine,
Drum eine gute Nacht auch dem, der bei dir liegt,

Mög er dir nicht den Traum von mir austreiben.
Ich nehme an, wir sehen uns in der Frühe
Und geben uns mit unseren Lügen Mühe.
Ich sag dir nicht, was ich mit dir gemacht hab in meinen betrunkenen Träumen,
Wenn du mir nicht mit deiner wollüstigen Stimme strahlend und überglücklich sagst, was du hast bleiben lassen.
Drum gute Nacht, Miss,
Gute Nacht und süßen Schmerz,
Mein Herzschlag du, gute Nacht.
(Applaus)

He, du bist mir die Richtige, weißt du, ich hab ja
manches schon erlebt, aber das ist mal was Neues, es
nächtens aufzuschieben bis zum hellen Morgen,
dann aber mit lauter Wortspielen dafür zu sorgen,
und nicht im violetten Schummerlicht, sondern im
Küchenkachelweiß bei Toast und OJ Simpson ... du bist
gewitzt, Süße, und ich liebe deine Spielchen.
Ich umarm dich gern mit nassem Haar und im klaffenden
Bademantel, mit Wasserperlen auf den frischgeduschten Brüsten, ich liebe es, daß du verlangst,
wir sollten sauber und ausgeschlafen sein, wenn wir uns lieben, und selbstverständlich nüchtern,
und daß es nur hier im Haus geschehen soll.
Tja, dann gut Nacht, du liebe, schöne Komödiantin.
Im Morgengrauen weck ich dich aus deinen Träumen,
dann tauschen wir uns sauber und liebevoll ein bißchen aus,
bevor wir uns in den Tag einklinken und in die Pflicht,
ein bißchen Geld zu verdienen, jeder, wie er kann,
damit wir die Monatsrate für die Wohnung hier zusammenkriegen,

für einen frischen Anstrich und das Zimmer für ein Baby –
O Baby,
weißt du, noch so einen kleinen Schatz wie dich
muß ich einfach haben
zum Gutenachtsagen,
du nicht, Schatz?
Gut Nacht!

(Gelächter, Applaus)

Ich knie hier vor Gott, der mein Liebstes ist,
Doch der sagt gute Nacht,
Mein Liebstes geht,
Und ich soll schlafen.
Auf öden Weiden setzt er mich aus,
Verlorenheit ist ein zu schwaches Wort für
die panische Trauer,
Die aus mir quillt, die Augen mir versengt,
Ich bin verstört, Gott, bin ich betrübt.
Muß ich das immer bleiben?
Statt Sonne Regen, fern statt nah, tief statt hoch,
Nacht statt Tag.
Nichts ist richtig, nichts ist recht.
Wer ist denn dieser säuselnde Gott, was hat er vor?
Er weiß, daß Schlaf kein Leid vertreibt,
und schickt ihn doch unentwegt vorbei,
auf daß im dösenden Hirn
Bilder für den Schmerz erblühen.
Und was, wenn der Morgen dämmert
und nie hat etwas sich geändert, beim neuen Tageslicht
besehen?
– Leitet deine Liebe mich, wärmen mich deine Träume?
Nachdem du fort bist, Gott, mich verlassen hast,
Und mir als Stütze nur deine leeren Versprechen bleiben?

(ratloses Schweigen)

Sie ist fort. Es ist aus.
Du hast niemand mehr im Haus.
Wenn auch Träume dich betrügen,
Und der Schlaf dir Trost gewährt,
Im Morgengrauen findst du
Leere neben dir.
Sie ist fort, es ist aus,
Du bist ganz allein.
Nur das Leid bleibt dir, denn
Sie ist fort. Es ist nun aus.
(Murren)

- Gute Nacht und süßen Schmerz, mein Herzschlag, gute Nacht.
- Gute Nacht, liebe, schöne Komödiantin.
- Leitet deine Liebe mich, wärmen mich deine Träume?
- Sie ist fort. Es ist aus. Du bist ganz allein.

Good night sweetheart,
Till we meet tomorrow,
Good night sweetheart,
Sleep will banish sorrow ...

Gute Nacht, Liebling,
bis zum Wiedersehen morgen,
Gute Nacht, Liebling,
der Schlaf vertreibt die Sorgen ...
(Das Publikum geht)

– Pem trägt nun einen Pferdeschwanz. Freitagabends gehe ich mit ihm in die Eighty-ninth Street, wo Sarah Blumenthal nun tatsächlich die Gottesdienste der Synagoge für evolutionären Judaismus abhält. Gewöhnlich finden sich dazu nicht mehr als zehn, zwölf Leute ein, kaum halb so viele wie zu der Zeit, als noch Joshua Gruen der amtierende Rabbiner war.

Die Studien und Diskussionen der Gemeindemitglieder führen zur Umgestaltung des Sabbat-Gottesdienstes auf die grundlegenden, unbestritten wesentlichen Elemente hin, und diese umfassen zur Zeit die Shema, die Verkündung des Einsseins Gottes, das Prinzip des abstrakten Monotheismus ... ein Kaddisch oder rituelles Gebet für die Toten, da dieses Trauernden Trost spendet, ihre Erinnerungen erneuert und ihre Dankbarkeit stärkt ... eine Würdigung des Sabbatgedankens, die sowohl darin besteht, daß die Gottesdienste zu diesem Zeitpunkt stattfinden, wie auch darin, daß er Gelegenheit zum Nachdenken in Freiheit bietet ... und schließlich ein eingehendes Thorastudium, aus welchem schlüssig abgeleitet werden soll, wie sich die Umgestaltung des Gottesdienstes vollenden ließe, und das letztlich die theoretische Grundlage für den weiterzuentwickelnden Glauben bereitstellen wird.

Pem liebt diese Abende, und ich bin überrascht, wie faszinierend ich sie finde. Zu den Gemeindemitgliedern gehören ein Professor für Vergleichende Religionswissenschaft von der Columbia Universität, ein Richter am Obersten Gerichtshof, eine junge Schauspielschülerin vom Actors Studio, ein Ehepaar, beide Mediziner, ein Barnard-Student und, was mich am meisten rührt, ein älterer weißhaariger Mann, dessen Sohn ihn die Stufen zum Eingang hinaufträgt und ihn am Ende des Abends wieder abholt.

Aufgrund des Studiums, das Pem absolviert hat, begegnet er vielem, das ihm aus seiner Zeit als Theologiestudent vertraut ist. Ich bin da in einer anderen Lage, denn manche Dinge höre ich zum ersten Mal. Schritt für Schritt ist aus den ersten fünf Büchern der Bibel, der Thora, im Verlauf der

Analyse in der Gruppe eine Sammlung von Texten geworden, die verschiedenen historischen Quellen entstammen, J, E, P und D. Eines Abends referierte ein Harvard-Doktorand über die Arbeiten seines bedeutenden Lehrers J. L. Kugel, der sich detailliert der Unterscheidung zwischen den ursprünglichen Texten und den auslegenden Kommentaren gewidmet hat, welche in den dreihundert Jahren vor und in den ersten hundert Jahren unserer Zeitrechnung entstanden, also den Jahren, die jene Bibel hervorgebracht haben, welche wir heute in der irrigen Annahme lesen, wir hätten die ursprüngliche Heilige Schrift vor uns. Die frühsten biblischen Texte wurden als enigmatisch empfunden – wie konnte es auch anders sein, da sie ohne Vokale, also ohne Punktierung, niedergeschrieben waren. Und da man annahm, sie seien göttlichen Ursprungs und somit von übernatürlicher Vollkommenheit, fühlten sich die Gelehrten, die Priester und Weisen des Altertums aufgerufen, die Widersprüche, die nicht gottgemäßen Empfindungen, anstößige Passagen und nicht eben edle Taten edler Gestalten in den Geschichten sowie alles, was für Gerechte sonst noch nicht duldbar war, zu erläutern … indem sie diese Stellen als metaphorisch, symbolisch oder allegorisch auslegten; oder indem sie Vokalisierungspunkte einfügten und damit den Sinn veränderten; oder indem sie aus opportunistischen Motiven syntaktische Hervorhebungen erzeugten; oder indem sie sonstwie all das umerfanden, was ihrer Meinung nach der Verbesserung bedurfte, wenn es theologisch wahrhaft korrekt sein sollte. Zu meinem Vergnügen entdeckte ich an jenem Abend, in welch ehrwürdiger Tradition die Hermeneutik steht. Ansonsten fasziniert mich als Schriftsteller nur die Macht dieses Mischmaschs aus Chroniken, Versen, Liedern, Beziehungen, Weltgesetzen, Sünden und Jüngsten Tagen … diese mit Schere und Klebstoff hergestellte Montage, die in ihrer Urform so bündig, so ungereimt, so wider die praktische Vernunft ist und gegenüber den gewöhnlichen Erzählerwartungen auf derart kryptische Art gleichgültig, daß sie einem göttlichen Autor zugeschrieben werden mußte.

Du meine Güte. Was habe ich nur all die Jahre über falsch gemacht?

Aber der Religionsvergleicher von der Columbia Universität bringt dazu folgende Nummer: Die Exegeten, sagt er, wußten, was sie taten, wenn sie nicht versuchten, die Ungereimtheiten auszumerzen und ein bißchen Ordnung zu schaffen. Die Priester und Editoren ließen das Zeug der früheren Fabulierer drin. Man kommt Gott niemals nahe, man hofft nur, eine verfeinerte Wahrnehmung zu erlangen. Gerade die Widersprüche, die Geschichten, die Seite an Seite mit ihren Neufassungen überlebt haben, künden von eben dem Konflikt, der in den Erzählungen geschildert wird – die ehrfurchtgebietende Ganzheit und schöpferische Totalität des Unbenennbaren zu begreifen und zu akzeptieren.

Nach diesen Sitzungen essen Pem und ich zumeist im Amarillo, einem Restaurant am Broadway. Gelegentlich kommt Sarah B. mit. Dabei ist das nicht eine Frage von rabbinischer Schicklichkeit (ob etwas koscher ist oder nicht, zählt zu den unwesentlichen Dingen) – sie läßt Angelina ebenso ungern mit den Kindern allein, wie sie ihre Kinder ohne Angelina allein ließe. Es ist, als fragte sich diese liebe Person, nachdem sie ihren Mann verloren hat: Was verliere ich demnächst noch?

Wenn Sarah aber bereit ist, sich uns anzuschließen, komme ich mir wie ein Anstandswauwau vor. Warum sonst wohl fühle ich mich so, wenn nicht aus dem Grund, daß sich eine nahe Beziehung zwischen den beiden anbahnt? Im Kerzenschein sehen sie einander über ihre Rotweingläser hinweg mit einer Aufmerksamkeit an, die ihnen nicht einmal bewußt ist. Und wenn ich etwas zu sagen habe, ist die strahlende Beachtung, die sie mir gleichzeitig zuwenden, eindeutig bemüht. Und doch würden sie mir nicht gestatten, sie allein zu lassen. Sie fürchten sich davor, alle beide, Pem, weil er sich nicht dazu herablassen will, sie zu bedrängen, und sie, weil ihr Mann Joshua ihr innerlich noch so gegenwärtig ist. Ihre Trauerzeit sollte den Vorschriften nach ein Jahr dauern, aber auch das ist für den evolutionären Judaismus etwas Unwesentliches, der Theorie entsprechend, daß alles, was dazu angetan ist, daß man sich an seine nahen Toten erinnert und ihr Andenken pflegt, ganz natürlich aus dem Herzen kommen muß. Derlei muß sich ohnehin mit psychologischer Unvermeidlichkeit ergeben, ist die Überlegung dahinter. Doch könnte Sarah sich insofern irren, als solch ein Brauch vielleicht eher wegen der Lebenden als der Toten existiert. Um etwas zu Ende zu bringen. Um danach weiterziehen zu können. Für Sarah ist es das zweite Jahr ihrer Witwenschaft.

Und doch beobachte ich eine Annäherung, wenn auch eine langsame. Und da sowohl Sarah wie Pem ein Leben führen, das der ernstgenommenen Ethik verpflichtet ist – abstrakter kann ich es nicht formulieren –, werden sie sich einander auf einer höheren Ebene als der persönlichen nähern müssen. Am letzten Freitag ging es im Gottesdienst-Studienkreis der EJ-Synagoge um Exodus 19–24, die Übergabe der Gesetzestafeln an Moses. An diesem Abend leitete Sarah die Diskussion mit großer Lebendigkeit; ihre Stimme war voller Kraft, über diese Schlüsselepisode nachzudenken, schien sie zu beflügeln, sie ging nicht wie sonst besorgt im Text voran, nicht mit ihrer gewohnten skeptisch-respektvollen Miene, sondern selbstbewußt, sogar erotisch selbstbewußt. Sie reckte den Kopf, fuhr sich mit gespreizten Fingern durch die Haare, und ein wundervolles Lächeln verwandelte ihr Gesicht, wie wenn Sonnenstrahlen durch die Wolken brechen; ihre Augen leuchteten; sie hat ein unendlich verwundbares Lächeln, das oft just in dem Moment so vieldeutig sein kann, bevor die Tränen zu strömen beginnen. Ich zitiere sie jetzt aus dem Gedächtnis: »Was ich hier wahrnehme, was sich mir hier aufdrängt, ist der Eindruck, daß die Verfasser wußten, wie ethisch unauslotbar das menschliche Leben ist. Seht ihr das auch? Sie entwarfen eine ethische Struktur für das menschliche Dasein. Wer hatte das denn je vor ihnen getan auf annähernd gleiche Weise? Diese Gebote haben geniale, schriftkundige Menschen ersonnen ... Folglich können wir argumentieren, daß Gott am Ende doch in der von Menschen geschriebenen Bibel gegenwärtig ist. Daß wir durch den Herrn, gesegnet sei sein Name, wie meine orthodoxen Kollegen sagen [sie lächelt] ... dazu getrieben werden, uns um historisches und theologisches Verständnis zu bemühen. Die biblischen Köpfe, welche die Zehn Gebote geschaffen haben, die ihrerseits der Zivilisation eine Struktur verliehen haben ... schufen die Möglichkeit zu einem ethisch geformten Leben, zu dem Bewußtsein, daß wir in Situationen mit moralischen Konsequenzen leben und daß uns diese, wenn nicht gleich, so doch eines Tages einem Einverständnis mit dem Schöpfer näherbringen müssen. Was für ein Geschenk, was für ein großartiges, tiefsinniges Geschenk ... und wie verehrungswürdig!«

Als wir, nur Pem und ich, anschließend zu Abend aßen, sagte ich, er und Sarah wirkten mittlerweile so, als gehörten sie zueinander. »Wirklich?« sagte er. »Wirklich? Sag mir doch, was du siehst, woran du das siehst!« Sein Gesicht wurde röter als sonst. Mit keiner anderen Bemerkung hätte ich ihn glücklicher machen können. Dann, nach einem weiteren Glas Wein oder auch zweien, setzte der Trübsinn ein. »Sie wird mich nie nehmen«, sagte er. »Die Jungen haben nichts für mich übrig.«

»Woran merkst du das?«

»Ich bringe ihnen Spiele mit, Spielsachen, ich spiele mit

ihnen, setze mich auf den Boden. Aber sie sehen in mir das, was ich bin – nicht ihr Vater.«

»Ich wußte gar nicht, daß die Dinge schon so weit gediehen sind.«

»Was heißt ›so weit‹? Sie mußte mit Angelina wegen irgendwas zur Einwanderungsbehörde. Also habe ich auf die Jungen aufgepaßt. Was heißt ›so weit‹? Bist du schon mal von Kindern geschnitten worden? Hast du dich schon mal wie ein Schwachkopf auf den Boden gehockt, während sie fernsahen, als wärst du gar nicht da? Und ich dachte, es gäbe keine Demütigung, die ich nicht schon mal erlebt habe. Ich dachte, wenn man vor drei Leuten eine Predigt gehalten hat, hätte man wohl den tiefsten Punkt erreicht.«

– Du hast danach gefragt, immer und immer wieder hast du mich in den Jahren, in denen du herangewachsen bist, danach gefragt, und ich wollte dir nie davon erzählen, erstens, weil du noch zu jung warst und weil ich immer wollte, daß du dein eigenes Leben führen kannst und nicht eines, das von Gespenstern heimgesucht wird, auch wenn das vielleicht der törichte Wunsch eines Vaters war ... und zweitens in den letzten Jahren aus einem völlig anderen Grund – weil ich das Tagebuch, Herrn Barbanels Archiv, zurückholen wollte. Ich wollte es finden und für mich sprechen lassen.

Aber das Leben überholt so manchen Plan. Und nun sage ich hier schließlich doch alles, was mir möglich ist ... Es kam eine Zeit, in der sich eigentlich nichts veränderte, und doch hatte sich unsere Stimmung unerklärlicherweise verdüstert, und die Vorahnung der totalen Katastrophe hing über unserem Ghetto. Wir waren ermattet, geschwächt in unserer Überzeugung, daß wir überleben würden. Unser Glaube – daß wir es überstehen, uns behaupten würden –

wirkte irgendwie weniger gefestigt. Die Deutschen mit ihrer kalten Niedertracht sorgten nun für noch mehr Anspannung, da sie im Begriff waren, ihren Krieg zu verlieren. Ich weiß, das klingt paradox. Aber die Ostfront brach zusammen, sie verschob sich in unsere Richtung, und die Deutschen konnten nicht mehr so einfach straflos morden. Sie hatten Arbeitskommandos zur Festung beordert. Was dort vorging, sollte geheim bleiben, aber wir erfuhren, daß die Gräber geöffnet und die menschlichen Überreste verbrannt wurden. Manchmal, bei Westwind, glaubte ich zu riechen, was geschah. Und natürlich wurden die zur Festung beorderten Arbeiter nie wieder gesehen.

Selbst die Freiheit, für die wir doch gelebt, weitergelebt hatten, erschien uns nun wie eine gefährliche Aussicht. Wenn die Toten bewiesen, daß Verbrecher am Werk gewesen waren, bewiesen dies denn die Lebenden nicht erst recht?

Dann erhielten wir eines Nachts heimlich Besuch von einer Abordnung jüdischer Partisanen. Die Zusammenkunft fand in einem Schuppen statt, in dem sonst Farbe, Sandbehälter, Schreinerwerkzeug und dergleichen aufbewahrt wurde. Er lag ganz nah am Ghettorand. Irgendwie hatte ich von der Zusammenkunft erfahren, und Barbanel hielt es für sicherer, wenn ich dabei war – der Ernst des Anlasses sollte mir den Mund versiegeln. Wartend saßen wir umher, und schließlich, nachdem ich mehrmals eingenickt war, kam in der Stille des frühen Morgens das Signal, leise Klopfzeichen, einmal, dann noch einmal. Ein Schreibpult wurde zur Seite gerückt, und aus einer Falltür darunter stiegen sie hervor, mitsamt der Kälte und Dunkelheit, aus der sie kamen. Sie waren zu dritt, zwei Männer und eine Frau. Es glich einer Geburt. Ein paar Wochen zuvor hatte ich mitangesehen, wie ein Baby geboren wurde, und so war es auch hier – erst der Kopf, dann die Schultern. Doch danach das Gewehr.

Sie wehrten jede Hilfe ab, als sie sich nacheinander auf

dem Boden in eine sitzende Stellung hievten, dann aufstanden und sich uns zuwandten. Ihre Gesichter und Hände waren schwarz vor Dreck. Sie trugen die gleichen Gewehre wie die Wachtposten auf der Brücke, und das fand ich aufregend, denn mir war klar, daß jedes Gewehr einem Deutschen abgenommen worden sein mußte. Zugleich machte es mir angst. Dies also waren die Leute, die bei niemandem Hilfe suchten, die zu niemandem beteten. Jede ihrer Gesten war verächtlich. Sie hatten kalte, ungeduldige Augen, sogar die Frau.

Sie waren Kinder, die Partisanen. Falls ich das in meinem Alter damals überhaupt wahrnahm, dann stellte ich eine Verbindung zwischen ihnen und mir möglicherweise deswegen her, weil die Frau ein so federleichtes, schmales Geschöpf war und ihre Augen über alles Leid hinaus waren. Als ihr Blick auf mich fiel, las ich in ihrem Gesicht das Mitgefühl einer älteren Schwester. Für einen Moment übte sie Verrat an ihrer verhärteten Miene und offenbarte damit vielleicht unbewußt Sorge um ein Kind, das sich an diesem Ort aufhielt, in der Obhut alter Männer. Denn schließlich ging es um eine Frage der Generationen, die beiden Männer neben ihr konnten nicht älter als zwanzig, einundzwanzig sein, in meinen Augen Erwachsene, Männer ihrer Größe und Kraft nach, mit dunklen Bärten, wenn auch solchen, wie sie dürre junge Männer haben, und mit dichtem schwarzem Haar – der eine, der Anführer, mit runden Brillengläsern, die ihm unpassenderweise das Aussehen eines Jeschiwa-Schülers verliehen, und der andere mit einem breiten, slawischen Gesicht und ausladenden Schultern, die Art Grobian, von dem ich mich einst in der Schule ferngehalten hätte.

Ohne daß ich wußte warum, waren sie nach meinem Eindruck von ihnen nicht so, wie ich es erwartet hatte, nicht wie meine Eltern, ein anderer Geist beflügelte sie, und als ich sie beobachtete und ihnen zuhörte, wurde mir etwas klar, was ich natürlich immer schon gewußt hatte – daß mein Vater und meine Mutter sich nie bei ihnen aufgehalten hatten.

Keiner kannte diese drei, bis auf Dr. König, der vor dem Krieg als Arzt im Distrikt überall hingekommen war. Möglicherweise war er bei der Geburt von wenigstens einem von ihnen zugegen gewesen, bei der des jungen Mannes namens Benno, der ihr Wortführer war. Die Kerzen spiegelten sich in seinen Brillengläsern, als er den Kopf abwandte und dem Doktor gestattete, ihn zur Begrüßung bei den Schultern zu packen. »Sieh einer an, so stark!« sagte Dr. König flüsternd, die erste und letzte freundliche Bemerkung, die in dieser Nacht fiel.

Die anderen beiden hatten an den Fenstern Stellung bezogen, wo sie durch die Sackvorhänge linsten, bevor sie sich dem Raum zuwandten. Derjenige, der Benno hieß, setzte sich auf einen Tisch. Sein Gewehr locker über den Knien, sprach er gedämpft in fließendem Jiddisch zu uns, eine Sprache, die für mich wie ein Bach klingt, der über Steine fließt. Die russische Armee stehe hundertfünfzig Kilometer entfernt. Wenn die Front sich nach Westen verschiebt, sagte Benno, wird euer Ghetto geschleift und ihr gleich mit, sagte er. Ihr werdet eure eigenen Gräber ausheben. Es ist nur eine Frage der Zeit.

Das mag so sein. Aber sie versuchen bereits, die Beweise für ihre Morde zu vernichten, sagte Dr. König. Sie befürchten, nach dem Krieg strafrechtlich belangt zu werden.

Ihr macht euch etwas vor. Wenn sie euch nicht hier abschlachten, dann verschleppen sie euch sonstwohin und tun es dort.

Die Partisanen boten an, Leute hinauszuschleusen – so viele, wie mitkommen wollten. Dreißig, vierzig könnten sie pro Nacht rausholen, sagte Benno. Drei Partisaneneinheiten, eine jüdische, zwei russische, hielten militärisch sichere Gebiete hinter den deutschen Linien besetzt. Seine Gruppe bestehe aus hundertfünfzig bewaffneten jüdischen Männern und Frauen und weiteren zweihundert Leuten, die sie in ihrer Obhut hätten.

Das dritte anwesende Ratsmitglied war Rabbiner Pomeranz, ein sehr dünner, schmächtiger Mann in mittleren Jahren, dessen Bart weiß geworden war. Einen alten, verdellten Homburg auf dem Kopf, saß er auf einem Stuhl an der Wand und hatte auf dem Schoß einen geschlossenen Siddur liegen, hielt aber einen Finger als Lesezeichen darin. Und er betete stumm, während er die anstehenden Fragen verfolgte, wiegte den Kopf, und seine Lippen bewegten sich, als er sich die Gebete rezitierte, die er auswendig konnte, aber sein Blick ruhte auf dem Partisanen, der das Wort führte.

Vielleicht sei den Partisanen nicht bekannt, sagte der Rabbiner, wie die Deutschen vorgingen – wen sie bei einem Fluchtversuch erwischten, der werde exekutiert.

Tja, Rabbi, sagte Benno, dann schauen Sie sich mal mich an, wir sind doch hier und reden mit Ihnen, oder? Können Sie sich vielleicht vorstellen, daß wir wissen, was wir tun?

Bennos Partisanen kampierten in den Wäldern. Um sich zu ernähren, requirierten sie bei den Bauern Geflügel und Ernteprodukte. Wenn es in einem Dorf eine deutsche Garnison gab, griffen sie die an, zerstörten sie und bezahlten dann aus den deutschen Schatullen die Händler für Zucker, Mehl und andere Waren, die sie dringend brauchten. Auf dem Land konnten sie sich frei bewegen, weil sie sich den Ruf erworben hatten, daß sie sich an Leuten, die sie den Deutschen meldeten, rächten – daß sie zurückkamen, die Leute liquidierten und ihre Häuser und Scheunen niederbrannten. Daher passierte das nun nicht mehr. Ihre Angriffskommandos führten Sabotageakte aus, sprengten Eisenbahngeleise in die Luft, kappten Telefonleitungen. Sie überfielen die Soldaten, die ausrückten, um den Schaden zu beheben.

Alles schön und gut, und Gott gebe, daß ihr eure Arbeit fortsetzen könnt, sagte der Rabbiner. Aber der Winter stehe bevor. Ob ältere Menschen ein solches Leben denn aushielten, die Strapazen, draußen zu lagern?

Wenn nicht, dann sterben sie wenigstens als Freie, sagte Benno.

Dr. König sagte, ihm mache Sorgen, was mit denen geschehen würde, die sich zum Bleiben entschlössen – sobald die Deutschen ihre Arbeitskräfte vermißten, würden sie auf ihre Art Vergeltung üben, Geiseln nehmen und sie hinrichten.

Benno entgegnete, das würden sie in jedem Falle tun, wenn die jüdischen Widerstandsgruppen in Richtung Stadt vorrückten und die hiesige Garnison das zu spüren bekäme.

Wir stehen da vor keiner leichten Entscheidung, erklärte König den Partisanen. Viele hier sind Stadtmenschen. Draußen bei euch wüßten sie nicht, was tun. Hier erhalten sie ihre paar Kalorien und bleiben einen weiteren Tag am Leben.

Ihr meint, wir bringen euch nur Scherereien, hab ich recht? sagte Benno. Ihr habt so lange als Sklaven gelebt, daß ihr nichts anderes mehr kennt.

Da sprang Barbanel, der noch kein Wort gesagt hatte, auf und packte den jungen Mann am Kragen. Das ist niederträchtig, sagte er. Zeigt gefälligst ein bißchen Respekt. Wir haben ebenso hart gekämpft wie ihr. Ihr habt ja keine Ahnung von uns.

Benno schüttelte Barbanels Hand ab und gab den anderen ein Zeichen. Ihre Botschaft hatten sie überbracht. Nun machten sie sich bereit zum Aufbruch.

Egal, wie ihr selbst denkt, sagte die junge Frau zu Barbanel, ihr habt die moralische Pflicht, den Menschen zu sagen, daß wir sie hinausschleusen wollen. Ihr könnt nicht für sie entscheiden. Nicht einmal für den Jungen hier. Wir haben jetzt Kinder unter uns, die mit Waffen umgehen können. Die Leute müssen für sich selbst entscheiden. Wenn ihr in dieser Frage aber eure Autorität mißbraucht, dann seid ihr genauso übel wie die Nazis.

Ach, meine Sarah, an diese Worte erinnere ich mich, als wären sie gestern gefallen. Die Partisanen klappten die Falltür auf. Der Untersetzte, der nichts gesagt hatte, und die Frau stiegen hinunter und verschwanden. Bevor Benno ihnen folgte, nahm er Dr. König beiseite und gab ihm vermutlich Anweisungen für die nächste Kontaktaufnahme. Und bevor er sich in die Luke der Falltür hinabließ, sprach er noch Rabbiner Pomeranz an: Da Ihre Gebete ja so wirksam sind und bereits so viel genützt haben, nehme ich mal an, Sie werden sich zum Bleiben entscheiden und Ihren Herrgott anflehen, er möge Ihr Volk retten.

Als er weg war und das Pult wieder an seinem Platz stand, erhob sich der Rabbiner und drückte sich vor dem Hinausgehen seinen verbeulten Homburg fest auf den Kopf. Nicht darum bete ich zum Herrn, gesegnet sei sein Name, sagte er zu niemand Bestimmtem. Ich bete, um Ihn zum Existieren zu bringen.

Natürlich beschloß der Rat, sobald er vollständig versammelt war, daß man keine andere Wahl habe, als die Menschen davon zu unterrichten, daß nun eine Möglichkeit bestehe, aus dem Ghetto zu fliehen. Diese Information konnte jedoch nur unter den schärfsten Sicherheitsmaßnahmen weitergegeben werden, nicht nur wegen der offenkundigen Gefahr, die von den Deutschen selbst ausging, sondern auch wegen der Spione, die von den Deutschen unter uns eingeschleust worden waren, vorgebliche Juden oder schlicht Verräter – auch manche Ghettopolizisten waren zu Verrätern geworden. Deshalb ging man sehr gewissenhaft vor, informierte eine Person nach der anderen, beginnend mit denjenigen, die den Ratsmitgliedern persönlich bekannt waren. Das war typisch. Bei etwas weniger Gewissenhaftigkeit hätten vielleicht mehr Menschen befreit werden können. Aber damit hatte ich, der Star-Botenjunge mit der Schildmütze, nun die neue Aufgabe, die ausgewählten Personen zu einer Zeit, in der sie verfügbar waren, zu finden und sie heimlich ins Ratsbüro zu bestellen. Und nach nicht allzu langer Zeit war die Untergrundbahn, wenn ich so sagen darf, in Funktion. Ganz mühelos hatten die Partisanen die Stadt infiltriert. Wie dieser Benno gesagt hatte: Sie wußten wirklich, was sie taten. Ihre Methoden waren überraschend effizient. Wie sie es machten, auf welchen Wegen die eigentliche Flucht vonstatten ging, weiß ich nicht genau. Vielleicht änderte es sich von Nacht zu Nacht. Ich glaube, nicht weniger als zweihundertfünfzig Menschen sind entkommen, bevor alles zu Ende war.

Der Rat hatte denjenigen den Vorrang gegeben, die körperlich am ehesten in der Verfassung waren, das schwierige Leben im Freien durchzustehen. Und wenn jemand fortging, wurde dessen Registrierungsnummer und Arbeitsausweis auf jemanden des gleichen Alters und Geschlechts überschrieben, der noch nicht eingetragen war. So würde es den Deutschen nicht auffallen, hoffte der Rat, daß unsere Zahl abnahm.

Eines Abends sprach Barbanel in unserem Schlafsaal mit uns versammelten Jungen. Weder ich noch sonst einer kann euch raten, was ihr tun sollt, sagte er. Hierbleiben oder fortgehen – wir wissen nicht, was besser oder schlechter ist. Entscheidet selbst, mehr kann ich euch nicht sagen. Die Umstände haben euch zu Erwachsenen gemacht, auch wenn ihr noch Kinder seid. Die Verantwortung für euer Leben tragt letztlich ihr.

Wie sich herausstellte, entschieden sich nur zwei von den sechs Jungen dafür, zu den Partisanen in die Wälder zu gehen. Sie dürften richtig getippt haben. Mir für meinen Teil wurde bewußt, daß ich auf all meinen geheimen Missionen in die Stadt kein einziges Mal auf die Idee gekommen war, nicht wieder ins Ghetto zurückzukehren. Dabei hätte ich wahrscheinlich untertauchen, vielleicht mit Hilfe jenes Priesters eine Familie finden können, die mich aufgenommen und mir das Schicksal eines jüdischen Kindes erspart hätte. Nie hatte ich mit diesem Gedanken gespielt. Zudem wurde mir klar, daß Dr. König selbst nicht fortgehen konnte – aus offensichtlichen Gründen. Das gleiche galt natürlich für Barbanel. Der Rat mußte bleiben und das Ghetto in Gang halten. Und da sie ans Fortgehen nicht einmal denken konnten, würde auch Greta Margolin bleiben. Sie würde Barbanel nicht verlassen, und die kleinen Kinder schon gar nicht. Die kleinsten konnte sie den rauhen Partisanen nicht anvertrauen. Und ich, so erpicht ich auch darauf war, schießen zu lernen, Deutsche umzubringen, so zu werden wie die heldenhaften Partisanen – ich würde nicht von dort fortgehen, wo ich um mich herum noch immer das liebe Wesen meiner toten Mutter spürte (das, soweit ich mich erinnerte, dem von Greta Margolin nicht unähnlich gewesen war) und wo ich manchmal flüchtig meinen toten Vater wahrzunehmen glaubte, der – zu diesem Schluß war ich gekommen – etwas von dem ungestümen, strotzenden Lebensmut von Josef Barbanel besessen hatte.

Und damit hatte ich mich entschieden. Und von Tag zu Tag schien der Lebensfaden nun dünner zu werden, denn die Deutschen, sichtlich voller Unruhe und Angst, wurden immer gefährlicher, je näher die Front rückte. Eines Nachts vernahm ich von meinem Feldbett aus Geräusche, die ich für fernes Donnern hielt. Ich schaute durchs Fenster und sah schwache, diffuse Lichterscheinungen, die den Sternenhimmel vorübergehend grau tönten. Am Morgen erklärte mir Barbanel, was ich gehört hätte, sei Artilleriefeuer gewesen, vielleicht nur noch siebzig, achtzig Kilometer entfernt.

Zu dieser Zeit wurden die Schichten der Arbeitskommandos ausgesetzt und die Menschen nicht mehr in langen Reihen über die Brücke in die Stadt geführt. Aus den Schornsteinen der Militärfabriken stieg kein Rauch mehr auf. Rings um das Ghetto wurden an der Demarkierungslinie Wachen postiert. Und die von den Partisanen ausgeheckten Fluchtmöglichkeiten bestanden nicht mehr.

Natürlich kam es unter diesen Umständen nicht in Frage, daß ich weiterhin meine Botengänge durch den alten Tunnel machte. Eines Nachmittags stand ich sogar mit Barbanel schon in dem Mühlengemäuer an der geöffneten Zisterne und wollte mich eben auf den Weg machen, als ich aus dem Inneren der Röhre von Ferne deutsche Stimmen hörte. »Nun, das war's also«, sagte Barbanel und deckte die Zisterne wieder ab.

Etwas Grauenvolles stand bevor, das wußten wir alle. Und bald kam der Tag. Ganz plötzlich rollten Lastwagen voller Soldaten über die Brücke. So schnell ich nur konnte, rannte ich los, um es dem Rat zu melden. Das war meine letzte Mission als Botenjunge. Und es kam auf mich nicht mehr an. Die Nachricht dröhnte bereits aus den Lautsprechern der Deutschen, in dieser entsetzlichen bürokratischen Sprache von ihnen. Man gab uns fünfzehn Minuten Zeit, um unsere Habseligkeiten zu packen. Soldaten liefen die Straßen entlang, drangen in die Häuser ein, prügelten auf Menschen ein, die sich nicht schnell genug bewegten. Gebäude wurden in Brand gesteckt. All das geschah auf Anweisung von Kommandant Schmitz. Ich nahm mit den Ohren mehr wahr, als ich sehen konnte. Menschen kreischten, schrien auf, Schüsse fielen. Wir wurden auf den Platz getrieben. Greta Margolin trug zwei Wickelkinder, deren Köpfchen unter Decken verborgen waren, in den Armen. Manche Leute klammerten sich an Dr. König und flehten ihn an, etwas zu tun. Der arme Mann hielt den Kopf hoch erhoben, sein Silberhaar sträubte sich im Wind, und er stand so hilflos da wie wir übrigen. Herrn Barbanel sah ich nirgendwo, und dann entdeckte ich ihn doch in der Menge: Er ging neben einem alten Mann und hatte den Arm um ihn gelegt.

Geschlossen wurden wir über die Brücke, durch die Stadt, zum Bahnhof getrieben. Von den Trottoirs aus beobachteten uns die litauischen Einwohner. Manche von ihnen lachten, einige höhnten. Andere gingen einfach ihren Geschäften nach, wie an einem ganz normalen Tag. Trotz all des Wirrwarrs und Gebrülls verlor ich meine Botenmütze mit der militärischen Litze weder auf der Straße, wo ich den Gewehrkolben der Soldaten auswich, noch im Bahnhof, als ich in den Güterwaggon kletterte. Erst als die Waggontüren zuschlugen, die Riegel krachend vorgeschoben wurden und wir im Dunkeln standen, merkte ich es. Es machte mich wütend, daß ich nicht die Arme heben und feststellen konnte, ob ich die Mütze noch auf hatte, dabei wußte ich schon, daß sie weg war. Ich hatte ein paar Leute, die ich kannte, in denselben Waggon steigen sehen, aber ich wußte nicht, wo Herr Barbanel war, ob er oder Greta Margolin oder Dr. König sich ebenfalls im Waggon befanden oder einer der anderen Jungen. Der Waggon ruckte an und setzte sich langsam in Bewegung. Menschen jammerten, riefen einander im Dunkeln – Wo bist du? –, wollten wissen, was eigentlich vorgehe, was dieses empörende Geschehen bedeute. Doch ich wußte, was es bedeutete. Ich war im Güterwaggon eines Zuges eingesperrt, in einem aus einer langen Kette von Güterwaggons, alle voll beladen mit stehenden, schwankenden, lebenden Toten. Und ich war nicht mehr der Star der Botenjungen.

– Pem taucht in der Park Avenue auf und trifft einen neuen Portier an. Junger Hispano, der sich würdevoll zum Haustelefon begibt …

Hier hab ich mal gewohnt. Zehn Zimmer in einer der oberen Etagen, in die aus irgendeinem Grund nie Sonne kam.

Hallo, Gnädigste.

Ich hab nicht viel Zeit, Pem. Was möchtest du?

Meine Klamotten.

Endlich.

Nicht alles, nur meinen Blazer, ein paar Hemden und Krawatten. Einen Bordkoffer.

Ich hätte gern alle deine Sachen hier aus der Wohnung.

Ach, wegen des Monsieurs, mit dem du dein Glück schmiedest? Dann trifft er also demnächst ein?

Das geht dich nichts an.

Ganz aufrichtig, Trish, der *homme* hat großes Glück.

Und natürlich möchtest du Geld haben.

Wenn's denn von Herzen kommt, mein Kind.

Sie nimmt sich einen von diesen langen, damenhaften Stengeln aus dem Zigarettenkasten auf der Kredenz. Stimmt, ein paar Pfund hat Trish schon zugelegt. Ein bißchen kräftig um die Hüften jetzt, aber immer noch elegant. Legt eine Hand an den Ellbogen des Arms mit der Zigarettenhand. Eine blaßblaue Rauchsträhne steigt vor Vlamincks Blumen auf.

Mein Vater sagt, du hast seinen Brief nicht beantwortet.

Während ich nach hinten zu den Schlafzimmern gehe: Tue ich noch, Trish. Bestimmt.

Es muß wohl eine wirklich intime Beziehung gewesen sein, wenn ich mich so gar nicht mehr daran erinnern kann.

– Was meinen wir, wenn wir sagen … *selbst wenn alle denkbaren wissenschaftlichen Fragen beantwortet sind, dann sind unsere Lebensprobleme noch gar nicht berührt*? Daß wir selbst dann, wenn Herr Einstein persönlich all seine Experimente erfolgreich beenden sollte, wenn seine gesamte brillante Physik zu einem triumphalen Ende geführt würde und es ihm nicht bestimmt sein sollte, als der Moses der Wissenschaften zu sterben, bevor er das Gelobte Land erreicht … daß wir selbst dann noch genau dort stünden, wo wir begonnen haben?

Was also, bitte, ist unser Problem? Nicht die Natur des Universums somit, sondern … was? Das sich selbst betrachtende Bewußtsein? Das Ich, das behauptet, daß die Welt alles ist, was besteht, sich selbst jedoch von dieser Behauptung ausgeschlossen sieht? Das Ich oder Selbst, das theoretisch alles über die Welt ermitteln kann, nur nicht, wer oder was es selbst ist – als das Subjekt seines eigenen Denkens? Wo kann man es finden? Wo ist es lokalisiert? Zu seinen Gunsten läßt sich nicht mehr sagen, als daß es lediglich eine Annahme des Sprachvermögens darstellt, eine syntaktische Selbstgefälligkeit. Die grammatische Erfassung der Sachlage bezeichnet das Ich als die Welt. Wenn es aufhört, Behauptungen zu konstruieren, wenn es die tatsächlichen Verhältnisse auf der Welt nicht länger mittels Sprache erfaßt, auf welchem Wege läßt sich dann erkennen, ob es existiert? Und dennoch existiert zugleich keine Welt unabhängig von der Wahrnehmung des Ich, oder? In uns allen, den so überaus zahlreichen Ichs, die wir bloße Phantomannahmen der Sprache sind, mehr nicht, ist gleichwohl der gesamte Erfahrungsschatz der Welt enthalten. Ich suche nach einem passenden Bild: die Spiegel eines gigantischen Spiegelkabinetts ohne Ausgang? Laute, deren Echos sich in einer bodenlosen Zisterne unaufhörlich überlagern? Doch das sind unzulängliche, weil räumliche Bilder. Das Bewußtsein steht nicht im Raum, es existiert nicht im Raum, und wenn es über sich selbst nachdenkt, ist auch seine Tiefe nicht mit einer Zahl zu messen, von der es eine Vorstellung haben könnte. Und dennoch existiert alles, was existiert, durch uns und in den Formeln, die unsere die Welt enthaltenden Ichs dafür finden.

Dies also ist das Problem, das solipsistische Bewußtsein, ohne welches es keine Welt gibt, und das doch bis zum Rand mit Welt angefüllt und daher unfähig ist, aus der Welt herauszutreten, um sich in ihr zu betrachten. Mit diesem Paradox behaupte ich eine Verschmelzung der realen Welt, die unabhängig von meiner Wahrnehmung von ihr existiert, mit der Welt, die nur existieren kann, wenn mein Verstand sie wahrnimmt. Und da ich Ihnen zudem die Herrschaft über dieses solipsistische Reich all dessen, was der Fall ist, zugestehe, haben wir es dann mit dem dreidimensionalen Paradox dessen zu tun, was man als demokratischen Solipsismus bezeichnen könnte – wonach jeder von uns der totale Alleinherrscher über die Welt ist, deren Existenz von unserem Geist abhängig ist ... und jeder von uns nur mittels des Bewußtseins anderer wahrnehmbar existieren kann.

Zugegeben, eine seltsame und scheinbar in sich widersprüchliche Idee jenes Wittgenstein, der die Philosophie doch von all ihrem bedeutungslosen metaphysischen Unsinn befreien wollte.

Aber ich weiß, daß die Amerikaner besessen sind von Gott. Und mit meinem Sprachspiel versuche ich Ihnen etwas sehr Einfaches mitzuteilen: Vielleicht die poetischste Beschreibung unseres gepeinigten menschlichen Bewußtseins, das ein Bewußtsein von der Welt ist und doch nicht in ihr existiert, ist der Begriff Erbsünde.

Wie ich in meinem *Tractatus Logico-Philosophicus* zu der Idee von der Unsterblichkeit der menschlichen Seele geschrieben habe ...

6.4312 *Wird denn dadurch ein Rätsel gelöst, daß ich ewig fortlebe? Ist denn dieses ewige Leben dann nicht ebenso rätselhaft wie das gegenwärtige? Die Lösung des Rätsels des Lebens in Raum und Zeit liegt* außerhalb *von Raum und Zeit ...*

6.44 *Nicht* wie *die Welt ist, ist das Mystische, sondern* daß *sie ist.*

6.52 *Wir fühlen, daß selbst, wenn alle* möglichen *wissenschaftlichen Fragen beantwortet sind, unsere Lebensprobleme noch gar nicht berührt sind. Freilich bleibt dann eben keine Frage mehr; und eben dies ist die Antwort.*

Übrigens bitte ich Sie, nicht zu vergessen, daß dies das Werk eines sehr jungen Mannes war, größtenteils während des Ersten Weltkriegs an der Front geschrieben, wo ich mich als Soldat der österreichischen Armee zum Kampfeinsatz gemeldet hatte, in der Hoffnung zu sterben. Die Blätter, auf die ich schrieb, waren von Lehm verschmiert, und der Stift zitterte mir in der Faust. Der Lichtschein von Leuchtpatronen und Granatfeuer erlaubte mir zu sehen, was ich da schrieb. Unter Beschuß hatte ich animalische Angst, doch während ich noch zitterte, definierte (und faßte) ich Mut als die (und in der) Überzeugung, daß des Menschen wahre, welterschaffende, von der Welt erschaffene Seele ... von den Umständen letztlich nicht zu verwunden ist.

– Des Autors Lebenslauf

Zur Welt kommt Everett, ein sehr kleiner Junge,
In dem Entbindungsheim, nicht größer als ein Stadthaus,
Ecke Mt. Eden Avenue und Morris Avenue
im Borough Bronx der Stadt New York
im Jahre 19**.

Ich war eine Steißgeburt, die erste von vielen
Schwierigkeiten,
die ich meiner Mutter Ruth bereitete, einer resoluten Frau
und begabten Pianistin,
die sich in viel jüngeren Jahren in einen Träumer verliebt
hatte,
Ihre Urerfahrung mit dem schwierigen Stamm der Männer,
ein hitziger angehender Leutnant zur See von der Webb
Naval Academy am Harlem River,
mein Vater Ben, der im Ersten Weltkrieg immer über
den Zaun sprang
und in die Armee-Kantine, wo meine Mutter den
Infanteristen Kaffee und Doughnuts servierte, eindrang,
um dafür zu sorgen, daß sich ja keiner an sie heranmachte.
Das war schon Liebe, wenn auch von der aufgeregten Sorte,
und nach einem Muster, das sich früher herausgebildet
hatte,
als sie noch zusammen auf die High School gingen.
Er sah sie abends etwa mit einem Jungen
zum Eisessen ausgehen, wenn der Himmel über den
verdüsterten Bäumen im Crotona Park noch bläulich
leuchtete,
und er, der sie nicht aufgefordert hatte, mit ihm
auszugehen,
trat auf die beiden zu und drohte dem Jungen,
streitsüchtig, Kinn an Kinn,
falls der meine Mutter Ruth nicht mit Respekt behandeln
sollte,
verdarb damit das Rendezvous, warf einen Schatten über
ihren Abend
mit seinem unverschämten Besitzergehabe.
Dort in der Bronx im ersten Drittel des Jahrhunderts,
wo die Straßen breit und neu waren und die Bäume in den
Parks noch jung,

die granitverzierten Wohnhäuser aus rotem Klinker
mit ihren kleinen Innenhöfen
reinlich und eine Erlösung
für die Einwandererfamilien, denen es gelungen war,
den elenden Mietskasernen der
Lower East Side zu entkommen,
und eine so streitbare Werbung wie die meines Vaters Ben
deutete noch niemand behavioristisch als biologischen
Imperativ, zur Weitergabe seiner Gene.
Obwohl Ruth ihn natürlich heiratete, und er genau das tat,
An meinen Bruder Ronald, der 19** zur Welt kam,
Und an mich achteinhalb Jahre später
mitten in der Weltwirtschaftskrise, wo sich nur wenige
so viele Kinder leisten konnten,
am allerwenigsten Ben und Ruth,
und, wie ich heute glaube, an ein weiteres Kind
irgendwann dazwischen,
tot geboren Mitte bis Ende der zwanziger Jahre,
ein weiterer Bruder vielleicht
oder eine Schwester, die im Park auf mich aufgepaßt hätte,
mit der von meiner Mutter stammenden ernsten
Verantwortlichkeit,
und mich an den Trinkwasserhahn gehoben hätte, sobald
ich durstig gewesen wäre.
Das Mädchen, das Ruth, wie sie jahrelang sagte, noch,
als ich erwachsen war,
immer gewollt hatte, die Tochter gegen ihre Einsamkeit in
einem Haus voller Männer.
Ich erwähne so persönliche Dinge,
nur um meinen Ort und meine Zeit zu markieren, meine
geringe Autorität,
über dieses Jahrhundert zu sprechen,
Ein Beobachter aus dem Abseits,
Fern von allen großen Schrecken der Geschichte, obwohl

die Zeit dafür noch immer kommen kann, nicht wahr?
Doch jetzt gestehe ich, wie schwer's mir fällt, mir meinen
Vater als ungestümen Jungen vorzustellen, mutig,
dickköpfig,
Wo doch das Kindsein mir gehörte, oder meinem Bruder,
unser, nicht sein Eigentum war,
und ihn im Kontrast dazu als den seriösen, behäbigen
Mann im Sessel neben dem Radio in Erinnerung zu haben,
der die Nachrichten vom Zweiten Weltkrieg hörte
und gleichzeitig über den Krieg in der Abendzeitung las,
die er so weit ausgebreitet hielt wie ein Mannschaftszelt.
Mein Vater ist vierzig Jahre tot, da ich dies schreibe,
Und verzagt gestehe ich, daß er in meiner Erinnerung, je
länger er tot ist, immer mysteriöser wird.
Sobald die Persönlichkeit verblaßt – oder vielschichtiger
wird,
bleibt uns als gesichertes, doch unsichtbares Faktum
ein Geist, ohne fehlbaren Charakter, obwohl wir uns an
einen fehlbaren Mann entsinnen,
Der einiges richtig und einiges falsch machte,
nun aber als reine Seele existiert, die das Leben durchlitt
und schließlich davon erledigt wurde.
Obwohl ich meine Bilder von ihm hege und schätze
zur Abwehr dieser traurigen Wahrheit von der
charakterlosen Seele,
ein magerer Trost
für das Unvermögen des glanzerfüllten Lebens,
auf immer seine reiche Eigenart zu wahren.
Er spielte Tennis in weißen Kleidern, ich besitze eine
Fotografie,
aufgenommen mit einer der ausziehbaren Leicas von
damals,
deren schwarze Ziehharmonika sich an zwei Schienen
entlang ausdehnte.

Eine gekonnte Vorhand hoch aus dem Schwung heraus,
der Körper vorwärts gespannt,
weißes langärmliges Hemd, dunkles Haar, dunkler
    Schnurrbart,
Eine Gestalt jenseits des Netzes,
    den größten Teil des Bildes nimmt der Platz ein,
ein öffentlicher Platz mit brauner Erde, und gerade streift
    ein namenloser Rücken ganz nah den Rand der Linse,
für immer dem Ball nachjagend, für immer unbekannt,
Im Hintergrund die Mietshäuser der Bronx,
Alles in Sepia von circa 1925.
Sie, meine Mutter, spielte ebenfalls,
sie zogen aus und schlugen gegen die dreißiger Jahre an,
während ich hinter dem Drahtzaun stand
und quengelte, nun sei ich dran.
Sie liegt neben ihm begraben
auf dem Beth-El-Friedhof in New Jersey.
Doch da sie ihn um siebenunddreißig Jahre überlebt hat,
ist sie mir als Person innerlich noch gegenwärtig.
Während ihrer letzten Krankheit feierte sie ihren Geburtstag
auf der Intensivstation, nah am Sauerstoffgerät.
Glückwunsch, Mutter, sagte ich. Du bist heute
    fünfundneunzig geworden.
Eine Braue hob sich, das Auge ging auf, aus ihrem
schwindenden Leben rief sie ein winziges Lächeln zurück:
Vierundneunzig, sagte sie.
Es war unser letztes Gespräch.
Und nun, einige Jahre danach, empfinde ich ihren Tod
    als untypisches Schweigen,
    als Schweigen von jemandem, der uns sagen sollte,
    was sie von unserem Geschmack hält, davon, wie wir
    die Dinge regeln,
und dabei erklärt, sie gebe nie ungebeten
    eine Meinung ab.

Die letzte technische Neuerung, die sie nicht verstand
oder der sie nicht traute,
war der Anrufbeantworter: »Ruf Mutter an«, mehr
gestattete sie sich nicht zu sagen
auf meine aufgezeichnete Frage nach Name, Nummer,
Nachricht,
Klar, vernünftig, nicht zu einem Menschen gesprochen,
sondern zu einer Maschine, und in Maschinensprache.
Ruf Mutter an bekäme ich heute wohl zu hören,
hätten wir ein Telefon in ihrem Grab installiert.

1917 erhielt mein Vater nach Abschluß seiner
Marine-Ausbildung das Leutnantspatent
und fuhr bald darauf als Fernmeldeoffizier auf einem
Truppentransporter nach Europa.
Noch immer in der Uniform von der falschen Farbe,
inmitten der Gamaschen und Tornister tragenden
Infantristen auf allen Decks.
Doch dann wurde er rätselhafterweise, oder vielleicht
nicht
gar so rätselhafterweise, da sein Patent nun einmal nicht
von der Akademie in Annapolis stammte,
zum Dienst an Land beordert, in die Schützengräben
als Marinebeobachter für Fernmeldewesen im Bodenkrieg.
Freilich war die Kommunikation sein Spezialgebiet,
wie das aller Männer in meiner Familie,
zumindest seit mein Großvater 1887 nach Amerika kam
und sich dem Druckerhandwerk verschrieb.
Natürlich wußte mein Vater, daß Licht-und Semaphor-
Signale nur auf offenem Meer funktionierten,
doch Telegrafie und Telefonie, worauf die Armee sich
verließ,
waren in den Schützengräben genauso nutzlos,
wenn das Sperrfeuer vor jedem deutschen Angriff

mit ein paar Salven die so gewissenhaft verlegten
Kabel und Drähte zum Bataillonskommando wegfetzte.
Von den Telegrafenstangen
entlang der Nachschublinien und Eisenbahngeleise,
an Feldzeugdepots und Lazaretten vorbei,
vom Regiment zurück zur Division,
brauchte nur ein einziger Mast aus entrindeter und
geteerter Fichte
in die Luft zu gehen, wie hochgejagt
vom Fünfhundert-Kilo-Geschoß einer schweren Haubitze
und wie eine Lanze, die Achilles wirft,
Drahtschlangen wie einen Kometenschweif
nachziehend,
und ein General wußte so wenig über die wahre Lage
seiner Schlacht
wie irgendein jämmerlicher, einsamer Infantrist, der sich in
seiner Uniform duckt,
und das langgezogene, anhaltende Dröhnen fernen
Bombardements
liefert die im unentschlüsselbaren Kriegscode gehaltene
Antwort auf seine Fragen.
Mein aufmerksamer Vater begriff das auf einen Blick,
ein Einstein war dafür nicht nötig, sagte er lachend zu mir,
als die kommende Eigenschaft des menschlichen Intellekts
stellte sich der Krieg heraus,
wie Trägheit als Eigenschaft von Eichenmolekülen.
In Erfüllung der geheimen Hoffnungen, welche die Marine
in ihn setzte,
wechselte mein Vater die Farbe, legte die Khakijacke und
den Blechtopf des toten Fernmeldeleutnants an, der
sein Gastgeber gewesen war,
und während die Luft um ihn herum pfiff
und die Erde um ihn her aufspritzte und
in sich zusammenfiel wie die stürmischste See,

übernahm er den Befehl über die überlebenden Soldaten
der Fernmeldekompanie,
die von ihren riesigen Holzspulen noch immer neue
Kommunikationsleitungen ausrollten, während die alten in
Stücke gerissen wurden.
Oder von erhobener Hand die Brieftauben aufsteigen
ließen,
die magischerweise als trudelnde Klumpen blutiger Federn
zurückkehrten,
Und machte aus ihnen eine Kompanie von Botenläufern,
schickte je zwei Mann mit den Frontmeldungen zum
Stabsquartier los und ließ sie die Befehle an die Front
bringen,
weil Läufer das einzige waren, was funktionierte,
wenn auch die Nachrichten, die sie überbrachten,
den Kampfhandlungen eine Stunde oder
mehr nachhinken konnten.
Nun hatte der amerikanische General Pershing
seine frischen Truppen schon sehr lange unter seinem
Befehl intakt gehalten,
doch als die Lage für die Alliierten sich 1919
verschlechterte,
und deren Tote, Briten und Franzosen, inzwischen
mehr als vier Millionen Mann betrugen,
die meisten in Mannschaftsdienstgraden gefallen,
gehorsam, jung, sprachlos,
da wurden Teile der Zweiten Amerikanischen Armee, der
mein Vater als Marinebeobachter attachiert war,
unter französischem Kommando in den südlichen
Gebieten des breiten Schlachtfelds stationiert, das sich von
der belgischen Nordseeküste in einem großen Bogen der
Vernichtung bis nach Bernevesin an der Schweizer Grenze
erstreckte.
So stelle ich mir meinen Vater in einem Krieg vor,

der weder französisch oder deutsch noch amerikanisch
war, sondern begründet, um sinnlos gegen alle
Vernunft zu kämpfen.
Leuchtpatronen erhellten den Nachthimmel senfgelb,
Granaten explodierten zischend, grell wie Bodenblitze,
Und im beißenden weißen Nebel des folgenden sonnigen
Morgens,
an dem die deutsche Infanterie endlich, wie es hieß,
vorrücken würde,
gedeckt vom vorankriechenden Feuer aus Mörsern
und Feldgeschützen,
das für die jungen Männer in den Schützengräben
die näher kommenden Schritte des Todes waren,
sah sich mein Vater als der letzte überlebende Läufer
der Fernmeldekompanie, die zu beobachten er
gekommen war und die er voll Eifer zu der seinen
gemacht hatte.
Auf ihrem Querfeldeinlauf zurück zu den Schützengräben
hatte der Mann an seiner Seite sich mit
ausgebreiteten Armen zu einem letzten Gebet auf
die Knie fallen lassen.
Zwar habe ich keinen Beweis dafür, doch in den Jahren,
in denen ich für ihn der Sohn im Hause und sein
älterer Sohn Ronald in seinen eigenen Weltkrieg gezogen
war,
ging mein Vater sonntags gern mit uns zu den Football-
Spielen der New York Giants.
Sie spielten in dem alten Polo-Grounds-Stadion am
Coogan's Bluff.
Wir saßen in der Sonne, ich aß eine Tüte Erdnüsse, er
rauchte seine Zigarre.
Und er blieb kundig stumm inmitten der lauten
Fachsimpeleien der Männer um uns herum.
Ich liebte das grüne Grasfeld mit den weißen Streifen

und den Wumm-Ton beim Fallstoß, der noch einen
langen Augenblick, nachdem der Ball gestoßen worden
war, durchs Stadium hallte. Ich unterstützte
die Giants, immer, aber mein Vater mochte die Spiele
mit knappem Ausgang und Manöver, bei denen einer
seinen Gegner austrickste, egal von welcher Mannschaft.
Er mochte die Läufer im jeweiligen Spiel, zum Beispiel
in der Nachkriegszeit »Crazy Legs« Hirsch von den
L.A. Rams,
der mit seinen raschen Cuts, Spins und Finten die Menge
auf die Beine brachte,
der mit seinen Sprüngen über Stürmer mit seinem
atemberaubend
munteren Umgehen plötzlicher Hindernisse
Komiker-Intelligenz bewies und einen Run,
egal wie kurz, länger aussehen lassen konnte, als man
billigerweise erwarten durfte.
Und ich habe keinen Beweis dafür, aber ich glaube,
mein Vater erinnerte sich an seine eigenen
Läufe unter Beschuß als an ein unerklärliches
Überleben
und suchte seine furchtbaren Erinnerungen
mit der ästhetischen Abstraktion des Football-Spiels zu
beschwichtigen,
eines militärischen Sports mit Linien und Regeln und ohne
große oder bleibende Folgen.
Wie dem auch sei, er hatte den Rückzugsbefehl überbracht,
sah aber, daß der vorweggenommen worden war.
Die Formationen wichen zurück in die Richtung, aus der
er kam.
In den Schützengräben waren die Toten in kleinen Haufen
übereinandergesunken,
wie um einander zu trösten in ihrem Schmerz
über den Schaden, den sie erlitten hatten.

Oder sie standen mit aufgepflanztem Bajonett da,
strotzend vor Wachsamkeit, gelassen dem Angriff entgegensehend,
die inneren Organe geplatzt durch den
Vakuumstoß einer Granatenexplosion.
Er durchquerte das Zickzack der Schützengräben
auf der Suche nach jemandem, dem er Meldung erstatten konnte,
fand aber nur Ratten, die in Matsch und Scheiße, zwischen Zwiebackvorräten und abgerissenen Gliedmaßen
umhertollten und nach allen Seiten davonspritzten wie kleine Geschosse, wenn er sich näherte.
Er stolperte über einen jungen Soldaten, der mit der Mündung seines eigenes Gewehrs im Mund dalag, sein Kopf in einem Gemisch
aus Hirn und Erde ruhend.
Mein Vater hielt inne, kauerte sich nieder und fühlte sich zum ersten Mal, seit er in Frankreich angekommen war, jemandem nah genug, um ihn zu betrauern.
Dieser Junge hatte die Stunden und Stunden von Artilleriefeuer nicht ertragen können,
das mein Vater kaum gehört hatte, weil er
sich die dringlichsten Aufgaben der Schlacht auflud.
Nun aber ging ihm, als wär er der Erbe des Burschen da,
das fürchterliche Getöse auf, mechanisch und doch menschengleich im Ton,
ein donnernd-prahlerisches Sich-an-die-Brust-Klopfen
von kolossaler, speichelsprühend brutaler, primitiver, rachsüchtiger Wut,
was ihm wie das Urgespräch vorkam,
als über ihm ein Panzer erschien, die lehmverkrusteten Ketten in der Luft mahlend,
und mit mächtig knirschend-krachendem Gebrüll
den Graben überwand und Öl in das Dunkel über

meinem Vater rieseln ließ.
Nun weiß ich wohl, ihr Freunde, daß das
graue Vorgeschichte ist, so grau
wie unsere Grundschullehrer,
deren wir uns mit der gleichen Herablassung entsinnen.
Das weiß ich. Ich weiß, daß die Knochen des Ersten
Weltkriegs in die tektonischen Platten des Kontinents
gedrückt wurden, vom Gewicht der darüber begrabenen
Knochen.
Daß an Europas Strände zu Sand gemahlene Knochen
treiben.
Daß die Bauern dort beim Pflügen ihrer Felder Ketten
ineinander verhakter Wirbel ans Tageslicht bringen.
Daß Europas Flüsse des Nachts leuchten von den
aufgestiegenen freien Radikalen der Kalkablagerungen
und die Archäologen unter den Straßen der alten
europäischen Städte Schichten von Schädeln finden.
Aber hört noch einen Moment zu. Die gesamte Geschichte
hat es fertiggebracht, euch das Bier da einzuschenken,
sie hat der traurigen Dame in Jeans am Ende des Tresens
ihre Marlboros beschert,
dem Spiegel hinter den Flaschen dort seine Patina
verliehen
und uns, nicht zufällig, in dieses neonblaue Licht
illusorischer Freiheit getaucht.
Wie alt war mein Vater, vierundzwanzig, fünfundzwanzig?
Da steckte er, ein Seemann, der das Meer liebte,
im Schlamm der Erde,
ein junger Mann, der ein Land verteidigte, das nicht seines
war,
ein Läufer, der am Boden lag,
und alles, was er aus sich gemacht hatte, war irgendwie
ungültig geworden,
als er aus ganzem Herzen seine Jugend

hingegeben hatte,
und angesichts einer Armee von Hunnen, die über seinen
ausgestreckten Körper hinwegsetzten.
Nicht daß er politisch naiv gewesen wäre –
Von seinem Vater, meinem Großvater Isaac,
dem Drucker,
hatte er die süßen Werte der Zivilreligion gelernt, des
Sozialismus.
Er wußte, daß die jungen Deutschen, die ihn töten würden,
wenn er sich bewegte, ihm in dem, was
sie zu gewinnen oder zu verlieren hatten, näherstanden
als den Generälen und den königlichen
Familien, die über sie verfügten.
Er wußte, daß die Gesellschaft vertikal, nicht horizontal
geordnet war
und daß, bevor der Krieg allenthalben
in Europa aufgelodert war,
einen Moment lang nicht nur die Künstler und
Intellektuellen in den Cafés
von Paris, Wien und Berlin,
die ihre ästhetischen Manifeste auf Stoffservietten schrieben
und ihre brennenden Gauloises und Navy Cuts
zwischen Daumen und Zeigefinger hielten,
sondern die Leute, die für einen Hungerlohn
in den Fabriken und Kohlenzechen schufteten,
und die Lehrer, Verkäufer und Straßenbahnschaffner
erklärt hatten, sie seien nicht Franzosen,
Deutsche oder Italiener,
sondern Mitglieder der weltweiten Arbeiterklasse,
die grenzübergreifend sei
und weltweit unterjocht vom Kapitalismus,
seinen gekrönten Anhängseln und nationalistischen
Ideologien, die reiner Quatsch seien.
Ach, welch bitterer Frosteinbruch an jenem

achtundzwanzigsten Juni,
als ein Serbe, Princip, den habsburgischen
Erzherzog Franz Ferdinand auslöschte,
viel schlimmer aber noch die Sozialistische Partei
Österreichs, deren verratene Mitglieder
sich bald wie alle anderen zu den Waffen meldeten.
Die Gedanken meines Vaters aber, wage ich zu behaupten,
waren damals folgende:
seine Mutter, sein Vater, sein Schatz Ruth,
seine Schwester Sophie, seine Schwester Molly sowie,
um ihn nicht als weniger menschlich hinzustellen
als er war,
das französische Mädchen in dem Küstenort Villedieu,
das zum Wasserholen an den Brunnen auf dem Platz
gekommen war,
wo mein Vater mit seinen Kumpanen unter der Markise
des Café Terrasse de la Gare Weißwein trank
und Brot und Käse aß.
Doch was genau denkt man, wenn man an jemanden denkt?
Man denkt nicht in Fotos, nicht in Rückblenden, wie die
Filme behaupten
(was bleibt ihnen auch anders übrig?).
Man sieht vielleicht eine Geste, die schon verblaßt, bevor
sie noch recht da ist und
nur eine Ahnung davon hinterläßt, wie getreu sie war.
Wenn man eine Stimme hört, dann nur als kaum
wahrgenommenes Fragment,
als Klang eines sittlichen Wesens.
An jemanden zu denken heißt, eine nicht ganz
visualisierte, fast unhörbare Erscheinung wahrzunehmen,
im Bewußtsein – vielleicht nicht einmal im Bewußtsein –
der eigenen Neigungen,
einer Kategorie von Empfindungen, die sehr persönlich ist,
wie ein lautloser Gesang, den man sich vorsingt,

oder ein glühendes, doch unausgesprochenes Gebet
als Lob der unbenennbaren Eigenart eines Charakters.
An seine Mutter zu denken empfand Ben als Ausdruck
seiner unverdrängbaren Verehrung für sie,
seine kleine Mama, die er gern neckte und in der Küche
umherwirbelte,
bis alles, was er angestellt haben mochte,
in ihrem Gelächter unterging.
Sein stiller Papa, schlank und aufrecht, mit dem
vollen, weißen Haar und
den Wangenknochen der sibirischen Steppe,
stand für Bens eigene intellektuelle Bildung,
für die Vermutungen, die er nicht als solche erkannte,
die den Fragen zugrunde lagen, die sich ihm aufdrängten.
Sein Schatz Ruth stand für seine Sehnsucht nach Leben,
war die Gestalt, die sein einsamer Schmerz annahm.
Die amerikanische Schönheit,
die in seiner Vorstellung wie die Freiheitsstatue dastand,
beständig, loyal, geboren in Manhattan wie er selbst,
repräsentierte die Verheißung der neuen Welt und
ersetzte die historische Katastrophe Europa,
an der seine Einwandereltern verzweifelt waren
und in der er sich nun an den Rand
eines Schützengrabens drückte,
während eine Armee von Hunnen über seinen
ausgestreckten Körper hinwegsetzte.
Dies hätte der letzte Augenblick der Beziehungen meiner
Familie zu Europa sein können,
doch kaum war die Vorhut an ihm vorbei, wuselten
feindliche Reservetruppen die Gräben entlang,
auf der Suche nach lebenden Alliierten zum Töten,
nach Verwertbarem,
Essen, Stiefel, Munition,
und mein Vater, der sie im angrenzenden Teilstück des

Zickzackgrabens hörte,
bot seine letzten Erinnerungen an das Jiddisch der
alten Welt auf, das er in seiner Kindheit auf der
Stanton Street gehört hatte –
einen germanischen Dialekt, wie geschaffen dazu, diese
granatsplitter-hustende Sprache zu dämpfen, sanfter und
melodischer zu machen –,
und brüllte durch die um den Mund gewölbten Hände,
reprussifiziert, wie er hoffte, den näher rückenden Soldaten
den Befehl zu, sie sollten ihre
verfluchte Drückebergerei lassen und vorrücken,
sonst brächte er sie vors Kriegsgericht,
oder etwas in dieser Art.
Was sie zu seiner Verwunderung taten. Und dann drückte
er sich gegen die andere Grabenwand, als die Hunnen ein
paar Minuten später auf dem Rückzug darüber sprangen,
denn ein Gegenangriff hatte eingesetzt, und bis
Mitternacht würde alles wieder sein wie zuvor,
abgesehen natürlich von den Tausenden frischer
Leichen,
wie mein Vater sah, als er, aufgescheucht von den
Tommys und Franzmännern, aus dem Graben stieg und
mit aufgepflanztem Bajonett in die abfallübersäte
schweflige Hölle des
Niemandslandes rannte,
unter wahnsinnigem, tierischem Geschrei,
während sein Verstand ihm ruhig versicherte, daß die
wahre Seele durch Umstände nicht zu versehren ist.

– Vielleicht waren die ersten Lieder Wiegenlieder. Vielleicht waren Mütter die ersten Sängerinnen. Vielleicht lernten sie, ihren zappligen äffischen Nachwuchs zu beruhigen, indem

sie die Geräusche von bewegtem Wasser nachahmten – dieses Murmeln, Tosen, Platschen, Sickern, Strömen, Fluten, Spritzen, Überlaufen, Sprudeln, Schwappen und Schmatzen. Vielleicht wußten sie, daß ihre Babys aus dem Wasser kamen. Und der Rhythmus entsprach dem der sanft wogenden Wasserhängematte, die zwischen den Pfeilern des Bekkens aufgehängt war. Und die Melodie bestand aus den Geräuschen, die das Wasser machte, wenn das Baby seine Gliedmaßen bewegte.
Dafür spricht unser unendliches Entzücken über junge Geschöpfe ... und der vorsintflutliche Zorn, den sie mit ihrer blinden, kreischenden, scheißenden, pinkelnden Hilflosigkeit wecken. Daher haben die für sie gesungenen Lieder zwei Seiten: Sie lullen mit sanfter mütterlicher Stimme ein, sind aber in den Texten bösartig surrealistisch. Schlaf ein, mein Kind, im Mandelbaum, im Traum wiegt dich der Wind; doch bricht der Ast, stürzt alles ab, die Wiege und mein Kind ... Man stelle sich nur einmal vor, durch einen Baum zu fallen, mit unbeweglichen Beinen und fest an den Leib gewickelten Armen. Man stelle sich vor, daß man in die Welt hinabstürzt, mit dem kleinen Kopf gegen die Äste und Zweige titscht und Zweige einem auf die Ohren schlagen, als wäre man ein Xylophon. Man stelle sich nur vor, geboren zu werden. Wiegenlieder nötigen uns zum Einschlafen, und zugleich beschwören sie für uns die Schrekken des Erwachens herauf. So lernen wir im eigenen Interesse, daß allen Gefühlen ihr Gegenteil innewohnt. Und die Bibel bezeichnet dies als den Sündenfall.

– **Dinge, von denen Noah zwei haben müßte**: Mistkäfer. Unumgänglich. Mal sehen ... vierzig Tage und Nächte Regen, plus hundertfünfzig Tage Hochwasser ... insgesamt rund sechseindrittel Monate des Lebens an Bord mit Kamelen, Pferden, Löwen, Schakalen, Wildeseln, Ziegen, Schafen, Igeln, Wildschweinen, Meerkatzen, Luchsen, Wölfen, Warzenschweinen, Wüstenspringmäusen ... hmmm. So dumm bist du nicht, dieses Zeug über Bord schaufeln, sobald das Wasser zurückweicht, brauchst du Mutterboden. Trotzdem, viel Arbeit für nur zwei Mistkäfer, selbst über ein paar Generationen. Nimm mal besser vier mit.

– Und, oje, die Wüste! Die Sonne dermaßen heiß und dieser ganze modderige Nachflut-Sumpf, große Plazentascheiben von dampfendem Glibber, Morast, konkave Becken, die blubbern, während sie sich entleeren, Seen, schwammig geworden vor lauter erstickenden Geschöpfen, die sich flappend und flutschend auf den Fossiltod zubewegen, Schwärme toter Fische, die den Boden bedecken, Grund, der ausdörrt, klumpt, platzt, immer festeren Halt für Schritte bietet, und diese ganze Nachflut wird zu einer gnadenlosen Wüste gebacken, mit Felsbrocken überstreut, von Wadis durchzogen und voller bakterienartiger Kreaturen, die sich im gärenden Milieu verrottender Fischschuppen selbst erfinden: Das ist die Heimat, der geistige Ursprung von uns allen. Nicht auf den weißen Eisflächen der Arktis hat der religiöse Drang zu sich selbst gefunden, sondern hier, auf den Ebenen aus Quartz, zu Mikrokristallen pulverisiert, die sich unter der Sonne zu körnigen Windhosen und Sandstürmen zusammenrotteten, welche den Himmel verdunkelten, und alles zusammen erzwang eine Kultur nomadischer Hirten, Umhänge und den Kopf verhüllender Tücher. Vierzig Tage war Jesus in der Wüste – was hat es bloß mit der Zahl vierzig auf sich? –, auch Moses und Elias mußten ihre vierzig Tage dort draußen verbringen, und sie alle, mit Sack und Pack, die Habirus, wanderten vierzig Jahre lang umher, den heißen Saharasand im Mund, die Negev-Sonne, das rote

Gestein mit den zu Scheiben und Altarflächen, zu Zackenfirnen und Spitzkegeln verwitterten Sandsteinklippen, und die erbärmlichen kleinen Wasserstellen, die Oasen in der felsigen Einöde, zu denen ein jeglicher von Gottes Freunden zum Trinken und Dattelessen hinunterstieg … unsere geistige Heimat, jeder Stein ein Ofen zum Brotbacken, ein Gebiet, das einen größeren Teil der Erde als Europa bedeckt, ein geologischer Spiegel des dunklen, luftlosen Grundes des salzigen Meeres, mit seinen besonderen Arten anpassungsfähiger Wesen, natürlich … mit seinen Salzkrabben, deren Eier zwischen den Regenfällen im Lehm jahrelang überdauern konnten, mit seinen Sandmilben und Kriechtieren, seinen niedlichen Käfern und schmucken Wespen, seinen Skorpionen und Heuschrecken, perläugigen Schlangen und Leguanen und Krageneidechsen, seinen Wüstenratten, Sandbandfischen, Skinks, Maulwürfen und Großohrfüchsen. Und diese hirnlosen Anpaßler verstehen sich allesamt darauf, sich aus der Mittagssonne fernzuhalten, sich in den Sand einzugraben, an Kakteenwurzeln zu nisten und bis zum Abend zu warten, bevor sie auf Nahrungssuche gehen, ihre Beute fangen, mit ihren Kauapparaten zermalmen oder totstechen; oder bis zum frühen Morgen, damit ihnen der Tau von den gepanzerten Rücken in die rauhen Mäuler rollt; jede Menge von Gefährten für Christus in der Wüste, und obendrein ruft des Nachts vielleicht vom höchsten Sims der Gebirgshöhle die Eule, in den Klauen eine zitternde braune Lanzenmaus.

Eingezwängt stand ich an der versiegelten Tür, atmete die historischen Gerüche des Holzes von Heu, von Häuten ein und drückte die Lippen an eine dünne, gerahmte Schicht Luft von der normalen, gleichmütigen Erde draußen.

Die Luftschicht wurde vom Licht erwärmt, gekühlt von der Dunkelheit, und so konnte ich die Tage und die Nächte zählen. Das erste Licht des Morgengrauens bemerkte ich, weil meine Zunge sich anders anfühlte. Gelegentlich konnte ich auch etwas hören, zum Beispiel in der Dämmerung das Muhen einer Kuh, fern und undeutlich inmitten des Stöhnens und der Gebete der Leute um mich herum.

Da die Katastrophe nur uns betraf, wirkte sie sich nicht auf die traditionellen Praktiken der Eisenbahnbeförderung aus. Von Zeit zu Zeit wurde der Zug auf ein Nebengeleis rangiert und blieb dort Stunde um Stunde stehen, taub gegenüber all unserem Drängen und unseren Verzweiflungsschreien, oder er schlich voran, rollte dann aber wieder rückwärts und blieb in der teilnahmslosen nächtlichen Stille stehen, nur um plötzlich wieder quietschend und ruckelnd über die Weichen auf die Strecke zurückzukriechen, wo er dann dahinzockelte wie ein verbissenes, dumpfes Bauerntier Mitteleuropas.

Wir befanden uns in einem Güterwagen, in einem aus einer langen Kette von Güterwagen, alle beladen mit dicht an dicht stehenden und schwankenden, lebenden, sterbenden und erstarrten Toten. Jeder Waggon war einer der herkömmlichen, standardisierten Frachtwaggons von sieben-Komma-eins Metern Länge und drei-Komma-siebenfünf Metern Breite, mit einem Lattendach, leicht gewölbt, damit das Wasser ablaufen konnte, und einem Stahlchassis, darunter vier Räder der Stahlwerke Krupp mit Spurkränzen von europäischer Spurbreite sowie mit Koppelvorrichtungen vorn und hinten. Ein gewohnter Anblick, abstrus biedere, topplastige Ungetüme mit rostrot oder olivgrün gestrichenen hölzernen Seitenwänden, wie sie in verwitterten Reihen auf jedem Verschiebebahnhof des Kontinents warteten oder knirschend durch die Landschaft ratterten, morgens um drei unter einem kalten Mond durch Dörfer, schüttelnd und polternd in den Windstößen, die aus den breiten Tälern herabwehten, die üblichen Transportmittel für den Handel der Länder, die aufgestörten mageren Dorfköter mit den sichtbaren Rippen rannten kläffend nebenher, sprangen in die Luft und schnappten nach dem Gestank, der ihnen in die Nüstern drang.

Nach dem ersten oder zweiten Tag begann ich, an dem Schlitz in der Wandung zu nagen, durch den ich die Luft von draußen atmete oder, wie ich meinte, die Weite, die sich bis zum Horizont und darüber hinaus ins Unendliche erstreckte – die weiten Chancen von Schicksalen jenseits dieses Zugs. Ich hatte kein Ziel im Sinn, es kam mir nur naheliegend vor, den Mund an das harte Holz zu halten, Stunde um Stunde, ununterbrochen, außer natürlich, wenn ich wegdämmerte und schlief. Wenn ich das Glück hatte, einen Splitter, der tatsächlich abging, in den Mund zu bekommen, dann kaute ich darauf herum anstelle von Essen. Zu trinken hatte ich eines Nachts die hereingewehten Regentropfen, wie kalte Nadeln auf meiner Zungenspitze. Während ich weiternagte, merkte ich, daß ich auf das Rattern der Räder horchte, Rhythmen heraushörte und im Kopf Lieder dazu erfand, doch manchmal erklangen diese Lieder mit der Stimme meiner Mutter oder meines Vaters, und die Lieder glichen eher flüchtigen Erscheinungen meiner Eltern, und diese Erscheinungen wiederum eher vorübergehenden Eindrücken von ihren Persönlichkeiten, plötzlichen Wahrnehmungen ihres sittlichen Wesens, was mich dazu brachte, laut nach ihnen zu rufen, als könnte ich sie dazu bringen, sich in meine völlig realen Eltern zu verwandeln. Zu meiner Pein aber fühlte ich mich immer wieder auf das unaufhörliche geistlose Rattern der Zugräder zurückgeworfen. Wenn ich nur eine so große Öffnung nagen könnte, überlegte ich mir, um hindurchzusteigen, dann, stellte ich mir vor, würden sie mich freudig begrüßen, diese Spurräder, mich zwischen sich herumschnellen lassen und mein Leben abrupt und sauber beenden.

Doch dann passierte es, daß jemand, der gleich hinter mir stand – ein Mädchen, das während des ersten Tags immerzu so sehr geweint hatte, daß mein Hemd von ihren Tränen naß wurde, das seither aber nur noch mit hoher Stimme gewimmert hatte, fast wie eine Katze, dem es aber zwischen den erstarrten, hin- und herwankenden Leibern gelungen war, die Arme um mich zu legen und ihre Wange zwischen meine Schulterblätter zu drücken –, daß dieses Mädchen starb, ohne daß ein Laut dies hätte vermuten lassen, und da der Zug gerade um eine Kurve schoß, gaben die Beine unter ihr nach, und ihre Arme glitten mir über die Hüften bis zu den Knien, so daß ich von ihrem Gewicht ein Stückchen herabgezogen wurde und auf einmal durch den Schlitz sah, durch den ich die Luft von draußen geatmet hatte.

Ein verwischtes Bild, Gebüsch, ein Waldstück so nah an der Geleisböschung, daß Äste gegen die Waggonwand klatschten, ein Wald so dicht, daß er auch in der Nacht Schatten warf. Dann plötzlich ein weites, sonniges Panorama – ein grünes Feld, ein Haus und eine Scheune in der Ferne. »Ein Bauernhof!« rief ich. »Jetzt eine Landstraße. Ein Pferdewagen.« Und so verkündete ich jenen, die zuhören wollten, die Neuigkeiten der Welt. Birken. Ein Bach. Frauen und Kinder beim Kartoffelernten. Ein Fluß. Ein Stationsvorsteher, der sich die Pfeife anzündete.

Unter den Leuten, die ich vor mir in diesen Waggon hatte einsteigen sehen, gab es einige, die ich kannte. Als ich aus dem Geruch des Rußes und dem Auftauchen eines Rangierbahnhofs schloß, daß die Reise ihrem Ende zuging, erschien es mir wichtig, mir wieder zu vergegenwärtigen, wer sie waren: Herr und Frau Liebner mit ihrem Sohn Joseph, der in der Schule eine Klasse über mir gewesen war, die unverheirateten älteren Zwillingsschwestern Chana und Deborah Diamant, der Bäcker Licht, ein Neuankömmling namens Dr. Hornfeld, der begonnen hatte, mit Dr. König in dem kleinen Krankenhaus zu arbeiten, mein Freund Nicoli, der seine deutschen Cowboyromane mit mir geteilt hatte, und die blonde kleine Sarah Levin mit ihrer hübschen Mutter Miriam, der Musiklehrerin, die meiner Mutter erzählt hatte, Sarah habe ein Auge auf mich geworfen. Ich konnte sie alle jetzt nicht sehen. Sie mochten sich am gleichen Ort wie ich befinden, aber sie gehörten der Vergangenheit an. Selbst wenn ich mich hätte umdrehen und zurückblicken können, was hätte ich an ihnen wohl in diesem Stadium ihrer Erniedrigung noch erkannt, da sie wie ich von ihren Namen getrennt waren, ihre Persönlichkeit aufgehoben, da alles, was sie einmal gewesen waren, sich im Prozeß einer industriellen Umwandlung befand, bei der wir alle zusammen nur noch eine Verschiebemasse von separaten Qualen darstellten, die lebenden Sterbenden und erstarrten Toten in diesem Güterwagen?

– Wir verabredeten uns zum Lunch im Luxembourg an der West Seventieth Street. Zum Glück war es dort an diesem Mittag nicht sehr voll – wegen der Spiegel- und Kachelwände über den Art-Deco-Sitznischen wird es dort oft laut –, aber die Gäste waren so attraktiv wie immer, eher jugendlich, jedoch Beachtung fordernd wie Leute, die man vielleicht nicht kennt, die einem aber gleichwohl bekannt vorkommen, als sollte man eigentlich wissen, wer sie sind. Jedenfalls paßte sie in ihrem eleganten Kostüm und der schwarzen Bluse genau zu dieser Umgebung. Am Hals trug sie keinen Schmuck, und ihr chic geschnittenes Haar war zurückgekämmt, so daß ihre kleinen Ohren zur Geltung kamen, und sie reagierte auf den Ort mit vibrierender Lebhaftigkeit, beugte sich im Gespräch oft vor, hielt beim Sprechen Messer und Gabel über ihrem Teller in der Schwebe, und ihre Wangen waren vom Chardonnay rosig angehaucht.

»Du kannst dir gar nicht vorstellen, was für ein Luxus das ist, auswärts zu Mittag zu essen.«

»Eine Befreiung.«

»Nun, da die Jungen den ganzen Tag über in der Schule sind. Aber trotzdem läuft's für mich meistens auf ein Sandwich am Schreibtisch hinaus oder auf ein Arbeitsessen, wo mengenweise Papier herumliegt.«

Sie hat eine melodische Altstimme, und ihr Lachen ist entzückend. Dies war eigentlich das erste Mal, daß ich sie ohne Pem getroffen hatte. Ich hatte ihr das Ghettomaterial zu lesen gegeben, und sie sollte mir sagen, was sie davon hielt. Sie ist von einer Weichheit, die zwar nicht ganz der Aerobic-Mode, dafür aber ihr, Sarah, entspricht, sehr anziehend, nicht im mindesten um Entschuldigung bittend – die leichte Rundung unter dem Kinn, die eine oder andere feine Linie am Hals, der mütterliche Busen. Und wenn ihr Gesicht nicht aufgewühlt war oder wenn sie nachdenklich wurde, dann war sie, Gott steh mir bei, verflucht sexy. Es muß zu Pems Gefühlen für sie beigetragen haben, daß sie eine Frau ist, die vom Profanen nicht aus der Ruhe zu bringen, für eine heilige Vereinigung jedoch lebhaft offen ist. Schüchtern wirkt sie jedenfalls nicht. Sie ist offen und direkt, wenngleich ihre kleine goldgerahmte Brille sie seltsamerweise noch jünger erscheinen läßt, als sie ist – ich würde sagen, sie geht auf die Vierzig zu –, und vielleicht weil mich Pems Schilderung ihrer Trauer allzu feierlich gestimmt hat, erschrecke ich ein aufs andere Mal über ihren Charme, das erstaunliche Blau ihrer Augen und das ansteckende Lächeln, das plötzlich aufleuchtet und für einen winzigen Moment der Zweideutigkeit Tränen anzukündigen scheint. Ich glaube nun, daß sie doch die Sarah Blumenthal der Raub-Partien ist.

Mir lag die Frage auf der Zunge, was eine Frau wie sie eigentlich im Rabbinerberuf zu suchen habe.

»Ja?« Sie wartete darauf, daß ich etwas sagte.

»Lieber nicht«, sagte ich.

»Doch, was wollten Sie gerade sagen?«

»Eine blöde Frage.«

»Nur zu, Everett.« Sie lächelte. »Das werde ich jeden Tag gefragt, meistens von älteren Männern.«

Ich versuchte mich von dem Schreck zu erholen. »Ist es schlimm, wenn man Frank Sinatra mag?«

Sie lachte. »Sinatra? Wie kommen Sie denn auf den? Das wollten Sie aber nicht –«

»Doch. Und ich kenne auch die Antwort. Sie haben Rockmusik gehört. Ihre Generation hat versucht, Sinatra zu beerdigen.«

»Nein, er war schon Ordnung, nur sozusagen irrelevant.«

»Wen haben Sie gehört?«

»The Dead. Creedance. Dylan natürlich. Aber vor ein paar Jahren hat Joshua ein paar von den frühen Aufnahmen mit Tommy Dorsey mit nach Hause gebracht, und ich hatte nichts dagegen, sie mir anzuhören. ... Aber wissen Sie, es macht mir wirklich nichts aus, auf Ihre Frage zu antworten.«

»Das ist eine sexistische Frage. Andrerseits wäre ich auch bei Pem anfangs nicht darauf gekommen, daß er Geistlicher ist.«

»Wie würden Sie uns denn als Stand charakterisieren?«

»Hm, als Leute von einer gewissen Selbstzufriedenheit, die sicher sind, ein bestimmtes Wissen bewältigt zu haben, und sich darauf eingestellt haben, anderen Lebensunterricht zu erteilen. Und mit denen man oft nur schwer so ungezwungen reden kann, wie ich es anscheinend mit Ihnen und ihm kann.«

»Rabbiner sind keine Priester oder Pastoren. Wir können einen Gottesdienst leiten, die Toten beerdigen und – bei den

Orthodoxen – Recht sprechen. Aber im Grunde ist ein Rabbiner nur jemand, der die Schriften studiert hat.«

»Und das haben Sie.«

»Es hört nie auf ...«

»Aber Sie sind nicht religiös aufgewachsen.«

»Nein, meine Familie hat nicht praktiziert. Das heißt, manchmal gingen wir zum Passahfest bei jemand anders zum Seder. Das war so ziemlich das Äußerste, was mein Vater ertragen konnte. Meine Mutter sehnte sich hin und wieder danach, aber sie war klug genug, es nicht zur Sprache zu bringen.«

»Und was ist dann geschehen?«

Sarah räusperte sich. »Nun, sie ist gestorben. Meine Mutter ist gestorben. Ganz plötzlich. Ich war damals auf der Highschool. Wir wohnten in Chicago – mein Vater hatte eine Stelle als Dozent für Vergleichende Literaturwissenschaft an der Northwestern University erhalten –, und in den Monaten nach ihrem Tod besuchte ich in der Stadt Kurse in Jiddisch und jiddischer Literatur. Meine Mutter war in Amerika geboren, aber als kleines Mädchen habe ich sie mit ihrer Mutter jiddisch sprechen hören. ... Ich glaube, damit hat es angefangen, daß ich Jiddisch sprechen können wollte wie meine Mutter, Wörter sprechen wollte, die sie mit ihrer Mutter gewechselt hatte.«

»Haben Sie Geschwister?«

Sie schüttelte den Kopf. »Nachdem ich die Sprache gelernt hatte, habe ich mich der Politik zugewandt und mitgeholfen, Geld zu sammeln, um russische Juden aus der Sowjetunion herauszuholen. In Harvard habe ich dann im dritten Jahr das Hauptfach gewechselt und mich für Judaistik entschieden. Dann kam der Beschluß, ans Hebrew Union College in Cincinnati zu gehen. Eins hat zum anderen geführt, es ergab sich allmählich, ungeplant. Erst im Rückblick stelle ich fest, daß es insgesamt eine unvermeidliche Entwicklung war. Eine unentwegte, trotzige ... Erklärung.«

»Die sich sogar gegen Ihren Vater richtete.«

»Keine Frage. Aber erst, als ich Joshua kennenlernte und wir anfingen, Gespräche zu führen, wurde mir klar, daß es nicht genügt, sich einer ethnischen Gruppe zuzurechnen, die Tradition in sich aufzunehmen. Daß man die Schriften studieren kann ... und doch noch gar nicht angefangen hat.«

Und dann schwieg sie nachdenklich, und um sie nicht andauernd anzustarren, wandte ich mich dem Essen auf meinem Teller zu. Erst als das Schweigen anhielt, ging mir auf, daß sie sich sammelte, um über meinen Text zu reden.

Ich fragte: »Haben Sie ...?«

»Ja. Ich bin sehr beeindruckt davon.«

»Wirklich? Ich war so –«

»Nein, er ist ungeheuer rührend«, sagte sie. »Natürlich wird jeder, der mit der Literatur vertraut ist, erkennen, daß das Ghetto, von dem Sie reden, das von Kaunas ist, und daß Sie sich auf das Tagebuch von Abraham Tory stützen, nicht wahr?«

»Ja, das war eine sehr wichtige Quelle.«

»Aber das Ghetto von Kaunas war größer, als Sie es darstellen.«

»Ja, bei mir ist es kaum größer als ein Dorf. Aber ich wollte diese geographische Lage haben. Die Brücke hinüber in die Stadt. Die Festung.«

»Und mein Vater stammte natürlich nicht aus Kaunas, sondern aus einem Dorf näher an der polnischen Grenze. Der jüdische Widerstand in Polen war weiter entwickelt als in Litauen. Die Leute, von denen Sie sprechen, könnten polnische Juden sein – dieser Benno, ihre Einstellung und so weiter.«

»Ja.«

»Und ich muß sagen, Sie sollten sich in acht nehmen, daß sie die Situation damals nicht allzu sehr vereinfachen. Zum Beispiel wurde im Ghetto von Kaunas sehr wohl heimlich militärisch ausgebildet. Sie trieben alle möglichen aufrührerischen Dinge.«

Mir sank allmählich das Herz. »Ja«, sagte ich.

»Und es gab einen Wodkaschwarzmarkt. Die Säufer unter den Juden stellten eine Gefahr für die ganze Gemeinschaft da. Und Seife kommt bei Ihnen nicht vor. Mein Vater hat mir erzählt, daß sie ganz versessen auf Seife waren – sie hatten keine, sie setzten ihr Leben aufs Spiel, um sie hereinzuschmuggeln, sie war so wichtig wie Lebensmittel.«

Sie sah, wie bestürzt ich war. »Aber ich war sehr gerührt davon«, sagte sie. »Es mag ungenau sein, aber es ist wahrheitsgetreu. Ich weiß nicht, wie Sie's gemacht haben, aber Sie haben den Ton meines Vaters getroffen.« Sie legte ihre Gabel hin, faltete die Hände und blickte aufs Tischtuch. »Er wurde nicht zum Laufjungen ernannt wie Ihr kleiner Yehoshua. Es war alles viel zufälliger, denn schon bevor er adoptiert wurde, machte er sich nützlich. Er war klein, und er konnte umherflitzen. Und allmählich verließen sie sich auf ihn. Und als ihm dann schließlich seine offizielle Laufjungenmütze verliehen wurde – da ging es schon auf das Ende zu. Und sie hat ihm wirklich das Leben gerettet. In mehr als einer Hinsicht.«

»Wie geht es ihm denn jetzt?«

»Er ist in einem guten, wohlgeführten Heim, und sie versuchen, ihn zu beschäftigen.«

»In Chicago?«

»Ja. Er spricht nicht mehr. Etwas Schönes ist Demenz natürlich nie. Aber wenn ich an den genialen Verstand denke, in dessen Nähe ich aufgewachsen bin ... Und er hat es als erster kommen sehen. Er hat die Anzeichen an sich entdeckt und seinen Abschied von der Universität genommen.«

»Das tut mir leid.«

»Nein, hören Sie: In einer Hinsicht ist es ein Segen. Es wäre zu furchtbar für ihn gewesen, von Joshuas Tod zu erfahren.« Mit gesenktem Blick nahm sie ein Schlückchen Wein. »Er hat Josh nie darum gebeten, das zu tun, dort hinzufahren, das Tagebuch zu finden. Aber das hätte auch nichts geändert. Er selbst konnte nie mehr dorthin zurück, er konnte sich einfach nicht dazu durchringen. Er hat meinen Mann geliebt. Und er war stolz auf uns, auf unseren Beruf, wie es nur ein Vater sein kann, dessen Kinder sich einem Glauben verschreiben ... den man seiner Ansicht nach nicht ernstlich vertreten kann.«

»Das ist sehr jüdisch.«

»Nicht wahr?« Ihr Lächeln brach hervor.

»Pem hatte Ihren Mann sehr, sehr gern. Ich kann verstehen, daß sie gleich so gut miteinander auskamen.«

Sie öffnete ihre Schultertasche, die neben ihr auf der Sitzbank lag, und kramte darin herum. »Völlig unterschiedliche Persönlichkeiten, aber Pem paßt ebenfalls nicht ins Schema – seiner Tradition, meine ich. Irgendwie gibt er einem mit allem, was er sagt, zu verstehen, daß sich seine Erwartungen von der Welt oder von Gott nicht erfüllt haben.«

Sie holte einen Brief hervor. »Zugleich wirkt er wie jemand, der an irgendein Gericht appelliert, es möge noch nicht gleich sein Urteil fällen. *Gottdrunkener Mensch* ist der jiddische Ausdruck dafür, der sich einem aufdrängt.«

»Kann einen ganz schön erschöpfen, der Pastor.«

»Und wie.«

Das brachte uns zum Lachen. »Übrigens hat er nun etwas völlig Unerwartetes, wenn nicht gar Vermessenes unternommen«, sagte sie. »Aber er ist ein lieber, guter Freund.« Und sie entfaltete Pems Brief und las ihn mir vor.

Auf der Suche nach dem Ghettotagebuch hatte es ihn nach Moskau verschlagen.

– Nachdem St. Timothy exsakralisiert worden war, blieb Pem für eine Weile ohne Stelle, während der Bischof noch überlegte, was mit ihm anzufangen sei. Pem selbst reagierte darauf zunächst, indem er sich eine Aufgabe in einem Hospiz auf Roosevelt Island zuwies, wo er im Dienste der bedürftigen Sterbenden viel Schmutzarbeit erledigte, als selbstauferlegte Buße sozusagen, ohne jedoch recht zu verstehen, wofür er Buße leisten sollte. Vielleicht dafür, daß er nicht selbst ein Sterbender war. Anderseits wirkte der Tod dort so normal, er war verläßlich und an der Tagesordnung, manche Patienten waren noch ein paar Wochen davon entfernt, andere ein paar Tage, einige nur Stunden, und alles lief so geregelt ab wie die sonstigen herausragenden Ereignisse im Leben, wie Taufen oder College-Abschlußfeiern. Die angestellten Pfleger und Pflegehelfer, fiel Pem auf, kamen so munter zur Arbeit wie die Leute überall, als spreche die Tatsache, daß Sterbende, die ihrer Dienstleistungen bedurften, so leicht zu finden waren, für eine gesunde Wirtschaft.

Pem hatte sich das Hospiz jenseits des East River als passenden Endpunkt seines Berufslebens ausgesucht. In Gedanken arbeitete er bereits auf einen sinnvollen Übergang hin, ohne noch zu wissen, wohin; aber er spürte, daß er sich veränderte, und wenn ihm überhaupt noch ein Glaubensinhalt geblieben war, dann seine Überzeugung, daß sich mit dem Auftauchen des Messingkreuzes von St. Tim auf dem Dach der Synagoge für Evolutionären Judaismus etwas Folgenschweres angekündigt hatte. Er war nicht bereit, diese Hypothese mit irgend jemandem zu diskutieren – daß er mir gegenüber davon gesprochen hatte, hatte er bedauert, zum einen, weil diese Hypothese einer Denkweise angehörte, die für die uralten prophetischen Mitteilungen charakteristisch war und die er nicht mehr vertreten konnte, zum anderen, weil er das abergläubisch übermächtige Gefühl hatte, daß über sie zu diskutieren, zu sprechen, unweigerlich dazu führen würde, daß sie ihre Leuchtkraft verlor. Er hielt das Zeichen nicht unbedingt für überirdisch, jedoch für so kryptisch, daß die Motive der Menschen, die es herbeigeführt hatten, vollkommen belanglos waren.

Durch Sprechen verratbar, an der Grenze zum Unbegreiflichen angesiedelt, das Zeichen, das Pem gewährt worden war, eine Herausforderung an sein Verhalten. Er mußte darüber schweigen, sogar Sarah Blumenthal gegenüber. Sein Zeichen war zweideutig; er hatte es als solches erkannt, nicht aber die Weisung, die es ihm erteilte. Die würde sich ihm, sagte ihm sein Gefühl, fraglos erschließen, sobald er sich Sarah anvertraute; bis dahin jedoch mußte er sich geduldig, aufmerksam und wach seinem Leben zuwenden, der Person, die jede Mühe wert ist. Er konnte hoffen, daß eine Erleuchtung nahte, daß sie allmählich hervortreten und sich womöglich gar im Stöhnen der Sterbenden offenbaren würde. Von Anfang an, noch bevor das Kreuz gestohlen worden war, hatten die Ereignisse in St. Tim so etwas wie einen Detektiv aus ihm gemacht, und diese Wendung, hatte er beschlossen, mußte sein Leben nun allen Ernstes nehmen, hin zu wahrhaft demütiger, hartnäckiger Aufklärungsarbeit.

Nachdem ich nun Pems Brief an Sarah gehört habe, frage ich mich, ob eine Erleuchtung womöglich gar nicht einem Lichtstrahl gleicht, der das Auge trifft, sondern einem Befehl, der von jener seelischen Region ausgeht, die so tief im Inneren liegt, daß sie ohne Namen ist.

– Inzwischen habe ich eine ziemlich genaue Vorstellung von den Spazierwegen unseres Pastors, heute beginne ich am Union Square Park, sehe die Totenschädel und gekreuzten Knochen der Rattengift-Warnschilder, die im Rasen stecken … und am Westrand, ein paar Stufen tiefer, liegt der richtigere Park, der Farmermarkt mit seinen Batterien von Topfblumen und Bürobäumen, den Lastwagen mit Farmerzeugnissen aus New Jersey … leuchtende Farbfelder aus Birnen und Äpfeln, Spinat, Kohl und Karotten im Sonnenschein … alles Organische zieht in Manhattan Menschenscharen an … mit ihren ruppigen, unsentimentalen Wortwechseln wiederholen Käufer und Verkäufer den Urakt der Zivilisation … und weiter westlich, längs der Fourteenth Street, die Fundgruben für billige Kleidung, die auf dem Trottoir an Rohrgestellen hängt, in den Schaufenstern große, handgemalte Ausverkauf-Plakate, Tische mit Mützen und Handschuhen für den kommenden Winter, in den Läden von der Decke hängende Koffer und Reisetaschen … der vorbeikriechende Verkehr, dicke, stinkende Busse, die Pizza- und Räucherstäbchendüfte, gratis einzuatmen … die Seventh Avenue hinunter, an den in doppelter Reihe geparkten Krankenwagen von St. Vincent vorbei, während ferne Sirenen auf dem Weg zum Hospital die Wahrheit des ewigen Notfalls verkünden … und, als ich leicht ostwärts in die Greenwich Avenue abbiege, die mexikanischen und indischen Restaurants, die Orte für Kaffeerituale … ein Mann mit langen grauen Haaren, ein Hündchen an der Leine, drei schwarze Jungen in überweiten, von den Hüften rutschenden Jeans, die kniende junge Frau, dünn und blond, die sich um ihr Baby im Kinderwagen kümmert, von oben beobachtet sie ein Lastwagenfahrer, der im Stau steckt und den Arm über seine Tür baumeln läßt … gegenüber einer der paranoid umzäunten, winzigen Parks für Anwohner, dahinter ragt erdbeerrot das turmgeschmückte, pseudoromanische Jefferson Market Courthouse auf und gemahnt an das neunzehnte Jahrhundert, als wegen des mächtigen Identitätsproblems der Neuen Welt Bauwerke jedes erdenklichen Stils an den Trottoirs von New York sich zu erheben begannen, romanische, gotische, maurische, Belle-Epoque-Gebäude und Mietskasernen ... und über die Schlagader der Sixth Avenue hinweg in die schäbige, armselige Eighth Street, einst Kleinod der intellektuellen Boheme und mit dem besten Buchladen New Yorks, nun ein Strich von Läden mit Schuhen und nachgeahmter Retro-Mode, wo die boomgeschwellten Fließhecks aus New Jersey auf den Bordstein rollen ... dann südwärts die gesittete untere Fifth Avenue entlang zum Washington Square mit seinen rivalisierenden Straßenkünstlern, in der Arena in der Mitte ein wendiger schwarzer Komiker, der seine eigene Tonanlage mitgebracht hat, und an den Ecken des Platzes die Nebenvorstellungen mehrerer gitarrespielender, näselnder Dylan-Klons, jeder von seiner loyalen Anhängerschar umringt ... und so fort, hin und her zwischen dem Hell und Dunkel der Stadt, wo jedes Viertel im Besitz seiner eigenen Wahrheit ist, einem ein anderes Leben schenken kann ... und schließlich die Second Avenue hinauf, die breit ist wie alle Avenues der East Side, und hinter dem Ukrainischen Gemeindesaal und Restaurant biege ich nach rechts in diese düstere East-Village-Straße ein, um mal zu schauen, was eigentlich aus der Episkopalkirche St. Timothy geworden ist. Ein strebsam frommer Sandsteinturm, zur Zeit seiner Errichtung wahrscheinlich das höchste Bauwerk weit und breit. Hinter dem winzigen Friedhof zurückgesetzt und nun zwischen den Mietshäusern der Straße eingezwängt, die nun an beiden Enden durch bunte, auf zahlende Pächter hinweisende Schilder Farbe bekommen hat – Reinigung, Bodega, Scheck-Wechselstube ... die paar Grabsteine im schütteren Gras sind im Lauf der Jahre eingesunken wie gramgebeugte Schultern ... und all dies, die Gräber eingeschlossen, nun ein Theater.

Gotische Lettern über der Tür, *Theater of St. Tim's*. Gegeben wird Tschechows *Die Möwe*.

»Nun ja«, hat Pem, wie ich mich erinnere, einmal gesagt, »ist denn das Drama vielleicht nicht aus der Religion hervorgegangen? Die Götter treten ab, gewöhnliche Griechen treten auf. Nichts gegen die Polytheisten der Mysterienkulte, die wußten so manches, zum Beispiel, wie man eine gute Show inszeniert, mit richtig viel Musik zur Bumserei und Sauferei. Aber auf lange Sicht sind wir mit Sophokles wahrscheinlich besser gefahren.«

– Der Regisseur B. ist in New York, um mich dazu zu bringen, daß ich ein Filmskript für ihn schreibe. Wir gingen zusammen essen, und hier kommt die Geschichte, die er von mir geschrieben haben will – eine »aus dem Leben« gegriffene Geschichte, sagte er, sogar aus seinem eigenen Leben gegriffen, weshalb er sie auch so eindrucksvoll fand: Vor ein paar Jahren hatte er einer Schauspielerin eine Filmrolle gegeben, in der sie übel von einem Psychopathen verstümmelt werden sollte, der sein Unwesen in der ganzen Wohngegend trieb, Feuerleitern hinaufkletterte und Fenster öffnete, um schöne, junge, alleinstehende Frauen anzufallen. Frauen, die in die große Stadt gekommen waren, um einen Job zu finden und eine Existenz zu gründen – traurige, einnehmende Mädchen mit einer kummervollen Kleinstadtvergangenheit, Mädchen, deren Freund vielleicht in irgendeinem Krieg gefallen war oder deren Eltern auf einer kleinen Farm lebten ... jedenfalls wohnten sie nun in der Stadt, und der Film sollte eine Hommage auf den *film noir* der vierziger Jahre werden. B. wollte das kontrastreiche, düstere Schwarzweiß der vierziger Jahre haben, das einem zeigt, wie dunkel und unwirtlich die Welt ist.

Und diese Schauspielerin, ein geschmeidiges, langbeiniges, beinahe hübsches Mädchen, ein bißchen unbestimmt, aber sexy, mit sehr schönem, vollen Haar – bei den Probeaufnahmen kam sie gut an, und sie war billig, frisch aus einer New Yorker Schauspielschule, und dies war ihr erster Film, und B. gab ihr die Rolle der Frau, die das Geschehen überlebt und im Rückblick erzählen kann. Zwischen ihr und dem Ermittler, der sie im Krankenhaus besucht, bahnt sich eine Liebesbeziehung an, und so weiter. B. besetzte die Rolle mit dieser Schauspielerin aus irgendeinem Instinkt heraus, aus keinerlei praktischen Gründen, er hatte das Gefühl, sie sei die richtige für diese Rolle, und versuchte gar nicht, seine Wahl zu analysieren. Ohnehin ist er niemand, der zum Analysieren neigt. Und so drehten sie dann die Szene – der Psychopath steigt die Feuerleiter hinauf und durchs Fenster in das Pensionszimmer des Mädchens, denn Sie müssen wissen, es handelt sich um einen Film, der in der Vergangenheit spielt, wo es Pensionen gab und anständige, saubere arme Mädchen dort Zimmer mieteten ... und der Kerl erscheint drohend vor ihrem Bett, sie kreischt entsetzt auf, und er vergewaltigt sie nicht, denn nicht das ist das sexuelle Element in solchen Filmen, sexuell ist das Entsetzen, und er beugt sich über sie und beginnt mit seinen großen, scharfen Zähnen ihr Gesicht zu zerbeißen, und ... ein paar Takes, dann haben sie's im Kasten, es ist ja so gut gelaufen, und ihr Budget ist kaum der Rede wert, B. dreht den Film in acht Wochen. Als er anläuft, findet die Schauspielerin bei den Kritikern Beachtung, obwohl sie von B.s Arbeit nicht begeistert sind, er hat ein paar respektable Dinge gemacht, sie rügen ihn, er vergeude seine Zeit.

Die Schauspielerin setzt alles auf ihre guten Kritiken in diesem schlechten Film, sie kann nach New York gehen und in irgendeinem Off-Broadway-Stück spielen, aber ihr Agent erklärt ihr, sie solle noch abwarten, es gebe Arbeit für sie, im Film, im Fernsehen ... Also bleibt sie, zeigt sich mit diesem oder jenem, damit ihr Name hin und wieder in einer

Klatschkolumne auftaucht, aber eine Chance nach der anderen zerschlägt sich für sie, es tut sich nicht viel, ihr Agent ist nicht imstande, Jobs für sie an Land zu ziehen ... und eines Abends kommt sie ein ganz klein bißchen beschwipst nach Hause, sie hat ein Apartment in West Hollywood, und darinnen wartet ein Irrer auf sie, ein echter. Er wirft sie zu Boden, hält sie fest und beißt ihr die Nase ab.

»Verstehst du, das ist kein Film«, sagt B. zu mir, »das passiert wirklich! Sie schreit, jemand hört sie, sie packen den Kerl, zerren ihn von ihr runter, aber die arme Kleine hat für immer den Verstand verloren, heute lebt sie mit ihrer künstlichen Nase in einer staatlichen Irrenanstalt!« Eine Zeitlang durfte es ein privates Sanatorium sein, doch dann befand das Studio, was man habe tun können, habe man getan, und ein hauseigener Anwalt kam zu dem Schluß, sie trügen letztlich nicht die Verantwortung, wenn irgendein Irrer in einem Film sieht, wie sie verstümmelt wird, und meint, das wäre ihr Karma. Aber, sagt B. zu mir, und das ist ein wichtiger Punkt, es wurde nie eindeutig festgestellt, daß der Wahnsinnige den Film gesehen hatte! »Nach allem, was ich heute weiß«, sagt B., »hat er den Film garantiert nicht gesehen! Ich bitte dich, sind solche Geistesgestörten etwa in der Lage, zwei Stunden still zu sitzen und sich einen Film anzuschauen? Ich schicke der Kleinen jede Woche Blumen, ich mache mir Sorgen um sie, denn es braucht noch nicht vorbei zu sein. Soviel ich weiß, sitzt der Kerl in derselben psychiatrischen Anstalt, in der Männerabteilung, die Trakte sind nur durch einen Zaun getrennt. Soviel ich weiß, wartet er nur auf die Gelegenheit, sich wieder auf sie zu stürzen.«

Was also, fragt mich B., löste den Instinkt aus, der dem Regisseur sagte, er solle die Rolle mit dem Mädchen besetzen – eine besondere Verletzlichkeit, die sie ausstrahlte, ein verhängnisvolles Genom oder was? Was hat er in ihr gesehen, ohne auch nur darüber nachzudenken – das treibt ihn um. Während seiner Laufbahn hat er früher einmal die Rolle eines Mannes, der an einer Herzattacke sterben würde, mit einem Schauspieler besetzt, der dann genau so starb, und einmal hatte er für einen Western, in dem es um Kämpfe mit Indianern ging, einen Schauspieler ausgewählt, der im Film als Kavallerieoffizier von einem indianischen Speer durchbohrt wurde und der sich dann später auf einem eisernen Zaunpfahl vor seinem Apartmenthaus aufspießte, als er betrunken aus seinem Fenster im zweiten Stock gefallen war.

»Ich ahne die Dinge voraus, so muß es ja wohl sein«, erklärt mir B. mit der für Hollywood typischen Begabung zur Selbstbeweihräucherung. »Ich muß das Schicksal dieses armen Mädchens vorhergesehen haben.« Er starrt aufs Tischtuch und schüttelt den Kopf. »Aber wie denn nur? Und wie stehe ich dann moralisch da? Was weiß ich, und wann weiß ich es?«

»Dann wollen wir mal sehen, ob alles richtig bei mir angekommen ist«, sage ich. »Sie wollen einen Film über einen Mann drehen, der einen Film mit einer Schauspielerin dreht, deren Schicksal im Film sich in ihrem wirklichen Leben wiederholt, nur daß ihr wirkliches Leben sich in einem Film abspielt, den Sie mit einer weiteren Schauspielerin drehen und in dem es um die Frage geht, auf welche Art und Weise Ihre Filme das wirkliche Leben voraussagen – ist das die Idee?«

»Eindeutig okkult, was? Ein echter, okkulter Detektivfilm. Als ob er schon hier und jetzt auf meiner inneren Leinwand abliefe. Ich kann Ihnen gar nicht sagen, wie eigenartig das ist. Das wird der größte Film meiner Laufbahn.«

»Hm, da könnte schon was draus werden, das stimmt, aber –«

»Ich bin damit sofort zu Ihnen gekommen. Wie hätte ich auch an jemand anderes denken können, bei Ihrem Hang zum Philosophischen?«

»Tut mir leid, ich will damit nichts zu tun haben.«

»Und warum nicht?«

»Soll ich etwa eine weitere Nase ins Unglück stürzen?«

»Oh. Oh ...« Er grübelt. »Jetzt verstehe ich Sie. Aber keine Sorge. Ich finde einfach eine Darstellerin, zu der die Rolle nicht paßt. Ich besetze gegen den Typ.«

»Sie werden nur glauben, daß Sie das tun«, erkläre ich ihm.

– Wieder in meinem Dorf an der Sundküste. Schräg fällt das Licht des späten Septembers ein, ein wohltuendes, goldenes Licht, mild, von keinem Wind verwirbelt, sondern vom Reifen kündend, davon, daß nun das Jahr geerntet ist, der dürre Winter kommt. Eine traurige Jahreszeit, wenn die Kanadagänse daran denken, nach Süden zu fliegen, sich zu einschüchternden Schwadronen scharen, doch unentschlossen kreisen, anscheinend führt ein kreischender falscher Prophet unter ihnen sie im Bogen wieder abwärts zur Gleitlandung in den kleinen Buchten. Wenn wohlmeinende Menschen sie füttern, bleiben sie zu lange und erfrieren.

Drüben am Ozeanstrand verdunkeln zahllose Schwalben den Himmel, quirlen umher wie Sandstürme, aber ernähren sie sich denn im Flug, saugen sie die Insektenschwärme aus der Luft wie Mauersegler? Sie sind so klein wie Sperlinge, weißbrüstig, bläulich gefiedert, mit geschweiften, gegabelten Schwänzen und spitz zulaufenden Flügeln. Die Luft ist ihr Lebensraum, dort leben sie, Vögelgalaxien gleich, wenn auch nicht wie die Mauersegler, ohne monatelang, jahrelang je zu landen. Sie haben eine Schwäche für Telefondrähte, sie können der Gelegenheit zum linearen Zusammenhocken nicht widerstehen, wie jetzt gerade, da eine erste behutsam aufsetzt, ein paar weitere den übrigen eine

Wanderpause nahelegen, bis sie aus dem Himmel über der langen Strecke sandiger Straße gleich hinter den Dünen verschwinden und sich Schulter an Schulter auf den langen durchhängenden Telefondrähten niederlassen, von Pfosten zu Pfosten zu Pfosten, mit der Brust dem Meerwind trotzend, mit zerzaustem Kopfgefieder, sie verstehen es zu leben, diese kleinen Scheißer, sie sind nun in Reih und Glied für ein himmlisches Konzert versammelt, das nur sie vernehmen können.

Mir war bewußt, wenn ich meine Philosophie auf meine Weise betrieb, vor den Studenten stehend, die sich im Zustand der Abstraktion befanden, während sie darauf warteten mitzuschreiben, was ich sagte ... mir war bewußt, daß sie sich in eben dem Maße, in dem sie eingeschüchtert waren, auch hinter meinem Rücken über mich lustig zu machen pflegten. Professor Ludwig Wienerschnitzel. Streitet mit sich selbst, verfällt in sein Deutsch, hört, was er soeben laut gesagt hat, als hätte es jemand anderes gesagt, und widerspricht dann heftig. Kommt mit einer überraschenden, brillanten Aussage nach der anderen und radiert jede einzelne mit einer Handbewegung, mit einer Grimasse des Selbstekels wieder aus. Demonstriert die physische Anstrengung wirklichen Denkens. Stundenlang diese ... Vorstellung. Sinkt schließlich erschöpft auf einen Stuhl, sein Haar wirr und verschwitzt. Stets jedoch, das spreche ich hier als Bekenntnis aus, stets ohne eine andere Absicht als die, die Sachverhalte so einfach darzustellen, wie die Welt in ihrem Hier-und-Jetzt-Sein ist, alles soweit wie möglich von Hüllen zu befreien, bis es als schlichte, nackte Gegebenheit hervortritt. Die Welt als ... alles, was ist, was der Fall ist. Drum tat ich diese harte Arbeit, und sie erwies sich als höllisch schwierig. Als so schwierig, daß sie mich ernstlich in Selbstmordgedanken trieb. Wenn die Arbeit aber erst geleistet ist, sind alle Schwierigkeiten vorbei, nicht wahr? Nun hätte es für jedermann leicht sein sollen, und doch ... man verstand mich nicht! Ich numerierte meine Gedanken und ordnete sie nach den Entwicklungsschritten, so wie sich ein Student Notizen zu seiner Lektüre macht. Um sie leichter zu verstehen. Ich habe getan, was ich konnte. Doch je einfacher ich das Philosophieren machte, desto schwieriger wurde es für alle anderen. Nicht nur für gewöhnliche Leute, nicht nur für Studenten, sondern für meine Kollegen, meine Mitphilosophen! Für eben die Männer, die meine Lehrer gewesen waren!

Ich war bei Gott nicht auf Dankbarkeit erpicht. Nur darauf, daß jemand auf dieser Welt zu mir sagen würde: »Ludwig, du bist nicht allein.« Doch von keinem hörte ich je etwas anderes als: Bitte erkläre das, formuliere es so, daß ich es verstehe. Sehen Sie? Sie begriffen nicht, daß Erklärung Negation bedeutete. Ich hatte die Stufe von Augenscheinlichkeit erreicht, die mit Unerklärlichkeit gleichbedeutend ist. In meiner Arbeit kommt es einzig darauf an herauszufinden, was sich überhaupt sagen läßt. Und das ist nicht sehr viel! Ich schrieb ihnen: Wovon man nicht reden kann, darüber muß man schweigen. Ich sagte ihnen: Wenn Sie verstehen wollen, was ich geschrieben habe, lesen Sie, was ich nicht geschrieben habe, dann werden Sie vielleicht verstehen. Doch das gab ihnen nur weitere Rätsel auf.

Du meine Güte. Zu diesem oder jenem jungen Engländer, mit dem ich nach einer erschöpfenden Vorlesung einen Spaziergang machte oder ins Kino ging, sagte ich: Wenn Sie wahrhaft im Geist der Philosophie leben wollen, werden Sie nicht Philosoph. Nun, und wie ist das mit Ihnen, Herr Professor? Ich habe die Philosophie schon mehrfach verlassen, sage ich zu ihnen, und ich werde sie erneut verlassen, bevor sie mich umbringt, zu ihr zurückzukehren, war ein Fehler, erkläre ich ihnen. Wenn Sie Ihrer Ausbildung nach Philosoph sind, dann lassen Sie die Philosophie bleiben und arbeiten Sie mit den Händen. Werden Sie Schreiner, Krankenpfleger, Steinträger. Etwas Schlichtes und Reales in der Wirklichkeit, etwas, das mit der Welt, wie sie ist, verbunden ist. Wenn Sie lieben, sagte ich zu dem einen oder anderen jungen Engländer, und wie sich herausstellte, hat es niemals, gestatten Sie mir, das hier und jetzt sagen, so bezaubernde junge Männer gegeben wie die Engländer, mit ihrem Teint, ihrer Verschwiegenheit, ihrer Fähigkeit zur Selbstbezwingung, mein Gott, welche Verlockung sie doch darstellten, welch eine anhaltende, ja peinigende Verlockung ... Wenn sie aber lieben, sagte ich zu ihnen, zu dem einen oder den zweien, die mich wirklich liebten, dann müssen wir uns trennen, denn Liebe kann nur in der Trennung existieren, nur in der Absage an das Fleisch bestätigt sich die Liebe, sonst ist sie nicht bedinglos und vertrauenswürdig. Wenn sie nicht bedinglos ist, dann ist sie keine Liebe. Das ist die Wahrheit, der ich folge, wenn ich die Kraft dafür habe. Die Zivilisation, wie sie sich herausgebildet hat, ist darauf angelegt, unsere Seelen zu beschmutzen. Sämtlichen Werten der Gesellschaft muß man abschwören, wenn man als Mensch leben will. Reichtum ist tödlich. Wenn man wohlhabend ist, wie ich es war – ich war sehr reich –, dann sollte man arm werden, wie ich es wurde. Wenn man liebt, hegt man seine Liebe, indem man wie ich seinen Geliebten verläßt. Wenn man ein akademischer Philosoph ist, sollte man es sein lassen und bescheiden leben, wie ich es getan habe. Und wenn man von Sprache und Denken besessen ist, dann sollte man ins Kino gehen wie ich und sich von Bildern überschwemmen lassen, von Licht und Schatten, von den Schauplätzen und den lieblichen Gesichtern, die Piktogramme über sich hinwegflimmern lassen, die das Gegenteil von Sprache sind, die keine Entsprechungen zur Welt in grammatischen Sätzen schaffen müssen, wie es die Sprache tut, die nicht erst mit Sätzen die Welt erfassen müssen, sondern bereits vorhanden sind, schlicht und mühelos, in der Welt und aus ihr hervorgegangen.

Ich liebe Filme. Sie erschaffen sich nämlich aus dem Stoff der wirklichen Welt. Sie lüften das Scheinhafte von der Welt, wie man mit der Messerspitze die blaugrün irisierende Regenbogenhaut von der Regenbogenforelle abheben würde … so daß die Essenz der Welt unverändert bleibt, jedoch exakt morphologisch gleichwertig dargestellt wird. Vor Filmen sitzt man im Dunkeln und erfährt, daß die Welt all das ist, was der Fall ist. Und daß über dasjenige, was nicht gezeigt wurde, wenn der Film zu Ende ist und das Licht angeht, nicht geredet werden kann, daß es jenseits davon ein Schweigen gibt, das der Unsagbarkeit dessen, was sich nicht ausdrücken läßt, angemessen ist. Und an diesem Punkt geht man. Aus dem Dunkel des Kinos ins Dunkel.

Aber wo war ich stehengeblieben?

– Das Midrash Jazz Quartet spielt die Standards

DANCING IN THE DARK
(applause)
till the tune ends,
We're dancing in the dark
And it soon ends;
We're walzing in a wonder
of why we're here.
Time hurries by, we're here and gone.

Looking for the light
of a new love

to brighten up the night,
I have you, love,
And we can face the music together
Dancing in the dark.

TANZEN IM DUNKELN
(Applaus)
Da tanzen wir im Dunkeln,
Bis die Musik verstummt,
Und das tut sie bald;
Wir walzen umher und fragen uns,
warum sind wir bloß hier.
Die Zeit rast vorbei, kaum sind wir hier, sind wir
vergangen.

Ich suchte nach dem Sonnenschein
einer neuen Liebe,
um mir das Dunkel aufzuhellen.
Nun hab ich dich, du Liebe, du,
Jetzt können wir uns der Musik gemeinsam
stellen
Und im Dunkeln tanzen.

Kein flackernder Kamin, kein Kerzenlicht,
nicht ein Lumen
Wir tanzen wirklich in tiefer Dunkelheit
Und forschen nach dem Sinn unseres Daseins hier –
So laßt mich die genauso unerforschliche Frage stellen:
Wo ist hier? ...
Natürlich ist's ein Glück, daß wir unter den Füßen
etwas haben, worauf wir tanzen können.
Das ist schon was.
Doch wer sind die Wirs, von denen ich da rede?

Ich halt mich an dir fest, und du tanzt ziemlich gut,
nur kann ich dich nicht sehen,
und gesagt hast du kein Wort.
Bist du tatsächlich da?
Wenn ja, dann weißt du wohl so gut wie ich,
wie kurz das Leben ist und daß wir nicht
mitkommen, schnell wie die Zeit verfliegt.
Wir suchen beide nach Erleuchtung, hab ich recht?
Wie bei einer Liebe auf den ersten Blick?
Und wenn diese leuchtende Liebe eintritt
und uns aus dem Dunkel des Zweifels führt,
wo und wer wir sind,
Dann wissen wir auch, wie's um uns steht,
dann sehen wir alles klar –
sogar, mit wem wir da tanzen,
ja, Kleines, mit wem wir dem Licht entgegentanzen,
und da wird sichtlich keiner von uns beiden sein.
Bis das geschieht, wenn je,
halt ich mich an dir fest und du dich an mir,
das tröstet immerhin ein bißchen.
Alles in allem keine sehr verheißungsvolle Lage,
die besagt, daß uns nichts andres übrigbleibt,
Als uns der Musik zu stellen, Arm in Arm –
Nur wie man sich ihr im Dunkeln stellt,
wo sie einen umgibt,
das bleibt die Frage ...

(Applaus)

Das kann ich nicht ohne Einspruch stehen lassen –
Mein Kollege hier ist so sehr in sich vertieft.
Kein Wunder, daß er im Dunkeln steht,
Kein Wunder, daß er nichts sieht.
Mit der Voltstärke eines Neutrinos
leuchtet er die Krümmungen und Windungen

seines eigenen Hirns aus.
Er tanzt mit seinem Schatten
In geistiger Nacht.
Ich sehe da keine Frau vor mir,
wie könnte eine auch zu diesem Rhythmus tanzen?
Ich weiß, was eine Frau zum Tanzen bringt,
Wie es sich anfühlt, eine tanzende Frau im Arm zu halten,
Bei aller Anstrengung lebhaft, leichtfüßig, geschmeidig,
ein kraftvolles Geschöpf,
trotz schmaler Schultern, schlanker Taille.
Ich rieche den süßen, reinen Duft ihres Haars,
Ihre Schläfe ruht an meiner Wange.
Ich fühle den Puls in ihrem Handgelenk,
Und wie sie sich meiner Führung anvertraut
und ihre Hüfte meiner Hand anschmiegt.
Wir wiegen uns, wirbeln umher, setzen im
Einklang die Schritte,
Nähe pulsiert in uns wie ein Teil der Musik.
Wir sind von einer geheimnisvollen Harmonie
durchströmt,
und mehr an Austausch mit ihr wünsch ich mir gar nicht,
wenn ich im Dunkeln mit ihr tanze.
Die Dunkelheit, in der wir tanzen, ist ein Segen,
erhebt uns zum Mittelpunkt der Welt, zum großen Paar,
solang wir uns so bewegen,
solange unser Song ertönt.
(Applaus)

Ich hingegen seh da eine Nachtclubszene.
Von Schirmlämpchen beleuchtete Tische rings um die
Tanzfläche,
Auf jedem Tischtuch ein matter weißer Schimmer,
Metallisch funkelnde Weinglasränder.
In so einem Nachtclub zu spielen war mir nie vergönnt,

Auf mehreren Ebenen, mit geschwungenen Wänden und
viel Platz zwischen den Tischen,
Ein Supper-Club eigentlich, wo das Dunkel die Show ist
Und wo ein Bandleader, der selbst nicht spielt, mit dem
Taktstock
Die Musiker auf dem Podest hinter seinem Rücken dirigiert
Während er wohlwollend auf das tanzende Paar
hinunterlächelt.
Sie lächeln alle in der Band, denn sie werden bezahlt.
Dies ist ein Hollywood-Nachtclub, wissen Sie,
Alles daran ist unecht, nur Kulisse für einen Nachtclub-Film.
Und die da tanzen, sind die Stars des Films,
Und dies ist die Szene, in der sie ihre Liebe zueinander
erkennen,
Sich tanzend in die Augen schauen,
Während ich und die übrige Band weiter für sie spielen,
mit breitem, blödem Lächeln auf dem Gesicht,
Weil der Gig sich lohnt.
Und die Statisten in Abendkleid und Smoking,
die an den Nachtclub-Tischen sitzen,
Sie werden ebenfalls bezahlt.
Alle sind wir Statisten im Leben der beiden Stars,
Die da im sorgsam ausgeleuchteten Dunkeln tanzen,
auf jedem Tischtuch ein gedämpfter Spot
und auf den Weinglasrändern der metallische Glanz.
Und das ist der Grund, weshalb wir hier sind:
Zufällig herrschen außerhalb des Nachtclubs richtig miese
Zeiten,
Das Land ist pleite, niemand hat Arbeit,
Auf kalten Straßen stehen Männer vor Suppenküchen an,
Sandstürme schleifen den Lack von Klapperkisten,
die in der Wüste stehengeblieben sind.
Würmer fressen sich in die Wangen hungernder
Kinder in den Bergen,

Kein Kumpel kann mehr ein paar Cent erübrigen,
Bestimmt nicht auf der Straße vor dem Club,
wo die Bullen sich ihre Knüppel auf die Hände klatschen
und die Bettler hinter Absperrgittern in Schach halten.
Die Bettler warten drauf, daß die beiden Stars ihren Tanz
im Dunklen beenden,
Vom Garderobenmädchen Pelzcape und
Lambswool-Mantel entgegennehmen,
Auf die Straße treten, um ein Taxi herbeizuwinken,
und den Bettlern ein paar Münzen zuwerfen.
Aber dazu wird's nicht kommen. Sie werden weitertanzen,
die beiden Stars,
Er im schwarzen Schwalbenschwanz und mit gelacktem
Haar,
Sie im silbrigen Paillettenkleid, unter dem sich klar
ihre angespannten Pohälften abzeichnen.
Diese Tänzer von der silbrigen Leinwand,
die ihre Walzertouren drehen und so tun,
als wär ihr Song bald vorbei,
In Wirklichkeit sind sie die bestallten Geldeintreiber.
Sie biegen uns die Fäuste auf, legen unsere paar Münzen frei,
Sie ziehen das kostbare Kleingeld der
Bettler auf der Straße ein, der Statisten in der Szene.
Wir Bettler und Statisten sitzen stets im Dunkeln,
irgendwo abseits vom Tanz,
damit die Tänzer all unsere Nächte aufhellen können,
bis unsere Zeit ausläuft
und wir verschwunden sind.

(Spärlicher Applaus)

Unser Leben im Dunkeln
Ist so kurz wie ein Song,
Ein Refrain oder zwei
Und unsere Zeit ist vorbei.

Der Walzer ist zu Ende
Für dich und deinen Schatz.
Das Dunkel hat gewonnen.
Die Musik hält an
Euer Tanz ist vorbei
Nur die Musik hält an.
(Applaus)

– Wirklich, kein flackernder Kamin, kein Kerzenlicht, kein Lumen
– Wir tanzen hier in erleuchteter Dunkelheit
– Beim metallischen Funkeln der Weinglasränder.
– Der Tanz ist unser Leben. Die Dunkelheit wird uns gewährt,
damit wir darin durchs Leben tanzen …

Da tanzen wir im Dunkeln
Bis die Musik verstummt
Und das tut sie bald …
(Jubel)

Dancing in the dark
till the tune ends,
We're dancing in the dark
And it soon ends …

– Hatte mir Pems Bischof anders vorgestellt. Ein kleiner, fast winziger Mann, zerbrechlich wirkend, mit vorzeitig weiß gewordenem Haar. Kein übler Kerl, nicht kleinlich mit seiner Zeit, unumwunden, von klerikaler Zähigkeit. Wies ausdrücklich darauf hin, daß er vor allen schreibenden Leuten auf der Hut sei, besonders vor Reportern. So gehe es mir auch, sagte ich. Zwar könne ich nicht leugnen, daß ich Schriftsteller sei, aber so tief gesunken, daß ich als Reporter gearbeitet hätte, sei ich nie. »Das erleichtert mich. Reporter suchen nach Konflikten, vom Krieg bis zur Scheidung, sie peilen immer den Vernichtungskampf an, je blutrünstiger, desto besser. Und wo Einfühlung vorhanden ist, da wird sie als das Gegenteil dargestellt ... Wir bringen Pemberton, wie belagert er sich auch fühlen mag, nur unsere tiefe Sorge und kollegiale Achtung entgegen. Das sollten Sie wissen. Was er durchmacht, ist keine Kleinigkeit, und ich würdige seine Not in meinen traurigen Gebeten. Andrerseits muß ich sagen, daß er diese Not weitgehend selbst heraufbeschworen hat. Ich schätze ihn als lieben Freund, wir waren zur gleichen Zeit in Yale, aber er hat – und das habe ich ihm ins Gesicht gesagt – die sechziger Jahre nie ganz abgestreift. Sein absolutes Denken gehört so unverkennbar zu der Generation, die damals mündig wurde. Ich bin ein paar Jahre älter und habe es geschafft, mich nicht anstecken zu lassen von diesem ... von diesem Hang zur Militanz. Pem dagegen sprang auf die Barrikaden, und dort ist er geblieben. Die Anlässe haben sich verändert, aber die Unbeugsamkeit seiner Ansprüche, die Alles-oder-nichts-Mentalität – daran hat sich nichts geändert.«

Der Bischof lächelte. »Er hat doch etwas entschieden Protestantisches an sich, finden Sie nicht? Ein kleiner Scherz Gottes.«

Eine Frau kam mit einem Tablett herein und stellte Teegeschirr auf den Schreibtisch des Bischofs. Für eine Weile widmete er sich umständlich der Teekanne.

»Übrigens, wo steckt Pem jetzt eigentlich, wissen Sie zufällig, warum er nie zurückruft?«

»Er ist nach Europa gereist.«

»Aha – freut mich zu hören. Ein Szenenwechsel.«

»Nun, ich glaube, er versucht, ein jüdisches Ghettoarchiv aufzuspüren, das während des Krieges versteckt wurde.«

»Ich verstehe. Sie nehmen doch auch eine Tasse? Hier ist Zitrone, oder Milch und Zucker.«

»Danke, ich brauche nichts.«

»Andrerseits, wenn ich darüber nachdenke«, sagte der Bischof, »erstaunt es mich nicht, daß Pem solch eine Aufgabe für sich aufgetan hat, besessen vom Holocaust, wie er nun einmal ist. Er steht der christlichen Nachkriegstheologie kritisch gegenüber. Genauer gesagt, er tut sie ab. Obwohl doch unser Ringen von Herzen kommt und für jeden sichtbar sein müßte, der willens ist, es wahrzunehmen. Einige von uns stoßen sich an Pems Haltung – daß er eine moralische Position für sich reservieren möchte, die wir alle teilen.« Er runzelte die Stirn. »Nie heiß genug, der Tee hier. Tut mir leid.«

»Nein, er ist völlig in Ordnung. Wirklich.«

»Tom Pemberton mag vom Holocaust sprechen, aber in seiner Seele geht es immer um Vietnam. Sie wissen natürlich, wer sein Vater war.«

»Ebenfalls Geistlicher ...«

»Allerdings. Hochwürden John Pemberton, Suffraganbischof von Virginia. Sehr hochkirchlich eingestellt, ein gestrenger Wächter des Glaubens. Ein Priester, der nie eine Rolle auf nationaler Ebene übernehmen wollte. Dafür aber nahm er ein Opfer auf sich, indem er die Häresievorwürfe gegen einen anderen Bischof jener Zeit unterstützte, gegen James Pike von Kalifornien. Und damit ist er natürlich in die Geschichte eingegangen. Gleich im ersten Absatz des Nachrufs auf John Pemberton stoßen Sie auf Pike.«

»Pem hat Bischof Pike einmal erwähnt.«

»Das ist nicht verwunderlich. ... Wissen Sie, die Kirche ist offen für den Wert weltlicher Therapien. Ich habe Pem gedrängt, den Beistand eines Psychologen in Anspruch zu nehmen. Er könnte einen Vater zuviel haben.«

»Das verstehe ich nicht.«

»Pikes Einfluß war destruktiv. Von der Kanzel aus säte er

Zweifel an der unbefleckten Empfängnis, der Trinität ... es war, als wäre die unselige Gegenkultur durch die Kirchenwände gesickert. Aber auf ein paar Seminaristen hat Pike Eindruck gemacht. Es ist nicht auszuschließen, daß Pem sie beide internalisiert hat – seinen leiblichen Vater John, den Mann der historischen Kirche, wie auch den Außenseiter Jim Pike, als Adoptivvater – und sie gegeneinander antreten ließ. Da haben Sie Ihre Story, da liegt der Konflikt, wenn Sie nach einem suchen. Oder klingt das für Sie wie billige Psychologisierung?«

»Ein wenig schon.«

»Ich versichere Ihnen, das ist es nicht. Man sollte doch annehmen, daß Pem – nachdem wir seiner Rationalität mit unseren Glaubensargumenten die Stirn geboten haben – die Kirche mittlerweile verlassen hätte. Andererseits, warum hat er, der doch seinem Wesen nach Dissident ist, sich ihr jemals angeschlossen? Wenn es sich nicht so erklären läßt – mit diesem inneren Kampf –, dann müssen wir anfangen, vom Bösen zu reden.«

Der Bischof erhob sich und schaute aus seinem Erkerfenster. »Und das möchte ich nicht. Ich möchte nicht zugeben, daß mir Pems Naivität verdächtig ist. Denn dafür ist er einfach zu gescheit, und folglich würde es sich um eine sehr berechnende Naivität handeln. Denn daß Ratio und Glauben nicht etwa unvereinbar sind, sondern einander ergänzen, wird er doch wohl wissen? Die Ratio heiligt das ethische Leben nicht minder als der Glaube. Beide würden den Menschen gern von sich selbst befreien. Derselbe Geist, der das mathematische Theorem ersinnt, liebt die Ordnung einer Gott unterworfenen Welt. Verstand und Phantasie stellen parallele Wege zu Gott dar. Sie müssen sich nicht kreuzen. Man kann die Perspektive zu Hilfe nehmen, um sich vorzustellen, daß sie in der menschlichen Erfahrung konvergieren ... wenn auch in der Ferne.

Unterdessen aber ist eines verabscheuenswürdig: Hochmut. Das ist die eigentlich verhängnisvolle Sünde, da wuchert das Böse – in der Selbstüberhebung des Menschen, der vergißt, daß Jesus Christus zu uns herabgestiegen ist und in unserer Gestalt am Kreuz gebrochen wurde.«

– Na schön, was habe ich bisher vorliegen: Anfangs ein Junge auf einem teuren Internat, in der Hockeymannschaft von St. Paul – ein Junge mit breiten Schultern –, dann vier Jahre am Trinity College in Connecticut. Die sechziger Jahre sind voll in Gang, Teach-Ins, Sit-Ins, Demonstrationen, rituelle Verbrennungen von Einberufungsbescheiden, und Pem verbringt einen Sommer in Mississippi und trägt Schwarze in die Wählerlisten ein, kriegt eins über den Schädel gebraten und schließt sich, nun voll akkreditiert, den Yippies im Umkreis des Pentagons an. Und was passiert? Er entscheidet sich fürs theologische Seminar. Der Bischof fragt sich, warum. Wogegen aber sollte Pem, Sohn eines strammen Kirchenmanns und in Pfarrhäusern zwischen Seattle und der Upper East Side aufgewachsen, sich auch sonst auflehnen, wenn nicht gegen sein Elternhaus?

Ich werde ihn als jungen Mann beschreiben, dem es nie an Glauben fehlte, auch wenn es wohl ein unbestimmter, ererbter Glaube war. Er mag verwirrt gewesen sein, erkannte aber in all dem irrwitzigen Aufruhr um Vietnam und in den Kämpfen der Bürgerrechtsbewegung, daß die Kirche eine Institution war, die der Wahrheit und Vernunft diente. Es gab noch andere Geistliche, die gegen den Krieg waren, nicht nur Bischof Pike; Befreiungstheologen, vorbildliche, prinzipienstarke Gestalten, die zivilen Ungehorsam praktizierten, sich gewaltsam wegtragen und ins Gefängnis werfen ließen. Martin Luther King, die Berrigans ... was gab ihnen solche Kraft? Was hielt sie aufrecht? Der Glaube war die feste Burg. Und jede Menge Staub aufzuwirbeln war

eine Sache des Glaubens. Hier also bot sich für ein Kind der sechziger Jahre ein vernünftiges Programm: Pem würde die Evangelien als das begreifen, was sie waren: als revolutionären Leitfaden.
Religiöser Glaube jeglichen Grades, von null bis dreihundertsechzig, bei wild ausschlagender Kompaßnadel – so sieht es in meinem Freund Pem in Wahrheit aus.

– Wahr ist auch, daß er, nachdem er ein Jahr ausgesetzt und im Peace Corps gearbeitet hat (hierzu kann ich mehr sagen), nach Yale zurückkehrt, um sein Theologiestudium abzuschließen, und Trish van den Meer kennenlernt, die junge Frau, die er heiraten wird. Chic, ausgeglichen, in Schweizer Pensionaten erzogen. Hauptfach Politologie. Malt Kringel, wo I-Punkte hingehören. Der Typ von Goldfisch, den er immer gemieden hat; also verlieben sie sich.

Trish mag seine kratzige Baritonstimme, das breite Gesicht, die Haarmähne, die ihm andauernd in die Stirn fällt, seinen sinnlichen Mund. Er ist nicht einmal einsachtzig groß, wirkt aber größer, so groß wie jemand von starker Präsenz – ein Theologiestudent aus gutem Haus, ohne nennenswertes Vermögen und verflucht viril. Eigenartig, daß er nicht zur Kenntnis nimmt, wie anziehend er ist, wie ein großer, zottliger Hund. Trägt diese schwere, schwarzumrandete Brille, die ihm so leicht vom Nasenrücken rutscht und die er ständig wieder hochschiebt, was in Trishs Augen für eine gewisse Unordnung in seinem Leben spricht. Er braucht jemanden, der sich um ihn kümmert. Und diese eigenartige Verletzlichkeit – daß eine bloße Idee von ihm Besitz ergreifen und ihn erschüttern kann; daß es ihm so wichtig ist, seine Gedanken mit ihr zu teilen, obwohl er sich für ihr Gefühl eher darauf verläßt, daß sie ihm zuhört, während er sein Hirn trainiert. Sie findet es faszinierend, daß sich ein Mann das Leben so schwer machen kann.

Und was zieht ihn an ihr an? Sie ist sexuell kühl, eine schlanke, sportliche Blondine, eine gute Tennisspielerin, die fließend Französisch und Italienisch spricht, im dritten College-Jahr in die renommierte Phi-Beta-Studentenverbindung aufgenommen wurde, und ihr Vater ist ein großes Tier in der Johnson-Regierung, die Tom Pemberton verabscheut.

– Lieber Pemby,

Ich mußte schmunzeln, als ich zum Füller griff und mir vorstellte, was für ein Gesicht Du wohl machen wirst, wenn Du einen Brief von Deinem Ex-Schwipp-Papa in der Post vorfindest. Du siehst also, einen heiteren Moment hast Du mir bereits beschert. Die stellen sich dieser Tage selten ein, obwohl ich mich an einem Segeltag gewöhnlich auf ein paar davon verlassen kann, wenn der Wind mitspielt und ich eine harte Kreuz segele und weiter nicht viel mehr zu tun habe, als die Pinne zu halten und mir die salzige Gischt vom Gesicht zu lecken. Ich bin wieder mit der alten hölzernen Hereschoff unterwegs, Du erinnerst dich? Gaffelrigg? Keine Ahnung, warum. Sie ist ein bißchen breit geraten, nicht besonders schnell, aber trotzdem recht hübsch und ohne Allüren, wie eine gute erste Ehefrau. Für ein paar Momente gelingt es mir dann, mich der Illusion von Frieden hinzugeben. Ich höre das Zischen und leise Klatschen des sich bewegenden Boots, das Säuseln der Elemente, als wären Wind, Licht und Wasser Götter, die sich leise unterhalten, gerade so, wie es, Verzeihung, die ollen polytheistischen Heiden schon ganz richtig begriffen haben. Ich fahre selten mehr als eine Meile oder zwei raus und halte mich immer parallel zur Küste, keine Ahnung warum, mal davon abgesehen, daß ich den starken Drang verspüre, es anders zu halten. Oder wenn Du's genau wissen willst, liegt es vielleicht an dieser Schande, daß seltsamerweise im Meer anscheinend immer mehr Müll, Ölschlick und unaussprechlicher Unrat herumschwimmt, je weiter man hinausfährt. Und ich bin da etepetete.

Ich bin nicht gleich auf den Punkt gekommen, was? Untypisch für mich. Aber eins kann ich Dir versichern: Ich schreibe Dir nicht, weil ich die Absicht hätte, Dich trotz Eurer Entfremdung wieder mit Deiner Frau zusammenzubringen. Zunächst mal halte ich das, so wie ich Euch beide kenne, gar nicht für möglich, und zweitens und vor allem sehe ich Dich nun, da wir nicht mehr Schwipp-Sohn und Schwipp-Papa sind, in einem ganz neuen, anziehenden Licht. Offen gesagt, kann ich mir nicht vorstellen, was Ihr beide je im anderen gesehen habt – die sonderbare Einrichtung, die Eure Ehe darstellte, verdiente es, eines Tages wissenschaftlich untersucht zu werden, freilich nicht von mir. Für mich hat Anspruchsvolleres Priorität. Ja, Priorität. Auch wenn es Dich erstaunen dürfte, daß selbst so bejahrte Burschen wie ich noch immer so damit beschäftigt sind, sehr ernsthaft sogar.

Wieso in einem besseren Licht, wirst Du fragen, wenn Du sofort an demjenigen hängenbleibst, was Dich am meisten interessiert. Nun, zunächst einmal, weil Du trotz aller Probleme in Deinem Leben, von denen eines doch tatsächlich bis in die Zeitungen vorgedrungen ist, so arglos bleibst. Das alles ist so rührend normal – eine auseinandergebrochene Familie, ein abhanden gekommenes Kruzifix, Menschen, die für ihren Klacks Kartoffelbrei anstehen, oder was sonst Dich zur Zeit in Trab halten mag. Zugegeben, Arglosigkeit Deiner Art geht mit Quälerei einher, und ich möchte Deine wohlgehätschelte Angst auch keineswegs herablassend abtun, doch was die Problemchen angeht, würde ich sofort mit Dir tauschen. Du bist ja um Deinen Arbeitgeber, Gott, nur zu beneiden. Nicht, daß ich das nicht immer schon gewußt hätte, aber nun sehe ich es wirklich in einem neuen Licht. Angesichts des Umstands, daß Deine Pflicht darin besteht, uns zu sagen, was wir bereits wissen und nicht hören wollen, Du Dich somit im Leben einer Rolle verschrieben hast, die zugleich fruchtlos und lästig ist, hat es sich für mich ergeben, daß ich in Dir den ahnungslosen, perfekten Stellvertreter für jede selbstgerechte Person gehobenen Standes erblicke, die je in einem Publikum aufgestanden ist und eine Entschuldigung von mir gefordert oder mir einen tränenfleckigen Brief über den Bruder, Sohn oder Gatten geschrieben hat, für dessen Tod ich verantwortlich sei, die meine E-mail mit üblen Verwünschungen jeglicher Art gepfeffert, mich bei einer Buchpräsentation ausgebuht oder mir den Rücken zugewandt hat, wenn mir eine Ehrendoktorwürde verliehen wurde. Du, Pastor Pemberton, bist ihr Prophet. Der Prophet Deiner ganzen Generation von feigen, sentimentalen, egozentrischen, schlappen, unverbesserlichen Hippies, die das gute Leben unter der amerikanischen Hegemonie genießen, ohne die dazugehörigen Bürden schultern zu wollen.

Ich habe mir nun folgendes überlegt: Wenn ich mit Dir zu kommunizieren lerne, kann ich vielleicht tatsächlich die übrigen erreichen. Ungefähr so, wie ein Ethnologe im Feld, etwa im Dschungel, emsig Sprache und Sitten der Eingeborenen erlernt, um ihr Vertrauen zu erlangen. Was hältst Du davon? Natürlich geht es mir um mein Land. Bist auch Du endlich willens, an Dein Land zu denken? Wenn ja, ist unser erstes Problem das folgende:

Ein langhaariger Mann ohne Beine hat begonnen, in seinem Rollstuhl vor meinem Haus hier in Alexandria zu demonstrieren. Allmorgendlich trifft er in einem dieser Behinderten-Transporter ein und wird vor meiner Gartentür abgesetzt, wo er schlicht sitzen bleibt und zum Haus hinaufstarrt. Um die Mittagszeit wird er davongekarrt, zum Lunch vermutlich, ist jedoch am frühen Nachmittag zurück und verschwindet nicht vor Einbruch der Dunkelheit. Von einem Fenster in der oberen Etage aus habe ich mit dem Feldstecher folgende Beobachtungen gemacht: Die Person, die ihn absetzt und wieder abholt, ist eine junge Frau, seine Tochter oder seine Ehefrau, und ihm ganz offenkundig treu ergeben. Er selbst scheint ausnehmend guter Gesundheit zu sein, stark, breitschultrig, und bei dem enganliegenden T-Shirt mit Ärmeln, die bis zu den Schultern hochgekrempelt sind, zeichnen sich seine Brustmuskulatur, Bizeps und Trizeps bestens ab. Unterschicht-Macho, oder sollte ich besser sagen, Machete? Hat wahrscheinlich auch eine gute Invalidenrente, was er vielleicht mit der kleinen amerikanischen Fahne feiert, die am Rahmen seines Rollstuhls weht. Nach ein paar Wochen dieser Auftritte habe ich die Polizei gerufen. Wenn sie ihn jedoch auffordern, sich weiterzubewegen, tut er das, rollt sich die gewundenen, von Bäumen überschatteten Straßen entlang spazieren, mit dem gleichen juristischen Status wie jemand, der Beine hat. Sind die Polizisten fort, bezieht er natürlich wieder seinen Posten. Ich habe erwogen, ihm Limonade hinausbringen zu lassen, aber das könnte wohl als Verhöhnung interpretiert werden, nicht wahr? Ich habe erwogen, ihn hereinzubitten, was jedoch riskant sein könnte und jedenfalls eine Taktik, die man sich für den Zeitpunkt aufsparen sollte, an dem die Presse von der Sache Kenntnis nimmt, was fraglos passieren wird, und ihrerseits an meinem Tor erscheint. Ich habe erwogen zu verreisen, ich kann jederzeit ins Ausland gehen, nehme aber an, das sähe so aus, als liefe ich davon. Was immer ich jedoch unternehme, der Mann hat das Spiel in der Hand. Wie würdest Du vorgehen? Welchen Rat erteilst Du mir, einem Mann, dem es selbst nicht ganz an Auszeichnungen fehlt und der nach dem Krieg auf nicht unerhebliche Mehreinkünfte verzichtet hat, indem er zum Wohl seines Landes Jahr um Jahr seine Dienste gegen bescheidenes Entgelt zur Verfügung stellte? Soll ich eine Gegendemonstration veranstalten? Soll ich mir selbst einen Rollstuhl bestellen und mit eingelegter Lanze die Auffahrt hinunterrollen?

In der Hoffnung, von Dir zu hören, und mit den besten Grüßen an Dich

wie stets
Dein Quasi-Schwipp-Papa

– Des Autors Lebenslauf

Sie erinnern sich, daß mein Vater Ben,
ein junger Marineoffizier fern von seiner Einheit,
eine furchtbare Weltkriegsnacht überlebte,
indem er den deutschen Soldaten, die durch die
Schützengräben stürmten,
Befehle auf jiddisch zubrüllte,
in einer Sprache, die entstanden ist im Rachen
der europäischen Geschichte.
Ein schneidiger, ironischer, uramerikanischer Trick,
nicht wahr? Er rettete ihm das Leben.
Bei Kriegsende kam er mit Pershings Truppen heim,
verließ die Marine, heiratete seine Freundin Ruth
in Rockaway Beach, Long Island, im Staat New York,
und ging ins Plattenspielergeschäft –
er vertrieb Lautsprecher.
Der Lautsprecher für den aufziehbaren Plattenspieler jener
Zeit
war ein flacher, vorn offener Zylinder
vom Durchmesser eines Silberdollars,
mit dem Kopf des Abspielarms verbunden
und mit einer Schraube zum Fixieren der Stahlnadel,
welche die Rillen der achtundsiebziger Platte

entlanghoppelte und die Impulse auf die
Wachspapiermembran im Lautsprecher übertrug,
der die blechernen Stimmen von Rudy Vallee und
Russ Columbo erzeugte,
so daß die Amerikaner dazu tanzen konnten.
1922 wurde mein Bruder Ronald geboren,
und 1926 hielt man ihn in meines Vaters Büro im
Flatiron Building
hoch über einen Fenstersims,
damit er die Lindbergh-Parade sehen konnte,
die unten auf dem Broadway vorüberzog.
Durch den Hagel von Konfetti aus Telexpapier
hallte der Jubel der Menge herauf,
Mein vierjähriger Bruder schwankte und wäre
glatt in den Mahlstrom hinabgetaucht,
hätten die sicheren Hände meines lachenden Vaters
ihn nicht gepackt und wieder hineingezogen,
wo meine Mutter Ruth, die nie mit dem Leben scherzte,
bleich und fast ohnmächtig war.
193* wurde ich geboren,
und die Familie hatte ihre bleibende Gestalt erlangt,
Mutter, Vater und zwei Söhne,
Mieter in der Bronx während der
Weltwirtschaftskrise.
Auf die will ich nicht eingehen, sondern nur erwähnen,
daß 1941 mein Vater Ben, dem es bis dahin gelungen war,
uns mit einem Radio- und Schallplattengeschäft
zu ernähren, das er mit einem Partner aufgemacht hatte,
schließlich pleite ging und Verkäufer
in den Geschäften anderer wurde.
1943 war aus dem jungen Leutnant des Ersten Weltkriegs
mein besorgter, gesetzter Vater geworden, der
in einem Sessel neben dem Radio
den Nachrichten des Zweiten Weltkrieg lauschte

und gleichzeitig die Kriegsberichte in der Abendzeitung
las, die er aufgeschlagen hielt wie ein Zelt,
weil sein älterer Sohn, mein Bruder Ronald,
irgendwo in England umherflog
als Funker im Army Air Corps,
Da die Neigung zur Kommunikation nun einmal in der
Familie liegt und mein Bruder schon mit vier Jahren
eine Neigung zu Sturzflügen hatte erkennen lassen.
Jedenfalls war, um's nicht allzu spitzfindig zu deuten,
die Familie wieder einmal in Europa, um auszuhelfen.
Im Fluge erweiterte mein Bruder seinen europäischen
Horizont am Funkgerät einer B-17,
genannt die Fliegende Festung,
weil sie neben ihrer Bombenladung
Maschinengewehrschützen in Heck und Bug
mitschleppte
und einen dritten Schützen dazwischen,
über und hinter dem Piloten.
Trotz dieser Bewaffnung war sie nach heutigen Maßstäben
kein sehr großes Flugzeug,
wenn auch groß genug als Ziel
für die Maschinenkanonen der angreifenden
Messerschmitts, die sie umkreisten.
Später wurden die B-17 nachts geflogen,
denn nirgendwo war es je so dunkel wie in Europa
während des Kriegs.
Von unten wurden sie angeleuchtet vom Feuerschein ihrer
eigenen Bomben,
zehntausend Fuß unter ihnen, und Leuchtspurfeuer
zogen sie an wie ein Magnet die Nägel.
Und trotz ihrer Angst davor, im Dunkel hinabzustoßen,
meinten die Besatzungen, sie hätten dann bessere
Chancen als bei Tag,
eine Ansicht, die durch die schweren Verluste, die sie

erlitten, nur zum Teil erschüttert wurde.
Wenn es besonders schlimm wurde, bei Flakfeuer,
schien das Flugzeug vor Angst Sprünge zu vollführen,
oder ein neuer Pfeifton kam von den Motoren, und
Rauch trieb durch die Kabine.
Mein Bruder liebte die ihm anvertrauten Maschinen sehr,
die bezifferten Skalen, die Instrumente mit den Nadeln
und, sichtbar durch die feinen Nähte der schwarzen
Metallgehäuse, das verläßliche Glühen der Radioröhren.
Waren die Bomben abgeworfen, fiel das Flugzeug
scheinbar aufwärts,
und beim Heimflug klang das Geschnatter dieser Jungen,
der älteste von ihnen vielleicht fünfundzwanzig,
auf der Bordsprechanlage überdreht, nah an Prahlerei,
bis sie im Morgengrauen ihren Flugplatz erblickten
und still wurden,
lebend zurückgekehrt für einen weiteren Tag.
Nach einem Dutzend Einsätzen erhielt mein Bruder
Urlaub,
genauer, einen Urlaubsschein für ein Wochenende, und
das verbrachte er –
aufgrund einer Einladung, die ihn über das Hauptquartier
seiner Staffel erreichte und somit fast einem Befehl
gleichkam –
in einem kleinen englischen Schloß in den Cotswolds.
Sein Gastgeber, Lord Soundso, ein General,
lebte dort mit seiner verwitweten Tochter
und ein paar uralten Dienern, die sich
sehr langsam bewegten.
Mein Bruder zeigte, was er an Empfehlungen besaß,
darunter vor allem die aktive Teilnahme seines Vaters am
Ersten Weltkrieg,
wofür der General, ein zerbrechlicher Mann mit blauen
Augen, Veteran des Ersten Weltkriegs,

sich erkenntlich zeigte, indem er den Gast durch seine
Ahnengalerie führte, flott abtuend,
worauf er doch so stolz war,
die Generationen schnurrbärtiger,
ordenbehängter Offiziere, deren Sproß er war.
Ein Spritzer eingetrockneten Eigelbs schmückte die
Krawatte des Generals,
Bei seiner Morgenrasur waren ein paar Kinnstoppeln
übersehen worden.
Welch ein Stil, dachte mein Bruder und wollte das
Wochenende schon abschreiben,
als die Generalstochter in Erscheinung trat,
eine große, hellhäutige, sportliche Frau,
die junge Witwe eines britischen Panzerkommandanten,
gefallen in Nordafrika im
Kampf gegen Rommels Truppen.
Als mein Bruder mir von ihr erzählte, nannte er sie Miss
Manderleigh:
Ihre weit auseinanderstehenden Augen waren groß, ihre
vollen Lippen rot.
Das dunkle Haar trug sie zum Pagenkopf geschnitten,
dazu eine schlichte Bluse, Rock und flache Schuhe.
Die Hand, die sie ihm reichte, war weich und warm,
und ihr lächelndes, ungezwungenes Hallo signalisierte
ohne viele Worte,
daß sie seine Not verstand.
Man ließ ihm Zeit, allein umherzuwandern.
Er konnte nicht verstehen, wie diese Leute
in diesem zinnengeschmückten Herrenhaus aus gelbem
Cotswoldstein
leben konnten, anscheinend ohne zu bemerken, daß es
innen und außen verfiel.
Frei stand es auf dem Land, nicht darin verwurzelt,
sondern darauf gesetzt, ohne Bäume, doch mit toten

Büschen in Kübeln
und hier und dort einem stumpfen steinernen Tier,
die die Würde des Hauses zum Ausdruck bringen sollten.
Dahinter war eine ummauerte Fläche
von einem halben Morgen in einen Gemüsegarten
verwandelt worden,
Dann stieg das Gelände sanft zu einer Hochebene an,
und dorthin deutete Miss Manderleigh, als sie mit
einem Picknickkorb und einem
schweren Kofferradio herauskam,
ganz Gastgeberin, entschlossen, für das Vergnügen
ihres Besuchers zu sorgen.
Er ahnte noch immer nichts, mein Bruder, es war ihm nicht
einmal in den Sinn gekommen,
höchstens vielleicht als Phantasie, obwohl doch nur sie
beide, erzählte Ronald mir,
den langen Hügelweg hinauftrotteten, der wie der
Mittelgang einer Kirche zwischen Hecken hindurchführte,
die sich ehrerbietig wie Höflinge
in dem stark auffrischenden Wind verneigten.
Oje, sagte Miss Manderleigh,
der Himmel war ein seltsam grünliches Gewölbe, die
ersten Tropfen fielen,
Und schon trommelte stürmischer Regen auf sie ein,
ein sehr unbritisches Getrommel
und bis sie den Unterschlupf einer Scheune erreichten,
waren sie naß bis auf die Haut.
Der Sturm hatte Vögel gegen die Scheune geschmettert.
Zwei, drei davon drehten sich im gepeitschten hohen Gras,
flatternd um ihre gebrochenen Flügel.
Drinnen, im Dunkeln, hatte sich das Kofferradio,
das mein Bruder trug wie ein Gepäckstück,
irgendwie selbst eingeschaltet, und plötzlich
hörten sie über Kurzwelle eine Rede Hitlers, die klang,

als ergössen sich Nägel, Muttern und Schrauben
aus einer umgestoßenen Werkzeugkiste.
Rüde ließ diese Weltkrise keine ländliche Idylle zu,
nicht einmal ausnahmsweise,
und verstärkte so wahrscheinlich noch den Instinkt
der beiden jungen Leute, sich der Liebe hinzugeben,
solange es noch möglich war.
Sie drehte das Radio ab, er zündete eine Laterne an
und wärmte sich am Anblick von Miss Manderleigh
in ihrer nassen, pastellfarbenen Picknickkleidung,
deren sämtliche Schichten wie eine einzige
transparente Hülle an ihrer auf einmal
sehr präsenten Erscheinung hafteten.
Über die so eingebüßte Contenance amüsiert,
schien sie zu sagen: Schau dir das nur an,
preßte die Lippen in schelmischer Selbstbezichtung
zusammen, so daß sich auf ihren Wangen Grübchen
bildeten, hob die Brauen, und in ihren Augen
funkelte der Laternenschein.
Dieses verblüffend dralle Mädchen mit den fleischigen
rosa Schultern,
dessen Rücken sich rundete, als sie die Arme über den
Brüsten kreuzte, neugierig auf ihren erhobenen Fuß in
meines Bruders Hand sah,
als wurde jemand anderes entkleidet.
Nicht daß mein Bruder mir im Detail davon berichtet hätte
– in sexuellen Dingen war er stets verschwiegen –,
ich schmücke seinen Bericht nur aus,
mit Pferdedecken, unter die man kriechen konnte,
mit einer Flasche Wein aus dem Korb –
der Korken ploppt, der Wein fließt in zwei Gläser,
die Gurkensandwiches und gefüllten Eier werden
verschmäht,
der Wind pfeift durch die Bretterwände,

das Beben und Schnauben von ein paar Ackergäulen in
ihren Boxen, anscheinend froh über die Gesellschaft,
deutet mein Bruder sich in animalische Billigung um.
Beim Dinner an jenem Abend führte der General in
Gesellschaftuniform am Tischende den Vorsitz,
und Miss Manderleigh und mein Bruder saßen ihm zur
Rechten und zur Linken.
Serviert wurden ihnen die Erzeugnisse des Gartens
und Wildgeflügel von den Feldern.
Von allem wußte man in diesem Land im Krieg, woher
es stammte.
Als der General es an der Zeit fand, sich zur Ruhe zu
begeben,
äußerte er murmelnd die Hoffnung, es möge meinem
Bruder wohlergehen, und schüttelte ihm die Hand.
Sein Bursche half ihm die gewundene Treppe hinauf.
Ronald und Miss Manderleigh tranken Brandy mit Soda
und spielten Dame am Kamin,
und als sie sicher war, daß im Haus alles schlief,
führte sie ihn auf ihr Zimmer.
Ziemlich betrunken sei er gewesen, sagte Ronald mir,
an ihr Bett jedoch konnte er sich erinnern, an die vier
gedrechselten Pfosten, wie Läufer beim Schach.
Ich stelle mir gern vor, wie sie im Einklang schwankten,
Rhomben ostwärts, Rhomben westwärts bildeten,
bis die fahle Dämmerung unter den Säumen der
Kriegsverdunkelung hereinkroch.
Ich stelle mir gern vor, daß dieses Wochenende
vernünftiger englischer Lustbarkeiten meinem Bruder
inzwischen wie ein wahrgewordener Traum erschien.
Daß er sah, wie sie sich zum Morgengeläut der Kathedrale
hinter dem nächsten Cotswold-Hügel bewegten,
wo gähnende Mönche sich in ihren Zellen geißelten
und die lateinischen Silben wie verstörte Rauchschwalben

in den dunklen europäischen Morgen stiegen.
Und wenig später hieß es, Adieu, First Sergeant.
So wurden die todgeweihten alliierten Flieger
immer angesprochen,
First Sergeant, weil sie patriotische Inbrunst weckten,
und in dem grauen Licht war alles naß,
die fleckigen Bruchsteine des burgartigen Herrenhauses,
der alte schwarze Bentley, auf Hochglanz poliert
und betaut,
der braun gewordene Kies unter den Füßen meines
Bruders.
Er blickte dorthin, wo hinter einer Hügelwelle die
Scheune stand,
so sonderbar gelegen, daß sie vom Sturm abgetriebene
Vögel tötete.
Die gezüchtigten Hecken regten sich nicht an diesem
kalten, stillen Morgen.
Mein Bruder stand da und wußte nichts zu sagen, sie
hatten keine Adressen ausgetauscht.
Er spürte keinen Rest von Nähe mehr von ihr ausgehen.
Sie zählte zu jener englischen Klasse, die tat, was
zu tun war.
Fadenscheinig nun und abgebrannt, taten sie noch
immer, was zu tun war.
Ihm als amerikanischem Soldaten war das neu,
es gab so vieles, worüber sie nicht sprachen,
Was sie auch taten, es war eine Form von Trauer.
Miss Manderleigh, erschöpft und dringend schlafbedürftig,
lächelte furchtbar gezwungen mit geschwollenem Mund
und hatte sich an diesem Morgen zu hastig gekämmt
für einen Abschied, der den Beginn einer süßen,
dauerhaften Freundschaft vortäuschen sollte.
Und Ronald würde nie die geschlechtslos traurige Seele
vergessen, die ihn aus ihren Augen anstarrte

und deren Farbe aus seiner Erinnerung löschte, als er
Adieu sagte.
Adieu, Miss Manderleigh, adieu.

Vierundzwanzig Stunden später wurden sämtliche
Besatzungen im Geschwader meines Bruders
in Alarmbereitschaft versetzt, und im Morgengrauen darauf
dröhnten die Fliegenden Festungen,
jede mit fünftausend Pfund Bomben beladen,
über die Startbahn in den Dunst über Suffolk.
Gruppe schloß sich an Gruppe, kreiste am Himmel
über East Anglia,
bis das Rendezvous aller hundertvierzig B-17
und ihrer P-47-Begleitjäger beendet war.
Bestimmt waren die Bomben dieses speziellen Einsatzes
für die Kugellagerfabriken in Schweinfurt,
tief im Inneren Deutschlands,
oder vielleicht für Regensburg, wo die Deutschen
ihre Kampfflugzeuge bauten,
oder ging es um Regensfurt oder vielleicht Schweinburg.
Das muß ich meinen Bruder noch mal fragen.
Über seine Kriegserfahrungen redet er so wenig
wie über seine Liebesaffären als junger Mann,
Ein bescheidener Familienheld heute, ein Mann in den
Siebzigern, der täglich Tennis spielt
und stolz auf seine drei erwachsenen Söhne ist, mit denen
er gern angeln geht,
Zugetan der Frau, mit der er seit gut vierzig Jahren
verheiratet ist, seiner ersten, und einem
Martini vor dem Abendessen
und den Ritualen der hohen Feiertage.
Jedenfalls sollte der Einsatz katastrophal enden.
Zwar waren die Festungen mit Langstreckentanks
ausgerüstet,

doch die P-47s hatten nur Treibstoff, um bis an die
holländisch-deutsche Grenze und zurück zu fliegen.
Die Hunnen aber tauchten über Deutschland auf,
ihre Staffeln gelbnasiger Messerschmitt 109s
tauchten hinterrücks auf die schwerfälligen Bomber hinab,
die stur in Formation geradeaus flogen
und von den Maschinenkanonen der Jäger
der Länge nach beschossen wurden,
punktiert, gelöchert, in Brand geschossen,
während ihre eigenen 50-Kaliber-Zwillingsturmgeschütze
losratterten gegen die rasend machenden Stiche
der wendig herabschießenden und schon verschwundenen
109er.
Aus der Bordsprechanlage dröhnten Befehle und Gebrüll,
jemand stöhnte.
Die Skalen, Birnchen und Glühröhren
im Armaturenbrett von Ronalds Funkgerät
schienen urplötzlich in sich zusammenzufallen
wie eine Sandburg.
Die Lichter erloschen, die Sprechanlage verstummte,
er fand ein glimmendes Schrapnell,
das sich durch seinen Handschuh brannte.
Die Rumpfseite vor ihm glich einem Auge,
blau wie die Augen seiner Mutter,
Rauch erfüllte plötzlich die bebende Festung
und löste sich fast ebenso plötzlich wieder auf.
Ronald schnallte sich ab und rannte nach vorn,
weil das Flugzeug sie in diese Richtung neigte.
Der Kopilot, sah er, war auf den Steuerknüppel gesackt,
der Pilot gestikulierte.
Ronald zog den toten Jungen von seinem Sitz
– der Kopf war beinahe vom Rumpf abgetrennt –,
ließ ihn sanft auf den Boden der Kabine gleiten
und setzte sich auf seinen Platz.

Er zog seine Fliegerjacke aus, wischte mit dem flauschigen
Futter das Blut aus der Sauerstoffmaske des Kopiloten
und setzte sie auf.
Er wischte die Blutspritzer von den Kabinenfenstern.
Eine saubere Reihe von Leuchtpunkten
markierte die Spur der deutschen Salven,
die den Rumpf durchschlagen hatten.
Als der Pilot die Nase der B 17 wieder oben hatte,
befahl er Ronald, das Steuer zu übernehmen,
während er selbst versuchte, sich das Blut,
das sein Gesicht verschmierte, aus den Augen zu
wischen.
Da hielt nun Ronald seinen neuen Posten,
Der Himmel vor ihm war voll zerrissener B-17-
Formationen,
Paare von Focke-Wulfs lösten nun die 109er ab,
schossen mit rotzenden Maschinenkanonen im
Bogen aus der Sonne auf die Fliegenden Festungen herab,
mitten durch ihre Gruppen,
und entschwebten frech, um gleich wiederzukommen.
Anscheinend war's egal, daß der eine oder
andere Hunne explodierte oder abschmierte,
eine Rauchfahne hinter sich,
Sie waren selbstmörderisch übermütig.
Die Bomber gingen in Flammen auf,
torkelten wie fallende Blätter abwärts,
drehten sich um ihre Flügelspitzen
oder schossen pfeilgerade zu Boden.
Kreuz und quer standen Kondensstreifen und
Leuchtzeichen am Himmel,
unentzifferbare Botschaften,
punktiert von aufplatzenden schwarzen Flakwolken.
Körper flogen vorbei, vom Wirbelstrom erfaßte
Fallschirmspringer, Tragflächenteile,

Triebwerkverkleidungen, Luken,
ein nackter Fuß, ein Kopf im Lederhelm,
Instrumententafeln, ein langsam rotierender Propeller.
Der ganze Schrott von Menschen und Maschinen;
nun Himmelsmüll, der durchflogen werden mußte.
Wie lang es dauerte, wußte Ronald nicht;
es schien kein anderes Leben mehr zu geben;
bis die Focke-Wulffs endlich zurückblieben
und der Rest der Staffel,
sechzig Flugzeuge vielleicht,
die ihr Ziel in Sicht hatten.
Nur eine bösartige Abwehrflak hatten sie noch zu
durchfliegen, und die Besatzungen waren bereit,
ans Werk zu gehen.
Bombenschächte wurden geöffnet, die Festungen
kehrten um,
flogen an
und warfen nacheinander ab.
Die Stadt dort unten schien sich plötzlich aufzublähen,
ein neues Geräusch war durch das Motordröhnen zu
vernehmen,
das Wumpf! verzögerter Explosionen am Boden,
vom Schwanken des Flugzeugs begleitet,
Gerade als dieses abrupt an Höhe gewann, hörte
Ronald den Bombenschützen brüllen:
Bomben weg!
Er stellte sich bei seinem Flugzeug menschliche
Triumphgefühle vor,
weil es den Deutschen eine harsche Botschaft überbracht
hatte.
Jetzt nichts wie weg hier, sagte der Pilot.
Und begriff erst da, daß der Steuerknüppel nicht reagierte.
Was er auch unternahm, nichts tat sich.
Laut Flugplan war der Luftwaffe,

die ihnen auf dem Hinflug so zugesetzt hatte,
südlich auszuweichen und über die italienischen Alpen zu
fliegen, zu Flugplätzen in Nordafrika.
Doch nach dem Angriff flogen sie auf Westkurs über
Deutschland.
Der Pilot konnte mit dem Flugzeug nicht in die Kurve
gehen, aufsteigen oder irgend etwas anderes tun, als
geradeaus zu fliegen.
Während sie vorwärtsdröhnten, kam es ihm so vor, als
wären die Kabel gerissen
und hingen nur noch an einem Faden
und als könne ihm jede Sekunde alles aus der Hand
gleiten.
Oh, Scheiße, tu mir das nicht an, hörte ihn Ronald sagen.
Langsam verloren sie an Flughöhe,
indem sie vorübergehend die Geschwindigkeit
drosselten und zwei Motoren abschalteten,
bis sie, um nicht entdeckt zu werden,
sehr vorsichtig in nur fünfhundert Fuß Höhe
über lächerlich akkurate, von Hecken gesäumte Felder
flogen.
Kleine Kuhherden setzten sich träg in Trab,
als sie vorüberkamen.
Ein alter Mann deutete nach oben,
eine Frau hängte ihre Wäsche auf,
in einem Bahnhof schüttelte der Gepäckträger die Faust,
an einem Abstellgeleis hoben die Bewacher eines langen
Güterzugs die Gewehre,
und ganz Deutschland, meinte Ronald, war nun gewarnt
vor diesem verwundeten amerikanischen Ungeheuer,
das sich da über die Landschaft schleppte.
Dennoch flogen sie weiter, mit nur noch drei, vier
Lebenden an Bord der eisigen,
stinkend ausgebrannten Festung,

allein, ohne Funkkontakt.
Und der Wind pfeift durch tausend Risse im Rumpf,
und tote Kameraden liegen zusammengesunken
an ihren zerschmetterten Geschütztürmen ...

Freunde, Brüder und Schwestern,
Wie können wir es anstellen, daß unsere Geschichten nicht
wanken wie alte Veteranen bei der Parade?
Wie einer Erfahrungen erfährt, ist nicht zu vermitteln,
Die Kinder zucken die Achseln, geschehen ist geschehen,
und die Geschichte lehrt sie letztlich nur,
nicht zur falschen Zeit am falschen Ort zu sein,
wie es im Zweiten Weltkrieg rund dreißig Millionen waren,
jeder ein Bündel äußerster Qual
in wenigstens einem unerträglichen Moment,
in dem sich sämtliche Fasern des liebenden Bewußtseins
satanisch verdichteten und die Welt zu Ende ging.
Wie viele Male, frage ich, mag die Welt noch zu Ende
gehen, bevor die Welt am Ende ist?
Im Schrott der Pilotenkanzel sitzend,
die grünen Felder unten vom getrockneten Blut auf
dem Kabinenfenster grau getönt,
ahnte mein Bruder Ronald vielleicht
jenseits der Lage, in der er sich befand,
etwas von einem historisch so tief in Phantasien
versunkenen Europa,
in Königsphantasien,
Priesterphantasien,
daß es augenblicklich für die Ziele mörderischer
Fabeln zu gewinnen war,
die aus dem Mund der ungeheuerlichsten Impressarios
des europäischen zwanzigsten Jahrhunderts drangen,
der großmäuligen Soziopathen, die immer wußten,
wen sie beschuldigen mußten.

Oder vielleicht grübelte er über den Unterschied
zwischen Krieg und Frieden nach,
unter organisatorischem Aspekt – da die Todesfälle im
Frieden relativ gestreut auftreten, aufs Geratewohl,
vereinzelt oder verstärkt durch Umstände wie die Armut,
verglichen mit der zuverlässigen, konzertierten
Massenmobilmachung von Toten im Krieg.
Mit größerer Wahrscheinlichkeit aber dachte er,
als er so schlotternd im Hemd dasaß und dann,
genauso unbehaglich, in seiner Fliegerjacke, in deren
Futterflausch kleine Stalaktiten vom Blut des toten
Fliegers klebten,
an seine Mutter und seinen Vater, Ruth und Ben,
die er, ohne sie so recht vor sich zu sehen,
als maßgebende moralische Gestalten empfand,
die ihm durch ihre bloße Existenz als Mutter und Vater
Kraft verliehen.
Und er dachte an seinen jüngeren Bruder Everett,
der jede Unterweisung im Werfen
und Fangen eines Baseballs so ernst nahm,
und er hatte das Gefühl, Everetts beschützte Unschuld
verleihe ihm Kraft.
Er sah auf seine Uhr: in den Staaten war
ihr Tag in vollem Schwange.
Eines Tages, schwor er sich, würde er wieder
ihr bescheidenes Leben teilen,
Arbeit, Schule, Häuslichkeit,
und nie vergessen, Gott für den Segen
dieser zusammengehörenden Familie zu danken.
Inzwischen hatte der Himmel sich verdüstert, schlechtes
Wetter drohte.
Langsam erklomm der Pilot die nötige Höhe,
ohne zu wissen, in welchem Moment des Aufstiegs
das Flugzeug nicht mehr fliegen würde.

Die Briten nannten ihre Flugzeuge Maschinen,
ein zu altmodisches Wort für eine fliegende Festung
nach Meinung meines Bruders,
doch eines, das ihm mit jedem Flügelbeben,
jedem Kotzen und Würgen der Motoren
zutreffender erschien.
Nun weiß ich nicht, wann oder wie es genau dazu kam,
daß Ronald den Befehl zum Aussteigen erhielt.
Der Himmel war inzwischen schwarz, das Gewitter da,
vielleicht legte ein Blitz die Instrumente lahm.
Sie flogen blind dahin, bei kreisender Kompaßnadel.

Wilde Turbulenzen schleuderten sie umher,
und ich meine, er berichtete, der äußere Steuerbordmotor
habe gebrannt.
Im Schein der Flammen sah er, wie die Tragfläche abriß.
Raus, brüllte der Kommandant denen zu, die noch am
Leben sein mochten,
und während das Flugzeug scherte, hopste, zerbrach,
taumelte Ronald nach hinten, fand seinen Fallschirm,
eine Tür war offen, der Regen schlug ihnen ins Gesicht,
andere Männer purzelten vor ihm hinaus,
Und mit einem Blick zurück zu dem Piloten, der
sich von seinem Sitz erhob,
das Flugzeug aufgab und abstürzen ließ,
sprang Ronald in die tobende, donnernde Nacht.

Barmann, noch ein Bier für die Brüder und Schwestern hier,
die auf dem Trockenen sitzen, und auch für mich.
Wer gegen lauthals erzählte Mordgeschichten immun ist,
der ist doch wohl ein Erzähler, oder?
Eine Geschichte auf dem Blatt gleicht einem gedruckten
Kreis, den unser Leben durchströmen kann,
eine erzählte Geschichte regt unsere schwache Fähigkeit an,

in anderen Körpern als dem eigenen zu leben.
Man würde sich wünschen, der gesamte Planet wäre bei
Stimme
und die heimlichen Erzählungen aller Menschen
vereinten sich zu einer Hymne an die Aufklärung,
wenn das möglich wäre.
Wie dem auch sei, hier haben wir diesen jungen Flieger,
zweiundzwanzig Jahre alt,
der im Gurtzeug eines Fallschirms zur Erde fällt.
Seine Arme sind ihm verdreht und schier ausgekugelt,
während er auf die Kämme des ungestümen Sturmes prallt
und in schwarze Luftlöcher fällt.
Durch Wolken sinkt er, die für lautlose Momente
zu erleuchteten Räumen werden,
dann unter tadelndem Donner erlöschen.
Den Aufschlag seines Flugzeugs hört er nicht.
In diesem grandiosen, widerhallenden Meer
von blitzdurchzucktem Dunkel,
schwärzer als jede je erlebte Dunkelheit,
und während ein Kontinent von Knochentrümmern sich
ihm entgegenhebt,
kann er sich an Miss Manderleigh nicht im geringsten
mehr erinnern,
nicht an ihre Worte, ihre Schreie, nicht an die intimen
Details ihres Körpers,
nicht an ihre Figur, Größe oder ihre Formen, nicht an ihr
Lächeln oder die Berührung ihrer Hände,
sondern nur an die geschlechtslose Seele, die
aus ihren liebesmatten Augen starrte
und deren Farbe aus seinem Gedächtnis löschte, während
er in den Himmel brüllt,
Adieu, Miss Manderleigh, adieu!
Er glaubte wirklich, das sei sein Ende.
Der Fallschirmspringer aber, der weder auf Land noch

Wasser trifft,
beschwört ein Reich mythischer Prophezeiungen herauf,
wie wenn die Wälder von Dunsinane sich
wider alle Wahrscheinlichkeit auf einmal regen,
obwohl es windstill ist,
ihre Wurzeln lüpfen, Füße bekommen und aufbrechen,
um diesen armen blöden Mistkerl Macbeth heimzusuchen.
Mein Bruder meinte zuerst, er wäre auf Muscheln gelandet,
wegen des Knirschens und Knackens unter seinen Stiefeln,
wurde aber, bis er den Wind aus seinem Fallschirm hatte,
noch ein Stück weiter geschleift, verdreht und gewälzt,
und dabei gepufft und geknufft von etwas, das er für Stäbe oder Harkenstiele hielt.
Er dachte, ein ländliches Empfangskomitee bekunde seine patriotische Gesinnung.
Erst als er zur Ruhe kam, ein Fußgelenk eingeklemmt
unter einem Ast, der sich nicht bewegen ließ,
drang ihm die xylophonische Tonspur zu dem Geschehen ins Ohr,
und in der nun folgenden Stille begriff er,
daß er in einer Hand eine Elle hielt,
ein Schienbein in der anderen.
Er war auf einem Schlachtfeld des vorigen Kriegs gelandet,
neu aufgerissen von einer verirrten Granate dieses Krieges,
in einem improvisierten Friedhof alter Knochen und Schädel,
immer noch geschmückt mit eleganten französischen und phallischen deutschen Helmen,
der knöchernen Krieger der Generation von Ronalds Vater Ben,
hastig untergeschaufelt, als der Große Krieg weiterzog.
Mein Bruder hatte Grund zu hoffen, er sei in Frankreich,

doch zunächst zu betäubt, um sich zu rühren,
und dann wegen zu starker Schmerzen,
blieb er die ganze Nacht auf dem Gebeinfeld liegen.
Er begriff, daß Knochen eines gewissen Alters
hohl sind, gewichtlos, und sich mit jeder Brise bewegen,
wie Flöten aus Bambus oder Stroh.
Sie spielen, sie rascheln, sie trommeln sanft miteinander,
Sie rattern wie Bahngeleise, zittern und sirren
wie Karten, die man mischt,
sie klingeln wie Windharfen, schu-schuhen leis wie Eulen.
Mein Bruder stellte sich eine schnatternde, tändelnde
Geisterbande vor,
längst über allen Protest, alle Wut erhaben.
Am Morgen aber fand ihn ein leibhaftiger französischer
Bauer.
Er wurde in einem Bauernhaus versteckt,
versorgt, sein Bein geschient, gesund gepflegt.
Derweil bastelte er für die Resistance am Ort
ein paar Radios, die funktionierten,
und gewann die Zuneigung einer gesamten Familie,
dieser beherzte amerikanische Junge aus der Bronx,
dem der dichte Haarschopf über die Stirn fiel
und der die frische, unpasteurisierte Milch so mochte,
noch warm aus dem Melkeimer.
Sie schlossen ihn in die Arme, sagten ihm Lebwohl, und
er zog wochenlang, in Heuwagen, Karren, Lastern
verborgen,
von einem Unterschlupf zum andern, bis ihn
ein Fischerboot über den Ärmelkanal schmuggelte.
Er hatte als einziger von seiner Besatzung überlebt.
Doch nur zu bald war er wieder in der Luft,
in den von Feuer zerrissenen Kriegsnächten Europas,
ohne manchmal zu wissen, ob die Maschine, in der er saß,
die Flughöhe hielt oder erdwärts schoß,

Ob das Geheul, das er vernahm, vom Motor stammte
oder von ihm selbst.
Und so will ich ihn verlassen –
Im Kriege nach dem Krieg ... vor dem Krieg,
bevor seine Dienstzeit zu Ende war und er nach Hause kam.

– Die Rabbinerin hat mir die Akte ihres Vaters gefaxt. Ist nicht viel drin. Seine Briefe ans Justizministerium, die bürokratischen Antworten von dort. Zwei *Times*-Artikel von 1977: Anhörung wegen Ausweisung, ein Verdikt. Verschwommenes Kopfbild von einem kahlen Burschen mit hagerem, kränklichen Gesicht. Drei Personen bezeugen, der fragliche Mann sei der Ghetto-Kommandant Schmitz, aber sein Anwalt schießt ihre Zeugenaussagen ab. Sie seien vorgerückten Alters, leicht verwirrt. Der Beklagte sagt aus, daß er Helmut Preissen ist, ehemals Unteroffizier. Leistete im Ghetto nur für drei Monate Wachdienst, wurde dann an die russische Front versetzt. Das entspricht den Papieren, die er nach dem Krieg der Einwanderungsbehörde vorgelegt hat. Der Richter befindet zu seinen Gunsten ... Briefe an und vom Simon-Wiesenthal-Zentrum, der Zuständige dort stimmt mit Sarahs Vater darin überein, daß Preissen mit an Sicherheit grenzender Wahrscheinlichkeit Schmitz ist, doch ohne überzeugenden Nachweis kann die Identifizierung nicht erfolgen, die den Antrag auf Wiederaufnahme des Verfahrens rechtfertigen würde. Sie werden die Akte jedoch weiterhin offenhalten.

Weniger Einverständnis von seiten des Justizministeriums. Der Jurist dort meint offenbar, er müsse seine Handhabung des Falls verteidigen.

– ein Nest mit drei Wanderfalkenküken auf einem Fenstersims in der obersten Etage des alten Loftgebäudes gegenüber. Wer immer dort wohnen mag, nimmt Rücksicht auf die Brut und hält seine Jalousien unten. Welch ein Geschenk für mich, die Küken vor meinem Fernstecher zu haben. Ich kann vorhersagen, wann die Mutter zurückkommt. Eben noch waren sie stille Flauschkugeln, dann fangen sie auf einmal, obwohl die Mutter noch ein paar Querstraßen entfernt sein mag, mit sperrangelweit aufgerissenen Schnäbeln an zu kreischen, die Schlünde dem Himmel zugewandt. Und im nächsten Moment kommt die Mutter auch schon in den Canyon herabgeflattert, einen Stadtvogel in den Klauen, eine Felsentaube. Schwebt ein, landet mit ausgebreiteten Flügeln über dem Tumult kindlicher Forderungen, hält mit einem Fuß die Beute fest, läßt es Brustfedern regnen und hackt die Taube dann methodisch klein, reißt rote Fleischfetzen ab und läßt sie in die Kükenschlünde fallen.

Nehmen wir an, ein Mann arbeitet bei der *Times*, immer auf mittlerer Ebene, schafft es auf der Leiter nie so weit hinauf, wie er es seiner Meinung nach verdient, das sieht man schon an seiner Mundstellung. Andere erhalten die saftigen Auslandsposten, die Ressortchefstellen, und im Verlauf der Jahre sackt ihm das nagende Gefühl, ausgenutzt worden zu sein, in die gebeugte Schulterpartie. Ein unauffällig aussehender, grauhaariger Endfünfziger mittlerweile, hat er es nie weitergebracht als zum stellvertretenden Leiter eines der weniger wichtigen Ressorts.

Unerträglich wird für ihn schließlich die allgemeine Einschätzung im Haus, daß aus ihm nie ein hochkarätiger Zeitungsmacher werden wird: Untröstlich verbittert, entscheidet er sich für den vorzeitigen Ruhestand.

Im ersten Monat danach ist er schwer deprimiert, vermißt seinen Arbeitsalltag, seinen insgeheimen Besitzerstolz, das Gefühl, die Zeitung gehöre ihm, und selbst die Angriffe auf sein Selbstwertgefühl vermißt er, die anschwappenden Wellen von Klatsch, das tägliche Auf und Ab kleiner Siege und Niederlagen. Vor allem aber vermißt er das Gefühl, Insider zu sein.

Zugleich jedoch reduziert der Blick von außen alles wieder auf ein vernünftiges Maß. Die Zeitung ist nicht die Welt, sie ist das Abbild des Lebens in der Welt, ihrer Kriege, Hungersnöte, Geschäfte, Wetterlagen und Verbrechen, ihrer Politik-, Sport-, Kunst- und Wissenschaftsereignisse, nach Kategorien aufgeteilt und zu Artikeln verarbeitet, die auf gefalzte Zeitungsseiten gepreßt werden. Und was der Mann nun vor sich hat, wenn er nur danach greift, ist all das – aber im Rohzustand, ungeformt und noch nicht beschrieben! Er ist in den Raum der unvermittelten Wirklichkeit entlassen.

Angespornt davon, daß er vollzogen hat, wovon er in seinen Jahren als Lohnsklave immer träumte, löst dieser Mann sich also nun von der Institution, von der er gelebt hat, um sich in Freiheit zu begegnen – er, der nie auch nur einen Strafzettel bekommen hat, beginnt, sich in kühnen, für ihn untypischen Verhaltensweisen zu üben. Er rasiert sich nicht mehr, läßt sich die Haare wachsen, tut auf der Straße so, als wäre er verrückt, beobachtet mit Vergnügen, wie ihm die Leute aus dem Weg gehen. Er äußert sich rüde über die Geschäftsleute, die vor den Park-Avenue-Hotels aus ihren Limos steigen, führt sich in Läden ruppig und in Galerien als Kunstverächter auf. Er streift nachts über die Piers der West Side, durch die dunklen Straßen unter der Gleisüberführung, wo sie noch nicht abgerissen ist, geht mit den Huren in den engen Röcken in die Taxigaragen oder bumst sie in lausigen Zimmern an der West Street. Er tut alles, was ihm nur einfällt, um den uneingestandenen Dünkel von sechzig Jahren regelgetreuen Lebens zu brechen.

Nur verwandeln ihn diese Akte nicht. Auch wenn er sich dafür haßt, er sehnt sich immer noch nach Aufträgen, nach Zwangsarbeit, nach dem kleinen Triumph des Gehaltsschecks am Freitag, nach der Barkumpanei. Aus Verzweiflung beginnt er, einen Roman zu schreiben, gibt aber nach ein paar Dutzend Seiten auf. Er bringt es nicht über sich, seine noch arbeitenden Bekannten anzurufen. Wider besseres Wissen starrt er das Telefon an und wartet darauf, daß es läutet. Im Geiste haben sie seinen Nachruf schon verfaßt und in Satz gegeben, so daß der tatsächliche Todestag dann nicht mehr bedeutet als das Signal, den Artikel im Blatt zu bringen.

Erst als er sich dabei ertappt, daß er erwägt, seine Exfrau anzurufen, geht ihm auf, daß sein Leben auf der Kippe steht. Er beginnt nun ernstlich nachzudenken. Und aus seinen Überlegungen geht ein Aktionsplan hervor, der ihm, sobald er ihn nur in Betracht zieht, schon das Gefühl gibt, wieder lebendig zu sein.

Zeitungen – zu diesem Schluß kommt er – erzählen Geschichten, die mit wenigen Ausnahmen nie beendet werden. Die Geschichte des Börsengeschehens ist ohne Ende, die Geschichte des Machtgerangels zwischen Nationen ebenso. Es sind unendliche, zyklische Geschichten von Hausse und Baisse, Krieg und Frieden. Vielleicht finden Wahlen statt, jemand gewinnt oder verliert, Parteien verstärken ihre Mehrheit oder büßen sie ein, und all das ist in Fluß, immer nur vorläufig, und die auf Dauer ausgerichtete Wirkung der Legislative wird mit der Zeit durch Regierungen geschwächt, die das Gesetz ignorieren, mißachten oder ummodeln. Auf Spiele, die verloren oder gewonnen werden, folgen weitere Spiele, eine Meisterschaftssaison vergeht wie von selbst, und es folgt eine, in der man auf dem letzten Platz landet, unentwegt definieren die Kosmologen des Wissenschaftsteils die Eigenschaften des Universums, seine Größe, seine Dynamik neu, in gewissen Abständen setzen die Geologen das Alter der Erde herauf, Unternehmen werden gekauft und verkauft, ausgeplündert und weiterverkauft, fusioniert, bankrott abgestoßen, umbenannt, saniert. Der menschliche Unternehmungsgeist lebt fort, pulsierend vor Ambitionen, die niemals zu befriedigen sind.

Gewiß, Prozesse finden statt, und Angeklagte werden für schuldig oder unschuldig befunden. Und natürlich gibt es den Schwanengesang, den Nachruf. Andrerseits gibt es Nachrufe von erheblicher Bedeutung, wie die auf König Leopold, Hitler oder Pol Pot, die schlicht deswegen nichts zum Abschluß bringen können, weil die Betreffenden starben, bevor sie vor Gericht gestellt werden konnten. Der gewöhnliche Tod stellt in solchen Fällen keine Strafe dar. Nichts ist abgeschlossen, wenn solche Männer auf natürlichem Wege sterben, ohne daß ein Urteil über sie gefällt wurde, das die Sakramente des universalen moralischen Gesetzes erteilt. Der Tod dieser Männer ist unerheblich, wenn sie wegen ihrer Verbrechen nicht mit der ehrfurchtgebietenden Stimme einer göttlich inspirierten Zivilisation angeklagt worden sind.

Allerdings könnte das Gesetz solchen Kreaturen kaum angemessene Strafen auferlegen. Ich persönlich würde sie in den tiefsten Kreis der Hölle schicken und in dessen eisige Mitte verbannen, wo Satan sie in seine schuppigen Arme schließen, ihnen für Milliarden Jahre seinen ätzenden, stinkenden Odem ins Gesicht schnauben und sein übelriechendes, von Larven und Mistkäfern wimmelndes Gewölle über sie erbrechen würde, während er sie sich gemächlich, Zelle um höchst frevelhafte, erstarrende Zelle, einverleibt …

Der ehemalige *Times*-Mann kommt zu dem Schluß, daß der berufsbedingte Zynismus von Reportern gerade mit der Unabgeschlossenheit der Geschichten zusammenhängt, zumal es der Justiz immer von neuem mißlingt, beizeiten ein gerechtes Ende herbeizuführen.

In ihm besteht das mächtige Bedürfnis, eine Geschichte abzuschließen, stellt der Mann fest. Seine Jahre der Arbeit im Verborgenen haben ihm ein moralisches Erbe hinterlassen. In seinen Journalistenjahren hat er, einschließlich der Rechtschaffenheit, sämtliche Wahnvorstellungen und Rationalisierungen kennengelernt, die helfen, Böses zu tun oder zu verschleiern. Die ganze Zeit über war er in seiner Zeitung der Verwalter jener Geschichten gewesen, die hätten abgeschlossen werden können, ohne daß es je geschah. Und aus welchem Grund wohl, wenn nicht aus dem offensichtlichen, daß sie nun diese neue, spannende Aufgabe für ihn darstellen? Er wird der Schlußredakteur sein.

Von ernster Freude und glühender Entschlossenheit beflügelt, wendet er sich an seine alten Kollegen, und diese gewähren ihm, da sie an seinem Verhalten nichts zu entdekken vermögen, was sich von der öden Farblosigkeit unterschiede, die sie seit jeher an ihm kannten, aus kollegialer Höflichkeit den Zugang zum Archiv. In kaum einem Tag hat er die Geschichten ausgewählt, die er zu Ende bringen wird.

Die erste ist diejenige des ehemaligen SS-Manns, der in Cincinnati lebt.

Als Sarah und Pem in Vilnius eintrafen, lebte Joshua Green noch, mit einer Schädelfraktur, Brüchen beider Arme und mehrerer Rippen. Ein Lungenflügel war kollabiert, eine Lungenentzündung hinzugekommen. Der amerikanische Geschäftsträger erwartete Sarah und Pem am Flughafen und fuhr umgehend mit ihnen zum Krankenhaus. Sarah bezweifelte sofort, ob die medizinische Versorgung angemessen sei, mußte jedoch schließlich einsehen, daß es in Anbetracht von Joshuas Zustand zu gefährlich war, ihn auszufliegen. Er lag im Koma. Man holte die Erlaubnis ein, ihn zu trepanieren, um den Druck auf das Hirn zu senken. Pem saß mit Sarah Blumenthal auf dem Gang vor dem Operationssaal. Sie habe weder geweint noch etwas gesagt, sondern nur zu Boden gestarrt, berichtete er. Sie waren von Kennedy Airport aus nach Frankfurt geflogen, hatten dort zwei Stunden auf den Anschlußflug gewartet und waren in Vilnius direkt vom Flughafen zum Krankenhaus gefahren. Die Erschöpfung, vermutete Pem, hatte bei Sarah wie ein Beruhigungsmittel gewirkt. Er selbst, sagte er, habe die Augen geschlossen und still gebetet, Joshua möge durchkommen; er glaube aber, Sarah habe wahrscheinlich nicht gebetet.

Für die Nacht wurden sie in der Residenz des Botschafters untergebracht. Der Botschafter und seine Frau waren überaus freundlich. Sie regelten alles, was zur Überführung des Leichnams in die Heimat notwendig war. Sarahs Schmerz erwies sich als so tief, daß sie einen Arzt riefen, der sich um sie kümmerte. Für vierundzwanzig Stunden wurde sie sediert. In dieser Zeit ging Pem zu dem Hotel, in dem Joshua gewohnt hatte, und packte dessen wenige Sachen zusammen. Mir berichtete er, der Rabbiner habe an Lektüre Gershom Scholems *Kabbala* bei sich gehabt, Emil Fackenheims Buch über *Die Begegnung zwischen Judaismus und moderner Philosophie* und *Tents letzter Fall*, ein Krimi von E. C. Bentley, der in einem englischen Landhaus spielt. Vermutlich habe Joshua sich den Band erneut vorgenommen, als einen Klassiker.

Im Hotel fand sich auch das Notizbuch des Rabbiners, in dem er sorgfältig festgehalten hatte, mit wem er über das Ghettotagebuch gesprochen hatte. Die Kirche, in der es versteckt worden war, existierte nicht mehr – dort stand nun ein modernes Wohnhaus. Zwei, drei weitere Namen und Adressen waren notiert – vermutlich die von Leuten, die zu kontaktieren Joshua keine Gelegenheit mehr gehabt hatte, bevor er auf der Schwelle der alten Synagoge überfallen worden war. Die Synagoge stand zugenagelt an der Vokieciu-Straße, denn eine Gemeinde gab es nicht, nur Besucher, die dort hingingen wie auf einen Friedhof.

Hochverehrter Herr Reichsmarschall! Ich habe die Ehre, über den Stand der Arbeiten Bericht zu erstatten, die gemäß der Reichsleiter-Anordnung durchgeführt werden, wonach das Institut zur Erforschung der Judenfrage ein Museum zu gründen und zu unterhalten hat, welches dem Erwerb, der Inventarisierung und letztlich der Ausstellung von Objekten dienen wird, die von historisch-judaistischem oder anthropologischem Interesse sind, wie Bibliotheken, Kultgegenstände, Werke der Volkskunst sowie jeglicher Privatbesitz von besonderem Wert.

1. Die Verpackung solcher Gegenstände und die Versendung der Kisten auf dem militärischen Transportwege verläuft parallel mit der Entfernung der jüdischen Kernbevölkerung aus sämtlichen 153 Dörfern, Städten und Ghettobezirken des Protektorats (Anordnungen 1051, 1052). Dies gewährleistet die genaue Zuschreibung des Inventars nach Region und Herkunft jedes einzelnen Postens, aus denen die Ausstellungsgegenstände ausgewählt werden sollen. Somit handelt es sich in Anbetracht der täglich zunehmenden Menge eingehenden Materials um einen besonders aufwendigen Vorgang.

2. Beigefügt ist eine Liste der Sammlungsgegenstände, nach Kategorien geordnet. Die Anzahl von Posten je Kategorie wird nicht aufgeführt, da sie noch nicht feststeht:

Thorarollen (Pentatench), Pergament, handbeschrieben; Thorafutterale, Seide, Thorafutterale, Samt; Thorarollen-

Kapseln, Silber, gehämmert und graviert; Thorarollen-Kronen, Silber, ziseliert, graviert, mit Halbedelsteinen; Thorarollen-Behänge, Seide; Thorarollen-Behänge, Seidensamt; Thorarollen-Deutestäbe, Silber; Thorarollen-Deutestäbe, Holz; Thorarollen-Deutestäbe, Silber oder Holz, in Form kleiner Hände mit ausgestrecktem Zeigefinger; Thora-Blätterknäufe, Silber, graviert; Thorabänder, Seide; Thorabänder, Leinen; Thoravorhänge, Seide; Thoravorhänge, Seidensamt; Thoravorhänge, Samt; Gebetsschals, Seide; Gebetsschals, Leinen; Gebetsschals, Seide, goldbestickt; Gebetsschals, Seide, silberbestickt; Gebetbücher für alle Tage; Gebetbücher für Feiertage; Midrasch-Bücher (Theologie); Kerzenhalter, Silber; Kerzenhalter, Messing; Mesusoth (Türamulette), Holz, geschnitzt; Mesusoth, Leder; Hanukka (-Fest)-Lampen, Silber; Hanukka-Lampen, Zinn; Hanukka-Lampen, Messing; Dreidlach (Kinder-Kreisel), Holz; Dreidlach, Gußblei; Synagogenschlüssel; »ewige« Lichter, Zinn; »ewige« Lichter, Messing; Lesepulte, Eiche; Lesepulte, Fichte; Vorleserpulte, Eiche; Vorleserpulte, Fichte; Kämme, Beerdigungsvereine; Krüge, Beerdigungsvereine; Uniformen, Beerdigungsvereine; Leichentücher, Beerdigungsvereine; Banner, Handwerksgilden; Fahnen, Handwerksgilden; Synagogen-Archen, springende Löwen, Holz geschnitzt; Synagogen-Archen, springende Löwen, Holz, bemalt und geschnitzt; Almosenbüchsen, Holz; Almosenbüchsen, Kupfer; Almosenbüchsen, versilbert; Käppchen, Samt; Käppchen, Seide; Eheringe, Gold; Verlobungsringe, Silber und Brillant; rituelles Hochzeitsgeschirr, Silber; rituelle Pokale, Silber; Tablette, Silber; Geschirr, Porzellan; Geschirr, Silber; Servierschüsseln; Tassen, Untertassen, Steingut; Kochtöpfe, Eisen; Kochtöpfe, Emaille; Kessel, Eisen; Pfannen, Eisen; Besteck, Stahl; Werkzeug, Schreinerei; Geräte, Landwirtschaft; Porträts, Männer, Öl auf Leinwand; Porträts, Frauen, Öl auf Leinwand; Porträts, Kinder, Öl auf Leinwand; Landschaftsszenen, Öl auf Leinwand; Landschaftsszenen, Aquarell auf Papier; Fotografien, handkoloriert, Brautpaar; Fotografien, handkoloriert, Kinder; Fotografien, handkoloriert, Familiengruppen; Fotoapparate; Schreibmaschinen; Bibliotheken, einheitlich gebunden; Bücher, einzelne; Bücher, Nachschlagewerke; Bücher, Kunstbände; Noten, gebunden; Noten, ungebunden; Musikinstrumente, Saiteninstrumente; Holzblasinstrumente; Metallblasinstrumente; Schlagzeuginstrumente; chirurgische Instrumente, Stahl; chirurgische Instrumente, Chromstahl; Bettgestelle, Holz; Bettgestelle, Messing; Matratzen, Roßhaar; Steppdecken; Federbetten; Kissen, Daunen; Kissen, Baumwolle; Waschbecken, Keramik; Waschbecken, Zinn; Abendanzüge, Männer; Abendkleider, Frauen; Zylinder, Männer; Mäntel, Männer; Mäntel, Frauen; Anzüge, Männer; Kleider, Frauen; Brieftaschen, Leder; Geldbeutel, Leder; Geldbeutel, Perlengeflecht; Schuluniformen, Knaben; Schuluniformen, Mädchen; Kämme; Toilettenartikel; Haarnadeln; Haarspangen; Galanteriewaren; Pfeifen; Zigarettenetuis; Zigarrenschneider; Schuhe, Männer; Schuhe, Frauen; Schuhe, Kinder; Fernstecher; Operngläser; Brillen; Armbanduhren; Taschenuhren; Hörrohre; Tintenfässer; Federhalter; Füllfederhalter; Briefpapier, einfach; Briefpapier, geprägt; Regenschirme; Stöcke, Holz; Stöcke, Holz mit Silber; Schachfiguren, Elfenbein; Schachfiguren, Holz; Spielzeug-Fuhrwerke, Kinder; Puppen, Kinder; Brettspiele, Kinder; Wagen, Kinder; Schlitten, Kinder; Malkästen, Kinder; Schreibhefte, Kinder; Federkästen mit Farbstiften, Kinder.

– Postum möchte ich sagen, daß Europa die Schwäre der Welt ist, daß ihr in Amerika, die ihr das Beste, was Europa zu bieten hat, genommen habt und hofftet, dem Schlimmsten zu entgehen, im Dunkeln pfeift. All euer gottgesättigtes Denken bildet die religiösen Figuren nach, die europäische Kleriker aus der Wahnwelt des Vorderen Orients der Antike geformt haben, all eure sozialen Reibungen sind das Erbe der kolonialistischen, versklavenden Wirtschaftssysteme europäischer Geschäftsleute, all eure metaphysischen Probleme haben europäische Intellektuelle für euch ausgeheckt, und nun seid ihr über den Ozean gekommen und in zwei Weltkriege geraten, die europäische Politiker entfacht haben, wodurch ihr in eurer Republik eben jene militaristische Staatsgesinnung etabliert habt, die unsere Städte seit Hadrians Zeiten zum Lodern bringt.

Warum sage ich euch das? Von meiner Bedeutung als Sprachphilosoph des zwanzigsten Jahrhunderts ließe sich behaupten, daß sie – insofern sie von denen, die in eurem Land imstande sind, mich zu verstehen, erkannt wurde – befreiend ist wie die Ludwig von Beethovens. Einige wenige von uns haben etwas Gutes geleistet, auch wenn wir Europäer waren. Ich habe versucht, die Sprache und das Denken vor den aphatischen Geistern unserer Philosophen zu retten. Zum Beispiel habe ich unterschieden zwischen *Dingen*, die träge existieren oder nur umherliegen, und Tatsachen, die Aussagen zu Dingen in Relation zueinander darstellen; ganz ähnlich wie Flaubert (der, obwohl Franzose, unseren Respekt verdient) entdeckte, daß er in seinen Erzählungen Dinge zum Leben erwecken konnte, indem er sie mit anderen Dingen interagieren ließ. Ein Rad ist ein Ding, keine Tatsache; ein Pflasterstein ist ein Ding, keine Tatsache; doch wenn das Rad über den Pflasterstein rollt, werden sie beide als Tatsache lebendig – selbst wenn diese Tatsache nur in Flauberts Vorstellung existiert. *Sonne* ist nur ein Substantiv, wie *Fenster* nur ein Substantiv ist, wenn aber die Sonne durch das Fenster scheint, werden sie schlagartig als Aussage zum Leben erweckt.

Nun mag es auf den ersten Blick nicht sehr eindrucksvoll wirken ... wenn man zwischen Dingen und Tatsachen unterscheidet. Durch ähnliche analytische Techniken aber habe ich die Sprache für das zurückerobert, was sie vernünftigerweise leisten kann, und damit alles definiert, und zwar über die Grenzen hinaus, innerhalb derer sie nur unserer stummen Ehrfurcht zugänglich ist. Und das heißt, daß ich euer Denken von den schweren Ketten der europäischen Kultur befreit habe. Der unsinnige Idealismus von Kant, von Hegel? Erledigt, kaputt! Das metaphysische Gebrabbel eines jeden, von Plotin bis Descartes? Aus dem Haus geworfen wie Gerümpel. Meine Leistung im Interesse der Welt als Gegebenheit ist der Einsteins gleichwertig. Beide sind wir Revolutionäre, er, da er die falsche Kosmologie Newtons gestürzt hat, und ich, da ich Platon und all seine Abkömmlinge auf den Kopf gestellt habe.

Natürlich interessiert mich nur die Wahrheit, nicht der Ruhm. Den überlasse ich anderen. Aber fragen muß ich mich doch, warum ich, der ich dem Denken des modernen Menschen die heitere Gelassenheit des Tischlers an seiner Werkbank, die Ruhe des Bauern auf seinem Acker zurückgegeben habe, von den Verkäufern in den Buchhandlungen nicht anerkannt werde. Ich mißgönne Einstein seine Berühmtheit nicht, sie war angesichts der naiven Hochachtung, die in unserem Jahrhundert der naturwissenschaftlichen Denkweise gezollt wird, zu erwarten. Doch ehrlich gesagt, das alte Walroß ist kein sonderlich tiefer Denker.

Erlaubt mir jedenfalls noch eine Bemerkung zur theoretischen Physik, nicht nur zu der von Einstein, sondern auch zu der der anderen Europäer, denen ihr Amerikaner ein Renommee verliehen habt, das meines bei weitem übersteigt – Planck, Rutherford, Fermi, de Broglie, Bohr und so fort ... Sie verfügen über eine Methode, gar kein Zweifel, über einen redlichen Empirismus, der in hohem Ansehen steht.

Aber ich stoße mich daran, daß sie sich wie die Besitzer des Universums aufführen. Mit den alten Philosophen können sie ebenso wenig anfangen wie ich, jedoch nur, weil sie deren Platz einzunehmen gedenken. Nun frage ich euch: Kann es eine für die Bedeutung wichtigere Grundaussage geben als die, daß ein Ding nicht zugleich es selbst und nicht es selbst sein kann? Ist das nicht der Anfang aller Logik, drückt sich darin nicht in der Tat die fundamentale Struktur des menschlichen Geistes aus? Und dennoch führen sie da ein Experiment durch, das beweist, daß sich das Licht aus einem Strom von Lichtteilchen oder -partikeln oder -quanten zusammensetzt, und lassen darauf ein weiteres Experiment folgen, um zu beweisen, daß diese Quanten nicht die Eigenschaften von Partikeln haben, sondern von Wellen. Je nachdem, wie man das Licht im submikroskopischen Bereich zu beobachten oder zu messen beschließt, wird es sich so oder so verhalten: Das Licht hat teil an einander ausschließenden Seinszuständen!

Ach, diese europäischen Wissenschaftler, du meine Güte, mein Kopf wird hohl, wenn ich nur daran denke: Sie haben die Idee – die sie stur als Tatsache ausgeben –, daß nicht nur das Licht, sondern ihrem submikroskopischen Wesen nach die gesamte Materie, das gesamte schwerfällige Gefüge, gleichermaßen unbestimmt ist. Der dickste, trägste Eichenast zum Beispiel ist in seiner Eichenmasse dem Elektronenchaos unterworfen und ließe sich, wäre nur genügend Zeit, mit einem leichten Fingerdruck durchdringen!

Ist das Zauberei? fragt ihr, und mit einem Aufschrei der Verzweiflung erwidere ich: schlimmer! Es ist Wissenschaft.

Ihr, die ihr die Sternenhaufen, die Galaxien, die Planeten und ihre Monde erforscht, ihr, die ihr über die Erde zieht und ihr Gestein datiert, ihr, die ihr den Wüstensand durchsiebt und die Tiefen des Ozeans nach den blinden Geschöpfen, die dort leben, auslotet … euch lade ich ein, nein, fordere euch dazu heraus, mir zu folgen, wie Dante sich Vergil anvertraute, mir als eurem Führer durch die infernalischen Schlachtfelder des menschlichen Geistes zu folgen, durch die zersprengten, nicht mehr zu vereinenden Bruchstücke des Bewußtseins ... durch den Schutt der wahren, unserer gescheiterten Liebesgeschichte mit Gott. In dieser neuen Hölle fängt unsere Suche an.

– Zögere, in Sarahs persönliche Sphäre vorzudringen. Vielleicht komme ich mir eine Spur doppelzüngig und schuftig vor, weil ich sie ohne Pem treffe. Muß zugeben, daß ich sie attraktiv finde, nicht gerade ein rein professionelles Gefühl; es geht mir insofern ein wenig wie Pem, da ich mir beinahe etwas wünsche – oder mich in der illusionären Erwartung von etwas wiege –, was wohl kaum geschehen dürfte. Daran also liegt es zum Teil.

Ich werde froh sein, wenn er wieder da ist. Nachdem ich mich auf den Raub von St. Tim als Thema eingelassen und mich mit dem Pastor angefreundet habe, sehe ich mich nun seinem Leben auf Gedeih oder Verderb ausgeliefert. Was Pem unternimmt und wann er mir davon zu erzählen beliebt, das macht mich literarisch von ihm abhängig. Sollte ich das ganze Projekt fallenlassen, wäre er wahrscheinlich zunächst erleichtert, nähme es mir dann aber übel, daß ich ihn aufgegeben habe. Die Beachtung gefällt ihm, obwohl er auch besorgt ist, ich könnte ihm etwas stehlen – sein Seelenleben, sein Wesen.

Schon möglich, das es so ist.

Aber es ist in keiner Weise unziemlich, freitags abends zum Gottesdienst in die EJ-Synagoge zu gehen. Beim letzten Mal drehte sich die Diskussion um die Idee des Weiterlebens der Seele. Ausgerechnet der ältere Mann, den sein

Sohn die Treppe hinaufträgt und am Ende wieder hinunterträgt, brachte das Thema auf. Die Rabbinerin trat zu ihm, setzte sich neben ihn und nahm seine gelähmte Hand in ihre Hände. Sie sagte: »Die Orthodoxen glauben, daß es eine Seele gibt, daß sie über den Tod hinaus lebt und daß sie einmal, ›am Ende aller Tage‹, mit dem wiederauferstandenen Körper vereint werden wird.« Sie blickte dem Mann in die Augen und lächelte, als er ernst nickte, dann stand sie auf und ging wieder zur Stirnseite des Raums.

»*Seele*, das ist ein schönes Wort, nicht wahr?« sagte sie. »Es birgt so vieles, es drückt im Grunde die Sehnsucht nach der Vereinigung mit Gott aus, nach dem Ende all unseres Fragens, nach der Ankunft, nach dem tiefen, gesegneten Frieden der strahlenden Antwort.«

»Ist es nur ein Wort?« warf jemand ein.

Sarah verschränkte die Arme. »Eine Idee. Als theologische Aussage wahrscheinlich auf Philo von Alexandria zurückgehend, einen griechischen Juden, der zur gleichen Zeit wie Jesus lebte. Aber wie er damit umgeht, ist es wohl eher eine griechische, eine platonische Idee als eine jüdische. Die christliche Tradition verschreibt sich ihr dann ganz, trennt die Seele deutlich vom Körper – der Körper wird zu Staub, die Seele steigt in den Himmel auf, und wegen dieses Lohns, der Vereinigung der Seele mit Gott, führt man ein gutes, rechtschaffenes Leben. Die jüdische Tradition strebt weniger nach Belohnungen, ein rechtschaffenes Leben führt man um dessentwillen, als ein Gut an sich, das nicht von anderweitigen Motiven belastet ist. Und im allgemeinen sind wir nicht so … bildhaft.«

Um abzumildern, was sie nun sagen mußte, warf Sarah dem alten Mann einen mitfühlenden Blick zu. »Wahrscheinlich, weil es sich um eine unbeantwortbare theologische Frage handelt, denn wir können die Natur der Seele nicht erkennen – es ist eine poetische Idee, die sehr viele

Emotionen hervorbringt, aber kein Wissen ... Nach der reformierten Lehre zum Beispiel gibt es wohl eine Seele, aber nicht in einem so konkreten Sinne wie für die Orthodoxen. Und die Rekonstruktionisten betrachten es nicht mehr als wahrscheinlich, daß etwas, was wir die individuelle Persönlichkeit nennen könnten, in irgendeiner anderen Form fortbesteht.

Über den Rekonstruktionismus haben wir schon früher gesprochen. Entwickelt hat ihn Rabbiner Mordecai Kaplan als Ausweg aus den theologischen, dogmatischen Disputen über solche Fragen, die letztlich unser Erkenntnisvermögen übersteigen. Die Rekonstruktion gleicht der Sprachphilosophie, sie will sich der Sprache nur insoweit bedienen, als diese Sinn ergeben kann. Daher werden die Theologie, die Vorstellungen von der Seele und so fort, als Annäherungsversuche betrachtet, alle Gebote, die Gott und Gottes Eigenschaften betreffen, werden bei unserem fortschreitenden Wissen in der Schwebe belassen; und woran wir uns vorläufig halten, ist die Tradition selbst, die überlieferte Lebensweise, deren erprobte Mittel, das Leben unter moralischen Aspekten zu gestalten, Schönheit zu schaffen und Trost zu spenden.«

Eine junge Frau, die Barnard-Studentin, hob die Hand. »Aber was ist Ihre Ansicht?«

Sarah stand hinter dem Lesepult an der Stirnseite des Raums. Die Thora der EJ-Synagoge lag vor ihr, in einen schlichten Gebetsschal oder Tallith gehüllt. Ich hatte diese Thora mit ihren verkohlten Rändern schon aufgerollt gesehen; es war eine von denen, die man aus dem Holocaust gerettet hatte. Sarah strich über den seidigen Gebetsschal, als sie antwortete, ohne auch nur einmal aufzublicken:

»Mein Mann, Rabbiner Gruen, hat einmal zu mir gesagt: ›Die Rekonstruktion ist nur ein Anfang.‹ Er wollte sagen, daß wir es dadurch wagen können, jedes Moment der Tradition unvoreingenommen zu prüfen und zu entscheiden, was davon wir ablegen und was wir bewahren wollen. Doch nicht allein mit dem Ziel, sinnvoll zu sprechen, auch nicht nur, um Schönes zu hegen oder um Trost zu schaffen, nicht um unsere kulturelle Identität um ihrer selbst willen zu bewahren – denn das genügt letztlich nicht, es wäre eine müßige Theologie, eine leerlaufende Theologie. Nein, man unterwirft die Tradition der eigenen Respektlosigkeit, um dorthin zurückzugelangen, wo sie einmal begonnen hat – nur das, zurück zu der Ausgangsebene von schlichter ... unvermittelter Ehrfurcht. Dort, wo unweigerlich Ehrerbietung aufkommt, die Wahrnehmung von Gottes Anwesenheit, für die unser Bewußtsein der Beweis ist ... und damit überall und in jedem und in allem – da findet sich jene konstante Ehrfurcht, die wir uns erhoffen, ein vorbiblischer Seinszustand, der für uns so lebendig ist wie der gegenwärtige Augenblick – und der natürlich mit keinerlei Garantien einhergeht. Dort fangen wir an ...«

– Der ehemalige *Times*-Mann fliegt, Rückflugtermin offen, nach Cincinnati. Geht in ein Hotel, das Soundso Plaza, an einer der Wohnstraßen in den Anhöhen über der City. Mietet sich einen Wagen, fährt umher, um ein Gefühl für die Gegend zu bekommen. Die ganze Stadt riecht nach Bier. Viel roter Klinker, weiße Granittreppen, der Ohio River unten wirft die Sonnenstrahlen bronzefarben zurück. Aus den Berichten über die Eichmann-Entführung erinnert sich unser Mann, daß die Identifizierung ein erhebliches Problem darstellte. Ob sie sich auch den richtigen Typ schnappen würden. Dauerte eine Weile. Sie hatten den Verdacht, daß Eichmann unter einem angenommenen Namen arbeitete. Trug eine Brille mit schwarzem Rand, sah nicht anziehend aus, wohnte in einer nicht sonderlich respektablen Gegend, in einem würfelartigen Hohlziegelhaus mit Flachdach, mitten auf einem leeren Grundstück außerhalb von Buenos Aires. Wenig passend für einen Mann seiner Position. Andererseits konnte sich an so ein Haus mit kleinen Fenstern nach allen vier Seiten auch niemand anschleichen. Er hatte das gesamte Grundstück im Visier. Um ihn zu überwachen, mieteten sie Autos, Lieferwagen, die sie ständig wechselten. Abends kam der Verdächtige immer um die gleiche Zeit nach Hause. Tagsüber trugen sie Arbeitskleidung, klopften einmal auch an die Haustür und sprachen mit einem jüngeren Mann, einem Sohn. Welch ein Familienstolz. Zogen ihm praktisch die Bestätigung dafür aus der Nase, daß der Name der Familie angenommen war und daß sich dahinter Glanzvolles verbarg. Also beschlossen sie, zuzuschlagen. Das eigentliche Kidnapping war nicht sonderlich schwierig, sie griffen sich Eichmann, als er in der Dämmerung von der Straßenbahnhaltestelle nach Hause ging, bugsierten ihn mit ein paar Ringergriffen in ein Auto, legten ihn auf die Rückbank und stellten ihre Füße auf ihn. Das war nicht elegant, sogar fast stümperhaft, aber er leistete keinen Widerstand. Sonderbar fügsam, dieser Eichmann. Machte keine Schwierigkeiten, als sie ihm irgendeine Spritze verpaßten, ihn als El-Al-Pilot verkleideten und ihn in katatonischem Zustand zusammen mit der übrigen Crew durch den argentinischen Zoll schleusten.

Als sich der Ex-*Times*-Mann das noch einmal durch den Kopf gehen läßt, wird ihm klar, daß er aus einer anderen Kultur kommt. Aus derjenigen, wo man die Fakten berichtet, die Story einfängt. Die Schreibweise überprüft. Das zerrt an ihm wie eine Kugel mit Kette. Ein schweres Gewicht zieht er da hinter sich her; entschlossen zu sein, eine Story zu einem Ende zu bringen, ist eine Sache, aber noch einmal etwas ganz anderes ist es, die Muskeln dazu zu bringen, es auch tatsächlich zu tun. Wirklich ein Ereignis in der Welt herbeizuführen. Sein ganzes Leben lang hat er zugeschaut. Die Zivilisation bezahlte Leute wie ihn fürs Nichtstun. Für ein subventioniertes Leben, so wie ein Farmer dafür bezahlt wird, daß er nichts anpflanzt.

Im Herzen weiß er, daß ihm der Teil, der für die Israelis der schwierigste war, leichtfällt, und traurig bringt er die erforderliche Detektivarbeit hinter sich, indem er ins Hotel-Telefonbuch schaut und darin den angenommenen Namen samt Adresse findet. Nun also ist der Zeitpunkt da. Er muß zur anderen Seite überwechseln. Muß seine seelische Trägheit durchbrechen. Was einer Verwandlung nahekommt. Seine Erregung ist verflogen, er ist nur noch voller Trauer, als er ziellos durch Cincinnati fährt, nur nicht zu seinem Bestimmungsort, und sich wie ein Narr fühlt. Glücklos. Er hat absolut keine Ahnung, wie er vorgehen soll. Registriert die Gestaltung der herrschaftlichen Parkanlagen, die getrimmten Büsche, die zu umgekehrten Herzen, zu Spindeln, Keilen, sogar Geigen geschnitten sind. Kurios, diese großen, gepflegten Häuser in grünen, von Biergeruch erfüllten Parks stehen zu sehen.

Ein paarmal fährt er am Wohnsitz des SS-Manns vorüber; das Haus gleicht den anderen an dieser am Berg gelegenen Straße, ist nur eine Spur bescheidener. Von einem Auto aus wird er nichts zuwege bringen, das sieht der Ex-*Times*-Mann ein, nur im Vorbeifahren kann er nichts beobachten, und anzuhalten ist zu gefährlich, kein Wagen parkt an dieser Straße, denn jeder, der hier wohnt, hat eine Auffahrt, eine Garage. So fährt er weiter, in Serpentinen hinab in die Stadt im Tal, und in einem Uferviertel mit Schindelhäusern und kleinen Villen hinter Veranden sieht er, daß gerade ein Trödelmarkt stattfindet, und ohne zu wissen warum, hält er an und schaut sich um. Inmitten der Küchenstühle mit abblätternder Farbe, den gebrauchten Büchern, der Couch mit kaputten Sprungfedern und dem übrigen Ramsch sieht er ein Fahrrad, ein Herrenrad mit Dreigangschaltung; nur der dritte Gang funktioniert, und der hintere der 28-Zoll-Reifen ist platt, aber für zwanzig Dollar kauft er es. Fährt zu einer Werkstatt, pumpt den Reifen auf und sieht sich im Besitz eines funktionstüchtigen Überwachungsfahrrads. Nun fühlt er sich in Cincinnati langsam heimisch. Er fährt wieder hinauf in die Hügel, parkt an einem Einkaufszentrum, holt das Fahrrad aus dem Auto, legt Jackett und Krawatte ab, krempelt Ärmel und Hosenbeine auf und strampelt los. Nun ist er ein ergrauender, übergewichtiger Mann mittleren Alters, der sich Bewegung verschafft, bergauf schnauft, bergab rast und den Kindern in den Gärten zuwinkt. Wenn er dies ein paar Tage lang um die gleiche Zeit macht, rechnet er sich aus, wird ihn keiner mehr beachten. Erwägt nun, sich eine Schußwaffe zu kaufen. Eine, die in seine Tasche paßt. Das könnte kitzlig werden. Wäre wahrscheinlich schlauer, dafür über den Fluß nach Kentucky zu fahren. Aber auch dort gibt es Gesetze, die Waffengeschäfte führen Register. Dann vielleicht ein Messer? Ein Jagdmesser etwa, aus einem Sportgeschäft. Oder eine von diesen Unterwasserharpunen, mit denen die Taucher Fische aufspießen. Die könnte er im Futteral mitführen. Einfach damit zur Haustür spazieren. Und so überlegt er, voller Einfälle und nicht ohne Spaß, er fühlt sich besser in seiner Haut und saust nun im richtigen Wohnviertel einen Hügel hinunter … gerät aber irgendwie aus der Bahn, das Rad eiert, und sich wieder auffangen kann er nur noch, indem er auf den Gehweg hochhoppelt, doch dabei fährt er schneller, als er sollte … und ein Mann taucht auf, kommt über den Gartenpfad von seinem Haus und biegt auf den Gehweg ein, hört nichts, sieht nichts, ein untersetzter, schon älterer Mann mit Stock … und später weiß der Ex-*Times*-Redakteur nicht mehr, ob er Aufpassen! gebrüllt oder einfach nur gebrüllt hat, außerstande zu begreifen, wie irgend jemand, selbst dieses Alters, so gar nichts sehen, so gar nichts hören kann ... erinnert sich aber sehr wohl an den katastrophalen Aufprall und an den Fedorahut, der Mann trug einen Hut, der hochflog, und seine weißen Haare sträubten sich, während sein Körper bereits fiel, sein Gesicht sich aber nun dem Radfahrer zuwandte, die schwarzgerahmte Brille schräg über dem Kinn, die entsetzten, milchigen Augen und eine schöne, glatte Haut für einen so alten Mann, wammig, frisch, gesund ... gleichzeitig aber knallt sein Hinterkopf auf die Backsteinmauer seines eigenen Rasens, mit einem clownesken Bums, wie ja der menschliche Körper stets nach einem Anlaß sucht zu zeigen, wie komisch er doch ist; und dann diese plötzliche, unerwünschte Intimität, als der Radfahrer über den Mann, mit ihm zusammen, auf den Gehweg fiel, dessen Zwiebelatem roch, das zischende Geräusch hörte, das aus dessen Kehle kam, die Textur seines Kaschmirjacketts fühlte und den karierten Schal des Mannes im Mund hatte ... Ihm wurde übel, vor Schock, aber auch vor Abscheu, als er sich auf den Körper des alten Mannes stützte, um sich aufzurichten, die Schultern des Alten auf den Gehweg drückte und sich erhob, die Abscheu vor dem Tod schon empfand, bevor er noch wußte, daß der Tod eingetreten war, denn nun lag da sein umgestürztes Fahrrad, dessen Vorderrad sich in der Luft drehte und dessen Lenker ganz schief stand, und seine Handflächen aufgeschürft, mein Gott, dieser alte Idiot! Und nun fiel dem Ex-*Times*-Mann eine gewisse Stille zu seinen Füßen auf, das Ausbleiben einer Reaktion irgendwo zwischen den beiden Extremen, Schmerz und Gelächter; ein Vakuum in der Lebendigkeit der Welt, das genau den Umrissen des reglosen Bündels entsprach, das da vor ihm lag ... denn der Mann war tot, war auf einmal ganz fraglos tot, als hätte ohnehin schon nicht mehr viel Leben in ihm gesteckt, so plötzlich, kein Rasseln in der Kehle, kein Blut, kein stummer, flehender Blick, nur dieser unverhofft erlangte Leichenzustand und aufgerissene Mund ... Außer sich über diesen unseligen Schwachkopf – hast du mich denn nicht gesehen? nicht brüllen gehört? – schreit der Ex-*Times*-Mann nun auf die tote Gestalt ein, zornig, beleidigt, bebend vor Ärger, während er sein Rad aufrichtet, an den verbogenen Lenkergriffen ruckt ... und die Straße liegt leer und still da, in jeder Richtung ... Und wie um den alten Narren zu bestrafen für diesen Streich, dafür, daß der ihm seine geänderte Absicht derart vermasselt hat, steigt er auf sein Rad und eiert bergab, mit einem Hinterrad, das bei jeder Umdrehung am Rahmen schleift.

Das ist die Szene. Ex-*Times*-Mann schafft es bis zum Einkaufszentrum, das nur ein paar Querstraßen entfernt liegt, wirft das Rad in einen Müllcontainer hinter dem A & P-Markt und fährt zurück zu seinem Hotel. Er hätte Hilfe herbeirufen, sich um den alten Mann kümmern müssen – aber wie hätte er erklären können, was er dort zu suchen, was ihn dort hingeführt hatte? Angeschlagen, mit rasendem Puls, legt er sich hin, eine Herzattacke befürchtend. Statt dessen döst er ein. Wacht Stunden später auf, von sich angewidert und entschlossen, die ganze Sache zu vergessen. Er begleicht seine Hotelrechnung und fährt zum Flughafen, um auf einen Flug zurück nach New York zu warten. Kauft eine Abendzeitung und setzt sich an die Bar. Liest, daß ein Fahrradmörder unerkannt entflohen ist. Irgendein Kind hat das Ganze von seinem Fenster aus beobachtet. Ungenaue Beschreibung des Radfahrers – untersetzter weißer Mann. Das Opfer ein alter Flüchtling, einundachtzig Jahre alt, wohnhaft im Haus Nummer soundso an der Soundso-Straße, der vor einigen Jahren beschuldigt worden war, unrechtmäßig in die Vereinigten Staaten eingereist zu sein, indem er die Rolle verschwieg, die er im Krieg gespielt hatte. Als Anführer sollte er Massenerschießungen von Juden aus dem Ghetto Kaunas, Litauen, durchgeführt haben, eine Anklage, die später aus Mangel an Beweisen fallengelassen wurde. Nachbarn sagen … ein guter, freundlicher Mann … lebte seit dem Tod seiner Frau allein … hatte etwas von der alten Schule … zog auf der Straße vor den Frauen den Hut … kam an Halloween auf seine Veranda heraus und gab den umherziehenden Kindern großzügig Süßigkeiten.

Jeder Komponist von großen Songs, von Standards, sagt einem, sein wichtigstes Kompositionsprinzip ist: Einfachheit. Je einfacher, desto besser. Man will, daß ungeübte Stimmen damit umgehen können, unter der Dusche, in der Küche. Also vier Grundakkorde und möglichst keine vertrackten Rhythmen. Womöglich weiß so ein Komponist gar nicht, daß er die Ästhetik des Kirchenlieds beschreibt. Womöglich weiß er nicht, daß die ersten Hits Kirchenlieder waren. Aber er weiß, daß Kirchenlieder und ihr Umfeld das Leben überhöhen oder idealisieren, dessen andächtige Momente zum Ausdruck bringen und daß sie, für sich selbst genommen, vollkommen angemessen und allen Ohren genehm sind. Und drum sind auch die populärsten Balladen, gerade oder obwohl sie dem Genre nach der Romanze nahestehen – säkularisierte Kirchenlieder.

Der Grundsatz: Einfachheit! erklärt, warum viele Standards ähnlich klingen. Man könnte sogar behaupten, kein Song wird zum Standard, wenn er nicht an bereits vorhandene Standards gemahnt. Darum vielleicht haben wir das Gefühl, ein guter neuer Song ist einer, der beim ersten Hören so wirkt, als habe er schon immer existiert. So ist es in gewisser Hinsicht auch. Gerade so, wie wir für unser Empfinden offenbar schon immer existiert haben, ganz gleichgültig, was unser Geburtsdatum besagt, so legt ein Standard nahe, er sei schon immer dagewesen, wie eine Gabe Gottes, und habe nur darauf gewartet, sich uns im geeigneten historischen Moment darzubieten, damit wir ihn singen können.

– Daß Pem das Ghettoarchiv gefunden hat, hat ihn anscheinend verwandelt. Osteuropa hat ihn schlanker gemacht; er ist noch immer massig, wirkt aber nun kompakter, wenn auch nicht eben muskulös; er bewegt sich müheloser und sieht aus, als hätte er sich im Griff, wirkt auch gewaschen und gepflegt, vielleicht, weil er sich die Haare hat schneiden lassen, sich von seinem Pferdeschwanz getrennt hat; und nun, wo sein Bauch um einiges flacher geworden ist, hängen ihm die Hosenbeine auch nicht mehr über die Schuhe. Ob ihn vielleicht neue Vitalität, entliehener Stolz durchströmt? Ich bin davon überzeugt, daß es einen Mann zu seiner eigenen Überraschung aus seinen üblichen Launen herauskatapultieren kann, wenn er sich auf die Suche begibt, einen selbstgewählten Auftrag übernimmt und ihn mit Erfolg ausführt. Daß er wahrhaftig etwas erreicht hat! Ich werde vor keinem der beiden darauf zu sprechen kommen, aber hier liegt ein literarisches Muster vor – sagen wir, das des christlichen Ritters; und gerade die Tatsache, daß Pems Dame Sarah Blumenthal ist, Rabbinerin und eine Witwe, die mit ihren beiden Kindern an der Upper West Side lebt, macht diese Rolle für ihn möglich.

Daneben gibt es auch noch ein düstereres Motiv, das einzugestehen er sich nicht gestatten würde: erfolgreiches Wetteifern mit einem Toten.

An Anhaltspunkten hatte er nichts als die Namen in Joshua Greens Notizbuch. Vilnius, einst Wilna, ist – infolge des Zweiten Weltkriegs und der sowjetischen Vorliebe für Hochhäuser – eine völlig umgebaute Stadt. Ein idyllischer

Fluß mit grasbewachsenen Ufern windet sich hindurch, der Neris. Derselbe Fluß, von dem mein kleiner Botenjunge Yehoshua spricht.

Wie mag es Pem empfunden haben, in dieser Stadt zu sein, in der die Geschichte architektonisch ausradiert ist, jedoch fortbesteht in den beerdigten Gebeinen und in den Köpfen der Kinder, deren ethnische Entschiedenheit die gleiche Wucht besitzt wie der Fußball, den sie über den Schulhof kickten? Er nahm die Straßenbahn, die vor seinem Hotel hielt, die Klingel bimmelte, der Wagen schwankte um Straßenecken, der Stromabnehmer schlug blitzartig aus, und Pem spürte die Bedrohung, die unter der Modernität der Stadt lauerte, wo die alten historischen Dämonen mit ihren geschärften Mistgabeln in Autos des neusten Modells umherfuhren und sich in den feinen Restaurants zu ihren Geschäftsessen trafen.

Er spürte jedem Namen in Joshuas Notizbuch nach – Leuten, die Joshua noch getroffen hatte oder nicht – und kam nicht voran. Die Kirche, deren Priester Petrauskaus bereit gewesen war, das Ghettotagebuch zu verstecken, stand längst nicht mehr. Der Priester selbst war nicht mehr am Leben. Dort, wo die Kirche gestanden hatte, befand sich nun ein sechsstöckiges Wohnhaus mit Terrassen.

In der amerikanischen Botschaft erinnerte sich der Geschäftsträger an Pem und arrangierte für ihn ein Treffen mit einem Priester in der Verwaltung der Diözese Vilnius, doch auch das ergab nichts. Die Russen hatten die Stadt und deren deutsche Verteidiger 1944 niedergemacht, und außer Schutt war danach nicht mehr viel übriggeblieben.

Eines Nachmittags fuhr Pem – ohne zu wissen, wozu das nützen sollte – mit dem Taxi in den ärmeren Teil der Stadt zu der kleinen, ausgebrannten Synagoge, vor deren Tür Sarahs Mann so folgenschwer zusammengeschlagen worden war. Die Stadt hatte die Synagoge als Ruine unter Denkmalschutz gestellt. Pem redete mit der Hausmeisterin, einer älteren Litauerin, die gebrochen Englisch sprach, und zahlte zwölf Litas, um eintreten und die Überreste von Lesepulten und die dunklen Holzbänke sehen zu können, die im Quadrat um einen Tisch in der Mitte angeordnet waren. Ein schmiedeeiserner Rahmen mit Leuchtern hing über dem Raum. Der Sonnenschein, der durch das eingestürzte Dach fiel, strahlte den Staub an, der reglos in der Luft schwebte, als hätte ihn die Feuersbrunst vor Jahren für immer dort hinverwiesen.

Die alte Frau erinnerte sich noch an den Vorfall, bei dem der Amerikaner niedergeschlagen worden war. Es sei dunkel gewesen, sie habe sich in ihrem Häuschen hinter der Synagoge aufgehalten und Gebrüll und Schreie gehört. Sie sei diejenige gewesen, die Joshua blutend vor der Tür gefunden hatte. Sie habe die Polizei angerufen.

Etwas früher habe sie jemanden an die Synagogentür klopfen gehört, und wenn das Klopfen angehalten hätte, wäre sie leicht verärgert zur Vorderseite des Museums – so nannte sie die Synagoge: das jüdische Museum – hinausgegangen und hätte demjenigen gesagt, es sei geschlossen. Dann aber habe sie das Geschrei gehört.

In diesem Moment begriff Pem, daß Joshua nie mit der alten Frau gesprochen hatte, daß er keine Gelegenheit mehr dazu gehabt hatte. Nun sagte er ihr, der Amerikaner, der zusammengeschlagen worden sei, sei ein Rabbiner gewesen und nach Vilnius gekommen, um nach Aufzeichnungen aus dem Ghetto zu suchen, die ein Priester in Vilnius verwahrt hatte. Ja, sagte die Frau sofort, das muß Hochwürden Petrauskas gewesen sein, mein Gemeindepriester von St. Teresa an der Kaunas-Straße, und sie bekreuzigte sich. Wir alle wußten, was er getan hatte, sagte sie. Und das war nicht das einzige, bei weitem nicht. Manchmal hat er Leute versteckt. O ja, er war ein Judenfreund. Er fand die Sache mit den Juden nicht richtig, er sagte, was ihnen angetan würde, sei nicht richtig. Niemand hat ihn verraten, er meinte es gut und war ein guter Mensch, ein besserer Priester als die meisten. Den Krieg hat er überlebt, aber der Krieg hat seine Kirche zerstört, und danach war der Priester nie mehr derselbe. Ab und zu habe ich ein Essen für ihn gekocht, als er in dem Heim gewohnt hat, das sie für solche wie ihn haben, und Josip hat es ihm dann gebracht.

Wer ist Josip, fragte Pem.

Das ist mein Sohn, das einzige von meinen Kindern, das noch lebt, mein jüngstes, die anderen sind alle im Krieg umgekommen. Er war noch zu jung. Er hat dem Priester als Meßjunge gedient.

Und wo ist Josip jetzt? fragte Pem.

Wo wird er schon sein um diese Zeit, in seinem Geschäft, er ist Fliesenleger – wenn Sie's genau wissen wollen, der beste von Vilnius.

Und dann spürte Pem diesen Josip auf, einen Mann von Mitte Fünfzig, und der berichtete ihm, daß die Russen gekommen waren, um die Kirche von Priester Petrauskas zu plündern, und eine abgenutzte Holztruhe entdeckt hatten. Der Priester bewahrte sie in einem Kämmerchen auf, das von dem Zimmer des Pfarrhauses abging, in dem er schlief. Die Truhe war mit einem Vorhängeschloß versehen, erzählte Josip, sie war mit Klebeband versiegelt und fest mit dikker Kordel umschnürt. Die Soldaten, schon mit Kerzenleuchtern und Silbersachen beladen, riefen einen Offizier herbei. Als der kam, war er ganz anders als die Mannschaften, er wirkte sehr kultiviert. Er rauchte mit einer Zigarettenspitze, und seine Uniform war sauber. Josip befürchtete, sie würden den Priester fortbringen, aber der Offizier befragte ihn höflich, und der Priester sagte die Wahrheit – daß sich in der Truhe Aufzeichnungen von Juden befänden. Mit einem schwarzen Stift schrieb der Offizier auf russisch eine Inhaltsliste, versah sie dann an Ort und Stelle, auf der Truhe selbst, mit Registriernummer und seiner Unterschrift und befahl den Soldaten, die Truhe abzutransportieren, ohne das Siegel zu verletzen, und damit war die Sache erledigt.

»Da kam mir meine Erfahrung als theologischer Detektiv gut zustatten«, erklärte mir Pem. »Derjenige, der den Priester befragt hatte, war eindeutig Nachrichtenoffizier gewesen. Die Russen kassierten alles, was eventuell von Wichtigkeit sein konnte, auch wenn sie in neunundneunzig von hundert Fällen nie wieder einen Blick darauf werfen würden. Zur Zeit ist Moskau ein wirklich interessanter Ort. Die Schatzkammern des KGB sind der reinste Flohmarkt. Es zog sich ein bißchen in die Länge, aber wenn der Preis stimmt, verkaufen sie dir alles.«

– Die Truhe wird am JFK-Flughafen beschlagnahmt, doch Pem verlangt, erst Kontakt mit dem Justizministerium aufnehmen zu können, und erreicht damit, daß einer von dessen Vertretern zugegen ist, wenn sie, wie es die Zollbehörden gefordert haben, aufgebrochen wird. Sollte das Archiv Dokumente enthalten, welche die Identität des Ghetto-Kommandanten SS-Major Schmitz beweisen, müssen diese Dokumente vor Gericht Einsprüchen standhalten, folglich hat die Entsiegelung des Materials unter unanzweifelbaren Bedingungen zu erfolgen.

Und nun, nachdem die vorbereitenden Schritte beinahe zwei Wochen in Anspruch genommen haben, ist der Tag gekommen. Pem und Sarah fahren mit dem Taxi zum JFK hinaus, an einem späten Vormittag, an einem Arbeitstag. Es regnet. Sie sprechen nicht miteinander. Über Handy erinnert Sarah ihre Kinderfrau Angelina daran, daß die Jungen am Nachmittag wegen einer Lehrerkonferenz schulfrei haben und mittags abgeholt werden müssen. Sarahs Regenmantel hat sich geöffnet, sie trägt einen Hosenanzug, und Pem fällt auf, wie wohlgeformt ihr Oberschenkel in der Hose ist. Diese Beobachtung bringt ihn dazu, durch den Rieselregen hindurch aufmerksam die farblich kodierten Hinweisschilder entlang der Schnellstraße zum Flughafen zu studieren.

An diesem Morgen geht Pem sein neues, siegessicheres Selbstwertgefühl ab. Hinter seinen Augen wallt die altvertraute Niedergeschlagenheit auf. Was nicht etwa daran liegt, daß Sarah von dem, was er geleistet hat, nicht sonderlich beeindruckt wäre. Im Gegenteil, sie scheint vielmehr auf einmal Augen für ihn zu haben, sich mit ihm voranbewegt zu haben und die zunehmende Nähe zwischen ihnen fast zu akzeptieren. Allerdings zweifelt er an seinen eigenen Motiven – ob er zu einem Akt unfähig ist, der nicht seine eigene Korrumpierung in sich trägt. War dies womöglich im Kern nicht mehr gewesen als ein verführerischer Bravourakt? Er war nach Moskau geflogen, hatte herumtelefoniert; er hatte mit den Priestern als Geistlicher geredet, mit den Attachés als Diplomat, mit den Schiebern als Hehler, er hatte sein Bündel Scheine vorgezeigt, hatte dick aufgetragen und war furchtlos bis in den KGB vorgedrungen. Natürlich benahmen sie sich dort wie Bettler und hielten die Hand auf, aber das hatte er schließlich nicht gewußt, oder?

Als Akt der Buße zählte das gewiß nicht. Es war der Akt eines zerknirschten Abenteurers gewesen.

In seiner trübsinnigen Stimmung kommt es ihm so vor, als bildeten die Kurven, Gabelungen und Rampen des Straßensystems um den Flughafen und die verschiedenen Terminals am Horizont eine Stadt anderer Art, eine Stadt von überirdischen Dimensionen, deren Bewohner gewaltige Flugmaschinen sind, und eine davon taucht plötzlich aus der Wolkendecke auf und dröhnt über sie hinweg, ihre Räder zur Landung ausgefahren wie Krallen.

Minuten später sehen in einem kleinen Büroraum des International Arrivals Building Sarah, Pem, eine junge Frau von der Bundesstaatsanwaltschaft New York und mehrere Zollbeamte zu, wie ein Inspektor zu Hammer und Meißel greift und sich ans Werk macht. Die Truhe steht auf einem Stahltisch. Sie ist größer, als Sarah sie sich nach Pems Beschreibung vorgestellt hatte – sie hatte angenommen, die Truhe habe die Maße einer Feldkiste, aber sie ist breiter und tiefer. Wie selbstgezimmert sieht sie aus, mit großen, schweren Nägeln zusammengehämmert und mit Metallecken beschlagen. Sie war einmal weiß gestrichen, aber wo die Farbe abgeblättert ist, kommt rohes Holz zum Vorschein.

Sarah sitzt auf einem der Stapelstühle, die an der Wand stehen. Der Mann vom Zoll hat festgestellt, daß sich die verrosteten Schlösser nicht öffnen lassen, und fragt nun, ob er die Spangen aufbrechen kann, was allerdings das Holz zum Splittern bringen werde. Ohne das Besitzerrecht, das man ihr zugestanden hat, recht zu begreifen, erteilt Sarah mit einem Nicken ihre Zustimmung. Dennoch verzieht sie bei dem Geräusch des splitternden Holzes das Gesicht – als sikkere die Geschichte ihres Vaters in den Raum.

Die Spangen werden abgestemmt, die dicken Schnüre durchschnitten. Die Staatsanwältin holt aus ihrer Tasche eine kleine Kamera und hält auf drei, vier Bildern die russische Beschriftung auf der Truhenoberseite fest. Dann treten die Inspektoren vor. Sorgsam heben sie in Wachstuch gewickelte Päckchen von unterschiedlicher Größe heraus. Die Innenwände der Truhe sind außerdem noch mit Wachstuch ausgeschlagen; wie trotzig diese Materialien sich erhalten haben, ist unverkennbar und für Sarah an sich schon eine dringliche Botschaft, die ihrer Kehle ein Schluchzen entlockt. Die Inspektoren öffnen die Hüllen der Päckchen und stoßen auf Bündel von Blättern, mit Zwirn verschnürt, auf Hefte, Kladden, Mappen, aufgerollte Blaupausen, Diagramme, zusammengeheftete Dokumente, Umschläge in verschiedenen Formaten, jeder in einer kleinen, sauberen jiddischen Handschrift beschriftet. Sie öffnen jedes Päckchen, jeden Umschlag. Dann, nachdem sie mit der Hand die Innenwände der Truhe abgetastet haben, kommen sie unter sich überein, daß hier nichts von Interesse für sie ist. Sie legen alles wieder zurück, mehr oder weniger so, wie sie es vorgefunden haben, und entfernen sich.

Pem und die Staatsanwältin stürzen sich darauf. In Notizbüchern, Schulheften und auf losen Blättern liegt da in einer Handschrift, die ihnen zunehmend vertraut wird, ein Journal vor, das eine Spanne von drei Jahren umfaßt, von 1941 bis zu dem Tag im Jahr 1944, an dem das Ghetto geschleift wurde und die Überlebenden zum Bahnhof getrieben wurden. Dazu stapelweise Dokumente, Anordnungen und Verfügungen der Deutschen, zahllose Befehle, unterzeichnet von Kommandant Schmitz, der sämtliche Haustiere konfiszieren läßt, dann alle Wagen, später sämtliche Bücher, Schreibmaschinen, Kameras, Kandelaber, Schmuckstücke. Es ist Juden verboten, sich nach sieben Uhr abends auf der Straße zu zeigen, es ist Juden verboten, landwirtschaftliches Gerät zu besitzen, sich zu mehr als drei Personen zu versammeln, und so fort, alles wird ihnen genommen, Schritt für Schritt, bis ihnen nur noch das Leben genommen werden kann. Und dann Berichte von Zeugen über die Art und Weise, wie dies geschah. Sarah liest einige dieser Zeugnisse und teilt davon in Übersetzung bestürzende Zusammenfassungen mit. Ein getrennt verpacktes Konvolut enthält ein vollständiges Dossier über Kommandant Schmitz – einen Lebenslauf mit Geburtsdatum und Geburtsort, Namen der Eltern (Mädchenname der Mutter: Preissen, offenbar die Quelle des Namens Helmut Preissen, den er als amerikanischer Bürger führt), Schulausbildung, Datum des Eintritts in die Nazi-Partei, des Eintritts in die SS, Offizierspatent, und schließlich ein ziemlich scharfes Schwarzweißfoto von ihm mit allen Nazi-Insignien, auf dem er fett und selbstgerecht vor einem Gerüst steht, hinter ihm die baumelnde Leiche eines gehängten jüdischen Bösewichts. Es findet sich jedoch auch Material zu anderen SS-Leuten, litauischen Polizisten und bekannten Gestapospitzeln, und die Staatsanwältin will das alles haben und bittet um die Erlaubnis, das gesamte Archiv zum Fotokopieren bringen zu lassen, bevor Sarah es in Besitz nimmt. Die Staatsanwältin bemüht sich sehr um professionelle Sachlichkeit, aber es fällt ihr schwer, die Sprache wiederzufinden. Sie wird bestimmte Dokumente auch im Original per Express an die für Kriegsverbrechen zuständige Abteilung des Justizministeriums senden müssen. Sie ist sich sicher, daß das Auslieferungsverfahren gegen diesen Preissen/Schmitz neu eröffnet werden wird, aber es gibt mehrere hundert aktenkundige Fälle von mutmaßlichen Naziverbrechern, die in den Vereinigten Staaten leben, und vielleicht werden sich auch manche der übrigen Unterlagen zu Einzelpersonen als relevant erweisen.

Die Staatsanwältin geht hinaus, um alles in die Wege zu leiten, und nun sind Pem und Sarah allein in diesem nackten, neonerleuchteten Raum ... die große weiße Truhe steht offen auf dem Tisch, die ganzen Dokumente, die sie enthielt, liegen ausgebreitet umher, und unerwarteterweise nimmt Pem sie wie eine Installation im Museum wahr, die Tagebucheinträge in der winzigen jiddischen Schrift auf Papier, das so geschmeidig ist wie die Falten weißer Trauerschleier, die offene Holztruhe, die aufgebrochen dasteht wie das Behältnis einer heiligen Schrift. Die gesamte Komposition ist in Weißschattierungen gehalten, alles weiß auf weiß, einschließlich der grauweißen Wände des Raums. Es gibt keinen Christus in dem Tableau, doch Pem verspürt in der Brust den gleichen instinktiven Drang zu beten, den einmal die gemalten Kreuzigungen von Cimabue und Grünewald in ihm geweckt haben. Ihn überkommt das unheimliche Gefühl, vergleichbar dem schwindelerregenden Aufwallen des Bluts bei einer Krankheit, daß dieser kahle, schmucklose Raum mit den Fabrikfenstern und dem entsetzlich harten Licht all das repräsentiert, wonach eine neue Kirche streben muß, auch wenn er nicht weiß, woher auf einmal der Gedanke an eine neue Kirche herrührt.

Im nächsten Augenblick, behaupte ich, wird ihm klar, daß Sarah, wenn er den Mund auftut und sich ihr anvertraut, sich umwenden und aus ihren schmerzerfüllten blauen Augen das unerbittliche Urteil auf ihn niederschleudern wird, daß er heillos verderbt ist. Argwöhnend, dies könnte sehr wohl so sein, nimmt er auf dem Stuhl neben ihr Platz und ist still.

Sarah hält in den Händen maschinenschriftliche Listen mit den Namen sowohl derer, die im Ghetto gestorben sind, als auch derjenigen, die aus dem Ghetto abgeholt und nie mehr gesehen wurden. Neben jedem Namen steht das Datum und der Ort der Geburt. Nicht selten sind die Namen ganzer Familien aufgeführt. Für Sarah sind diese Blätter in ihrer schlichten und genauen Notierung keine historischen Dokumente, sondern eine Kurve des Universumlichts, das sie durchströmt, ihr Bewußtsein auf diese Blätter überträgt, Buchstabe für Buchstabe, als würden die neuerdings Gestorbenen darauf verzeichnet, während sie liest und in den Ohren das Dröhnen der Jets und das Tosen des vorbeifließenden Verkehrs spürt.

Und nun reicht Pem ihr einen Umschlag mit kleinen, verbotenermaßen aufgenommenen Schwarzweißfotos ... Männer und Frauen, die hinter Stacheldraht in einer Reihe zur Arbeit marschieren ... ein Mann, eine Frau und ihr Kind, auf einer Bank fotografiert, Stoffsterne auf den Jacken ... schlichte Fotos, ruhige, ausdruckslose Gesichter ... eine Frau, im Gemüsegarten auf den Knien ... die Mitglieder des

Rats, in Straßenanzügen mit aufgenähten Sternen posierend ... ein Toter im Anzug, an einem Galgen hängend, mit verdrehtem Kopf zum Himmel starrend ... Winter, der Boden verschneit ... und da, sieben kleine Jungen vor einer Holzhütte ... sie tragen militärische Mützen und Sterne auf der Brust, die sie als die Zeichen ihres Amtes aufgefaßt haben könnten, Laufjungen für den Rat ... sie lächeln nicht, diese kleinen Jungen, einer davon zieht in instinktivem Selbstschutz die Schultern hoch ... oder vielleicht friert er auch ... alle sind sie zu dünn gekleidet, in kurzen Hosen und Pullovern und Jacken, aus denen sie herausgewachsen sind ... jeder von ihnen aber in Habachtstellung, die Füße geschlossen, die Arme dicht am Körper ... und in vollem Wissen um den Tod blicken sie in die Kamera. In der ersten Reihe findet Sarah ihren Vater.

– Nach meiner Unterredung mit Pems Bischof war ich der Affäre um den berüchtigten James Pike, Bischof von Kalifornien, nachgegangen. Es stimmte schon, Pike war eine typische Gestalt der sechziger Jahre. Sagte, sämtliche Indizien wie auch die theologische Vernunft sprächen dafür, daß Joseph der biologische Vater von Jesus war. Sagte, er könne die Lehre von der göttlichen Dreifaltigkeit nicht akzeptieren, sie grenze an Tritheismus. Sagte, auch die Wiederkunft Christi bereite ihm Schwierigkeiten. Sagte, nichts davon mache ihn zu einem schlechten Priester oder schwäche seinen Glauben. Sie sind schon interessant, diese Episkopalen.

Als ich aber Pem gegenüber darauf zu sprechen kam, wurde er gereizt. Klar, weiß ich, das ist der Reim, den sich mein Bischof auf mich gemacht hat – Pemby, Pikes Sohn. Das kaufst du ihm doch nicht ab, oder? Ich meine, klar,

Schneid hatte der Bursche, war unerhört liberal, brachte frische Luft in die ganze Chose. Aber tiefgründig war er auch nicht gerade. Als sein Sohn an einer Überdosis gestorben war, ging Pike zu einem Medium, das ihm den Sohn zum Plaudern herbeigezaubert hat. Wußtest du das?

Nein.

Schon tragisch, seinen Sohn zu verlieren – aber sich von einem Spiritisten reinlegen zu lassen? Arthur Ford, so hieß der Typ, war ein fleißiges Medium, er machte seine Hausaufgaben, pflegte sein Archiv, und darin gab's auch eine dikke Akte über die Familie Pike. Spiritismus ist die Demenz des religiösen Verstandes. Und weißt du eigentlich, wie Pike gestorben ist?

In Israel.

Genau. In Israel. Ist in die Wüste losgezogen und hat nach dem historischen Jesus gesucht. Mit einer Colaflasche in der Hand.

Du bist wohl etwas genervt.

Nein. Wer sauer ist, bist du.

Ich?

Weil wir dich nicht angerufen haben. Daß du mit uns zum Flughafen kommen sollst.

Nein, darüber bin ich hinweg. Ich kann durchaus mit Informationen aus zweiter Hand arbeiten. Kein Problem.

Sarah ist zur Zeit sehr empfindlich. Ich übrigens auch.

Du brauchst dich nicht zu entschuldigen.

Tu ich auch nicht. Aber wenn du mir noch mal mit dem Quatsch des Bischofs kommst –

Ich dachte nur, dann könnte ich ihn mir mal anschauen. In meinem Metier komme ich normalerweise nicht mit Bischöfen zusammen.

Hast du ihm erzählt, wo ich war? Was ich da getrieben habe? Was hast du ihm überhaupt gesagt?

Nichts!

Jetzt komm aber –

Na ja, nichts Wichtiges ... Nur, daß du in die Wüste gegangen bist, um nach dem historischen Jesus zu suchen, mit einer Colaflasche in der Hand.

Sehr komisch. ... Dann bin ich also paranoid?

Nur eine Spur.

Er war auch noch frisch verheiratet. Pike. Hatte eine neue, junge Frau. Seine dritte.

Miss? Das gleiche noch mal, bitte.

Sie waren mit dem Auto unterwegs, mit einem Mietwagen. Irgendwo draußen hat der Wagen schlappgemacht, da sind sie zu Fuß weitergegangen. Anscheinend waren sie auf keiner richtigen Straße, allenfalls auf einer Piste, aber sie meinten, sie wären Richtung Bethlehem gefahren. Na, was würdest du da machen, wenn du zu Fuß losziehst?

In dieselbe Richtung weitergehen.

Genau. Was jeder Mensch, der bei Sinnen ist, da draußen in der gottverdammten Wüste täte – sich an die Straße halten. Aber nach allem, was man gehört hat, sind sie stundenlang im Geröll umhergewandert, in den Schluchten, völlig ziellos. Wie kann das bloß passiert sein? Hat die Piste irgendwo aufgehört? Ich weiß es nicht. Sie waren ohne Karte losgefahren. Wie haben diese Leute bloß getickt!

Irgendwann kann er nicht mehr weiter, der Mann ist Mitte Fünfzig und nicht sonderlich fit. Von Fitneß hatten solche Leute damals noch nichts gehört. Sie einigen sich also, daß sie weitergehen, versuchen soll, Hilfe zu holen. Und er, nehm ich mal an, findet einen Felsvorsprung, wo's ein bißchen Schatten gibt, sie sagen sich Wiedersehen, und sie marschiert allein los. Da sitzt er nun in der Wüste, nachdem sie fort ist, es ist sehr heiß, er hat für sich ein Plätzchen in seiner seelischen Heimat gefunden, in dieser gebirgigen roten Wüste, er kann die Höhlen der Schriftrollen sehen, das sonderbare Tote Meer schnuppern, das alles so verzerrt mit seiner salzhaltigen Luft ... gleißend wabert das Licht vor seinen Augen, die roten Felsen gemahnen ihn an das steinige Fundament seiner Religion. Neben seinem linken Ohr krabbelt gemächlich irgend so eine behaarte Spinne über die Spalten des Vorsprungs, an den er sich lehnt, das Salz des Meeres in der Ferne ist so konzentriert, daß es unlöslich ist, das Meer bewirkt Austrocknung, er sitzt im Einflußbereich, in der Aura dieses Meeres und fühlt, wie es ihm den Schweiß auf der Stirn, auf dem Rücken wegsaugt, sieht zu, wie es die Farbe der Cola in seiner Flasche zum Verblassen bringt, er hebt die Flasche an die Lippen, doch noch bevor er trinken kann, sinkt der Pegel der farblosen Flüssigkeit und läßt vor seinem gebannten Blick eine trockene Zuckerkruste auf dem grünen Boden zurück, eine wachsartige Gummischicht. Und dann wird die grüne Flasche weiß ...

Zu meinem Erstaunen hatte Pem Tränen in den Augen.

Jetzt hör mal, Pastor, ich mach mir Sorgen um dich.

Das ist mein Problem, Everett, nicht deins. Merk dir das gefälligst. Der Ärger mit euch Schreibern ist, daß ihr nicht Abstand halten könnt.

Er zieht sein Taschentuch hervor, wischt sich über die Augen. Räuspert sich.

Ich habe Pike geliebt, weil er wußte, daß die Lehren, die sich so angehäuft haben, schlicht nicht glaubwürdig sind. Phantasie. Ein Haufen Unsinn, historisch zu erklären. Aber er verehrte den Menschen Jesus. Er wollte den wahren Jesus finden. Er hatte die Kirche verlassen, weißt du – an Schneid hat es ihm nie gefehlt, er hat von sich aus das Priestergewand abgelegt und die Reise ins Heilige Land unternommen.

Und das hast du selbst vor? Ich meine, wo du nun so reiseerfahren bist? Abdanken und dann so richtig ins Heilige Land aufbrechen wie Pike, dort in die Einöde hinauswandern und an Hitzschlag sterben?

Vielleicht. Es heitert mich auf, mit dir zu reden, Everett. Wie wär's noch mit einer Runde?

Hab gerade eine bestellt.

Dahin zurückgehen, wo es angefangen hat. Wo es schiefgelaufen ist. An diesen Punkt, vor der Geschichte. Das wollte er. O mein Gott, welche Sehnsucht davon ausgeht. Wie gefährlich das alles ist. Es kann dich umbringen.

– Folge dem aufprallenden Ball

Der junge Wissenschaftler Louis Slotin untersuchte das Aufprallen der halbierten Kugel, indem er mit gewöhnlichen Schraubenziehern die beiden entkernten Hemisphären an einer Stahlstange aufeinander zuschob. Von einem bestimmten Punkt an, über den er nicht hinausgehen durfte, würde er Hinweise darauf finden, daß die Halbkugeln im Begriff waren, sich zur Kugel zu vereinen. Dies war der Moment der Synapse, der präzise meßbare Punkt, nach dem er suchte. Slotin war nicht nur ein glänzender Biophysiker, sondern auch ein wagemutiger Bursche, der im Zweiten Weltkrieg Pilot der Royal Air Force gewesen war.

Über die Versuchsanordnung gebeugt, beobachtete er konzentriert die minuziöse Meßskala auf dem Stahlstab, als einer der Schraubenzieher wie aus eigenem Antrieb einen Sprung machte. In diesem einen, unseligen Augenblick hüpfte dieser in die Höhe und stieß die Halbkugeln zusammen.

In seinem Krankenhausbett sollte sich Louis Slotin trotz seiner stechenden Schmerzen an das intensive blaue Licht erinnern, das seine Augen durchflutet hatte. Er hatte in jenem Moment angenommen, ein Zusammenklacken der Hemisphären sollte mit einem harten Ton einhergehen. Statt dessen war ein entsetzliches Zischen der Verwandlung zu hören gewesen. Mit bloßen Händen hatte er die aufprallende Kugel gepackt und entzweigerissen. Und sofort erfüllte wieder normales Tageslicht den stillen Raum.

Draußen in der Wüste, in der Nähe des Dorfs Oscuro – Dunkelheit –, wurde das Gerüst errichtet, das die aufprallende Kugel halten sollte. Louis Slotins Kollegen trugen schwarze Armbinden, als sie in die Wüste zu dem Ort bei dem Dorf Oscuro hinausfuhren, wo die beiden Hälften der abprallenden Kugel, die nun in ihrem Futteral bereitlagen, an einen Flaschenzug gehängt und langsam an dem Gerüst in die richtige Position gezogen wurden.

In sicherer Entfernung kauerten sich Louis Slotins Kollegen in ihre Gräben und warteten auf das Morgengrauen.

– O Herr, unser Erzähler, der du aus nichts einen Text geschaffen hast, ein weiteres Mal wage ich es, zu dir und über dich zu sprechen und über dich unvermeidlicherweise in einer deiner eigenen Erfindungen, einem deiner Intonationssysteme aus Schnalz- Grunz- und Trillerlauten. Wie aber kann sich dies wahrhaft unterscheiden vom Schrei des Ara, von den ausladenden, von grünen Schlangen in Schwung gehaltenen Wedeln oder von den Sonnenflecken am Flußufer, die flinken trügerischen Jaguars gleichen?

Ich erinnere mich noch an die Dorfleute und ihr Gelächter, als sie mir meine Kürbisschale von neuem mit fermentiertem Maniok füllten. Mit meiner gelehrten Umsicht, meiner Prüderie, der Wichtigkeit meiner Notizbücher waren sie vertraut, und doch geleiteten sie mich sanft zu der Laubdachhütte, wo sie kindlich singend wartete, wo sie darauf wartete, zu einem ernsten, sich Aufmerksamkeit schenkenden Wesen gemacht zu werden. Und rings um das Lager tanzten die Dorfleute nun mit ihrem innovativen System von Schnalz- und Grunz-, Verschluß- und Trillerlauten, eine grandiose Sprache war das, ein Sprechen, das Gesang war, das Tanz und Getrommel war und machtvoll dich heraufbeschwor, o Herr, plätschernd und strudelnd wie der schnellfließende Fluß, während ich die Bänder des bräutlichen Gewandes löste, es ausbreitete zum quadratischen Hochzeitslaken, von feinster Webart und über Generationen in der Flut des aufsteigenden Flußgottes gewaschen, auf welches sie sich in der rituellen Stellung legte, alle Glieder auswärts gereckt, auf die vier Ecken ihres lateralen Himmels zu, und als ich ihre Schenkel innen berührte, kribbelte die zarte Haut, ihre Füße wölbten sich und wurden spitz, ihre Finger krümmten sich ein, und als ich an ihrer Haut roch, duftete sie nach den süßen Knollen und Röstbananen, dem Kakao der Ufererde, gewaschen im Wasser der frischen, in Regenbogenfarben schimmernden Fische. Und ihre Hände, die sich auf meine Schultern senkten, verströmten das unendliche Verständnis der Gattin, sie war blind für mich, nur ihre Hände nicht, ich war blind für sie, nur nicht mit meinen Lippen auf den ihrigen, das Dorf wirbelt im Tanz, wir steigen auf, getragen von dem System des Gesangs aus Gekeuch und Getriller, wir wirbeln umher, die prächtigen Bäume neigen sich, alles Leben hebt von den breiten Wedeln ab, saust funkelnd durch das schwarze Himmelsall – verwandelt sich in die jaguargefleckten Sterne, den Elefantenstern, den hängenden Affen des funkelnden Himmels, der endlos auswärts stürzt, auf ewig das Gewölbe des Universums weitet ... und doch absolut fest ist, stumm, friedvoll und reglos.

Du wirst meine Zudringlichkeit verstehen, o Herr. Ich bitte dich darum, weil wir in unserem Glauben so sehr in Ritualen erstarrt sind: Du bist von besonderer Bedeutung, und wir meinen, daß wir uns nur auf jene Art und diese Weise an dich wenden sollen, zu vorgeschriebenen Zeiten, in Geisteszuständen, die von speziellen Bauten erzeugt wurden.

Im allgemeinen tragen wir unsere besten Kleider. Wir singen unsere Lieder voll verzweifelter Erwartung. Wir bestellen einen von uns dazu, dir stellvertretend für uns alle ohne Scham unsere Gesuche vorzutragen. Ich habe dich in meiner Liturgie ersucht: von einer Kanzel aus zu dir zu sprechen wird als geziemend erachtet, wohingegen es als erbärmlicher Wahnsinn gilt, zu dir zu sprechen, wenn man unbehaust ist, unrasiert, zu unpassender Zeit, wenn jeder geschäftig vorüberrennt. Wir brauchen einen Titel, eine Kanzel, einen Tag, um laut zu dir sprechen zu können, o Herr.

Und Monate später versammelte sich die Gemeinschaft, um ihr zu helfen, mich zu lieben. Sie war in sich gekehrt, hatte ihre Vitalität verloren, als wäre meine Liebe zu ihr ein schleichendes Gift. Sie saß umher, konnte sich zu nichts aufraffen. Ihre Mutter kam, um bei ihr zu sitzen, ihr Vater, ihre Tanten und ihre Onkel. Sie ist von einem Dämon besessen, befanden sie. Verstoße sie nicht, es ist eine Krankheit, nicht ihre wahre Seele spricht. Ich werde sie nicht verstoßen, versicherte ich ihnen. In Wirklichkeit wollte ich ihnen gestehen, daß ich ihr Von-Moment-zu-Moment-Dasein schmerzlich verehrte, alles an ihr verehrte, daß ihr Wesen in jedem Moment ihres Lebens angemessen und anbetungswürdig war. Sie war versonnen, verschlossen, und auch dafür liebte ich sie. Ich stellte mir vor, wie rein ihre Gedanken sein mochten, ich wußte, daß sie zu Zorn oder Tücke unfähig war, die Regenzeit herrschte, und ich wußte, ihr Denken war so wahrhaftig wie der Regen. Ich würde in ihren Gedanken so Bestand haben, wie ich dem Regen standhielt. Doch derlei sagt der gekränkte Gatte nicht. Als der gekränkte Gatte verschränkt er die Arme vor der Brust.

Sie konnte mich nicht lieben, sie versuchte es, aber sie blieb trocken mir gegenüber, sie war so eng, sie weinte, aber ihr hellbrauner Körper blieb unnachgiebig, beharrte auf seinem eigenen Willen, und mit Gewalt kann man nicht liebend in sie eindringen, nicht, wenn man liebt, und ich liebte sie, sie stellte in diesem Leben am breiten Fluß meine Ergänzung dar, sie war von äußerster Wichtigkeit für mich und verdrängte aus meiner Seele alle, die nicht an dem breiten Fluß im Schatten der Baumgewölbe lebten, wo Affenfamilien vorbeizogen wie Windstöße im Laubwerk, wie Wolken, wie Regenschauer, wo die Baumschlangen die Stämme liebkosten und die in Primärfarben gefiederten Vögel ihre Nachforschungen anstellten, immer nur Nachforschungen, Schritt für Schritt, jeder Ast eine zu prüfende These, ein Zweifel, bis sie, an meine Hand gekrallt, abstürzten.

Sie hatte so dunkle Augen, schwarzbraun und prall bis zum Rand, reif wie Früchte, die darauf warten, daß man in sie hineinbeißt, von ihnen kostet, aber die Schattensicheln darunter ließen sie aussehen, als säßen sie weit innen unter ihrer breiten, kummervollen Stirn; ihr Haar hing schlaff herab, sie wusch es nicht im Fluß, wenn nicht ihre Mutter sie hinführte; lieber ging sie jeden Tag dorthin, wo sich die Kinder aufhielten, setzte sich zu ihnen, spielte und sang mit ihnen. Ich glaube, am meisten vermißte ich ihr Lachen; es klang zutiefst melodisch und hilflos, wenn sie lachte, und ihre Stimme brach sich wie Wasser an den Steinen in einem Bach Neuenglands.

Mittlerweile hatte ich mysteriöserweise einen Brief von einem meiner Lehrer in Yale erhalten; wie unsere Briefe nun einmal ihren Weg finden, verschmiert, zerrissen, verknittert, verlegt, wiedergefunden und dann quantengleich achttausend Meilen weit transportiert, die letzte Meile in der Hand von jemandem, der nicht lesen kann. Kommen Sie heim, alles ist vergeben, ein milder geistlicher Scherz. Die Dorfgemeinschaft aber war nicht untätig geblieben. In meinem Kummer wurde ich zu einer Zeremonie gerufen. Auch sie war da. Sie legte ihr Hüfttuch ab und umtanzte mich – mit hohen Brüsten, kindlos, ihre Taille lang, die Waden gerundet, und an den Stellen, an denen sich Partien ihres Körpers verbanden, wie zwischen Hinterteil und Schenkeln, war der Übergang faltenlos. O weh, o weh. Einen Körper wie diesen habe ich sonst nur in der Hermitage gesehen, an den drei aus weißem Marmor gehauenen Grazien Canovas mit ihren verschlungenen, so reizend Bögen bildenden Armen und ihren schlanken, aus dem Handgelenk heraus gerundeten Händen. ... Ihr glattes schwarzes Haar flog hinter ihr auf, die Arme wiesen die Richtung, die Finger schwammen in die Nacht voraus – es war ein scharfer Tanz, eine Nachtclub-Nummer, ich mußte lachen, nun wußte ich mehr über sie, wenn sie nicht nur meine unglaublich schöne eingeborene Kindbraut war, sondern auch komisch, dann gab es da etwas moralisch Erwachsenes in ihr, das ich nicht wahrgenommen hatte, ich lernte hier etwas dazu, während mein Herz die Trommelschläge mitvollzog und das ganze Dorf die Tanzende gesund sang. Und all das war nur das Vorspiel dazu, daß mir Schuhe und Kniestrümpfe ausgezogen wurden, die Wandershorts, die Unterhose, Hemd, Halstuch und Kopfbedeckung und daß die manioksüße fermentierte Milch der Dschungelmutter, die mich im Tanz umkreist, aus den Kürbissen floß und alle Proteste, die ich errötend ausstieß, ertränkten. Über dem breiten Fluß kamen die Sterne hervor, der Schein unseres Feuers erleuchtete die Flanken der mächtigen Bäume, die faserigen Ranken wanden sich auf und ab, und ein Stück nach dem anderen legte die Tanzende meine Kleidung an, schritt sie mit stets zunehmender Selbstsicherheit daher, bis sie schließlich, als sie zur großen Erheiterung von uns allen in meinen Schuhen umherstolzierte, ich war: die Karikatur eines weißen, prüden Peace-Corps-Amis und Möchtegern-Missionars mit Ethnologen-Allüren, perfekt bis in jedes gestische Detail, für mich die reinste Häutung, und als sie mir herrisch die kostbare Brille vom Gesicht zog und sie sich so auf die Nase setzte, daß die Gläser auf ihren Nüstern saßen, als sie die Mundwinkel herunterzog, den Kopf unter meinem fleckigen, mit Kordel versehenen Sonnenhut reckte und sich über den imaginären roten Bart strich, da überkamen mich große, trunkene Wellen der Erleuchtung, ließen die Flammen des Feuers auflodern, und sie fiel auf mich drauf und küßte mich auf den Mund, und wir mischten unsere Küsse mit Gelächter, so erleichtert war sie, so glücklich darüber, daß ich sie endlich kannte, und nackt saßen wir Seite an Seite und aßen mit den Fingern gebratenes Wildschwein und süßen Yamswurzelbrei, tranken die alkoholische Dschungelmilch und sangen das einheimische Erlösungslied. Und dann hob der Schamane segnend den Arm und erklärte ihre Seele für nicht mehr besessen, und alle wünschten ihm eine gute Nacht und zogen sich in ihre Hütten zurück, um ein großes gemeinschaftliches Liebesgelage zu beginnen, laut wie die schnatternden Affen im Wald, wie das Heulen der grünen Hyänen und das tickende Gleiten der Schlangen in deinem Wald, o Herr. Und sie ergriff, als ich schlüpfrig in sie hineinglitt, meinen Dämon, biß mir in den Mund und schluckte mein Blut, ich wurde zu ihrem wogenden, kreischenden Dämon, wie Krieger in ihren Rüstungen prallten wir aufeinander, ich tötete sie und sie mich. Nie wieder sind wir die gewesen, die wir in jener Nacht waren, weder meine missionarische, schreibunkundige Geliebte noch der künftige Pastor Pemberton, B. D.

... ach, was für ein Unfug, Tommy, diese schmutzigen Geschichten zu erzählen, die eindrücklichen Bumsereien im Leben zu beichten. Augustinus geht nicht ins Detail, aber er hatte da diese Freundin aus der Unterschicht, seine *consuetudo*, wie das lateinisch heißt, seine Gewohnheit, die schlecht für seine Karriere war. Ungleichheit schafft den sexuellen Reiz, von der im Halbdunkel tanzenden, olivenäugigen Sklavin des vierten Jahrhunderts bis zu den kleinen käuflichen viktorianischen Mädchen aus der Arbeiterklasse, die aua-kreischend über das Bett der Puffmutter geworfen werden, damit ihnen die Hemdenmätze von Gentlemen, deren Schilling sie mit feuchten Händen umklammern, das Hymen zerreißen können. Wir wissen nicht mal, wo anfangen mit dem Auflisten deiner Ungerechtigkeiten, o Herr. Die Zahlen steigen exponentiell, wir prüfen sie nur von Einzelfall zu Einzelfall, und sie stürzen in Wellen auf uns ein, und wenn wir uns von ihnen und ihrer unglaublichen, atemberaubenden, vervielfältigten Wut umherschleudern und erdrücken lassen, finden wir jeweils nur einen, den wir zu fassen vermögen, weil er still dasitzt wie ein Grabstein. Die Menge der auf der Erde zu Unrecht Gestorbenen ist uns zu erforschen aufgegeben. Kann das denn alles so einfach ablaufen wie nach einem Gesetz der Mechanik, wie wir es dir in unserer tiefen Not zugeschrieben haben – unsere beste, berühmteste, niemals mehr zu wiederholende, einzige und alleinige Erbsünde?

… nun da sie wirklich besessen ist, hat diese Geschichte so etwas wie eine Moral. Vor mir auf dem Schreibtisch habe ich den Stapel ihrer Briefe aus vielen Jahren liegen, darunter einige, die Farbfotos enthalten. Ich habe ihrer Ordination nicht beigewohnt. Hier steht sie im weißen Gewand vor dem Inselaltar, das silberne Kreuz auf dem Busen, den Kragen um den Hals, das Haar schicklich kurz geschnitten, ihr schwarzes, glänzendes Haar. Das schöne braune Gesicht fülliger, als ich es in Erinnerung habe. Gelassen, voller Wonne. Sie trägt eine randlose Brille, achteckig, sehr modisch. Die Kirchenwand hinter ihr besteht aus Wellblech. Sie hält den Stab mit Jesus am Kreuz in die Höhe, mein Eingeborenen-Liebchen, die alles angenommen hat, was ich zu geben hatte, Pastorin Tonna mBakita, mit Generalvollmacht als Missionarin entsandt zu den entstellten, unter Lymphomen leidenden Bewohnern der Atomtest-Insel Tobokovo. Jedes Jahr zu Weihnachten schreibt sie mir in meiner Sprache: Vater Pem, nennt sie mich. Liebster Kollege, Vater Pem. Ich sehe mir ihre Handschrift an und denke an Briefe, in denen Country-Music-Stars nach dem Sinn des Lebens gefragt werden.

Filme waren anfangs stumm. Die frühen Filmemacher lernten, Bedeutung ohne Sprache zu vermitteln. Der Text des Zwischentitels, der in die Sequenz eingeschnitten wurde, bestätigte nur, was man dem Publikum schon nonverbal zu verstehen gegeben hatte. (Junges Paar, abends auf der Verandaschaukel. Er zieht einen Ring aus der Westentasche, blickt ihr in die Augen. Text: »Milly, willst du meine Frau werden?«) Das gleiche trifft für den heutigen Tonfilm zu, wo die Dialoge den alten Zwischentiteln entsprechen – sie sollen nur noch eine letzte spezifische Note liefern. Die ersten Tonfilme hatten mehr Ton; die Drehbücher verdankten dem Theater und Büchern viel, und daher sind die Filme der dreißiger und vierziger Jahre, selbst die Actionfilme, die Mantel-und-Degen- und Gangsterfilme, unendlich gesprächiger als heute. Heute gehen Filme von früheren Filmen aus; das Genre wird in ihnen zitiert und gespiegelt, und es wird in ihnen, Komödien vielleicht ausgenommen, weniger geredet. Wenn das Set erst einmal beleuchtet, die Kamera eingestellt ist, die Schauspieler ihren Platz eingenommen haben – wobei ihre Kostüme und Frisuren die ökonomische Schicht, den Bildungsgrad, das Alter, den gesellschaftlichen Status sowie moralische Vorzüge oder deren Fehlen signalisieren –, dann steht die Bedeutung einer Szene bereits zu fünfundneunzig Prozent fest, bevor jemand ein Wort von sich gibt.

Daher ist der Begriff Filmsprache ein Oxymoron. Die literarische Erfahrung erweitert Eindrücke zum Diskurs. Sie erblüht über Substantive, Verben, Objekte zum Gedanken. Sie denkt. Im Film fällt der Diskurs in sich zusammen, er entsprachlicht das Denken, läßt es auf den bündigen Sinn des vorverbalen Eindrucks oder intuitiven Erfassens oder Verstehens schrumpfen. Sie sehen da diese beleuchtete, herausgeputzte Szene, hören die Musik, sehen das Mienenspiel, die körperlichen Bewegungen und Posen der kostümierten, frisierten Schauspieler – und Sie haben verstanden. Ins Kino zu gehen heißt Rückschlüsse zu ziehen. Filme sind, im tiefsten Sinne des Wortes, analphabetische Ereignisse. Vielleicht deswegen werden heute manche der phantastischsten Prosatexte von Filmkritikern geschrieben, und unverdrossen widmen sie sich Filmen, die kaum Beachtung verdienen. Warum? Es kann um den ödesten, dümmsten Film gehen – egal, der Kritiker bietet Ihnen eine umfassende, zwingend formulierte Reaktion darauf. Er verteidigt, wie unbewußt auch immer, die verbale Kultur, füllt die vor- oder nachliterarische Erfahrung des Kinobesuchers mit syntaktisch geordneten Gedanken auf.

Das literarische Erzählen gelangt überallhin, in die Innen- wie die Außenwelt, es hält an, fährt fort; die Handlung darin kann nur im Geist stattfinden. Es unterliegt auch keinem Zeitzwang. Der Film dagegen wohl; er grübelt niemals, er zeigt die Außenseite des Lebens, das Verhalten. Er neigt zur schlichtesten moralischen Argumentation. Filme, die aus Hollywood kommen, sind linear. Der Drall eines Films, dem ein Buch zugrunde liegt, besteht immer in der erzählerischen Vereinfachung einer komplexen, moralisch folgenreichen Wirklichkeit. Ein Roman kann alles zeigen, was in den dunklen Horrorkabinetten des Bewußtseins geschieht. Filme bieten Großaufnahmen, Autofahrten, Orte, Verfolgungsjagden, Explosionen.

– Heute in der E-Mail:

Everett: Was die Wüste angeht, hat sich Pike geirrt. Sie befindet sich hier, in Metro-Diaspora-Land. Was immer sie auch ist, sie liegt in diesem verdammten, lauten, rattenverseuchten, kanalisierten, untertunnelten Religiomaxx aus Stein und Glas. Das besagt das Zeichen doch, oder? Und ist darum nur für die unbehauste, heruntergekommene Seele zu entziffern. Also verlasse ich die Kirche.

Gott segne Dich

Pem

– Du sagst, die gesamte Geschichte hat darauf hingewirkt,
daß dieses Bier hier in mein Glas fließen kann,
und hat den Spiegel da hinter den Flaschen
so seltsam eingetrübt.
Aber deine Kriegsgeschichten, fällt mir auf, sind aus
zweiter Hand, aus dem Leben deines Vaters,
deines Bruders, nicht deinem eigenen.
Du bist anscheinend einer von den Glückspilzen,
die der Truppe entschlüpft sind,
die im Gleichschritt auf diesen Augenblick hin marschiert ist.
He, Kumpel, hast du meinen Stuhl gesehen?
Warte, ich roll mal grad vom Tisch weg –
siehst du ihn jetzt?
Ich komm hier wegen des blauen Schummerlichts her,
egal, ob Morgen oder Mittag, hier ist immer Nacht.
Die Stammgäste, die wissen, wie ich ausseh, die glotzen
nicht,
bin bloß ein Alk von vielen, der seine Gründe hat.
Der Barmann ist an mich gewöhnt,
viel Laufkundschaft kommt hier nicht rein,
da muß ich mir nicht jammervoll vorkommen.

Auf Touren bring ich mich durch Suff und Getue,
und die traurige Kleine in Jeans am Ende von der Bar,
die ihre Marlboros pafft,
der macht's nichts aus, die lächelt mir zu,
und manchmal, wenn sie genügend Mitleid mit sich hat,
steigt sie von ihrem Barhocker runter,
rollt mich in das Hinterzimmer da,
kniet sich vor mich hin
und vollzieht ihr rücksichtsvolles Sakrament
wie Frauen seit undenklichen Zeiten.
Und für ein paar Sekunden gibt's dann die verdammte
Geschichte nicht mehr,
die, wenn du's dir recht überlegst,
nur eine endlose Folge von Vorhers und Hinterhers ist,
wie in: vorher – ich hatte noch Beine – und hinterher
oder als ich noch eine Milz hatte und dann nicht mehr,
Bevor ich einen Bauchschuß abbekam und in meiner
eigenen Scheiße verreckend im Elefantengras
in der Sonne lag
und hinterher,
und so weiter, man kann auch sagen, als ich noch ein
Arschloch hatte, und jetzt hab ich keins mehr.
Aber als sie das letzte Mal nett zu mir war,
hab ich an die kleinen Nutten in Saigon gedacht,
die lachten, als wären sie wirklich gerne Nutten,
und fickten, als täten sie's zum Spaß.
Und in denen wir nur Fleisch gesehen haben,
was sie auch waren,
Kanonenfutter wie wir.
Und jetzt weiß ich nicht, ob der noch mal wirkt,
der Hinterzimmer-Gnadenakt der netten Kleinen,
mit Morphium geht's dir genauso, wenn du drauf
angewiesen bist.
Soll heißen, vielleicht hat meine Geschichte mich

schließlich aufgespürt in der blauen Bar
meiner geheimen Illusion von Freiheit.
O Mann, eine Kriegsgeschichte willst du hören ... ich weiß
nicht.
Ich kann nicht gut erzählen,
ich kann versuchen, dir zu sagen,
wie wir dort drüben gelebt haben,
aber wenn ich in Worten und Sätzen davon rede,
lüge ich.
Ich müßte in Zungen reden,
damit dann Gott noch mal berichtet, was ich getan hab
und mir hab antun lassen.
Vielleicht kann Er ja eine Geschichte draus machen,
es zu Seiner Geschichte machen.
Alles Leiden ist individuell,
es springt nicht über, es gibt keinen Synapsenfunken
zwischen einer Seele und der andern,
ob christlich oder nicht,
und mehr als Mitgefühl bringen wir nicht auf.
Scheiß Mitgefühl.
Ich weiß, der Zweite Weltkrieg war kein Honigschlecken,
aber die GIs, die's da am übelsten erwischt hat,
die ihr Leben in Veteranen-Krankenhäusern verbracht
haben,
vielleicht hat es ihnen Trost gegeben, einen Grund,
daß sie für eine Sache gekämpft haben, und gesiegt,
das stimmt sie vielleicht versöhnlich,
trotz ihres Zustands und obwohl
das Ganze mittlerweile kein Schwein mehr interessiert.
Als Vietnamveteran entdeck ich davon nichts in mir.
Nicht meine Ehre, sondern mein Verstand,
was davon übrig ist,
hängt davon ab, daß ich nichts verzeihe.
Ich glaub, ich hasse die Leute, die jetzt mit

Entschuldigungen kommen dafür,
daß sie mich dort hingeschickt haben,
fast genauso wie die Selbstgerechten,
die nicht dran denken, sich für ihre
Realpolitik-Phantasien zu entschuldigen,
die mich dorthin befördert haben.
Zu glauben, wir hätten einen Krieg geführt, ist falsch.
Das war kein Krieg, es fing nicht an, wie Kriege anfangen,
und endete auch nicht so.
Alles, was militärisch sinnvoll war, war nebensächlich,
wer überlebte, wer starb, wer an einem Tag siegte oder
verlor, das änderte nichts,
es kam nicht darauf an, es ließen sich keine Schlüsse
daraus ziehen,
kein Sieg, der einer blieb,
kein Vorstoß, der zu einem Rückzug führte, der
nicht ein Vorstoß war.
Die schlimmsten Treffer übermächtiger Waffen
hinterließen in den bedrängten Hügeln vorübergehend Stille,
ein paar phosphoreszierende blaue und grüne
Vogelfedern, die mit dem Rauch aufstiegen.
Nein, das war kein Krieg, keine organisierte Feindseligkeit
zwischen den Gesellschaftsformen,
da sind nur ein paar von uns eingefallen,
herablassende Touristen
in Satans Reich auf Erden,
wo die Bäume bewaffnet waren
und die Läufer der Ameisenkolonien
den Boden zum Beben brachten
und die nackten Kinder unter die benommenen
Wasserbüffel krabbelten,
um das von ihren Zitzen tropfende Blut zu trinken.
Wir haben die Affen aus ihren grünen Baldachinen
geschossen

und sind, die Gewehre auf dem Buckel,
wie Panther durch ihre Tunnel gekrochen,
um sie zu fangen und ihnen die hübschen Fressen
einzuschlagen.
Derweil haben sie Stücke von mir weggeschossen,
und kaum landete ein Fetzen meines Fleischs
im Gras,
da hatte sich schon eine behaarte Ratte den blutigen
Bissen gekrallt.
Manchmal übergab die Erde sich, und es regnete
einen grünen Salat von Dschungelvegetation,
Fledermäusen, Grillenbeinen und Mantisköpfen.
Fontänen von gelbem Reis schossen in die Höhe wie
Feuerwerk,
aus Radios knatterten unverständliche Wörter,
ich hörte das Schreien, Blöken, Kreischen und Krähen
von Raub- und Beutetieren, die ihrer
genetischen Bestimmung gehorchten.
Käfer und Wespen landeten auf Blut,
das in der Sonne zähflüssig wurde,
und klebten darauf fest,
Vogelgroße Falter versuchten bebend
von den schwarz werdenden Blutlachen Sterbender
abzuheben,
Scharen von Hornissen wurden rasend vom Geruch
blutgesättigten menschlichen Komposts,
und die Blutegel, ach wie schlau sie sich bei den
Erschöpften, die selig ihre Nachtwache
am Fluß verschliefen,
in Ohren und Harnröhre schlichen, um sich dort
vollzusaugen.
Ein Mann ging seinen Schwanz mit der Machete an,
einen anderen lebenden Wirt hab ich auf sein Verlangen
erschossen.

Ich war kein Engel, Kumpel,
wer gerade getötet werden mußte, den hab ich umgelegt.
Ein Henker bin ich gewesen, hab Satans Wonnen erlebt,
ich konnte ihnen den mageren Rücken mit meinem Stiefel
  brechen,
ich konnte diese sauberen Kerlchen vom Hubschrauber
  tausend Fuß hoch in den blauen Himmel befördern.
Das war kein Krieg, das war das Leben, wie es ist
  und war und immer sein wird,
wie Gott es uns gegeben hat,
  wie er uns auch die Geigenspinne gab,
  die größte Spinnenart in Satans Königreich auf Erden.
Die kennst du doch, die Geigenspinne.
Der reine, hohe Ton, den sie aussendet,
während sie für ihr Netz Fäden von
  besonders dickem Durchmesser absondert,
  die den Darmsaiten der Geige gleichen.
Sie spannt ihr Netz zwischen Baumstamm und Dschungel-
  boden,
wo es nicht fliegende Insekten einfangen soll,
  sondern große krabbelnde Plagegeister und Kleingetier.
Läuft ein Mann unversehens in das Netz
  der Geigenspinne,
merkt er, daß es sich seinem Gewicht entsprechend wölbt
  wie eine Hängematte.
Und dann ist schon die Spinne auf ihm,
  ein pelziges Geschöpf mit gezackten Beinen,
  umspinnt ihn rasch mit dicht gesponnenen Fesseln
  und streicht gleichzeitig eine Paste drüber,
  die auf der Haut brennt.
Binnen Sekunden kann sich der Mann nicht mehr
  befreien, wie er's auch versucht,
er hält noch seine Waffe in den Händen,
  merkt aber, daß er

nicht abdrücken kann.
Er kann das Messer in seiner Hand nicht führen,
hilflos zappelt er, während diese Kreatur
auf ihm herumspaziert, über seine Hände,
seinen Hals und sein Gesicht,
ein wenig militärische Aufklärung betreibt,
bevor sie die empfindlichste Stelle wählt,
mit ihren Mandibeln zubeißt
und mit ihrem Rüssel
Blut zu saugen beginnt, ihre Nahrung.
Was hast du gesagt? Das klingt nach keiner Spinne,
die du je gesehen hast?
Dann erklär mir mal die bräunlichen, ausgebluteten
Leichen,
die ich im Dschungel gefunden habe,
flach wie geplatzte Blasen.
Ob's mal ein Denkmal geben wird für die Opfer
der Geigenspinne in Vietnam?
Undenkbar – Denkmäler erinnern an Kriege,
und das war kein Krieg, auch wenn wir Amerikaner
ihn für einen hielten,
sondern das Leben, objektiv, unparteilich,
sich allem hingebend, das danach verlangt,
vom zottligen Mammut bis zum Sulfidwurm,
der auf dem tiefsten Meeresgrund
über die blitzenden Klippen kriecht.
Wenn wir uns die Vielfalt von Lebenformen auf diesem
satanischen Planet ansehen,
in wie verschiedener Gestalt und Farbe sie auftreten,
mit welchen Fertigkeiten und mit wie plumpem
Vorsatz zu überleben,
dann können wir uns nicht gerade dazu gratulieren, daß
wir eine dieser Formen sind,
oder, Kumpel?

– Wie geht das vor sich, fragte ich.

Das amüsierte ihn: Tja, Everett, ganz wie zu erwarten, sie erledigen es bei Morgengrauen im Innenhof des Gerichts, du nimmst Haltung an, der Trommelwirbel ertönt, der Bischof tritt vor die Reihen der Priester, reißt dir das Kruzifix ab, zerrt dir den Kragen vom Hals und biegt dir die Finger zurück.

So hab ich's mir vorgestellt.

Es werden schlicht Briefe gewechselt. Du erklärst ihnen deine Absicht. Sie bestätigen deinen Rücktritt vom Amt.

Krieg ich die Briefe zu sehen?

Ich weiß nicht. Vielleicht. Warum auch nicht? Viel gibt's da nicht zu sehen.

Also, was hast du geschrieben?

Daß ihnen alles bekannt ist, was ich weiß: daß nichts standhält, daß die Differenz zwischen uns in dem Wert besteht, den die Symbolik und die darum errichtete Kirche für sie besitzt – sie existiert, sie hat eine historisch erklärliche Anhängerschaft, sie stellt ein System dar, das für manche Leute funktioniert. Und das genügt nicht mehr, was mich angeht.

Dann ist es also gelaufen.

Es gibt eine Kommission, die versuchen soll, dich umzustimmen. Ich habe ihnen mitgeteilt, sie bräuchten sich nicht zu bemühen. Sie waren dafür dankbar ... ich weiß, was du denkst, Everett.

Wirklich?

Du kommst dir überlegen vor. Als jemand, der auf dem College seinen Diderot gelesen hat und für den das alles Fragen aus dem siebzehnten Jahrhundert sind.

Ich habe auf dem College nie Diderot gelesen.

Hat er nicht gesagt, die Religion ist die zum System heruntergekommene Unkenntnis der Ursachen?

Das hat Diderot gesagt?

Irgend jemand. ... Offen gestanden, ich habe nicht geglaubt, daß das Leben als normaler Bürger so ... so enigmatisch sein würde.

Als Bürger Pemberton.

Ja, man muß sich erst daran gewöhnen. Es gibt da ganz seltsame Momente, merkwürdige Probleme.

Zum Beispiel?

Was man mit den Meßgewändern tun soll. Sie in den Müll werfen? Verbrennen? Im Schrank hängen lassen? Sie verpacken? Weggeben? Alles nicht so ganz das richtige. Und die Bücher. Die guten alten Texte. Es macht mich nervös, sie aufgereiht im Regal stehen zu sehen, wo sie immer gestanden haben. Aber, du meine Güte, es sind doch nur Bücher, wovor hab ich eigentlich Angst? Also wohl vor all diesem ... vor meinem Ramsch.

Vor deinem Leben.

Vor dem Ramsch meines Lebens. Dem Ramsch von rund dreißig Jahren. Manchmal setzt bei mir ganz demütig der Verstand aus ... Was habe ich da nur getan? So ungefähr. Weil es gewisse Vorteile gab, die ich vielleicht vermissen werde.

Welche zum Beispiel?

Nun ja, man hat eine Beglaubigung. Das Kreuz ist das Zeichen dafür, daß die Gesellschaft es dir gestattet, deiner Sorge um einen anderen Menschen Ausdruck zu verleihen. Du trägst den Kragen, und die Leute akzeptieren es, daß du dich in einem Krebshospiz herumtreibst. Das kannst du tun, ohne in den Verdacht zu geraten, du wärst so etwas wie ein Leidensfetischist.

Jetzt komm, Pem –

Doch. Wenn du Priester bist oder Rabbiner oder Nonne, dann wissen die Leute, daß du aus der materialistischen Kultur ausgestiegen bist. Sie akzeptieren es. Sie mögen nicht an das glauben, was du zu sagen hast, oder es ist ihnen nicht so wichtig, aber sie hören dir zu, und manchmal kommt ein Gespräch zustande. Und natürlich gibt es auch die wenigen, die sehr wohl an das glauben, was du zu sagen hast – und das sind diejenigen, von denen ich jetzt lieber nicht gesehen würde.

Und warum nicht?

Na ja, es ist so ähnlich, wie wenn jemand ständig eine Brille trägt. Er nimmt sie ab, und was ist nun? Seine Ohren stehen ab, er hat weiße Ringe unter den Augen, er sieht nackt aus. Und natürlich blinzelt er, halb blind wie er ist. Das bin ich als profaner Mensch. Und so ein armes Kind Gottes, das vor der Todespforte steht, begreift, daß deine Versprechen keinen Spauz wert waren.

Ein armes Kind Gottes?

Anscheinend hänge ich eben noch an manchen Ausdrucksweisen.

Das ist normal.

Nicht, daß ich etwas bedauern würde, ich rede nur davon, daß ich mich umstellen muß. Das dauert eine Weile. Vor allem für jemanden, der noch nie eine Entscheidung treffen konnte, ohne sie erst tausendmal im Kopf durchzuspielen. Aber weißt du, ich muß mich schon darüber wundern, daß ich so viele Jahre investiert habe. Was hab ich mir nur dabei gedacht? Feierliche Prozessionen, Abzeichen, Kragen und kleine Talismane … War ich eigentlich ein liberaler Anglikaner – oder Animist? Ich nehme meinen alten Augustinus wieder in die Hand, die Taschenbuchausgabe, *De civitate dei.* Jede Seite ist fast vollständig unterstrichen.

Jetzt aber mal langsam – das ist ja auch ein verflucht guter Schriftsteller, unser Augie.

Kaum verwunderlich, daß du ihn magst, oder? Mit seinem Sack voll Autorentricks. Wie er mit all den Lehrmeinungen umgeht, als existierten sie wirklich, wie Gestalten in einem Roman von Henry James. Gottes Gnade ist meine Lieblingsgestalt. Und diese feurige Rhetorik ... Um Gott zu erfahren, mußt du dich nach Gott sehnen. Nur was dann, wie ist es mit dem Glauben, und kommt der mit, vor oder nach der Sehnsucht, und so weiter. Das Entscheidende ist die Stimme. Hast nicht du mir einmal gesagt, alle Wirkung entsteht durch die Stimme?

Ja. So ist es.

Man vertraut seiner Stimme ... daß sie das kennt, wovon sie spricht. Man wird sofort hineingezogen. Sogar dir geht's so, Everett.

Na ja, ich kann ihm nicht mehr folgen, wenn er sagt, Babys sind von Geburt an zur Hölle verdammt, falls nicht jemand Wasser über sie träufelt. Da kopple ich mich ab.

Na gut.

Aber der Titel ist gut, *Gottesstaat ... Gottes Stadt*. Mir gefällt die Metapher, dir nicht?

Sie hat ein gewisses Etwas, das grüne Weiden dir nicht bieten.

Zunächst mal kannst du darin umherspazieren.

Dir im koreanischen Laden die Zeitung und einen Kaffee holen.

Dir am Nachmittag einen Film reinziehen.

Warum behältst du sie eigentlich nicht alle, die Bücher?

Ja, warum eigentlich nicht, verflucht noch mal. Meine religionsgeschichtliche Sammlung. Schließlich hab ich nicht Gott aufgegeben. Nur die Dreifaltigkeit.

Das Midrash Jazz Quartet spielt die Standards

THE SONG IS YOU
I hear music when I look at you
A beautiful theme of everything I ever knew
Down deep in my heart I hear it play
I feel it start and melt away ...

Why can't I let you know
The song my heart would sing
What beautiful rhapsody of love and youth and spring
The music is sweet
the words are true
The song is you!

DER SONG BIST DU
Wenn ich dich anseh, hör ich den Klang
Von allem, was je in mir sang
Tief im Herzen hör ich die Melodien
Ich fühl die ersten Töne und schmelz dahin ...

Warum kann ich dir die Rhapsodie nicht singen
Die meinem Herz entspringt
Den schönen Song von Frühling, Jugend, Liebe
Süß ist die Melodie
Wahr ist mein Lied dazu
Der Song bist du!

DIE MIDRASHIM HABEN HEUTE ABEND DIE EHRE, IM PUBLIKUM EINE LEGENDE DER BRANCHE BEGRÜSSEN ZU DÜRFEN – DEN WIRKLICH ALLERGRÖSSTEN ... ALSO, DAMIT KANN NUR EINER GEMEINT SEIN ... UND WENN IHR IHN HERZLICH GE-

NUG WILLKOMMEN HEISST, DANN KOMMT ER VIELLEICHT HIER HERAUF UND FÜHRT UNS VOR, WAS SCHNAUZE IST!!

(langanhaltender, heftiger Applaus)

Danke schön, ja, warum auch nicht, dann will ich's mal versuchen ...

Der Mann hier behauptet, er sieht die Mieze und hört Musik. Liebe, sagt er, ist ein Song in seiner Seele. Genau, was man von einem erwarten würde, der sein Geld als Songschreiber verdient.

(Gelächter)

Ein bißchen platt für jemand vom Fach. Würde ein General wohl sagen, ich höre Krieg, wenn ich dich anseh? Schon eher vorstellbar. Und diesen Song auf sie, den hört nur er? Wieso das? Was kann das schon anderes heißen, als daß er sie liebt, obwohl sie dicke Brillengläser hat und einen fetten Hintern?

(Pfiffe, Lachen)

Und obendrein hat er noch das Problem, daß er ihr seine Gefühle nicht mitteilen kann: Wieso – ist er etwa schüchtern? Schüchtern! Wer ist denn auf dieser verdammten Welt schon schüchtern, kann mir das mal jemand sagen? Ob jung oder alt, ob hinkend oder lahm, sie schlagen einem doch ihre Gefühle nur so um die Ohren!

O Mann, wie wünsch ich mir, daß mir ein einziges Mal in meinem langen, vermasselten Leben jemand begegnet wäre, der zu schüchtern war, mir seine Meinung über mich zu sagen ....

(munterer, wissender Applaus)

Nehmen mir mal Fanny, die Mutter aller Miezen: Du willst – was? Sänger in der Band werden? Schon krieg ich, wumm, mit links eins aufs Ohr. Wie die Miss Halbwelt da an der Wand? Guck dir den doch bloß an, mit seiner Pfeife und der schwarzen Schmiere um die Augen – willste etwa so werden? Ma, schrei ich, das ist Bing! Jetzt krieg ich eins mit rechts, mir brummen beide Ohren, ich duck mich, geh in Deckung, der Schlag trifft meine Arme. Ein Junge in der Band? Wie so eine billige Schlampe, die sich hinstellt und ihren Chorus singt? Sich durch die Saxophone pennt? Geschlechtsunterschiede machte die nicht, meine Ma. Riß mir mein Idol von der Wand und ritsch-ratsch, hatte sie's zerfetzt. Fand eine achtundsiebziger Scheibe nach der anderen und brach sie mitten durch wie Zwieback.

Oder mein Vater: Lesen hab ich nie gelernt, sagt der. Weißt du, wie das ist? (Ich kann ja lesen, Pa, aber er hört mich nicht.) Wie wenn du blind bist. Du kommst an eine Ecke, ein Fremder faßt dich am Ellbogen. Alles erfahr ich als letzter. Willst du, daß es dir auch mal so geht? (Ich kann doch lesen, Pa!) Du hörst nicht zu, verdammter Bengel, komm sofort her, ich dresch dir die Fisimatenten aus dem Schädel!

Die rauhen Sitten meines Lebens zu Hause oder auf der Straße, das ist wie ein Radio, das du nicht abstellen kannst. Am lautesten sind die Priester, von Zurückhaltung hat diese Kirche noch nie was gehört, die Verkündigung schallt durchs ganze Viertel, echot donnernd zurück. Ist ganz in Ordnung für die alten Frauen in Schwarz, die gehen innerlich immer noch zwischen Olivenbäumen über Feldwege zur Messe, im geweihten Dunkel bekreuzigen sich die Witwen, ihre Fingerknöchel knotig wie Äste, und lassen sich auf die geschwollenen Knie fallen. Ist aber nichts für mich, dieses Gewaber und Gebimmel, du steckst deine Münze in den Armenstock und verduftest. Kann dir gestohlen bleiben, der Priester auf der Kirchenschwelle. Fragst dich, was wohl in den gefahren ist.

Ich rede von der Zeit vor dem Krieg, nach dem einen und vor dem nächsten Krieg, von einer Stadt am Wasser, in New Jersey. Die Straßen versanken in dem Morast, auf dem sie gebaut worden waren. Telefonmasten mit durchhängenden Kabeln kippten in jede denkbare Richtung, nur aufrecht standen sie nicht. Am Horizont Raffinerierohre, Marineflugzeuge, die in den gelblichen Wolken verschwanden. Der Himmel nachts von den chemischen Fackeln der Meadowlands erleuchtet. Und Leute wie wir atmeten das alles ein. Unsere Slums hatten uns zu dem gemacht, was wir waren, assimiliert. Wir kauften in unseren kleinen, düsteren Läden ein, wo aus Sparsamkeit das Licht abgedreht war. Ließen unsere Geldbeutel aufschnappen und fischten jeden Penny einzeln raus.

O ja, ich erinnere mich, meine Freunde, und nicht mit Dankbarkeit.

Aber der Junge hier, der schafft es ganz aus eigener Kraft durch die Wirtschaftskrise, denn der einzige starke Knochen an mir ist mein Dickschädel, mein tragbares Tonstudio, der Resonanzkörper der Stimme. Das ist mein Erfolgsgeheimnis: mein Dickschädel. Mein Vater brüllt: Wir wollen dich hier nicht mehr sehen. Meine Mutter brüllt: Du verfluchter Schmarotzer. Ständig bin ich rausgerannt und hab die Tür zugeknallt. Wenn's richtig übel zuging, Richtung Docks. Fünf Cent die Fahrt, die Straßenbahn rasselte um die Kurven, die Straßen waren so eng, daß man sich hinauslehnen und die Zweifamilienhäuser zu beiden Seiten berühren konnte. Holzhäuser mit Flachdächern, auf den Veranden glotzende Gören. Auf und ab über die hügligen Straßen, der Fluß kam in Sicht und verschwand, während man hoch- und runtergekippt wurde, die Turmspitzen der Alabasterstadt jenseits des Flusses stiegen und sanken wie das Orchesterpodium im Paramount-Palast und machten einem klar, daß man sich nirgendwo befand, daß man ein Niemand im

Nirgendwo war, daß das wahre Leben dort drüben stattfand, auf der anderen Seite. Endstation-alle-aussteigen an Docks voller Vogelkacke am stinkenden Fluß, ein paar schwarze Männer mit Angelruten und der Hoffnung, sich einen öligen Flußbarsch zum Abendessen zu fangen, und du. Ein Kerlchen ohne Hüften. So dürr, daß er die Hose oben überm Zwerchfell festzurren mußte. Setzt sich auf das splittrige, stinkende Pier und schaut über den Fluß zu der Stadt aus weißem Stein hinüber. Zu der herrlichen Stadt. Da sitz ich inmitten der Klekse von Entenscheiße, der leergepickten Krebsschalen, ein trostloser Junge. Mit einem Brustkorb wie eine Bettelschale. Knochen so dünn wie Kistenholz, wie das Holz der drahtverstärkten Kisten für Orangen und Pampelmusen, man konnte es mit den Händen verzwirbeln und der Länge nach aufspalten, genauso waren meine Knochen. Wie alt mag er sein, vierzehn, fünfzehn? Starrt über das Wasser auf die Stadt, die in der Sonne lodert. Hört das Nägelklicken am Himmel, hin und her, die Wachhunde der Wirtschaftskrise.

Wißt ihr nun, wer das Du im Song ist?

Angenommen, einer will meine Biographie schreiben, was erzähl ich dem? Kann ich dem erzählen, daß ich immer nur die Schaufelspitze beladen hab, wenn ich die Asche aus dem Ofen holte, weil ich mehr nicht heben konnte? Was braucht er bloß so lang, dröhnt Fannys liebliche Stimme die Kellertreppe runter: Bist du etwa verreckt da unten? Der Geschmack von Asche im Keller, das gehört zu den Sachen in deinem Leben, an die du dich nicht mehr erinnern willst, bis es Zeit zum Sterben ist. Dieses widerliche Zeug auf meiner Zunge. Auf dem Küchentisch Wachstuch mit gelbem Blümchenmuster und Messerschnitten drin. Oben auf dem Eisschrank der brummende Motor mit den runden Lamellen, darauf die klebrige Schicht aus Fett und Staub. Und die vielen abgelebten Lagen von elfenbeinfarbenem Anstrich überall in den Zimmern – die Wände nicht gerade, die Ecken nicht rechtwinklig, die Türen der Wandschränke nicht zu schließen. Alles unsinnig, unsinniges Zeug.

Aber andere Sachen würdst du nie vergessen, das wußtest du, unauslöschliche, geheime Dinge, die nicht mit dir aufgewachsen sind, sondern sich bis heute noch so anfühlen wie damals. Fanny in ihrer Krankenschwesterntracht, die großmäulige Mutter aller Frauen, die sie von glitschigen Neugeborenen entbindet, die sie aufnimmt, wenn sie geschlagen werden, ihnen den Eingriff macht, wenn sie unverheiratet sind, o ja, das tut sie, die rangälteste Hilfskraft an St. Francis, weil sie nicht nur meine Mutter, sondern die der ganzen Welt von Frauen bei mir zu Hause ist.

So weiß euer Gewährsmann von früh an, was ein Mädchen ist, ich hab durchs Schlüsselloch schon mal einem beim Ausziehen zugeschaut, die Schuluniform fällt in Falten über den Holzstuhl, man hört es seidig rascheln, und dieses ganz normale Mädchen in all seiner atemberaubend lieblichen, federnden Straffheit steigt auf den Küchentisch mit den gelben Wachstuchblümchen ... und wartet und weint, so reizend von den Sohlen ihrer kleinen Füße aufwärts, jeder Fingerbreit an ihr so einleuchtend, als würde Gott mir einen Blick darauf gewähren, und ich sage: Natürlich, natürlich, als wäre dies nicht eine Einführung, wenn man dies gesehen hat, sondern eine Erinnerung, natürlich, natürlich, es konnte auch gar nicht anders sein als so, das hab ich immer gewußt, sie haben Waden und Schenkel, einen runden Po und eine Möse. Und als sie sich zurücklehnt, die hohen Brüste bebend flacher werden und sie, zur Deckenlampe starrend und die geballte Hand zwischen den Zähnen, vor Angst so weint, daß man nichts hört. Nicht mehr erinnere ich mich jetzt allerdings an ihren Namen, sie war ein Mädchen aus der Nachbarschaft, ich hatte sie in ihrer Schuluniform mit den anderen zusammen gesehen, ein älteres Mädchen, in einer höheren Klasse als ich, mir ganz vertraut in dem dunkelgrünen Rock, der weißen Bluse, den Kniestrümpfen, die mit all ihrer Gewöhnlichkeit die wundersame Offenbarung von Beinen verhüllen, die sich auf ein Kommando hin öffnen, von Knien, die sich heben, bis durch das Schlüsselloch Fannys breiter krankenschwesternweißer Rücken und das Tuch, das sie ausbreitet, mich vor Unheil bewahren.

Kein Song im Herzen, du Jammerlappen, ein Tosen in den Lenden, ein Knirschen im Gehirn, ein blendender Einblick in Gottes Schöpfung, und damit ist es um dich geschehen, du gehörst ihnen.

Doch dagegen anzukämpfen, diesen Fehler aller blöden Jungen zu begehen, daß man Mädchen dies antun kann, daß man sie so behandelt – wie alle Welt es tut. Es eigentlich zu wissen, aber ohne zu wissen, wie es ist, weil man sich selbst ausspart, verflüchtigt sich die Sehnsucht wie aus einem Nichts, die furchtbare ansaugende Bedürftigkeit löst sich von einem ab, umgibt einen aber dennoch ganz und gar wie das Wetter, färbt den Horizont.

Jeder einzelne von meinen Kumpels ist genauso blöd. Warum auch sonst die Witze, die man sich erzählt, warum sonst die Zigarette im Mundwinkel, warum das beidhändige Zurechtrücken der Hose, das Grinsen mit hochgezogenen Brauen, der heisere Beifall im Tingeltangel, dazu jedoch das Schlucken mit trockenem Mund und das Herz, das im Sperrholz-Brustkasten im Takt mit dem Trommelwirbel wummert.

The Fools of Song, so nannten wir uns. Für manche Ohren klang das leicht chinesisch, wie Tin Pan. Tin Pan sagt, Liebe ist Popsong im Herzen.

Welche Chancen hatte wohl einer von uns, welche Chance hättet ihr uns gegeben? Mir, der ich den Arm anspanne und euch meinen Spaghetti-Bizeps zeige, oder Vinnie, den wir Matschkopf nennen, weil sein Hirn so funktioniert, als wär er einmal zu oft k.o. geschlagen worden, oder vielleicht dem stumpfen Mario, der Ziegel oder Scheißhaus heißt, weil er gebaut ist wie ein Scheißhaus aus Ziegelsteinen, oder Aaron, auch bekannt als der Jude, ein Fremder, der nicht aus der Nachbarschaft stammt, aber mit uns herumhängt, weil ihm unsere rauhen italienischen Sitten behagen. Ich meine, hier herrscht nicht gerade der gleiche Geist wie auf den Sportplätzen von Eton. Wir stecken Steine in unsere Schneebälle. Wir sangen die Hits an der Straßenecke vor dem Bonbonladen.

Jude, dessen Vater im Wettgeschäft ist, hat die Kohle für unsern Eintritt zu den Matineen im Union-City-Varietépalast, er bereitet sich auf die Schieberlaufbahn vor, hilft manchmal auch schon als Eintreiber aus und trainiert sein Paten-Potential, obwohl ihm das unentbehrliche Talent zur Überheblichkeit abgeht, ein entsetzlicher Mangel, der bedeutet, daß er's in der Welt der Gerissenen nie zu was bringen wird. Außerdem stimmt mit ihm was nicht ganz, muß eine Lähmung sein, an einem Fuß schleift der Zeh, die Ferse kommt nicht ganz auf den Boden. Das gibt seinem Gang etwas Unausgewogenes, als wollte er gleich abheben. Abgewetzte Kordhose und Turnschuhe, winters wie sommers, und flatternde Hemdschöße, wenn er seine Startbahn entlangpest. Ein gutmütiger junger Rüpel, lebhaftes Gesicht, ewig lächelnd, große Schneidezähne. Und obendrein diese lächerliche hohe, schrille Stimme, fast schon manisch, und die war dermaßen peinlich dort im höhlengleichen Theater der Träume, so laut und durchdringend, daß die Stripperin, die zur Schlagzeuguntermalung ihre quastengeschmückten Titten kreisen ließ und mit dem Arsch ruckte und wackelte, doch tatsächlich im Scheinwerferlicht erstarrte und in unsere Richtung guckte.

Einmal wöchentlich mit dem Bus zum Union City. Eine

Frau im späten gebärfähigen Alter spaziert unter einem rosa Scheinwerfer auf einer Bühne rum. Jude schrillt, Mario boxt mich in einem besonders erlesenen Moment der Choreographie in den Arm, Matschkopf beweist sein Artikulationsvermögen, indem er immer wieder Ach du heiliger Bimmbamm brabbelt, und ich versinke komplexbeladen in meinem Sessel und bin alles andere als angenehm erregt. Vielmehr befürchte ich, daß sie mich beim Hingucken ertappt, die Stripperin. So viel weibliche Verachtung schwappt da von der Bühne herab. Und wie sie ihren Arsch so kundig schwenkt, ba-da wumm, ba-da wumm – also, glaubt mir, es war vulgärer, als es mir in all meinen Jahren des Barlebens und der Gunst von Frauen je begegnet ist. Hier wurden körperliche Vorzüge aufs mieseste und schmutzigste benutzt – und die Bestätigung davon ist der Kretin, der im karierten Anzug, mit Schlappschuhen und Derbyhut aus den Kulissen auf die Bühne getorkelt kommt und dem ein armlanger rosa Gummischwengel aus der Hose ragt. Während ich ein schwerer Fall von widerwärtig schmerzenden Eiern bin, macht es mich gleichzeitig zornig, wie die fette, tanzende Schlampe da die Fähigkeiten von Frauen darstellt. Ich wollte es nicht.

Noch eine andere schaffte mich, eine fade, dünne Stripperin, so schmal und busenlos wie ein Junge, die so drogenbetäubt über die Bühne triftete, daß nicht mal Buddy Rich den Rhythmus hätte halten können.

Wie bin ich darauf gekommen? Warum kommt mir das in den Sinn? Vielleicht – vermute ich aus rund siebzig Jahren Abstand –, vielleicht war ich der Ansicht, was auf einer Bühne vor sich geht, sollte sich vom Leben auf der Straße unterscheiden. Ich behaupte nicht, der Junge, der ich einmal war, hätte das durchdenken können. Dieses Nichts von einem Jungen, der keine zwei Jahre Oberschule durchhalten sollte, der versucht, mit den übrigen Narren an der Straßenekke gut auszukommen – der soll zu dem Schluß kommen, die Bühnenkunst wäre eine andere Welt? Was zum Teufel wußte ich denn vom Showgeschäft, was mich auf die Idee hätte bringen können, es sollte einem etwas geben, was sich draußen nicht finden läßt? Aber ich schwöre bei Gott, genau das war die Überzeugung, die mich da überkam, als ob ich ein Eleve der darstellenden Künste, du-du ba-duu, gewesen wäre! Und wo diese Überzeugung herkam, werd ich nie erfahren.

Und wie es bei den Preisverleihungs-Zeremonien Sitte ist, daß wir diesem und jenem unseren Dank aussprechen, so danke ich Jude dafür, daß er mir – auf dem Umweg durch die alles leugnende Schäbigkeit – geholfen hat, einen Ausweg für mich zu entdecken. Auf den seinen will ich hier übrigens nicht eingehen und nur erwähnen, daß er diesen Weg abrupt und vorzeitig eingeschlagen hat, mein armer Kumpel mit der kaputten Achillessehne.

Aber mittlerweile gebe ich mir Mühe, stimmt's? Immer, wie verwirrt ich auch gerade bin, orientiert an meinem Bild von der Alabasterstadt. Wieviel mir das genützt hat, auch wenn ich so schüchtern war wie in dem Song, wenn ich mir nur schüchtern vorstellte, ich würde unter der hölzernen Promenade in Asbury Park Angela Morelli küssen. Die Hand unter ihren wollenen Badeanzug schieben. Ich kann deine Freundin nicht mehr sein, sagt sie. Nicht weil ich dich nicht mag, denn ich mag dich schon, nur kann ich's nicht riskieren, daß was passiert, und dann ist mein Leben pfutsch. Ich will was mit meinem Leben anfangen. Dunkle, glänzende Augen, ein wundervolles, ernstes Mädchen. Sie schiebt meine Hand fort: Du hast keine Aussichten. Keinen Job. Die Schule hast du abgebrochen. Willst du denn nicht etwas aus dir machen? Immer nur mit diesen andern, die nichts Besseres zu tun haben, als an der Ecke rumzuhängen und blödes Zeug zu singen! Als hättest du keinen Selbstrespekt. Ja und warum weinst dann du, Angela, wenn ich der ohne Selbstrespekt bin – und was sagt deine Mutter sonst noch so? Das sagt nicht nur meine Mutter, ich hab selbst Augen im Kopf und sehe, daß du nichts tust. Ich hab auch Ohren, und von Ehrgeiz bei dir hören die nichts.

Kein Ehrgeiz, Angela, kein Ehrgeiz? Ich hatte den Ehrgeiz, dich zu bumsen, hätte das vielleicht nicht gereicht? Ich hatte den Ehrgeiz, dich zu bumsen, und damit die ganze Welt aufs Kreuz zu legen!

Na, wißt ihr jetzt vielleicht, um wen's in dem Song geht?

Er raucht Zigaretten, von denen drei einen Penny kosten, pflegt im Bad seine Tolle, und wie es die Kleine gesagt hat, ist er der Anführer, wenn die Fools vor dem Bonbonladen die neusten Hits schmettern: *I wanna be loved by you, just you, and nobody else but you. I wanna be loved by you alone, poo-poo pa-doop. / Ich will, daß du mich liebst, mein Schatz, nur du und keine andere als du, ich will geliebt werden von dir, du-du ba-duu.*

Erster Karriereschritt: sich von den andern absetzen, solo auftreten. Ziegel, o Mann, du hast ja Blechohren, laß es doch bleiben, geh stechen oder sonst was. Und du, Matschkopf, du kannst dir ja nicht mal den verdammten Text merken. Text? Das ist der Song, du Arschloch, das, was die Noten bedeuten, worum's in dem verdammten Song eigentlich geht. – So hat er ihnen zugesetzt, ihnen den Spaß verdorben, der darin bestand, an der Straßenecke die Melodien unserer Kultur zu krähen, es den Knackern aus der alten Welt mal zu zeigen: Hier sind wir, jetzt kriegt uns mal. Das alles hat er kaputtgemacht, die *Fools of Song* für immer kaputtgemacht. Was soll denn das plötzlich, bist du der Dirigent oder was? Du meinst, du weißt alles besser, wer hat dich denn zum Leader gemacht? Ihr Typen seid beschissen, ihr könnt doch gar nicht singen. Kann sein, aber dir die Fresse einschlagen, das kann ich. Also schmeiß ich mich auf's Scheißhaus, die einzige Möglichkeit, und hoffe, daß sie uns auseinanderzerren, bevor er Kleinholz aus mir macht.

Damit ist also jetzt Schluß, ich bin allein, nur Matschkopf hält mir die Stange, zockelt hinter mir her, beschafft mir Sachen, treibt ein Philco-Radio auf und schenkt's mir, so was. Und ist seitdem immer bei mir geblieben, die ganzen Jahre über, hat nicht so arg viel auf dem Kasten, ist aber loyal bis in den Tod. Was mir gefällt. Wir sind zusammen aufgewachsen, mein Leben war ein Epos von Veränderungen, seines immer gleich, eng fixiert auf mich, meine Persönlichkeit, meine Laufbahn, ich fülle ihn geistig aus. Hat eine sehr enge Bandbreite, der olle Klatscher. Wär ich seine Ehefrau, hätt ich ihn schon längst abserviert. Aber er ist dort rausgekommen, nicht wahr, wenn auch an meinen Rockschößen, aber raus ist raus, und wer wird schon behaupten, er hätte es auch sonst geschafft? Trotzdem, schon eine sonderbare Lebensweise. Wenn irgendwas Gutes daherkommt, eine Ehre, ein Album bringt's zu Platin, ein Orden des Präsidenten, egal was, dann bildet sich Klatschkopf gern ein, daß es uns beiden zugefallen ist. Jetzt ist aber ein Drink fällig, Boß, den haben wir verdient, wir sind die Besten!

Nimm's aber nicht zu hart, Klatscher – du weißt, ich liebe dich.

Und wen hör ich nun spätnachts am ganz leis gedrehten Philco, das Ohr an der Lautsprecher-Bespannung? Paul Whiteman und Rudy Vallee, Russ Columbo und Jack Leonard. Ich hol mir die fernsten Sender rein, bis hin nach Pittsburgh: Billy Wynne und sein Orchester spielen im Pocono Room des Three Rivers Hotels. Das war nicht bloß Musik, das hatte Klasse. *Here is the Drag, See how it goes; Down on the heels, Up on the toes. That's the way to do the Varsity drag.* Rudy Vallee kam nun mal von Yale, und irgendwie ließ er's einen auch immer wissen. Jolson: gute Stimme, diente aber alles, was er sang, so krämerisch an. Nee, Jolson war nicht das

Wahre. Cantor: unter aller Würde, ein Clown, ohne einen Funken Musik im Bauch. Die Komiker, die auch sangen, mochte ich nicht. Ich wollte Sänger hören, die ernst nahmen, was sie da machten. Ich wollte, daß Showleute nur das waren und nichts sonst. Wonach ich die Ohren spitzte, das war Stil, Eleganz, ein guter Text, in dem Geschmack mitschwang und der Esprit bewies. Versteht ihr, mit solchen hausgemachten Kriterien brachte dieses Nichts von einem Anfänger aus New Jersey sich selber etwas bei. Ich schrieb die Gershwin-Songs mit, die Texte seines Bruders, führte eine Kladde – George, das war für mich die Spitze, ganz großer Stil, weltmännisches Raffinement, woher sollte denn ich schon wissen, daß er von der Lower East Side stammte, ein kleiner Jid, so wenig im Herrenhaus geboren wie ich.

Die ernsthafte Singerei habe ich am Pier betrieben, allein, die Stimme durch den Nasenkanal gelenkt, sie getestet, mitgehört, gefunden und dabei unentwegt zur Stadt jenseits des Flusses hinübergeschaut, ihr zugesungen mit der Resonanz, die ich im Schädel hörte, in meinem Dickschädel. Behängen wollte ich die Stadt aus weißem Stein mit meiner Stimme, sie Zeile um Zeile weben lassen, meine Stimme, hin und her, auf und ab, die ganze verdammte Stadt mit meiner Stimme einhüllen. Und jetzt wißt ihr es, oder? Der Song bist du, große Stadt, immer hab ich dich besungen über den weiten öligen Fluß hinweg, während die Möwen auf dem Wind dahinsegelten, mir die Krebsschalen vor die Füße fallen ließen und die schwarzen Männer am Ende des Piers mit unendlicher Geduld nach einer anständigen Mahlzeit angelten.

Ein weiteres Jahr noch, bis ich tatsächlich die ein kurzes Stück entfernt anlegende Fähre besteigen und übersetzen konnte. Zahlte dafür mit einem Botenjungen-Job tagsüber in Newark. Und die Insel Manhattan stieg vor mir auf als ein Ort für Menschen, kam deutlich in Sicht: Ozeandampfer an den Piers, Rauch aus Schornsteinen, Gerüche, die von den

Viehhöfen der West Side kamen. Die Rampe hinunter und hinein ins Leben. Hupen, Lichter, Straßenbahnen, Busse, Laster, Polizeipfiffe, das fließende Gemetzel. Wer hatte es nur organisiert, wie hielten sie es in Gang? Woher wußten die Leute, durch welche Tür sie mußten. Wie konnten sie sich in einem Gebäude vierzig Stockwerke über der Erde zu Hause fühlen. Als ich so durch die Straßen ging, wollte ich die Laternenpfosten umarmen. Ich sog den Lärm in mich ein, den wichtigtuerischen Lärm der Stadt. Erkundete den Gang der Leute, der Gestalten, die mir ins Auge fielen, Männer und Frauen, ihre Kleidung. Aus allen Richtungen kommende Leute sammelten sich an den Ampeln. Pferde klapperten damals noch vorüber. Experimentier mal wie ein Wissenschaftler, nimm ein Taxi, sag dem Fahrer, wo du hinwillst, zahl den Fahrpreis und das richtige Trinkgeld, ohne durchschimmern zu lassen, daß du ein Junge vom Land bist. Schau dir ein paar von den Hotels an, wo die Bands gespielt haben. Werd so selbstsicher, daß du in so einen Abend reinspazieren, dich mit deinen Zigaretten an die Bar setzen und alt genug aussehen kannst. Beobachte die Band, welches Gespür sie dafür haben, den Raum zu beherrschen, wie sie einen geheimen Zirkel des Show-Wissens bilden.

All das tue ich, ohne daß es mir gehört. Noch bin ich dieser hergelaufene Lausejunge, der in die Schaufenster glotzt. Aber irgendwie würde ich die Stadt besiegen, sie verführen, sie erobern, das schwor ich mir. Wie? Mit Liebesliedern! Ich würde mich der gebräuchlichsten Münze bedienen, der populären Melodie. Was für eine Frechheit! Da gibt es so viel Befreiung auf der Welt, so viel Bildung, Genie, Macht, Politik und Geld, und was will dieser Junge? Wie in der Geschichte vom Jongleur würde ich mir das Herz aus dem Leibe singen, wenn ich nur je singen lernte, und die Heilige Jungfrau persönlich würde in ihrer ganzen farbigen Pracht von ihrem Marmorsockel steigen und mir mit dem Saum ihres Gewands den Schweiß von der Stirn wischen. Wußte ich denn, daß es so viel Sehnsucht auf der Welt gab, so daß es klappen würde? Ahnungslos war ich, ein ahnungsloser Junge, so isoliert in meinem erträumten Manhattan, während die Welt zerplatzte, Nazis im Stechschritt marschierten, Juden aus ihren Wohnungen zerrten, Stalin in den Gulags Millionen zu Eis erstarren ließ, während die Japaner an chinesischen Kulis Enthauptungstechniken übten, die Burmesen mit ihren beladenen Karren die aus Rangun hinausführenden Straßen verstopften, Italiener mit Stukas auf die Äthiopier losgingen, die ihre Speere gen Himmel rüttelten, die ganze verfluchte Welt ihre wahre Menschlichkeit offenbarte – das schreiende Baby auf dem Bahngleis, Blut, das von den Bergen herabströmt, die Wüsten benetzt, die Meere rötet, die Welt ein riesiger blutiger Circus menschlicher Verstümmelung, von so mörderischer, wahnsinniger Wut erfüllt, daß es den Planeten von der Achse hebt ... und da steh ich und schmachte in Belcanto:

Why can't I let her know the song my heart
would sing
What beautiful rhapsody of love and youth and
spring
The music is sweet, the words are true ...
The song ist you!

Warum kann ich ihr die Rhapsodie nicht singen,
die meinem Herz entspringt,
Den schönen Song von Frühling, Jugend, Liebe,
Süß ist die Melodie, wahr ist mein Lied dazu ...
Der Song bist du!
(tränenerstickte Huldigungsrufe, stehende Ovationen)

– Der Ex-*Times*-Mann, nun vor sich selbst als Killer ausgewiesen, trägt neuerdings den Kopf ein wenig höher. Geht nicht mehr so gebeugt, mit weniger runden Schultern, schaut nicht mehr zu Boden. Ob sich ein Mann in dieser Welt geschlagen geben mußte, erkennt man leicht daran, wie er sich auf den Straßen der Stadt bewegt. Es gibt tausend Gangarten von Niederlage, jede auf eine bestimmte Gestalt zugeschnitten, aber alle sind eindeutig. Der Ex-*Times*-Mann hat sich nun aus der schlurfenden Klasse der Verärgerten, Ungewürdigten, Betrogenen, Verbitterten oder Erstarrten erhoben. Nicht daß er vergessen hätte, daß der Zufall mitwirkte, als er die Geschichte des SS-Mannes abschloß, nur hat er den Zufallsfaktor zu seinen Gunsten umgedeutet: Er glaubt nun, den alten Nazimörder aus dem Augenwinkel heraus gesehen und erkannt zu haben, bevor er selbst die Gewalt über sein Fahrrad verlor, auf den Gehweg hochhoppelte und den Mann umfuhr. Er glaubt nun, daß der Körper den Kopf als Kontrollinstanz abgelöst habe, daß durch den Wechsel der Kontrollsysteme ein Konflikt gelöst wurde, da nicht mehr das bewußte Denken die Führung hatte, sondern die in seinen Knochen und seiner Muskulatur gespeicherten Willensimpulse. Er hatte die Seite gewechselt, war durch das Fenster seiner Freiheit geschossen – wie wunderbar, daß der Moment sich so einleuchtend hatte entfalten können.

Nun hat der Ex-*Times*-Mann das Gefühl, es gebe nichts, wozu er nicht imstande wäre; nichts ist für ihn mehr undenkbar, nichts zu kühn, zu unerhört. Er läßt sich die Haare kurz schneiden, trainiert im Fitneß-Studio, kauft sich neue, gutsitzende Kleidung. Er, der in den letzten sechzig Jahren immer nachlässig angezogen war, kommt nun vielleicht nicht elegant, aber doch annehmbar daher. Findet eine Frau, die er mit mannhafter Rücksichtslosigkeit behandeln kann. Sie ist eine Verlagskorrektorin von Mitte Vierzig, eine dünne, kleine, blonde Frau, mit der ihn dogmatische Ansichten über das grammatisch Gebotene und die Loyalität zu der alten zweiten Ausgabe des großen Webster verbinden. Ansonsten jedoch erweist sich diese Frau als enttäuschend gutgläubig, wenn er beim Essen hie und da ins Fabulieren gerät und geheimnisvolle professionelle Verbindungen andeutet.

Als nächster steht auf seiner Liste der frühere Befehlshaber der guatemaltekischen Todesschwadron, der ein Restaurant in einem Einkaufszentrum in Queens besitzt, vom Long Island Expressway leicht zu erreichen. Diese Geschichte dürfte sich bequemer zum Abschluß bringen lassen, mit einer kurzen Taxifahrt von Queens Plaza aus, wo der F-Train hält. Innerlich aber beunruhigen den Ex-*Times*-Mann die soziologischen Komplikationen, die in einem Restaurant in einem Einkaufszentrum in Queens zu gewärtigen sind. Er steht vor dem Restaurant und blickt auf die Tausenden von geparkten und parkenden Wagen hinaus, auf die Käuferscharen, die Megastores der Kettenunternehmen, er hört die kreischenden Mütter, beobachtet die bitterböse nach vorn starrenden Kinder, die sich am Chromgestänge ihrer Sportwagen festhalten. Die Luft vibriert vom permanenten Gejaule des endlosen Verkehrs, der auf dem nahen Long Island Expressway in beide Richtungen vorüberzieht und geistlos Zielstrebigkeit vorzutäuschen scheint. Massen von versetzten Wohnblocks aus rotem Klinker bilden den Horizont, schmutzige Tauben lassen sich flatternd auf Imbißresten nieder, Kinder auf Rollerskates flitzen zwischen den geparkten Autos durch, Rudel von modischen Teenagern in Schlabberjeans, ungeschnürten Air Jordans und falschrum aufgesetzten Baseballmützen triften umher ... Ließen sich denn in diesem Tollhaus für freie Menschen noch irgendwelche klaren moralischen Unterscheidungen treffen oder Grundsätze auftun, nach denen man zu handeln hatte? Dies war kein angemessener Tatort für jemanden, dem es ernstlich um Höheres ging, nichts von ethischer Bedeutung konnte hier geschehen.

Als er jedoch das Restaurant selbst betritt, lebt er sogleich auf. Dort herrscht immerwährendes Abendlicht. Haziendadekor, durch Gitter abgetrennte Sitznischen. Gestärkte weiße Tischtücher auf den Tischen, und an jedem Gedeck ein kristallenes Wasserglas. Die Kellner tragen Boleros. Ein angenehmes, nicht zu ortendes Geräusch von fallendem Wasser löscht die Geräusche von draußen. Es ist Lunchzeit, und zwei, drei Tische sind von Männern in Anzügen besetzt – nirgendwo Frauen oder Kinder. Der Mann im blauen Blazer, der an der Bar sitzt und sich mit dem unterbeschäftigten Barkeeper unterhält, dreht sich nach ihm um, als er eintritt: Das Herz des Ex-*Times*-Manns tut einen Satz, dies ist der guatemaltekische Oberst aus den Zeitungsausschnitten, ein kompakter, wohlgebräunter Mann mit weit zurückgewichenem Haaransatz und dichtem, schwarzen Schnurrbart. Der überläßt, da er den Gast nicht kennt, das Begrüßungsritual einem Kellner und greift wieder nach der Zigarette, die auf seinem Aschenbecher ruht.

Der Adamsapfel des Ex-*Times*-Mannes steigt, denn er erkennt in diesem Blick die abschätzende Arroganz wieder, die sich anmaßte, zum Wohle eines Landes dessen intellektuelle Schicht zu dezimieren, und die es gleichzeitig schaffte, dörferweise Bauern zu ermorden.

Doch dies ist nur ein Kundschafterbesuch. Noch zweimal kommt der Ex-*Times*-Mann mittags allein zum Essen her, und jedesmal ist sein Todesschwadron-Restaurantbesitzer anwesend, an der Bar, und jedesmal schenkt er dem Gast nur einen gleichmütigen Blick, bevor er dem Lokal wieder den Rücken kehrt.

Beim dritten Mal wird der Ex-*Times*-Mann an den Tisch komplimentiert, der nun sein angestammter ist. In seiner Brusttasche steckt ein fünfundzwanzig Zentimeter langes

Tranchiermesser aus Edelstahl, das er bei Hammacher, dem Schlemmerladen an der Fifty seventh Street, erstanden hat. Zwei junge Männer in dunklen Anzügen und Vertreterkrawatten setzen sich zu ihm. Adrette junge Kerle mit kurzgeschnittenen Haaren und ausrasierter Ohrenpartie. Keine Spur von einem Akzent, als sie ihn ansprechen, ihn fragen, ob er aus der Umgebung kommt, hier arbeitet oder wohnt. Das geht Sie überhaupt nichts an, sagt der Ex-*Times*-Mann. Und wer zum Teufel sind denn Sie? Ich wüßte nicht, daß ich Sie gebeten hätte, sich zu mir zu setzen. Wir haben unsere Ausweise, sagt einer von ihnen. Na, dann mal her mit Ihren Ausweisen. Zu gegebener Zeit, sagt der andere.

Ansonsten sind im Raum keine Gäste, die Kellner sind verschwunden. An der Bar drückt der Besitzer seine Zigarette aus, steht auf, schlendert herbei, setzt sich gegenüber an den Tisch. Ich bin Guillermo, Ihr Gastgeber, sagt er lächelnd – mit strahlendem, blendenden Jacketkronenlächeln. Und ich bin der Racheengel, sagt der Ex-*Times*-Mann. Kühn kommt er sich vor, selbstmörderisch kühn. Ohne eilig zu wirken, stehen die beiden jungen Herren von der Regierung augenblicklich hinter ihm, an jeder Schulter einer. Guillermo lacht, kippt seinen Stuhl auf die Hinterbeine. Sie sind nicht der erste, der das behauptet, sagt er, aber bestimmt derjenige, der am wenigsten beeindruckt. Seine geistreiche Bemerkung amüsiert ihn noch mehr, echtes Gelächter sprudelt aus seinem mit weißen Zähnen besetzten Mund. Der Ex-*Times*-Mann kann sogar den rosa Gaumen und das fleischige Schwingen des Zäpfchens sehen. An das Messer in seiner Brusttasche kommt er nicht, weil die beiden jungen Männer ihm die Schultern an die Stuhllehne genagelt haben. In gedankenlosem Zorn sträubt er sich gegen ihren Griff, bäumt sich auf, wirft sich vor und spuckt dem berüchtigten Todesschwadron-Kommandanten ins Gesicht. Der instinktiv zurückzuckt. Was ihn zum Kippen bringt, und einen

Moment lang sieht der Ex-*Times*-Mann die neuen, makellosen Ledersohlen von Guillermos Schuhen. Kakophones Stuhlsplittern, Gebrüll. Lungenfüllungen von Atemluft brechen in Baßtonlage aus einem Körper. Später wird dem Ex-*Times*-Mann durch den Sinn gehen, daß das Geräusch eines Schädels, der auf den wie Parkett aussehenden, über Beton verlegten Plastikboden eines Einkaufszentrum-Restaurants knallt, weniger dröhnend ist als das von einem Schädel erzeugte Geräusch, der auf eine Vorgartenziegelmauer kracht. Die Geräusche sind verschieden, unterschiedlich hoch. Natürlich kann das auch mit der Qualität der Schädelknochen zusammenhängen. Doch während der Ex-*Times*-Mann sofort gewußt hatte, daß der alte Mann in Cincinnati tot war, wußte er, als er über den Parkplatz des Einkaufszentrums in Richtung Long Island Expressway rannte, noch nicht, daß er den guatemaltekischen Oberst totgespuckt hatte. Erst als er am nächsten Morgen seine *Times* las, erfuhr er, daß er wieder zugeschlagen hatte.

– Wir ordneten Pems Bücher, nahmen sie aus den Kartons und stellten sie in die Regale der eben fertig gewordenen Bibliothek in der obersten Etage der EJ-Synagoge. Die meisten Bände waren seit Pems Abschied von St. Timothy eingelagert gewesen.

Everett, sagte er, versuch doch bitte, nicht jedes Buch zu lesen, bevor du's ins Regal stellst, ja?

Es gibt hier ein paar gute Sachen. Wie komm ich an eine Bibliothekskarte?

Er lachte, er ist heiterer in letzter Zeit, aber ich meinte es ganz ernst. Ich legte mir einen kleinen Stapel von Büchern beiseite, die ich lesen muß: Tillich, Barth, Teilhard, Heschel.

So ziemlich das Richtige, sagte er, nachdem er einen Blick

auf meine Auswahl geworfen hatte. Aber wie du selbst feststellen wirst, bestätigen diese brillanten Theologen am Ende alle die Traditionen, in die sie hineingeboren sind. Selbst der große Kierkegaard. Wie erklärst du dir das? Ich meine, daß dein rigoroses Suchen nach Gott dich einfach wieder zu deiner Taufe zurückdirigiert, zu deiner Beschneidung …

– Auf der Bühne des großen Ballsaals im Waldorf preist ein Schauspieler nach dem anderen den Regisseur, der an diesem Abend für sein Lebenswerk geehrt wird. Wieviel sie von ihm gelernt haben, daß er das Beste aus ihnen hervorgelockt, ihr Leben verändert hat und so weiter. Alles erwartbar. Regisseure vergeben die Jobs.

Dann jedoch folgen im Programm zwei, drei Schriftsteller und preisen ihrerseits den Regisseur, der an diesem Abend für sein Lebenswerk geehrt wird, reden von dem überragenden Kunstverstand, mit dem er nach ihren bescheidenen Büchern und Scripts magische Filme geschaffen hat. Hier ist nicht ganz der gleiche Mechanismus am Werk wie bei den abhängigen Schauspielern, denn wie oft kann ein Schriftsteller schon damit rechnen, einem bestimmten Regisseur Filmrechte zu verkaufen? Nein, da liegt etwas anderes vor; nennen wir's Verunglimpfung des literarischen Tuns. Und als ein Sakrament der Kinokultur befriedigt die Verunglimpfung des Literarischen dann am meisten, wenn sie von den Literaten selbst zelebriert wird.

Der Ballsaal, in sanftes Kronleuchterlicht getaucht, funkelt und glitzert. Ein festlicher Anlaß, man trägt Abendkleidung. Es glückt mir noch, den Weinkellner auf mich aufmerksam zu machen, dann gehen Lichter aus, und die Vorführung der berühmten Szenen beginnt …

Die ersten Filme wurden in Ladenlokalen vorgeführt, in

Löchern, man zahlte seine fünf Cent und hockte sich auf eine Bank. Zu sehen gab es natürlich Stummfilme, eine Rolle lang, jeder drehte Filme, es kostete nicht viel, sie herzustellen, und die Leute, die sie drehten, behandelten darin ihr eigenes Leben. Sie erzählten ihre Lebensgeschichten – wie erbärmlich sie hausten, wie sie für nichts und wieder nichts schufteten, gefeuert wurden von Bossen in Anzug und Krawatte, wie sie gefeuert wurden, wenn sie alt waren, wenn sie den Mund aufmachten. Sie zeigten sich selbst, wie sie an Straßenecken miteinander redeten, einander daheim besuchten, wie sie in öffentlichen Versammlungen unter ihresgleichen ihre Gewerkschaftsführer wählten, wie sie streikten, auf den Straßen demonstrierten, Plakate trugen, von berittenen Polizisten umgerannt und niedergetrampelt wurden. Schwarze zeigten, wie ihresgleichen gelyncht wurde, Frauen zeigten, wie sie belästigt und in ihren Küchen zu Boden geschlagen wurden, Mädchen zeigten, wie sie in Hintergassen Kinder gebaren, Säufer zeigten, wie ihresgleichen im Delirium tremens starb, Babys zeigten, wie sie an Hunger starben, alte Leute zeigten, wie man sie in Fichtenholzkisten packte und in Gräber warf. Sie alle liebten diese Filme über sich und ihr wahres Leben. Manchmal spielte ein Pianist dazu. Doch die Zuschauer hielten laut Zwiesprache mit den Filmen, standen auf und erteilten Ratschläge, kreischten in gefährlichen Momenten Warnungen, riefen bravo, wenn die Schurken besiegt wurden, weinten, wenn die Liebenden vor dem Altar standen, und gebärdeten sich in jeder Hinsicht so ungestüm, daß gelegentlich ein Dichter im Publikum dachte, wenn er nur die Zwiesprache der Zuschauer mit den Filmen aufzeichnen könnte, dann ließen sich neue Filme über Zuschauer schaffen, die sich in Filmen betrachten und Zwiesprache mit ihnen halten. Und danach Filme über diese Filme, und ewig so fort. Offenkundig galt es da, eine ontologische Ordnung zu etablieren, und das geschah ganz von selbst, denn die Konkurrenz zwischen den Filmen erzeugte eine Nachfrage nach längeren, komplexeren Filmen. Was hieß, daß die Filmschaffenden die Herstellungskosten ihrer Filme nicht mehr aufbringen konnten und sich an Banken und Versicherungsgesellschaften wandten. Das Geld wurde ihnen tunlichst vorgestreckt, wodurch Banken und Versicherungsgesellschaften zu den Instanzen wurden, die darüber entschieden, was für Filme gedreht werden sollten. Diese Entscheidungen wurden getroffen, und es entstand eine Kaste von kommerziellen, professionellen Filmproduzenten, welche die Entscheidungen umsetzten. Die Banken und Versicherungsgesellschaften schätzten Filme, die Frieden zwischen den ungleichen ethnischen Gruppen vorführten, und glückliche Arbeiter, lächelnde Fabrikvorarbeiter, wohlgekleidete, wohlgenährte Kinder, monogame Ehemänner und Ehefrauen, hyperfunktionale, wie auf Kugellagern dahinflutschende Familien von Kirchgängern, die von freundlichen, grauhaarigen Pastoren begrüßt und gesegnet wurden. Diese Filme zeigten Menschen, die eigene Automobile fuhren und die Heldentaten von Cowboys bestaunten; sie zeigten Schurken als plumpe Soziopathen, die abseits von normalen, gottesfürchtigen Menschen standen; und sie zeigten die Liebe als die treibende Kraft allen Lebens. Sie fanden gelenkige, akrobatische kleine Burschen, die geschickt auf den Hintern fallen und vorführen konnten, wie komisch doch das Leben spielt; sie zeigten aufgeblasene, dicke Damen, die ihre wohlverdiente Strafe erhielten, und dünkelhafte fette Männer, die eine Sprosse oder zwei abwärts befördert wurden, sie zeigten schielende Polizisten, die übereinander stolperten, wenn sie versuchten, Kinder mit Katapulten zu schnappen; sie zeigten süße Kinderchen mit schokoladentorte-verschmierten Gesichtern und Komiker, die einander Torten ins Gesicht warfen; und allmählich bildete sich ein System von sozialen

Archetypen heraus, denen man physisch passende Personen zuordnete, die dann als Schauspieler neue Namen erhielten und einen Platz an der Sonne Kaliforniens fanden, wo sie in ordnungsgemäßem industriellen Rahmen diese Konzernfilme erzeugten. In welcher Epoche sie auch spielten, ob nun in der Gegenwart, Vergangenheit oder Zukunft, sie demonstrierten dem Publikum, das sie mittlerweile in dunklen, palastähnlichen, nur für diesen Zweck erbauten Theatern sah, daß Filme eine Form von Leben darstellen, der das Leben gefälligst nachzueifern hat, was es allem Anschein nach seither auch tut.

– Am letzten Sonntag spazierten Pem, Sarah und Sarahs Jungen in den Central Park hinüber und trafen sich mit mir und Miss Warren, einer neuen Bekannten von mir, wie vereinbart an einem bestimmten Baum am westlichen Rand der Sheep Meadow.

Miss Warren, in New Orleans geboren und aufgewachsen, arbeitet als freie Journalistin für Zeitschriften. In gewissen Journalistenkreisen ist sie geradezu berühmt. Ich bin ihr bei einem Verlagsempfang begegnet, kenne sie nun seit einer Woche und habe keine Ahnung, was für ein köstlicher Instinkt für das, was nicht zusammenpaßt, mir eingegeben hat, sie hierher mitzubringen.

Ganz New York ist an diesem Nachmittag im Freien. Wir schlendern umher, sehen ein bißchen beim Softball zu, suchen uns eine grasbewachsene Stelle, packen unsere Sandwiches aus dem Delikatessenladen aus, öffnen die Limoflaschen und sehen einem jener milden, rituell entspannenden Sonntage entgegen, an denen jedes Herz Verlustgefühlen nachhängt und eine unbestimmte Melancholie in der Luft zu schweben scheint.

Pem weist Sarahs Jungen darauf hin, daß sie den Sonnenstand verfolgen können, wenn sie darauf achten, welche Fenster der Hochhausapartments an der Fifth Avenue aufleuchten. Die beiden reagieren höflich, aber sie haben ihre Baseballhandschuhe an, und da sie die großen Jungen spielen gesehen haben, brennen sie darauf loszulegen. Pem rollt die Ärmel auf. O. K., sagt er, los geht's. Die Jungen rennen an ihre imaginären Positionen. Pem palavert weiter, quittiert jeden erfolgreichen Fang oder Wurf mit Lob, jeden fallen gelassenen Ball mit einem ermutigenden Spruch. Sarah schaut zu. Der ältere Junge, Jake, jetzt neun, ist kräftiger geworden, seit ich ihn zuletzt gesehen habe, er hat das dunkelblonde Haar seiner Mutter, ihre helle Haut und ihre weit auseinander liegenden blauen Augen. Er hat das Alter erreicht, in dem er den Ball mit dem Handschuh aus der Luft fangen und schnurgerade zu Pem zurückschmettern kann; mit ernster Lässigkeit stellt er sein Geschick zur Schau. Pem, der den Softball ohne Handschuh auffängt, hat alle Mühe, sein Lächeln zu bewahren. Der jüngere, Dave, etwa fünf, ist dunkelhaarig und drahtig; gespenstisch erinnert er an seinen Vater. Wenn er wirft, fliegt der Ball manchmal im Bogen rückwärts und landet hinter ihm im Gras, und wenn er fängt, erwischt sein ausgestreckter Handschuh den ankommenden Ball nicht ganz. Er läßt sich von seiner Tolpatschigkeit nicht beirren, dann aber wird er plötzlich zornig, schmeißt seinen Handschuh hin und geht zu Sarah hinunter, die mit gekreuzten Beinen dasitzt, um sich schmollend auf ihren Schoß zu hocken und sich trösten zu lassen.

Nun hat Miss Warren die ganze Zeit über ununterbrochen geredet; für mein Empfinden versucht sie, ein feministisch-schwesterliches Verhältnis zu einer akademisch gebildeten Frau ihrer Generation herzustellen, obwohl sie ihrem Wesen nach nicht so neugierig ist, wie es Journalisten angeblich sind. Hier entsteht kein Gespräch, keine Sequenz von Fragen und Antworten, sondern eher ein Monolog: Der *New Yorker* hat gerade ihren Artikel über die moslemischen Extremisten in Afghanistan akzeptiert. Mit dem Geld dafür will sie einen Teil ihrer Schulden bei einem Scheidungsanwalt abbezahlen, der sich ihr gegenüber nicht gerade mustergültig verhalten hat. Er hat ihr doch tatsächlich angeboten, das Honorar mit Sex zu bezahlen! Ihr Exmann – und was für ein Fehlgriff das war – ist ein berühmter Philologe, der in Princeton lehrt, einer dieser zwanghaft pedantischen, verklemmten, im Grunde schwulen Ärsche, und er hat von ihr erwartet, daß sie das perfekte kleine Dozentenfrauchen spielt. »Ist das nicht das Letzte?« fragt sie.

»Davey«, sagt Sarah sanft und stellt ihren Sohn auf die Füße, »sie rufen dich. Geh doch wieder hin und spiel mit, du kriegst den Dreh schon raus, wenn du's weiter probierst.«

Aus Miss Warrens hochgesteckter, rotblonder Mähne sind viele Strähnen dem Kamm entwischt; sie trägt ihren einzigen Outfit für Tag und Nacht und alle Kontinente – ihre khakifarbene Buschjacke mit den unzähligen Taschen, eine anliegende Bluse, eine Hose in Tarnfarben und Springerstiefel. Um den Hals ein blaues Eisenbahner-Halstuch, sorglos geknüpft. Sie raucht Kette, lange, dünne Zigaretten. Sie ist groß, hat üppige Brüste und sitzt vorgebeugt im vollen Lotussitz da, und die Taschen ihrer Jacke sind ausgebeult von Handy, Beeper, Palm III Organizer, Notizblöcken, Zigaretten und – es würde mich jedenfalls nicht wundern – ein paar Handgranaten.

Als Miss Warren in Peru war, um über die Leuchtender-Pfad-Guerilleros zu schreiben, hat sie sich da nicht in einen von deren Anführern verliebt!? Er kam bei einem Scharmützel um, und die Nationalistas haben ihm den Schwanz abgeschnitten und ihn ihr in einer Schachtel an die Schule in Lima geschickt, an der sie gerade ein paar Vorträge hielt.

... In Sizilien, wo sie für eine Reportage über die dortige Kultur der Armut recherchiert hat, verirrte sie sich und wurde von drei Landarbeitern aufgelesen, die sie in eine Scheune gezerrt und abwechselnd gebumst haben. Irgendwie ist sie doch entkommen!? Sie ist in ein Dorf geraten und hat einer alten Frau erzählt, was passiert ist, die berichtete es dem Mafia-Boß am Ort, und der lud Miss Warren ein zuzuschauen, wie die Männer am nächsten Morgen auf dem Dorfplatz exekutiert würden. Was sie auch getan hat!?

Hie und da wirft Sarah Blumenthal mir einen Blick zu, aus dem ich die unvermeidliche Frage lese: Ist diese Frau wirklich die Mythomanin, für die ich sie halte? Ich muß zugeben, für einen Sonntag im Central Park sind Miss Warrens Abenteuergeschichten schon eine Spur exotisch. Ich habe sie allerdings schon einmal gehört und bin der Meinung, sie könnten tatsächlich passiert sein. Verstörend wirken sie nicht zuletzt durch Miss Warrens Erzählstil, den Umkleidekabinen-Jargon und den forschen Ton, wodurch sie insgesamt suggeriert, die mitgeteilten gräßlichen Ereignisse seien vollkommen belanglos. Ob diese Geschichten wahr oder erlogen sind, ist also nicht der springende Punkt; Miss Warren löst in jedem Fall Alarm aus.

Gerade sagt sie, der Hausmeister des Hauses in Soho, wo sie wohnt, ist ein fetter alter Sack von Lustmolch, der gern unangemeldet in ihren Loft spaziert kommt, in der Hoffnung, sie in Unterwäsche zu sehen. Sobald ihr Antrag auf einen Waffenschein durch ist, wird sie die Knarre ziehen und dem Arschloch einen Schreck einjagen, daß er sich in die Hose scheißt, und wenn das nicht reicht, wird sie ihn umlegen.

Sarah hat den Blick gesenkt, und ich bilde mir ein, sie denkt nun nicht mehr über die Frau nach, die ich an diesem Nachmittag in den Park mitgebracht habe, sondern fragt sich, was mich bloß dazu getrieben haben kann. Gute Frage. Pem und die Jungen sind mit Runs beschäftigt, und unter viel Gelächter und Gebrüll keucht Pem zwischen den beiden hin und her, um nicht gefangen zu werden … In dieser leuchtenden New Yorker Idylle muß Sarah mit der Tatsache zurechtkommen, daß ich auch noch ein Leben habe, wenn ich nicht Pem hinterherlaufe, und daß dieses Leben wahrscheinlich eine Schwäche für die profanen Mysterien umfaßt. Ich verspüre einen deutlichen Krampf im Sonnengeflecht, er höhlt mich aus. Ich bin nicht ernstlich an Miss Warren interessiert, obwohl sie ganz schön scharf ist und ihre Libido löblich ihrer sexuellen Eigenwerbung entspricht. Doch für den Rest des Nachmittags werde ich deutlich zeigen, daß mir ihre Gesellschaft ein Vergnügen ist, zumal in Anbetracht der höflichen Ambivalenz, mit der diese Geistlichen hier auf sie reagieren. Ich bin ihr sogar dankbar. Sie hat dazu gedient, mich in ein neues Verhältnis zu Thomas Pemberton und Sarah Blumenthal zu bringen, das eindeutig mehr das eines Sohnes ist … als wären sie das lange verheiratete Paar und ich ein jüngerer Bruder oder Sohn, der eine Freundin mitgebracht hat. Zwar haben sie mir nichts davon gesagt, aber ich ahne, daß sie bald heiraten werden. Vor einiger Zeit hat Pem einmal geäußert, ich solle die Distanz wahren. Und eben das gedenke ich anscheinend zu tun, indem ich mich so entblöße und degradiere.

Wir kennen die irdische Stadt und die Stadt Gottes, doch es gibt noch eine dritte, die Stadt der Vögel, bei Valdemingomez, einer riesigen Müllhalde nördlich von Madrid. Nachdem Sie den Prado besichtigt haben, sollten Sie Valdemingomez besichtigen, einen gewaltigen großstädtischen Vogelpark, dessen Bevölkerung aus Störchen, Falken, Reihern, Hänflingen, Gabelweihen, Dohlen, Raben, Kamm- und Truthahngeiern über Valdemingomez kreist, wenn sie aufgestört wird, und mit ein wenig Unterstützung durch den Passatwind, eine übelriechende Wolke von Schwefelgasen ostwärts bis nach Rom wedeln kann. Die Vögel von Valdemingomez ziehen nicht weiter, warum denn auch? Dort bleiben sie, sommers wie winters, über hundertdreißig Arten, sogar ein paar Zufallsgäste aus den Tropen – der Albatros, der Blaufußtölpel – haben sich eingefunden, um die Lage zu prüfen. Eier werden in alte Big-Mac-Behälter gelegt, Nester mit Kassetten-Band gepolstert, die Singvögel flattern in rostigen Dosen, Stare schlüpfen in Fernsehgehäuse, Möwen bombardieren alte Sofas mit Muschelschalen aus Paellas, und wenn Scharen von Felsentauben gurrend und pickend über Äcker von Hühnerknochen herfallen, dann rattern die Knochen wie Bahngeleise, klingeln wie Windspiele, zittern und sirren wie Karten, die man mischt, sie rasseln und trommeln und machen tschikuutschick-tschick wie eine heiße Marimba-Band. Einlaß für Ornithologen verbilligt.

Außerdem habe ich von jenem Sonntag im Central Park noch in Erinnerung, daß die Jungen an einer erdigen Stelle unter einem Baum ein Volk von braunen Ameisen fanden; ich kauerte mich mit ihnen hin, und wir beobachteten diese winzig kleinen Geschöpfe, jedes kaum zwei Millimeter groß, die emsig dabei waren, eine unterirdische Stadt zu errichten. Zwei, drei separate Straßen von ihnen gingen von dem Bau aus, und sie kamen einander in den Weg, stießen manchmal zusammen. Sie schwenkten ihre Fühler, als hätten sie ihresgleichen noch nie gesehen, obwohl dem eindeutig nicht so war und es vielmehr darum ging, gewisse chemische Signale auszutauschen, bevor jede ihren Weg fortsetzte oder manchmal auch kehrtmachte und dorthin zurücklief, wo sie hergekommen war. Ameisen erwarten nicht gar so viel vom Leben. Sie mögen hirnlos sein, aber kein Lebewesen ist zielstrebiger, disziplinierter oder einem strikteren Arbeitsethos unterworfen, ihr Leben besteht aus nichts als Arbeit, sogar das der Königin, ihres vielleicht besonders, dort unten unter dem Hügel, wo wir sie nicht sehen konnten. Da ihnen ein Hirn fehlt, arrangieren sie sich mittels winziger, genetisch programmierter Sympathieimpulse, die es ihnen gestatten, zum Wohl der Allgemeinheit beizutragen. Welche Rolle sie in der Gesellschaft auch ausfüllen, als Eierpflegerinnen, Kriegerinnen, Wächterinnen, Nahrungssammlerinnen, alle arbeiten sie für die Königin, erhalten und beschützen sie als die eierlegende Monarchin, deren Fruchtbarkeit die Zukunft der Gesellschaft bestimmt. Und dennoch sieht jede einzelne Ameise in ihrem Leben die Königin wahrscheinlich nie oder jedenfalls nicht öfter, als sie ihre unmittelbaren Kolleginnen sieht, obwohl ihr, sollte sie sich weiter entfernen, gewiß keine Erinnerung meldet, ob sie einer bestimmten Mitameise schon einmal begegnet ist. Dennoch geben sie offenbar – Ameise für Ameise, Körper für Körper und ohne irgendeinen sichtbaren zentralen Entscheidungsmechanismus – einander Unterweisungen, von Fühler zu Fühler, und reagieren einheitlich ... fast wie parallele Prozessoren oder sogar wie das Neuronensystem unserer Großhirnrinde. Jede einzelne Ameise stellt eine Zelle aus einem kollektiven Hirn dar, das im Gegensatz zu dem unseren nicht lokalisierbar ist, sondern irgendwo über ihnen und um sie herum existiert, ein unsichtbares Denkorgan, das zu verstehen die Fähigkeiten jeder einzelnen Ameise übersteigt.

Und dabei ist das noch eine der einfachsten, bescheidensten Ameisenarten, erklärte ich den Kindern, das hier sind domestizierte Central-Park-Ameisen, die Hausspatzen der Gattung Ameisen. In den Dschungeln, Regenwäldern und Buschgebieten der Welt gibt es ganz andere, große, die in

Bäumen Laubbrücken errichten, Lebensmittel anbauen, auf selbst entworfenen Flößen über Flüsse setzen, die marschieren, Kriege führen, Fleisch fressen und teuflisch beißen. Es gibt Ameisen, die einen patriotischen Sinn für ihr Ameisentum besitzen, wenn nicht sogar einen gewissen Dünkel.

Und da stimmte wieder alles, die Erwachsenen waren hinzugekommen, um zu sehen, was wir uns da anguckten, und genossen meinen Rap.

Jetzt aber spekuliere ich weiter, ausgehend von den Ameisen und ihrem unsichtbaren Organ zum akkumulativen Denken ... wenn man sich in einem ausgedehnten städtischen Park mit gewundenen Pfaden, Straßen und Seen die zufälligen und unvorhersehbaren Bewegungen einer großen Zahl von Menschen an einem warmen, sonnigen Sonntag einmal ebenso vor Augen führen kann ... wenn man eine einzelne Person, ein Paar, eine Familie oder ein Kind beobachtet, dann kann man sich getrost versichern, daß der individuelle Wille intakt ist und daß man nicht ahnen kann, was der nächste Augenblick bringen wird. Wenn jedoch die Massen einen schönen Tag im Park begehen, indem sie zwischen bestimmten vorgegebenen Betätigungen wechseln, dann entdeckt die gedankliche Linse, die ein größeres Feld erfaßt, nichts, was erratisch, abwegig oder dem Anlaß unangemessen wäre. Und wenn sich jemand auf mutierte, nicht parkgemäße Art und Weise aufführt, dann gehen die Sirenen los, das unberechenbare Element – ein Taschendieb, ein Knarrenschwinger – wird isoliert, eingekreist, ausgestoßen, als Abfall abtransportiert. Was heißt, daß wir uns zwar individuell und privat nicht synchron verhalten, uns auf unterschiedliche Art mit unterschiedlichen Absichten in unterschiedliche Richtungen bewegen – zugleich aber, wie unwissentlich auch immer, die pulsierenden, kommunizierenden Zellen eines Überhirns der Stadt darstellen könnten. Die Absicht dieses Organs besteht darin, einen Nachmittag im Park zu genießen, wie das jeder von uns asphaltverschmutzten Großstädtern so gern tut. Wissen wir dies denn in einem Winkel unserer Köpfe, wenn wir uns an solchen Tagen versammeln? Inwieweit beruht unser Verlangen, den Park zu nutzen, auf dem Verlangen anderer, das gleiche zu tun? Inwieweit entspringt die Idee »Park« der genetischen Prägung, die uns drängt, an schönen Tagen unsere kollektive Neuromorphologie widerzuspiegeln? Es gibt keinen zentralen Kontrollmechanismus, der uns sagt, wann und wie wir den Park nutzen sollen. Das bleibt uns überlassen. Wenn wir es aber tun, ist unser Verhalten ein Spiegel des Verhaltens anderer, wir vermögen genauer zu erkennen, wer wir sind, weil uns der freie Raum zur Verfügung steht, und es wäre möglich, daß wir einen solchen freien Raum brauchen, um uns auf schlichte Weise als das zu begreifen, was wir gewöhnlich sind – daß wir eine einzige, vielzellige Kultur des Denkens bilden, die immer existiert, selbst wenn wir in der relativen Blindheit unserer Selbstwahrnehmung abends durch die Straßen strömen oder unter ihnen hindurchfahren, alle gleichzeitig, als Synapsenimpulse im Hirn der Metropole.

Ist das überzogen? Aber man bedenke die Sprunghaftigkeit des menschlichen Geists, wie rasch er auf das vorgegebene Thema anspringt, wie leicht er sich einer Idee, einem Bild zuwendet, an das er noch eine Tausendstelsekunde zuvor nicht im Traum gedacht hätte … Man bedenke, daß die erste Zeile einer Geschichte den Geist in einen Ort, in eine Epoche hineinzwingt – in der Zeit, die das Lesen der Zeile erfordert. Daß man das Radio anstellen und sich auf einmal mitten in den Nachrichten befinden kann, sie hört und sich schon als geistigen Besitz angeeignet hat – so blitzschnell, wie ein Neuron feuert. Daß man, wenn man einen bekannten Song hört, geistig schon dessen Einstellung zum Leben übernommen hat, bevor der erste Takt verklungen ist. Daß die im Vorspann eines Films erscheinenden Namen einem die Parameter für das eigene emotionale Leben in den folgenden zwei Stunden liefern ... Daß jede Erfahrung augenblicklich geschieht und augenblicklich erlebt wird – wie alle normalen, einen ganz erfüllenden Erleuchtungen. Durchlässig, jeder zufälligen Invasion zugänglich, wie der Geist ist, kann er von sämtlichen Eigentümlichkeiten der Welt überrannt und besetzt werden, von allem, was der Fall ist; und von den Gedanken und Thesen aller anderen Geister zu allem, was der Fall ist ... und zwar so augenblicklich und unwillkürlich, wie sich das Auge mit den Objekten füllt, die ihm ins Blickfeld geraten.

Somit unterliegen auch wir einer Art von Quanten-Anomalie, die sich aus der Unbestimmtheit der Bedingungen ergibt, an denen wir gemessen werden ...

– Sonntag

In meinen neuen Kleidern, blauer Blazer, anthrazitfarbene Hose, grauer Rollkragenpullover, hebe ich vom Betonsteg ab und rausche mit der Seilbahn über den Fluß nach Roosevelt Island. Windiger Tag; es schaukelt ein bißchen. Bist du hier oben, Herr?

Keiner im vollen Wagen bemerkt, daß ich nicht mehr Priester bin.

Die Mündung des East River bei starker Flut, einladend, in der Sonne glitzernd.

Warum tue ich das hier? Anscheinend erwachen am Sonntag noch die alten Dränge, die Gefühlsresiduen. Vor allem aber wollte ich diesen einen totkranken Lungenfall sehen – McIlvaine heißt er.

Gar keine so leichte Entscheidung, als Laie hier hinauszukommen.

Das Hospiz – von der Stadt für mittellose Unheilbare unterhalten – ein flacher gelber Klinkerbau an der Südspitze der Insel.

Auf der Mole trotzen Möwen dem Wind, eine neben der anderen. Die anbrandenden Wellen sehen aus, als wäre schwimmend nicht gegen sie anzukommen; eine Art von Exil. Was sich bestätigt, wenn man über den Fluß auf die mächtig hoch aufragende Barriere von Manhattan blickt. Zu ihren Füßen krabbelt der Verkehr auf dem FDR Drive ameisenhaft dahin. Und von dieser Vogelperspektive aus wirft die untere Ebene der Fifty-Ninth-Street-Brücke einen breiten Schatten auf den Fluß, der Richtung Queens vorbeizieht.

In der Halle winken und nicken mir die Leute wie immer zu. »Starke Kluft, Pastor«, sagt ein Wachmann. Ein Hilfspfleger fragt, ob ich eine heiße Verabredung hätte.

Ich brauch mich also nicht zu sorgen, stimmt's, Herr? Sie glauben, wir sprechen noch miteinander.

Zu Fuß gehe ich die zwei Treppen zur Männeretage hinauf. Nehme das Klacken meiner neuen, zu groß gekauften Mokassins auf den Stufenbelägen wahr. Das und mein lautes Atmen.

Man betritt einen Krankensaal und trifft auf die starren, durchweg ausdruckslosen Blicke der Vortoten. Sterbende ziehen sich in sich selbst zurück. Alles, was im Leben von Interesse ist, kommt ihnen nun töricht und unsinnig vor. Alles Lebendige – die Sonne im Fenster, der mitfühlende Besucher, die Krankenschwestern, die ein fortdauerndes Alltagsleben vermuten lassen – wird mit tiefer, schmerztötender Gleichgültigkeit bedacht.

Der alte McIlvaine gehörte, wiewohl nah am Tod, nicht zu den Vortoten. Auch nicht zu den paar Frommen, die aus sich emportauchten, um mit dem Geistlichen zu beten, nach seiner Hand zu greifen.

Nicht dieser alte Mann.

Ein Bett nach dem anderen. Ein paar neue Gesichter, ein paar alte, einige, die mit offenem Mund vor sich hin röcheln, die spitze Nase in die Luft gereckt. Mögest du ihn noch nicht geholt haben, Herr, laß ihn noch hier sein.

Sein Antiklerikalismus war mild. Wenn ich beten wollte, sagte er: nur zu; wenn ich einen Psalm vorlesen wollte, hörte er lächelnd zu; machte diese Zugeständnisse, als verstünde er instinktiv die Not, in der ich mich befand. »Das klingt sehr hübsch, Pastor ... Wenn Sie es sagen, Pastor ... ich möchte Ihnen doch nicht die Illusionen rauben, Pastor.«

Ein Zeitungsmann, sein ganzes Arbeitsleben hindurch Lokalreporter; ist jedesmal, wenn ihm ein Blatt unter dem Hintern eingestellt wurde, weitergezogen. *Word-Telegram, Journal-American, Herald-Tribune, Daily Mirror* und weiß Gott welche anderen Zeitungen noch sich erst den Bindestrich einfingen, dann von der Bildfläche verschwanden. McIlvaine schrieb diese Untergänge sich selbst zu: *»Ich bin der Tod, der Vernichter der Redaktionen. Lauert, bis die Stunde reift und sie ihr Los ereilt.«*

Er liegt nicht mehr da, wo ich ihn zuletzt gesehen habe, verlegen sie denn hier die Leute, was hätten sie davon? ... und höre dann das unverkennbare Husten des Lungenkranken, es scheint aus der Kanalisation der Stadt zu kommen, kavernenhaft und gurgelnd, schotterspeiend.

Hier ist er, im allerletzten Bett, noch am Leben, wenn auch noch abgezehrter, die Nase noch dürrer, Augen und Wangen wie Höhlen, das unpassend üppige graue Haar welk über das Kissen drapiert.

»Mr. McIlvaine!«

Die knochige Hand hebt sich zum Gruß, er legt einen Finger an die Lippen. »Wir sind bei unseren Kirchenliedern«, sagt er mit seinem verschleimten Flüsterton.

Erst jetzt bemerke ich die Nonne, die neben McIlvaines

Bett sitzt, eine junge Schwester in einem ansprechenden, modernen Habit. Sie klimpert auf einer Gitarre und singt mit dünner, lieblicher Sopranstimme –

Oh, shine on, shine on harvest moon, up in the
sky.
I ain't had no lovin' since January, February,
June or July …

Oh, leuchte, leuchte doch am Himmel,
Erntemond.
Hab nichts an Lieb erfahren seit Januar,
Februar, nun Juli schon

Ich bin verwirrt; völlig mit mir beschäftigt, hatte ich sie weder gesehen noch gehört. McIlvaines Stimme hat sich richtig aufgeschwungen, mit glänzenden Augen fixiert er die Decke und knurrt auf seine Art mit. Beim letzten Vers schwenken sie, ohne aus dem Takt zu kommen, über zu

The bells are ringing for me and my gal
the parson's waiting for me and my gal …

Die Glocken, sie läuten für mich und mein
Herz so lieb,
der Pfarrer, er wartet auf mich und mein Herz
so lieb …

was überleitet zu

There's a somebody I'm longing to see.
I hope that he
turns out to be
Someone who'll watch over me …

Es gibt da einen, nach dem ich mich sehn.
Ich hoff, er kommt näher,
denn ich wünsch mir so sehr
in seinem Schutz bald zu stehn ...

Ganz klar, sie haben dies schon öfter getan. Die Nonne singt mit geschlossenen Augen; innerlich muß sie wohl das Ave Maria beten. McIlvaine drängt sie weiter. Ein leidenschaftlicher Humor schwingt in seiner Grabesstimme mit. Und nun hat das Duo *Sentimental Journey* angestimmt.

Ich blicke mich im Saal um und stelle fest, daß die Köpfe auf den Kissen untypisch wach wirken, nicht mehr so einheitlich leer starren wie Vortote sonst ... da erwidert jemand meinen Blick, dort glimmt so etwas wie ein Lächeln auf, und in einem Bett liegt vollkommen reglos eine lebende Leiche, starrt ausdruckslos nach oben, ihre Hand aber, kaum von der Bettdecke gelüpft, schwingt im Takt der Musik ...

O Herr, was hast du mir angetan?

Nun bedeutet McIlvaine mir, ich solle singen: »Folgen Sie dem aufprallenden Ball«, sagt er, und weil dies der Mann ist, den ich dazu ausersehen habe, meine Beichte anzuhören, gehorche ich, mische meinen Bariton mit dem Sopran und dem Geknurr, singe einen goldenen Ohrwurm nach dem andern und verspüre, während heiße Tränen in meiner Kehle aufsteigen, die gleiche Liebe zu dir, o Herr, wie einst, als ich von der Kanzel aus mit meiner Gemeinde zusammen schmetterte: *Ein feste Burg ist unser Gott ...*

– Zur Lage in der EJ-Synagoge: Soziale Dienste werden nicht angeboten, kein Hort, kein Hebräischunterricht und so fort; und vorläufig, für die Zeit, die Joshua Green als die erste Phase bezeichnet hat, ist die Unterweisung für Erwachsene bestimmt. Gemeindemitgliedern mit Kindern wird empfohlen, diese zum Religionsunterricht in einer Reformsynagoge anzumelden, wenngleich Sarah gern bereit ist, die Bar-Mizwa- oder Bat-Mizwa-Zeremonie in den Gottesdienst am Samstagmorgen zu integrieren.

Im wesentlichen geht es in der EJ darum, daß man sich die diversen Aspekte jüdischer Lehre und jüdischer Bräuche vornimmt, ihren historischen Ursprung oder ihre Quellen und die theologischen Begründungen prüft, sie soweit als möglich im Licht der modernen Forschung betrachtet und anfängt, das, was man für unwesentlich oder intellektuell unhaltbar erachtet oder schlicht der blinden Gewohnheit zuschreibt, von dem zu trennen, was wahrhaft entscheidend und bezeichnend ist.

Soweit als möglich fließt diese Methode in den wöchentlichen Sabbatgottesdienst am Freitagabend ein, und der am Samstagmorgen ist mehr oder weniger eine Wiederholung davon. Jeder Gottesdienst beginnt und endet mit einem Element der traditionellen Liturgie (auf englisch natürlich), der Mittelteil jedoch ist dem Bemühen um eingehende Analyse gewidmet. Die findet nicht in Form einer Predigt der Rabbinerin statt, sondern als rabbinisch geleitete Seminardiskussion. Bisher am interessantesten fand ich die Sitzungen, in denen es für mehrere Wochen um die belegbaren Hypothesen zur Verfasserschaft der Bibel ging. Selbstverständlich stellt die Rabbinerin Lektürelisten bereit, und den Gemeindemitgliedern steht eine kleine, jedoch wachsende Bibliothek zur Verfügung, und somit ist die radikale EJ ironischerweise eine fortdauernde und/oder weiterentwickelte Jeschiwa.

Pem und Sarah sind übereingekommen, daß seine Studien zur Vorbereitung auf die Konversion von einem anderen Rabbiner geleitet werden sollten – er trifft sich allwöchentlich mit einem von Sarahs früheren Kollegen am Tempel Emanuel. Mein Freund ist zutiefst dankbar dafür, daß er als Säugling beschnitten wurde. »Mein Gott«, sagte er zu mir, »das wäre nun wirklich eine höllische Glaubensprüfung.« Es gibt jedoch ein weiteres Konversionsritual, an dem die Reformsynagogen weniger beharrlich festhalten – ein rituelles Bad oder ein Eintauchen in einer Mikwa –, und dem will er sich unterziehen. »Vor drei Rabbinern als Zeugen tauchst du nackt in das Becken, und wenn du wieder hochkommst, bist du als Sohn Abrahams wiedergeboren. Als in Auflösung begriffener Christ finde ich das tröstlich«, sagt er. »Es hat etwas angenehm Baptistisches.«

»Pem, nun mal ehrlich, wieviel hat dein Entschluß zu konvertieren damit zu tun, daß du Sarah heiraten willst?«

»Wie kann ich darauf schon antworten? Alles hat mit ihr zu tun. Und nichts. Ich mag die Frage nicht.«

»Ich mußte sie aber stellen.«

»Das ewige Problem mit dem weltlichen Verstand. Sucht immer nach den Prozentzahlen. Nach einer Werteskala – von eins bis zehn. Weißt du, das war einer der Gründe dafür, daß ich überhaupt Geistlicher geworden bin – die Möglichkeit, daß es etwas unteilbares Gutes gibt, etwas ohne Teile. Sarah ist meine Konversion, meine Konversion ist Sarah. Wir werden einen heiligen Ehebund schließen, aber für mich ist das alles eine Fortsetzung meiner Trauer darüber, daß die Jünger Jesu uns auf den falschen Weg geführt haben. Auf einen Umweg von zweitausend Jahren. Ich spreche nicht von der Schönheit seiner Ethik, nicht von dem Mann, sondern von der Theologenzunft. Daß sie ihn vom Propheten hochgestuft haben, ihm Familienbande zugeschrieben haben. Beantwortet das deine Frage?«

»Weitgehend.«

»Du hast heute dein Tonbandgerät nicht dabei.«

»Ich hab's aufgegeben.«

»Weißt du, Jesaja könnte derjenige gewesen sein, der ihnen das Schlupfloch gelassen hat. Er hätte es deutlicher machen sollen – die messianische Idee als eine Sehnsucht, ein Navigationsprinzip. Daß die Erlösung nicht im Ankommen besteht, sondern darin, daß man nie ganz hierhergelangt. Das hat er nicht deutlich gemacht, der alte Jesaja ... Ich werfe dir hier goldene Worte vor die Füße, Everett.«

»Ich merke sie mir.«

»Mit Sarah kommen wir dort allmählich wieder hin. Obwohl ich mir nicht sicher bin, ob ihr klar ist, wie weit wir zurückgehen müssen. Ich habe in letzter Zeit meine Hausaufgaben gemacht: Die Juden haben selbst eine Menge gefaselt. Uns steht ein langer Treck zurück bevor, durch dorniges Gestrüpp. Aber wenigstens geht's zum einen Gott.«

– Gestern am Freitagabend war es in der EJ-Synagoge brechend voll, an die dreißig Leute müssen im Raum gewesen sein. Ich kam spät, fand aber noch einen Platz am Erkerfenster.

Sarah trug Rabbinerschwarz, unter der offenen Robe aber ihre Straßenkleidung. Die Thora, noch in ihrer schlichten Umhüllung, lag vor ihr auf dem Tisch. Ich hielt nach Pem Ausschau und sah ihn aufrecht in der ersten Reihe sitzen.

Sie setzten ihr Seminar fort. An diesem Abend waren die Verhaltensregeln das Diskussionsthema, die Mizwoth, von denen es ungefähr sechshundertdreizehn gibt. Eine gutgekleidete Frau mittleren Alters, die ich meiner Erinnerung nach dort noch nie gesehen hatte, sagte, zwar hätten die jüdischen Reformtheologen einst viele dieser rituellen Pflichten fallenlassen, doch jetzt sehe es so aus, als setzten sich solche Dinge wie das Jarmulke-Tragen, das Einhalten der

Speisegesetze und die Liturgie auf hebräisch von neuem durch. Ob die Rabbinerin sich darüber im klaren sei?

»Aber ja«, sagte Sarah. »Das war kaum zu übersehen.«

»Was gibt uns dann also das Recht, so radikal zu verfahren?« fragte die Frau und richtete sich an die Versammelten, als bildeten sie eine Jury. »Wenn selbst die Reformrabbiner wieder zu den traditionellen Bräuchen zurückkehren.« Sie setzte sich und wartete auf die Antwort der Rabbinerin.

»Nun, wir haben das gleiche Recht nachzufragen, das sich die Generationen vor uns genommen haben, einschließlich der Reformtheologen, meinen Sie nicht auch? Das Recht zu akzeptieren, zu verwerfen? Oder wie sie unsere Meinung zu ändern? Das Grandiose an der jüdischen Religion ist ihre intellektuell demokratische Grundtendenz, auch wenn dies immer wieder einige zu bestreiten versuchen …«

»Die Orthodoxen«, sagte ein Mann.

»… um keine Namen zu nennen«, sagte Sarah lächelnd.

Mit wachsender Besucherzahl bekamen die Diskussionen in der EJ-Synagoge etwas Repetitives, da Sarah sich aufgefordert sah, den Neuankömmlingen das EJ-Konzept im Verhältnis zu den etablierten Richtungen zu umreißen. Dies wurde zunehmend zum Problem, und die Rabbinerin hatte noch keine Lösung dafür gefunden. Sie hatte einen Text vervielfältigen lassen, in dem die Betrachtungsweise skizziert war, von der man in der Synagoge ausging, aber nicht jeder, der kam, nahm den Text zur Hand und las ihn; oder war, wenn er ihn las, bereit, ihn fraglos zu akzeptieren. Sarah waren alle Neuankömmlinge willkommen, aber mit deren steigender Zahl funktionierte das Seminarmodell weniger gut als zu den Zeiten der Gründerfamilien.

Die Frau, die diese Frage gestellt hatte, war ein wenig aufgetakelt; sichtlich war sie einen formelleren Freitagsabendsgottesdienst gewöhnt. Wahrscheinlich war sie aus einer der

Reformsynagogen abgewandert, deren Ausrichtung sie gerade benannt hatte.

»Diese Verhaltensregeln«, sagte Sarah, »und die Kommentare dazu und die Rabbinerkommentare zu den Kommentaren – all das zeugt davon, daß die Stimme der Gruppe im Lauf der Zeit zu formulieren versucht, was es heißt, ein zivilisiertes Wesen zu sein ... der Schlüssel zu alldem aber liegt in ›im Lauf der Zeit‹. Darum hier meine Frage: Ist die Zeit stehengeblieben?«

Sie breitete die Hände aus, als erwarte sie eine Antwort. Sarah war richtig gut – geduldig, gescheit und auf eine nicht aufreizende, rabbinische Art und Weise schön; und sie beherrschte die Situation.

»Heute sind Rabbiner nicht mehr die einzigen, die lesen und schreiben können«, sagte sie. »Das ist Punkt eins. Punkt zwei: Wir leben nicht mehr im Bronzezeitalter. Ich weiß ja nicht, wie es Ihnen geht, aber ich kann nicht ernstlich die heilige Verpflichtung auf mich nehmen, rituell Tiere zu opfern, um Gott zu besänftigen oder zu ehren ... Ein weiteres Beispiel: Ich glaube nicht, daß es von mir in diesem Jahrhundert gefordert wird, einen Gebetsschal zu tragen, an dessen Ecken die Fransen in der im vierten Buch Mose vorgeschriebenen Anzahl verknotet sind, damit ich die Zehn Gebote nicht vergesse. Ich glaube, man kann mir nicht nur zutrauen, daß ich sie nicht vergesse, sondern auch, daß ich nach ihnen lebe.«

»Vielleicht weiß es die Rabbinerin ja besser«, warf ein anderer Mann ein, »aber was wird aus der Tradition, wo ziehen Sie die Grenze – wenn nichts mehr übrigbleibt?«

Auch das war keiner der regelmäßigen Teilnehmer; ich hörte mißbilligendes Gemurmel. Doch nun fügte ich den Regeln eine sechshundertvierzehnte Mizwa hinzu – die rituelle Verpflichtung, sich mit der Rabbinerin auseinanderzusetzen, bevor man geruhte, sich ihrer Gemeinde anzuschließen. Die Fragen waren längst schon gestellt, die Antworten längst erteilt worden, diese Debatte war wie die Thoralesung heilig geworden, nicht bloß zwischen den drei Richtungen, sondern auch innerhalb einzelner Gemeinden und für die Gemeindemitglieder. Welcher praktizierende Jude unterscheidet denn schließlich nicht persönlich zwischen den heiligen Verpflichtungen, die zu erfüllen und die zu übergehen sind?

»Es gibt eine Grenze, die zu ziehen ist, und zwar die folgende: Man ehrt Gott nicht durch mechanisches Einhalten jeder einzelnen Regel, sondern indem man zum Kern von ihnen allen vordringt, zur Ethik. Und die befolgen Sie, als hinge Ihr Leben davon ab, was übrigens gut möglich ist – Ihr moralisches Leben, meine ich, Ihr konsequentes Leben als guter, nachdenklicher, gerechter und mitfühlender Mensch. Hat Hillel nicht das gemeint? ›Was dir verhaßt ist, das füge nicht deinem Nachbarn zu. Das ist die gesamte Thora‹, sagte er. ›Das übrige sind Kommentare dazu.‹«

Der Mann sagte: »Ich für meinen Teil befolge das Sabbatritual der Segnung von Brot und Kerzen. Das ist keine Frage der Ethik. Wir halten es so. Es ist Tradition.«

Ich beobachtete, wie Sarah ein hübscher rosiger Hauch von der Kehle bis in die Wangen stieg. Ihre Augen glänzten. Sie verschränkte die Arme und überdachte, was sie sagen wollte. Als ich mich umblickte, sah ich erwartungsvolle Gesichter: Die meisten in der Gemeinde, falls wir denn eine waren, hofften, ihre Rabbinerin würde sich glänzend halten. Ich fragte mich, ob Pem eigentlich verstand, was hier vorging. Wann immer jemand eine Frage stellte, wandte er sich auf seinem Stuhl um und funkelte den Fragenden an.

»Auch ich spreche den Segen, wenn ich die Kerzen anzünde«, sagte Sarah. »Wenn ein Ritual uns aus dem alltäglichen Spektrum von Gefühlen holt und uns dazu bewegt, zu überdenken, wer wir sind und wer wir zu sein hoffen, dann ist es ethisch bedeutsam, und es gibt keinen Konflikt. Aber ich möchte Sie fragen: Was meinen wir, wenn wir von Tradition sprechen? Wir meinen die Andachtsakte, die historisch dazu gedient haben, uns für einander und für andere zu kennzeichnen. Aber das Wort Tradition charakterisiert nicht Gott, sondern *uns* – unser Verlangen, unsere Zwänge. Unsere Poesie, das Epos unseres Volkes, aber nicht –«

Ein älterer Mann stand auf. »Entschuldigen Sie«, sagte er. »Ich bin weitgehend auf Ihrer Seite. Aber Epos? Epos ist etwas für die Griechen!«

Das löste Gelächter aus, und einige klatschten. Verdutzt sah der alte Mann sich um, grinste und fühlte sich ermutigt, fortzufahren. »Wissen Sie, daß das hier eine Synagoge ist, habe ich vor ein paar Monaten beim Spazierengehen entdeckt. Ich hab mal reingeschaut, was ich da mitbekam, gefiel mir, eine moderne junge Rabbinerin, die sich nicht scheut, Fragen zu stellen, intellektuelle Diskussionen über dies und das, und ein angenehmer kleiner Gottesdienst, auch wenn man sich an ein paar Dinge erst gewöhnen muß. Ich zum Beispiel konnte mich mit einem Unisex-Minyan nicht recht anfreunden, aber lassen wir das. Die Gemeinde hier ist klein, es wird nicht geprotzt, keiner plustert sich auf. Und keiner haut mich an, weil ich etwas zum Baufonds beisteuern soll. Wenn ihr Neuen also interessiert seid, gut, ich kann die Synagoge empfehlen ... aber bitte, Frau Rabbinerin«, er wandte sich nun wieder an Sarah, »täusche ich mich, wenn ich meine, daß es gewisse Dinge gibt, die wir nicht in Frage stellen dürfen? Zum Beispiel, daß die Thora eine Gabe des Schöpfers ist, gesegnet sei sein Name. Daß wir das Joch des Himmelsreichs auf uns nehmen. Ohne das ist es – Tradition hin oder her – keine Religion. Sondern gar nichts.«

Ich sah, wie Pem auf seinem Stuhl in sich zusammensackte und sich den Kopf hielt. Dies war der Moment – wie gut er ihn doch kannte –, in dem der Rationalismus gegen die Wand knallt.

Der kleine Mann erntete von den Leuten, die in seiner Nähe saßen, beifällige Bemerkungen. Irrte ich mich, oder entdeckte ich in Sarah Blumenthals Augen in diesem Moment den Wunsch, ihr Mann möge auferstehen? Ich mußte mich fragen – nicht ohne deswegen ein wenig ärgerlich über mich zu sein –, ob sie sich nicht theologisch auf Joshua verlassen hatte, ob sie imstande wäre, seine Ideen weiterzutragen.

Doch nun erhob sich ein untersetzter Mann, was schon seiner Masse wegen ein ablenkender Vorgang war, denn sein Stuhl scharrte und wäre fast umgekippt, und die Leute, die neben ihm saßen, lehnten sich zur Seite. Er sagte zu der Rabbinerin: »Orthodoxe Andachtsformen, die das Licht des modernen Wissens nicht zulassen, sind nichts als Ahnenkult.« Es wurde still im Raum.

»Sie wollen sagen« – er wandte sich dem kleinen Alten zu –, »daß die Vorfahren sich in größerem Einverständnis mit dem Schöpfer befanden als wir. Daß sie mehr wußten, daß sie alles erfaßt hatten, was zu erfassen war. Und nun ist alles festgelegt und unveränderlich. Heißt das denn etwa nicht, daß wir etwas oder jemanden verehren, der oder das zwischen uns und Gott steht?«

Der Mann wirkte gebieterisch: großer Kopf, dichtes grauschwarzes Haar und verblüffend grobe Gesichtszüge – buschige Augenbrauen, schwere Lider und wulstige tiefe Falten, die von den Flügeln der mächtigen Nase abwärts verliefen, ein Scheunentor von Mund und hängende Wangen. Er sprach mit tiefer Stimme. »In der japanischen Shinto-Religion ist Ahnenkult identisch mit Frömmigkeit. In der Synagoge ist er das Gegenteil davon, hätte ich angenommen.«

Seine Bemerkungen hatten Pem auf die Füße gebracht

oder vielmehr dazu, sich umzudrehen und sich, ein Knie auf dem Stuhl, halb zu erheben, um zu sehen, wer das wohl war. Mir war der Mann gleich aufgefallen, als ich hereingekommen war, eine Gestalt mit breitem Rücken, vorgebeugt sitzend wie Rodins Denker, wenngleich eher ungeduldig als nachdenklich. Er war mir bekannt vorgekommen, aber ich hatte ihn nicht unterbringen können. Nun, da er sprach, fiel mir plötzlich alles wieder ein.

»Das war keine große Welt, die des alten Israel«, sagte er zu niemandem speziell. »Die Hebräer stellten sich einen kosmischen Gott vor, einen großartigen, einzigen Gott des Alls, aber natürlich zu ihrem Land passend, mit seinen Ernten und Stammeskriegen und mitsamt dem Herr-Knecht-Verhältnis zwischen Gott und ihnen. Er war also in hohem Maß ortsgebunden, dieser Schöpfer, und seine Ehrentitel lauteten Herr oder König. Alles sehr verständlich.«

Hier hob der Sprecher den Kopf und wandte sich dem Raum zu. »Aber wenn Sie sich einmal die Mühe machen zu bedenken, was wir heute über das Universum wissen ... daß es etwa fünfzehn Millionen Jahre alt ist, sich plötzlich aufgebläht und seither ausgedehnt hat, daß der Raum unausweichlich Zeit ist und Zeit unausweichlich Raum, daß die Gravitation ihn krümmen kann, daß eine andere Kraft im Raum der Gravitation entgegenwirkt, so daß das Universum nicht in sich zusammenfällt ... und daß es bei seiner möglicherweise ständig zunehmenden Ausdehnungsgeschwindigkeit nicht nur Galaxien umfaßt, die aus Millionen von Sternen bestehen, sondern eine Vielzahl von Galaxien-Clustern, die sich ihrerseits als Cluster von Clustern dahinziehen ... und daß es in alldem eine dunkle Materie gibt, die wir erst noch verstehen müssen ... Nun, da will mir doch scheinen, daß der Schöpfer, auf welchen das Universum zurückgeht oder womöglich eine Anzahl von Universen, von denen wir nur dieses hier wahrzunehmen imstande sind ...

daß der Schöpfer, geheiligt sei sein Name, der aus unbestimmten, unvorhersehbaren Wellen/Partikel-Prozessen eine feste Realität hervorbringen kann oder etwas, das wir als Realität wahrnehmen ... oder der vielleicht all das erschaffen kann, was unsere Sinne registrieren können oder unser Verstand erschließen kann ... aus etwas, das letztlich vielleicht aus den Schwingungen kosmischer Saitenfrequenzen besteht ... daß er – oder sie, oder es –, der per definitionem unermeßlicher und grandioser ist als all dieses, das von ihm herrührt ... und der den Lebewesen sich evolutionär verändernde Gestalten und der Spezies Mensch ein sich langsam entwickelndes Bewußtsein gegeben hat, das gerade erst beginnt, die Großartigkeit dessen, was sich ihm offenbart, zu würdigen ... kurz, ich sehe mich gezwungen, die Traditionalisten unter uns zu fragen, ob wir unseren Schöpfer, geheiligt sei sein Name, nicht vielleicht unzulänglich preisen, wenn wir ihm die Ehrentitel Herr oder König verleihen, von Vater oder Hirte ganz zu schweigen ...«

Der Mann setzte sich. Ein langes Schweigen folgte. Die Rabbinerin räusperte sich. »Ich glaube, nun ist es vielleicht an der Zeit, das Kaddisch zu sprechen.«

– »Everett, wer war denn das!?«

»Muß Seligman gewesen sein. Größer und schwerer geworden, und er kämmt sich jetzt. Aber er ist's. Mein Gott, was bin ich froh, daß er mich nicht gesehen hat.«

»Warum? Was ist denn los mit ihm?«

»Seligman war ein Klotz, der sich nur so an einen hängte. Hatte nie genügend Geld fürs Mittagessen. Paßte im Unterricht nie auf. Ich mußte ihm die Handlung von *Macbeth* erzählen.«

»Wann war das?«

»An der Science. Hat sich im Studiensaal immer neben mich gepflanzt und die Algebrahausaufgaben bei mir abgekupfert.«

»Wo?«

»Na, an der Bronx Science. So hieß meine Oberschule. The Bronx High School of Science.«

»Moment mal ... du meinst doch nicht etwa Murray Seligman!«

»Nie waren seine Schnürsenkel zugebunden. Seine Zähne waren grün.«

»*Der* Murray Seligman – der Physik-Nobelpreisträger?«

»Das ist er außerdem.«

Pem sah mir von nahem in die Augen. Mit einem Lächeln, das immer breiter wurde. »O wei, o wei ...«

»Was denn, o wei, o wei?«

»Wer hat ihm wohl von der EJ-Synagoge erzählt? Ist er einfach so hereinspaziert?«

»Woher soll ich das wissen? Frag doch Sarah.«

»Sie weiß es wahrscheinlich auch nicht. Ist auch nicht so wichtig.«

Er beugt sich über den Tisch, legt mir die Hand in den Nacken und küßt mich auf die Stirn. »Gottes Walten. Das mußt du mir einfach abnehmen. Du hast hier nun einmal den theologischen Detektiv vor dir.«

»Pem –«

»Was heute abend geschehen ist, das war ein Zeichen.«

»Na klar. Murray der Blödmann, der fast den Chemiesaal in die Luft gejagt hätte. War so tolpatschig, daß sie ihn nie ein Experiment haben durchführen lassen. Bind mir doch so was nicht auf!«

»Was binde ich dir denn auf? Ich schreibe dem Tolpatsch gar nichts zu. Sondern dem Moment. Ich will dir mal was verraten, Everett. Als irreligiöser Mensch kannst du das nicht verstehen – wenn es in unserem Leben eine religiöse

Macht gibt, dann muß sie im Stil unserer Zeit in Erscheinung treten. Nicht von oben, sondern als Offenbarung, die sich in unserer Kultur verbirgt – zu ebener Erde wird sie sich ereignen, auf der Straße, sie wird mitten im Verkehr die Avenue entlangkommen, kaum von allem andern zu unterscheiden. Sie wird kryptisch sein, erst mit der Zeit erkannt werden, Stück für Stück, bis sie am Ende von der Allgemeinheit verstanden wird wie ein Naturgesetz.«

»Na klar, sie packen's dann auf einen Silikonchip.«

»Du solltest dich schämen! Wir leben in demokratischen Zeiten, Everett! In einer postmodernen Demokratie. Meinst du vielleicht, Gott weiß das nicht?«

»Ich brauch was zu trinken.«

»Kellner, noch eine Runde! ... Was regt dich denn so auf?«

»Ich weiß nicht.«

»Du regst dich auf, weil du etwas damit zu tun hast.«

»Jetzt mach aber einen Punkt.«

Pem bricht in Gelächter aus, ein mächtiges, kraftvolles Baritongelächter. »Du bist aufgeregt, weil es durch dich geschieht! Wie das Kreuz, das auf dem Dach der Synagoge landete, wie der Umstand, daß ich mich in Sarah Blumenthal verliebt habe, wie die Tatsache, daß der große Nobelpreis-Physiker, der heute abend aufgetaucht ist, der Blödmann ist, der an der Bronx Science die Hausaufgaben von dir abgekupfert hat ... und wie du irriger-, köstlicherweise angenommen hast, du könntest ein Buch darüber schreiben!«

– Sarah Blumenthals Ansprache vor dem Amerikanischen Kongreß für religionswissenschaftliche Studien, Washington, DC.

Im zwanzigsten Jahrhundert, das seinem Ende zugeht, war die große zivilisierende Kraft auf Erden offenbar der Zweifel. Der Zweifel – der unentwegt diskutierte, flexible innere Zustand theologischer Ungewißheit, der durch reumütige, nervöse oder trauervolle Skepsis aufgewogene Wunsch zu glauben – scheint die Menschen an ein ethisches Verhalten gebunden zu haben, während die wahren Gläubigen gleich welcher Prägung, religiöser oder religiös-dirigistischer, die Mordtaten begingen. In der Praxis und Politik der Religionen hat Gott immer als Freibrief zum Töten gedient. Jedwede feste Überzeugung in Hinblick auf Gott oder auf ein Nachleben bei ihm in der Schwebe zu halten und unentschieden zu belassen, gewährleistet, daß man irgendwie in seinem Geiste wandelt. Und unter der religiös Doktrinären stelle ich fest, daß ich eher denen traue, die es zu symbolischen Tröstungen zieht, als jenen, die erneut auf historische Garantien pochen. Gerade diejenigen unter den professionellen Geistlichen, die mit Unbehagen die traditionelle, etablierte Religion verkünden, die mit deren Bräuchen und Praktiken nicht im Einklang sind oder die sich an dogmatischen Verlautbarungen von oben reiben, die ihre Gemeinden an Charismatiker und stadienfüllende Konversionsstars verlieren, sie sind diejenigen, denen ich traue. Die Gläubigen, welche die Schrift so lesen, wie Coleridge den Akt des Lesens von Dichtung oder Erzählungen definiert hat, nämlich unter »bewußter Suspendierung des Unglaubens«.

Und doch müssen sie sich treu bleiben und einsehen, daß ihr Glaube kompromittiert ist. Noch etwas mehr wird von ihnen gefordert. Etwas mehr …

Ich frage: Ist es möglich, daß die Verhaltensgebote der Religion, ihre voreiligen ethischen Vorstellungen oder erklärten sozialen Wertvorstellungen, aufrechterhalten werden, ohne daß man sich auf die Autorität Gottes beruft? In meinem Metaphysikseminar in Harvard sagte der Professor, es könne kein Sollen, keinen kategorischen Imperativ gemäß Kant, keine auf einem unbeugsamen Gewissen beruhende Handlung geben ohne eine höchste Autorität. Doch dies trifft nicht ganz den entscheidenden Punkt. Ich frage: Wenn die ausschließenden, die sakramentalen, die ritualistischen und die schlicht der Phantasie entsprungenen Elemente der Religion aufgegeben werden, ist dann eine universalistische Ethik noch aufrechtzuerhalten – *in ihrer Numinosität*? In einem bestimmten Ausmaß ist ein solches Verhalten in den fortgeschrittenen industriellen Demokratien bereits kodifiziert, ohne daß man sich auf eine höhere Autorität beruft als das Zivilrecht. Wenn unsere Verfassung nicht nur Kirche und Staat getrennt hat, sondern als Grundlage des Zivilrechts das Beste und Wesentliche des jüdisch-christlichen ethischen Systems übernommen hat, wurde denn damit nicht nur eine Trennung vollzogen, sondern vielmehr eine Aneignung, von der die leidenschaftlicheren unter unseren Predigern kaum Kenntnis nehmen?

Nehmen wir also an, daß im Kontext eines als heilig verehrten Säkularismus die Gottesidee als in Evolution begriffen anerkannt werden kann – daß Gott neu definiert und umgeformt werden kann, während die Menschheit ihre Selbsterziehung zu wachsender metaphysischer und wissenschaftlicher Subtilität fortsetzt. Was mit anderen Worten bedeutet, daß die Menschheitsgeschichte sehr wohl ein Muster von zumindest allmählich subtiler werdenden Metaphern aufweist. So daß wir bislang einer Teleologie folgen, die uns – in einem Universum von der Unermeßlichkeit des wahrnehmbaren Kosmos und von der verschwindenden Winzigkeit eines subatomischen Partikels – nur den einen wesentlichen Fingerzeig auf sich erteilt hat:

daß wir als Menschen in moralischer Verantwortung leben.

Die Wissenschaftler, die sich mit der Verfassung beschäftigen, sind es gewohnt, von der amerikanischen Zivilreligion zu sprechen. Vielleicht aber ist vor rund zweihundert Jahren etwas geschehen, nicht in der nationalen Geschichte, sondern in der des Menschen, was es erst noch zu begreifen gilt. Zu verstehen, was dies ist, könnte die augenblickliche Aufgabe für unsere Theologen darstellen. Damit einher geht jedoch die Ausdehnung der ethischen Verpflichtung, die sich demokratisch auf ein Blickfeld von dreihundertsechzig Grad zu richten hat, nicht nur auf die eigenen Religionsgefährten – eine tägliche, keinen Unterschied machende und selbstverständliche Ehrfurcht vor den Menschenrechten, über die man ebensowenig erst nachdenken muß wie über einen Händedruck. Wagen wir zu hoffen, die Theologen könnten sich so weit emanzipieren, daß sie eine andere mögliche Form für unsere Suche nach dem Heiligen zu beschreiben oder zu erkennen vermögen? Nicht lediglich ein neues Kapitel, sondern eine neue Geschichte?

Es bleibt vielleicht nicht mehr viel Zeit. Wenn die Demographen recht haben, werden um die Mitte des kommenden Jahrhunderts zehn Milliarden Menschen auf der Erde leben. Gigantische Megastädte überall auf dem Planeten, voller Menschen, die um dessen Ressourcen kämpfen. Und vielleicht mit nichts anderem als Beistand als der langerprobten Gottestaktik. Unter solchen Umständen werden die Gebete der Menschheit als Schreie zum Himmel schallen. Und unseren Hoffnungen auf ein Leben, wie es sein könnte, werden solche Schändungen, solche Schocks widerfahren, daß das zwanzigste Jahrhundert zum verlorenen Paradies werden wird.

Ich danke Ihnen.

– Singvögel: Feldlerche … Rote Scharlachtangare … Hüttensänger des Glücks …

– Natürlich erfordern Filme heute keinen Zelluloidfilm mehr. Sie werden aufgezeichnet und als Folge von Einsen und Nullen in der digitalen Schwebe gehalten. Und daher wird es in dem Moment, in dem das letzte verbliebene Stück Welt für einen Film beleuchtet und abgelichtet wird, einen weiteren Urknall geben … und die unzähligen Einsen und Nullen werden ins All verstreut als Partikel, die sich wie Wellen verhalten … bis sie, von stürmischen Nordwinden erschüttert oder von Sonnenausbrüchen entflammt oder sonstwie von diesem oder jenem himmlischen Zeichen neu belebt, glanzvolle Konstellationen bilden, die in voller Farbpracht am Nachthimmel eines fernen Planeten aufleuchten … wo eine ehrfürchtige, nicht wiedererkennbare Form von Leben von den Dächern aufschauen wird zu den Gesichtern von Randolph Scott, Gail Russell, George Brent, Linda Darnell … um nur ein paar der Stars zu nennen.

– Ich ahne, daß ich nicht zur Hochzeit eingeladen werde. Aus Pems Bemerkungen schließe ich, daß sie eine schlichte Angelegenheit von fünf Minuten im Rathaus *downtown* planen. Blumen vom ambulanten Händler am Bordstein. Katakombenartig hallende Marmorkorridore. Personalausweis und Heiratserlaubnis in der einen, Scheidungsurkunden in der andern Hand. Kapelle der Zivilreligion: fensterloser Raum mit eingelassenen bunten Glasflächen.

Früher einmal berichteten die Zeitungen regelmäßig darüber – Liebespaare, die mit zivilem Segen den Schicksalsbund schließen. Foto von den Schlange stehenden Paaren und ihren erwählten Trauzeugen; schöne Westinder; blasse, verängstigte Achtzehnjährige aus Queens; kernige junge Latinos in tropischen Farben, modisch, viel Gelächter, gleich beginnt der Tanz; dann ein stilles, älteres Paar, Hand in Hand. Pem und Sarah. Aus Prinzip haben sie sich hierzu entschieden – zum städtischen Sakrament.

Vielleicht wird Seligman ihr Trauzeuge sein.

Nun denke ich an die Hochzeitsnacht. Es ist nie angenehm, sich zwei Leute, die man kennt, beim Sex vorzustellen, aber hier habe ich kein Problem damit, es handelt sich um eine so reine Sache, die so von Treuegelöbnissen getragen ist, daß sie nichts Pornographisches an sich hat; Pem senkt seine ungeschickte, anbetungsfreudige Person auf Sarah, ihre Hände wandern über seinen Rücken wie die lernenden Finger eines Blinden, vor Freude weint Pem fast, er streicht ihr eine Haarsträhne hinter das Ohr, wie sie es selbst immer tut, wenn sie sich über die Thora beugt, er berührt ihren Mund, und als sie sich küssen, geht in seinem Kopf nichts vor, kein laufender Kommentar, das unauflösbare Ich hat sich aufgelöst. Ich schätze mal, es ist dunkel, es ist spät, in der Etage über ihnen schlafen die Jungen, doch ein schwacher Lichtstrahl von der Straße scheint von Sarahs Augen angezogen zu sein, die dunkel schimmern wie Pflaumen. Ich kann mir nicht vorstellen, wie das für sie ist, doch als sie Pem lenkt, ihn festhält, versinkt er in vollkommenes Erkennen, als hätten sie sich immer schon der Liebe hingegeben, als hätten sie schon einige Übung im Mann-und-Frau-Sein. Es gibt da nichts zu entdecken, kein neues Wissen, und welche Besonderheiten ihr Fleisch und ihre Figur auch aufweisen mag, sie verwandeln sich sogleich in die einzig mögliche Gestalt und Beschaffenheit, die eine Frau besitzen kann …

Pem hat seine Konversionsvorbereitungen noch nicht abgeschlossen, aber ich glaube nicht, daß sie mit dem Heiraten noch warten werden, progressiv, wie Sarah ist, wird sie ihm sozusagen auf halbem Wege entgegenkommen. Gestern abend sagte er zu mir, er habe sich noch nie im Leben so voll und ganz als Christ gefühlt wie jetzt, da er sich in Studien darauf vorbereite, Jude zu werden.

Pem, sagte ich zu ihm, das erzählst du vielleicht besser sonst keinem.

Warum? Es ist die Wahrheit.

Bist du dir sicher, daß du das aus dem richtigen Blickwinkel betrachtest?

Nun ja, zugegeben, zum Teil entspringt meine Denkweise schon dem Bedürfnis, gleichsam spirituelle Wiedergutmachung zu leisten. Damit mag es angefangen haben, aber jetzt geht es darüber hinaus. Ich fühle mich befreit, meinem Verstand zurückgegeben, mein Intellekt darf sich in meinen Glauben integrieren. Alles findet zusammen, alles ist so folgerichtig. Ich habe mich noch nie so ehrlich gefühlt, so frei von Zweifeln an meinem Glauben an den Schöpfer. Er ist nicht an die Mythologie gebunden, dieser Glaube, er ist nicht bildhaft. Zugegeben, auch in der jüdischen Religion gibt es einen Wust von pseudohistorischem Zeug, aber deswegen haben Sarah und Joshua ja die EJ gegründet, um zu den wesentlichen ersten Dingen zurückzugelangen. Und das werden wir auch tun. Im Augenblick ist die jüdische Religion für mich ein Christentum ohne Christus, und mir ist froh ums Herz.

Froh ums Herz? Das gefällt mir.

Das ist mehr als eine blöde Phrase, Everett. Es ist eine echte Befindlichkeit.

Na schön.

Mein Gott, diese säkularistische Arroganz kann wirklich grauenhaft sein.

Ich bin nicht säkularistisch arrogant.

Mit einem frohen Herzen ging's dir besser.

So übel geht's mir gar nicht. Ich mag die Frauen, ich mag die Sprache. Diese törichten Dinge erfreuen mein Herz.

Weißt du, was das anthropische Prinzip ist, Everett? Es ist ganz einfach: daß unser Universum, nachdem es explosionsartig entstanden ist wie ein Ballon und Milliarden Jahre im Dunkel einer Hülle von Gasen verbracht hatte, bis Photonen Licht in den Raum brachten und sich alles abkühlte –

Moment mal, auf was für einem Trip sind wir denn jetzt?

Seligman hat mir das erklärt – nachdem Photonen alles so weit erleuchtet hatten, daß sie Galaxien voller Sternglut und stellarem Staub und dunkler Materie schufen ... nun, bei all diesem Aufruhr wurden einzig jene Elemente geschaffen, die dann das Entstehen von menschlichem Leben zuließen. Das ist das anthropische Prinzip. Alles, woraus sich das Universum zusammensetzt, scheint uns möglich gemacht zu haben.

Und das hat dir Seligman erzählt?

Es ist eine Idee, die unter den Kosmologen gerade im Schwange ist.

Und etwas Besseres haben sie nicht zu bieten als dieses erkenntnistheoretisch völlig banale anthropische Prinzip?

Na ja, immerhin ist es für sie nützlich, es erleichtert einige ihrer Probleme. Sie sitzen damit weniger in der Klemme, falls es sich herausstellt, daß es neben diesem Universum noch andere gibt, die vielleicht nicht die für menschliches Bewußtsein notwendigen Elemente aufweisen.

Wie was zum Beispiel?

Wie Wasserstoff, Kohlenstoff, Raum, Zeit und dergleichen.

Ich verstehe.

Aber unser Universum weist diese Dinge auf, die es uns

gestatten, dieses Gespräch zu führen. Ich erzähl dir das alles nur, damit du weißt, daß es ein paar säkularistische Leute gibt, die nicht unter säkularer Arroganz leiden.

– Ein kleines Gedankenexperiment: Würden wir ein Raumschiff bauen und in den Raum hinausschicken, und wäre dieses Raumschiff so ausgestattet, daß man sich darin wie zu Hause fühlt, mit Straßen und Häusern, Gartenliegen, Videogeräten, Supermärkten, Football-Feldern und Kriegen … dann würde der Raumreisende, wenn er erwacht, nicht sagen können, ob er sich auf der Erde mit deren gewohnter Umlaufbahn befindet oder ob er für immer, unwiderruflich und ohne mögliche Abhilfe, durch das anthropische Universum treibt. Sehen Sie, wie einfach das ist?

– Und nun ist es geschehen, sie haben mitten in der Woche *downtown* geheiratet, und ich hatte recht, nicht zu erwarten, daß ich der Brautführer sein würde, denn es gab keinen Brautführer, sondern eine Brautführerin, Joshua Greens Schwester. Ich sehe das ein, ich sehe die Gründe ein, die Sarah dazu bewegt haben, sich so zu entscheiden, so rücksichtsvoll zu sein, bei aller Freude ihres Verlusts zu gedenken – eines Verlustes für sie beide. Eine großmütige, bedeutsame Entscheidung, die Sarahs makellose ethische Haltung zum Ausdruck bringt.

Die Schwester heißt Judy, sie ist psychiatrische Sozialarbeiterin, eine kleine, dunkelhaarige Frau Mitte Dreißig mit straffer, zierlicher Figur, sie trägt einen Blumenschmuck am Kleid und ist recht nett, nur ein ganz klein wenig rührselig, als wir an diesem Sonntagnachmittag im Senate Room des

Jefferson Residenz-Hotels an der East Seventy-second Street sitzen und plaudern.

»Ich bin glücklich für Sarah«, sagt Judy. »Sie ist ein wundervoller Mensch. Sie und mein Bruder – das war eine Ehe, die im Himmel geschlossen wurde. Aber nach all dem, was sie durchgemacht hat, verdient sie ein bißchen Glück. Ich finde, es ist auch für die Kinder gut.«

Judys Mann, Al Soundso, der an irgendeinem bescheidenen College in New Jersey Englisch unterrichtet – er ist weniger überzeugt. Trägt einen melierten Bart, über den er sich streicht, während er Pem beobachtet, der im Moment mit einer weißhaarigen älteren Dame tanzt und plaudert.

»Ich glaube nicht an Konversionen«, sagt Al. »Ich glaube nicht, daß sie möglich sind. Gibt es etwa eine Bezeichnung für einen christlichen Marranen?« sagt er zu mir.

Rings um die kleine Tanzfläche stehen mehrere weißgedeckte Tische, an denen die Gäste sitzen und von den warmen und kalten Horsd'œuvres kosten. An der einen Wand gibt's eine Bar, der Bartender ist nicht überbeschäftigt, er hat es mit einer Gesellschaft von Sherry- und Safttrinkern zu tun. Ich gehe hinüber, und als ich um einen doppelten Wodka on the rocks bitte, leuchtet sein Gesicht auf.

Es sind vielleicht fünfzig, sechzig Leute anwesend, von denen ich die meisten nicht kenne, die näheren und ferneren Verwandten von Pem und Sarah. Ich brauche eine Weile dazu, doch dann begreife ich, daß die von Pem auf der einen Seite sitzen und die von Sarah auf der andern, nicht gerade eine Anordnung, die Festlaune aufkommen läßt; auf der Tanzfläche wird nicht gejubelt, die Band – Piano, Sax, Gitarre, Baß – spielt sanfte, gemächlich swingende Tanzmusik. Sie sind nicht übel. Aber wer aufsteht, um zu tanzen, der wird in dieser Gesellschaft genau beobachtet.

Bei derlei Anlässen hat man immer Mühe, die Hauptfiguren, die eigenen Freunde, mit deren Verwandten und Freunden aus vergangenen Zeiten in Verbindung zu bringen. Eine andere Welt. Man hat das Gefühl, daß die Hochzeitsgäste just aus den Menschen bestehen, denen Braut und Bräutigam ihr Leben lang zu entkommen versucht haben. Ich bin doppelt überrascht, zum einen darüber, daß es überhaupt einen Hochzeitsempfang gibt, und zum andern, daß er in diesem muffigen Hotel stattfindet. Doch dies ist die Hotel-Pension, in der Sarahs wohlhabende Tante Myrna Fein wohnt, die ältere Schwester ihrer verstorbenen Mutter. Als ich sehe, wie sie einem der Kellner Anweisungen erteilt, begreife ich, daß hier sie Regie führt.

Wenn ich's mir überlege, ist mir eigentlich nicht klar, wie Sarah es geschafft hat, ihren Haushalt und ihr Projekt in Gang zu halten. Was für eine Versicherungssumme ihr Joshua auch hinterlassen haben mag, ob es Geld in seiner Familie gab oder ob ihre Synagoge mit einer Hypothek belastet ist ... Geld scheint kein Problem zu sein. Daß Pem blank ist, weiß ich, aber sie ist es meinem Gefühl nach nicht. Dabei kann ihr Vater, der sein Leben lang Universitätslehrer war, nie sonderlich betucht gewesen sein. Und Pflegeheime sind teuer ... Wie kann denn jemand auch einen richtigen Roman schreiben, ohne über Geld zu reden?

Judy und ihr Mann stehen auf, um zu tanzen. Sie nicken Pem und Sarah zu, die jetzt zusammen auf der Tanzfläche sind. Einander zugewandt, nur eine Hand um den Partner gelegt, bewegen sich die beiden Paare im Foxtrott-Rhythmus und unterhalten sich dabei. Pem gestikuliert mit seiner freien Hand. Alle lachen sie, sogar der skeptische Mann von Schwester Judy.

Sarah trägt einen elfenbeinfarbenen Hosenanzug und eine bronzefarbene Seidenbluse, die den Schimmer ihres Haars aufgreift. Ihr Haar ist jetzt länger und im Nacken schlicht zusammengefaßt – die Haartracht einer amerikanischen Revolutionärin. Kein Ohrschmuck. Mir fällt auf, daß sie für diesen Anlaß auf die Brille verzichtet, und einen Moment lang blickt sie an den anderen vorbei geradewegs zu mir herüber, aber mir wird klar, daß sie zu kurzsichtig ist, zu wundervoll-strahlend kurzsichtig, um mich wirklich zu sehen.

Und da segelt auch schon Myrna Fein, die Gastgeberin, auf den Gast zu, der allein dasitzt. Läßt sich auf dem Stuhl neben mir nieder. Eine ausladende Frau mit hübschem, rundlichem Gesicht, stark geschminkt. Ringt schnaufend nach Luft und läßt mich dabei nicht einen Moment aus den Augen.

»Sie sind also der Schriftsteller ...«

»Ja.«

»Sind Sie verheiratet? Ich sehe hier keine Frau, die zu Ihnen gehört.«

»Nein.«

»Sind Sie geschieden?«

»Ich bin ein echter Junggeselle.«

»Das ist nichts, worauf man stolz sein sollte. Meine Augen sagen mir, daß Sie allmählich in das Alter kommen, in dem Sie eine Frau finden sollten, die sich um Sie kümmert. Wenn Sie zu lange warten – welche Frau will dann den Job noch haben?«

»Danke für den ausgezeichneten Rat, Myrna.«

»Sie sind mir zu gönnerhaft. Als mein Mann vor zehn Jahren gestorben ist, habe ich seine Firma übernommen. Einen Zulieferbetrieb für General Motors. Im letzten Jahr habe ich verkauft, für fünfundvierzig Millionen Dollar. Und Ihnen sage ich, Sie sollten besser nicht als der ewige Dritte am Tisch meiner Sarah sitzen.«

Wumm.

»Ich weiß alles über Sie«, sagt sie. »Ich hab Augen im Kopf, und ich bin nicht so dumm, wie Sie glauben.«

Auf der anderen Seite des Raums entdecke ich den kleinen Bischof. In Zivil wirkt er älter und winziger. Er ist erleichtert, mich zu sehen. »Ich weiß einfach nicht, wie ich vorgehen soll«, sagt er. »Wissen Sie zufällig, ob jemand einen Segen sprechen wird?«

Ich schaue zu Pem auf der Tanzfläche hinüber. Er hat ein Glas in der Hand. Einen Arm um Sarahs Taille, wiegt er sich zur Musik und spricht mit zwei jungen Frauen, die mir seltsam bekannt vorkommen.

»Ich glaube, Pem wird irgendwann etwas sagen.«

»Dann warte ich noch. Offen gesagt, ich weiß nicht, was angemessen ist. Er steckt so voller Überraschungen – seit nun dreißig Jahren beobachte ich diesen Mann, und er überrascht mich immer noch. Aber sie ist schon eine gutaussehende Frau, seine Braut. Sie sieht sogar hinreißend aus.« Er lächelt. »Im allgemeinen sehen Rabbinerinnen nicht so gut aus.«

Pem winkt mich herbei, sehe ich. Ich schlendere zu ihm hin, und er stellt mich den beiden jungen Frauen vor. Es sind seine Töchter, Kimberly und Pamela – Kim und Pam. Nun fällt mir die Ähnlichkeit auf: Beide haben sie das Pemberton-Kinn, den großen Kopf. Kim ist die Blonde, Pam die Brünette. Sie tragen das, was in Kaufhäusern Übergrößen heißt. Beide lächeln sie breit, zweimal strahlen mich weiße Zahnreihen an. Kleine Kinder rennen zwischen uns hindurch, eines gehört Kim, eines Pam, sie reißen sich los und flitzen davon, bevor sie vorgestellt werden können, und alle lachen, die Mütter schütteln gespielt resigniert den Kopf. Pem legt mir den Arm um die Schulter. »Das hier ist der Mann, der meine spirituelle Biographie schreibt. Er macht mich noch berühmt«, sagt er zu ihnen. »Euer Vater wird in sämtlichen Talk-Shows zu sehen sein.«

»Ach, Daddy, übertreib nicht.«

»Ihr werdet noch mal stolz auf mich sein, kann ich euch sagen.«

»Ach, Daddy, wir sind doch schon stolz auf dich«, sagt die Blonde und sieht auf einmal ziemlich unglücklich aus.

Als die Mädchen fort sind, nimmt mich Pem beim Arm und führt mich beiseite. »Gestern haben wir herausbekommen, daß das Schwein vor zwei Monaten gestorben ist.«

»Welches Schwein?«

»Na, Schmid, Schmitz oder wie er noch hieß. Der Nazi, der das Ghetto unter sich hatte. Ist im Schlaf gestorben. Bei sich zu Hause in Yonkers. Dabei hatten wir ihn nun endlich festgenagelt. Verdammte Scheiße!«

»Na ja, tot ist er in jedem Fall.«

»Er mußte nie vor Gericht aufstehen und sich der Welt als der zeigen, der er war.«

»Tja, deswegen hat Dante die Hölle erfunden.«

»Dante hat die Hölle nicht erfunden, er hat sie nur möbliert. Komm mit, dein Glas ist leer. Und dann wirst du, wohlbewaffnet, ein paar Typen von meiner Mischpoke aus Virginia kennenlernen.«

Mein Freund, der Bartender, versorgt mich, aber als ich mich umdrehe, ist Pem verschwunden. Ein kleines Rudel von Kindern und ein paar linkische Mädchen so um die elf, zwölf, noch nicht an Kleider und Strumpfhosen gewöhnt, haben sich um einen Tisch versammelt, auf dem die Hochzeitsgeschenke liegen. Jedes Geschenk ist prächtig verpackt, keines ist geöffnet, aber allein die Vorstellung von Geschenken hat diese Kinder angezogen. Sie gucken hin und tuscheln miteinander. Ich sehe unter ihnen Jake und Davey, Sarahs Söhne, und sie beäugen diesen Berg von glänzenden weißen Schachteln mit weißen Schleifen eher mit Besitzerstolz als mit Neugier. Sie möchten nicht, daß die anderen irgend etwas anfassen.

Als ich auftauche, rennen sie auseinander. Zwischen den Geschenken stehen kunstvolle Blumengebinde auf dem Tisch. Ich schaue mir die Kärtchen an: Eines von einem

Rabbiner Soundso mit Gattin, eines von den Pflegern des Hospizes auf Roosevelt Island, ein weiteres von Trish van den Meer (»Glückwünsche Euch beiden«, lautet ihr von Herzen kommender Gruß). Das größte der Gebinde, ein raffiniertes Hufeisen aus Blumen mit einem Fähnchen, auf dem gedruckt *Gott segne Papps und Mrs. Papps* zu lesen steht und handschriftlich »Von allen Ihren Freunden von der Kirche der Schönen Vision«.

Mir ist heiß, das Hotel ist überheizt, ich gehe zu einem Fenster, aber es läßt sich nicht öffnen. Frost bedeckt die Scheiben; hurra, hurra, der Winter ist nun da. Sobald ich das Glas hier ausgetrunken habe, gehe ich. Ich nehme es Pem und Sarah übel, merke ich, daß sie die ganze Zeit über ein Leben geführt und weitere Beziehungen gehabt haben, neben ihrem Leben mit mir und ihrer Beziehung zu mir. Sollte ich etwa keinen Alkohol mehr vertragen, geht mir durch den Kopf.

Doch Augenblicke später ist alles wieder im Lot, Sarah hat mich am Arm genommen und auf die Tanzfläche geführt. Die Band spielt in beschwingtem Tempo *My Blue Heaven*, ich habe diese Frau hier noch nie berührt, ihr nur die Hand gegeben, jetzt halte ich sie in den Armen, meine Hand liegt tief auf ihrem Rücken, ich spüre ihre Beseeltheit, halte mit der anderen Hand ihre beringte Hand, ich kann ihre Wärme fühlen, ihre Wangen sind rosig vor Glück, ein reiner Kräuterduft geht von ihrem Haar aus, sie lacht über meine langsamen, feierlichen Schritte zum schnellen Beat der Musik, aber so ist mir wirklich zumute, so feierlich, und sie versteht, legt ihre Wange an meine, und mir knicken fast die Knie ein. »Du wirst immer unser Freund sein, Everett«, sagt sie mir ins Ohr, und ich bin drauf und dran, etwas abenteuerlich Törichtes von mir zu geben, als glücklicherweise ihr gemeiner älterer Sohn Jake mir an den Ellbogen tippt, um mich abzulösen. Ich verbeuge mich vor ihm. Und Sarah tanzt mit ihrem Sohn im gestärkten Hemd, mit der roten Krawatte und dem ungewöhnlich wohlgekämmten Haar davon, sie hält die Arme ausgestreckt und blickt mit der heilenden Wonne ihrer gelassenen Liebe auf seinen konzentrierten Ernst hinunter.

– Ich versuche, mich an all das zu erinnern, was Pem sagte, als er sich erhob und nach dem schnurlosen Mikrofon griff. Die Band hörte zu spielen auf, und während es im Raum still wurde, stand er ein wenig schwankend da. Sein zweireihiger Blazer stand offen, seine Krawatte hatte er gelokkert, und über der Stirn standen ihm triumphierend die Haare zu Berge.

»Freunde«, sagte er, »ich will nicht von meinem Glück sprechen, nicht von meinen Gebeten, in denen ich dem Herrn, geheiligt sei sein Name, dafür danke, daß meine geliebte Sarah Blumenthal mich ihrer für würdig befunden hat. Ihr könnt mir glauben, daß ich mein verbleibendes Leben inbrünstig ausfüllen werde, um all das, was sie mir geschenkt hat, zu verdienen. Bald werde ich Jude sein. Ich werde mich eines geweihten Lebens an ihrer Seite erfreuen, unter Einhaltung der Gebote und der schlichten Rituale, die vor langer Zeit von Menschen ersonnen wurden, um uns zu Demut zu bewegen und unsere Sinne für das Heilige zu öffnen. Ich versuche, dies zu sagen, ohne das Wort *Kommunion* zu gebrauchen«, sagte er mit scheuem Lächeln, und ein paar Leute lachten.

»Da ich jedoch strikt genommen noch Christ bin, stehe ich wohl im Augenblick mit je einem Fuß in beiden Traditionen – auch wenn Traditionen keine Orte sind, nicht wahr. Mit je einem Fuß in beiden Lagern? Das ist aber auch nicht richtig, denn Lager, gegnerische Seiten, sind das letzte, was mir durch den ökumenisch korrekten Sinn geht …«

Gedankenverloren hielt er inne. Einige wurden unruhig,

sie waren auf der Hut. Doch Sarah nicht; sie saß, ihre beiden Söhne in den Armen, am Tisch der Verwandten ihres ersten Mannes und sah gebannt zu Pem hin.

»Wie dem auch sei, der Jude, der ich beinahe bin, sagt mir, daß ich mich, sobald meine Konversion vom Rabbinat bestätigt ist, nicht mehr mit der Milleniumsvorstellung abplagen muß, diesem kalendarischen Konstrukt der christlichen Tradition – mich damit abplagen muß, meine ich, wie mit einem bedeutsamen historischen Ereignis, einem Wendepunkt, zumindest einem symbolischen Anlaß, bei dem man den Blick zurückwendet oder nach oben und Bilanz zieht. Ich werde mir eine gänzlich andere Ziffernfolge erschlossen haben, eine ebenso willkürlich festgelegte Zahl natürlich, aber eine doch nicht gar so mythenbeladene und von den Medien beachtete.

So mag der Umstand, daß meine liebe Sarah und ich ganz am Ende dieses letzten Jahrhunderts des christlichen Jahrtausends geheiratet haben, in keiner Weise von Bedeutung sein, es sei denn insofern, als er uns dazu bewegt, darüber nachzudenken und uns zu erinnern, daß unser Zusammenkommen, so gesegnet es auch ist und so sehr von einer Moral durchdrungen, vielleicht sogar auf einem mysteriösen Imperativ beruht … Wir können gar nicht umhin, will ich sagen, darüber nachzudenken, daß unsere Vereinigung bedingt ist von der fortdauernden Katastrophe unserer Generationen, von der Krise in der Epoche unseres eigenen Lebens und des Lebens unserer Eltern und Großeltern und daß diese Vereinigung nur hat geschehen können im Sog des Todes – des Todes der Kindheit von Sarahs Vater, des Todes ihres lieben, beherzten, überaus klugen Rabbiner-Gefährten Joshua, des Vaters ihrer Söhne Jacob und David … und, es ist nicht auszuschließen, des Todes der Erlösung, der Hoffnung für die gesamte Spezies.

Wenn man all dies im Sinn behält, mag schließlich dennoch ein Gebet nicht unangebracht sein, in dem das numerische Bewußtsein mitschwingt. Ich möchte dieses Gebet oder diese Bitte nun sprechen, und es soll mein letzter Akt als Christ und vormals christlicher Priester sein. Ihr braucht den Kopf nicht zu senken …

Herr, geheiligt sei dein Name, ich spreche zu dir in einem unserer Intonationssysteme aus Schnalz- und Grunzlauten, aus Verschluß- und Trillerlauten. Es hat ungeheuerlich böse Geißeln der Menschheit in der Generation eines jeden Erwachsenen in diesem Raum gegeben, zu unseren Lebzeiten und denen unserer Mütter und Väter, Großmütter und Großväter … Böse Verderber des menschlichen Lebens waren kollektiv verantwortlich für die Versklavung und den grauenvollen Tod eines Vielfachen von vielen zehn Millionen Menschen. Noch um eine Potenz höher sind die Seelenmorde, die sich ereignet haben, die Folterungen und Qualen der Vernichtung in Kriegen, in Völkermorden. Durch ihre schiere Anzahl sind die Massen der in unserem Jahrhundert gewaltsam Gestorbenen der Vergessenheit und Namenlosigkeit anheimgefallen. Und ihre Auferstehung ist nicht denkbar, nicht einmal in der Phantasie deiner christlichen Gläubigen können und werden sie auferstehen.

Ich werde nicht auf die Frage eingehen, wie ein angeblich allwissender Gott wie du diese menschlichen Katastrophen geschehen lassen konnte, wenngleich deine Akte auch vor diesem Jahrhundert nicht die rühmlichste ist, aber eines werde ich dir sagen … die erbarmungslosen, unvorstellbaren Genozide, unter denen in unserer Zeit die gesamte Welt erzitterte, haben dich in Verruf gebracht, und die ungehemmte Erosion der Idee des Lebens hat manche von uns in solche Verzweiflung gestürzt, daß sie deinen Namen verfluchen und deine Existenz bestreiten.

Selbst unter denen von uns, die der Liebe zu dir und einem nicht zu unterdrückenden Verlangen nach deiner

Liebe anhängen ... hat sich der Verdacht ausgebreitet, du selbst könntest ein Teil des Problems sein. Menschen benutzen dich für ihre schrecklichsten Absichten. Du scheinst dich dem nicht zu widersetzen – wer immer dich haben will, egal aus welchem üblen, mörderischen Grund, der kann dich haben. Du läßt dich kaufen und umarmen wie die schäbigste, erbärmlichste Prostituierte. Und die Welt, die du geschaffen hast – oder die dich benutzt hat, um sich zu erschaffen –, leidet nicht nur unter den Schlagzeilenmördern dieses unseres Jahrhunderts, unter den verächtlichen Herrschern über Stämme und Nationen, sondern auch unter den elenden, unglücklichen Scharen von uns übrigen, die wir auf den hinteren Seiten Erwähnung finden und symbolisch mit diesem Geist wetteifern, mit Inbrunst dafür leben, uns auf Kosten anderer zu bereichern, so daß selbst in unseren am weitesten fortgeschrittenen Demokratien das Leben von Kampf geprägt ist und der Gesellschaftsvertrag unentwegt zusammenbricht, als wären wir nicht als gerecht regierte Nationen vorgesehen, sondern als Zusammenrottungen von mörderischen Gierhälsen.

Und wenn ich also die Schlagzeilenmörder des Jahrhunderts betrachte ... die Diktatoren, Despoten, die Stammestribunen und Totschläger, die Generäle, Obersten und Geistlichen der Rechtschaffenheit, die unbekümmert mordenden Könige und Revolutionsführer, die uns das Leben genommen und die Seele getötet haben ... aus meinem eigenen sündigen Herzen und aus den Tiefen meines feigen Wesens weiß ich, daß sie in menschlicher Gestalt die Geschichte heimsuchen, daß sie meinesgleichen sind ... aus meinem genetischen Code hervorgegangen ... und eine so unverkennbare Familienähnlichkeit aufweisen, die mich vor Entsetzen und Verzweiflung zum Weinen bringt.

Erblickst du denn darin, daß wir einander all diese Dinge antun, nicht einen ernsten Einwand gegen deine Existenz, o

Herr? Daß wir trotz all unserer theologischen Ausreden und trotz des moralischen Ringens und der intellektuellen und technischen Fortschritte in der Geschichte der Menschheit in Wut leben – in leiser oder explosiver Wut, immer aber erfüllt von wütender Gier? Erblickst du nicht einen unverzeihlichen Lapsus von dir darin, daß wir uns selbst ebensowenig erklären können, wie wir dich erklären können?«

Hier hielt Pem inne, und in das Schweigen hinein drehte er sich um, nahm von dem Tisch hinter sich ein Glas und trank – was? Wasser? Wodka? Ich war mir nicht sicher. Aber er hatte unendlich viel Zeit, seine Zuhörer waren hingerissen, er hatte schließlich jahrelang von Kanzeln herab gesprochen und wußte, was er tat. Aber ich hatte ihn nie predigen gehört, und ich war so verblüfft wie alle übrigen. Es gelang mir, rasch einmal zum Bischof hinüberzublicken; er war bleich geworden und saß auf seinem Stuhl, als wäre er daran gefesselt.

»Herr, wenn du uns Hinweise auf das Vorhandensein einer wahren Hölle gäbst«, sagte Pem, »nicht auf die Erfindung unserer entflammten Seelen, sondern auf eine echte, in der sich die richtigen Leute befinden, dann hätte ich noch eine gewisse Hoffnung für dich, so wie du traditionell verstanden wurdest ... Wenn du das hassenswerte, ungeheuerliche Wesen Satans dazu brächtest, in den tiefsten Tiefen des Superstring-Universums zu gedeihen, wie wir einst glaubten, er gedeihe in den Tiefen unser geologischen Erde, und ihm eine solche Masse zuwiesest, so gewaltig, kalt und von solcher Anziehungskraft, daß nichts, was in ihn hineingesogen wird wie in eines der schwarzen Löcher im All, ihm je entkommen könnte ... und wenn du ihm die angsterregende, physikalisch widersprüchliche Eigenart verliehest, aus Eis und Feuer zu bestehen, ihm eine eigentümlich überkrustete und doch wabblige Haut gäbest und, sagen wir« – hier warf er der Gruppe von Kindern am Rand des Raums einen Blick zu –, »unzählige, von geronnenem Blut getrübte Augen, schleimige Krallen und Fühler, mit denen er sich überall kratzen kann, wenn du ihn insgesamt stinkend und widerwärtig machen und uns zeigen würdest, daß die Schlagzeilenkiller unseres Jahrhunderts, die mörderischen Herrscher über Stämme und Nationen so in seinen Armen kleben, daß er ihnen für Milliarden Jahre seinen ätzenden, stinkenden Odem ins Gesicht schnaubt und sein übelriechendes, von Larven und Mistkäfern wimmelndes Gewölle über sie erbricht, während er sie sich gemächlich seinem gräßlichen Wesen einverleibt ... und wenn du ihm vermitteln würdest, sich ganz besonders um dieses schnarrende, stieläugige, zähneknirschende Arschloch der deutschen Nationalreligion zu bemühen und um dieses stählerne, schlitzäugige, bäurische Scheißhirn der russischen Revolutionsreligion und um diesen kleinen kolonialistischen Bastard von Ausrotterkönig der kultivierten Belgier und um diesen Kretin mit der Steinvisage und den Rougewangen aus dem südasiatischen Dschungel ... sowie um sämtliche Folterer der Bananenrepubliken, Inseltyrannen der Karibik und des Pazifiks, Stammeswürger Afrikas und ethnisch reinigende Totschläger des Balkans – und wenn du ihm als Zugabe all deren Bankiers und Waffenlieferanten, deren loyale Legionen von Vergewaltigern, Enthauptern, Pfählern, Knüppelschwingern, Bajonettstechern, Maschinengewehrschützen, Machetenfuchtlern, Todesschwadron-Kidnappern, Krematorienentwerfern und Sklavenlager-Verwaltern übergeben würdest ... und wenn du deren eigene üble Wesensausdünstungen derart stechend und allergen auf Satan wirken lassen würdest, daß er in seiner Pein versuchen würde, mit seinem üblen Feueratem das quälende Eis, aus dem er besteht, zu schmelzen und sich von ihnen allen freizuwaschen ... die aber ihrerseits nur um so störrischer an seiner eiternden Haut haften und immer qualvoller leiden würden und unter stetig zunehmenden Bewußtseinsmartern gemächlich ... über Tausende von Millennien hinweg ... von seinen eisigen Eingeweiden absorbiert würden, Zelle um köstlich malträtierte Zelle ... bis sie eins mit ihm wären, kreischend und lebendig in der Hölle dieses schwarzen, eisigen Ungeheuers, immerdar ... dann, o Herr, dann könnte ich vielleicht dein Priester bleiben ...«

Pem zog ein Taschentuch hervor und trocknete sich die Stirn. Fast flüsternd sagte er nun: »Doch wie es ist, glaube ich, wir müssen dich neu schaffen. Wenn wir uns neu schaffen sollen, müssen wir auch dich, Herr, neu schaffen. Wir brauchen einen Ort, auf den wir unsere Füße setzen können. Wir sind schwach und klein und wanken hier in unserer Zivilisation ... Nichts hält uns außer unserer Liebe füreinander, außer unseren Ehen, den Kindern, die wir in unseren Armen halten – nichts außer diesen schwanken, anflutenden und verebbenden Empfindungen rechtfertigt unser Bewußtsein und bewahrt uns davor, aus dem Universum hinauszufallen. Nicht genug – es ist nicht genug. Wir brauchen einen Standort.

Ich bitte um einen Grund zur Hoffnung, daß diese Wehen unserer Seelen ihre Lösung in dir finden werden, Herr, dessen Name heilig ist. Hierum bitte ich für uns alle auf diesem deinem kleinen Planeten. Amen.«

Pem reichte dem Bandleader das Mikrofon zurück. Sarah stand auf, ging quer über die Tanzfläche und umarmte Pem; sie küßte ihn, und als er sie um die Taille faßte, beugte sie sich in seinen Armen zurück und strich ihm das Haar aus der Stirn.

– In einer Galerie am unteren Broadway hat der Künstler eine Modelleisenbahn installiert, mit einem Zug, der immer im Kreis herumfährt und an dessen Lokomotive ein Helm mit Visier gelötet ist, der Kopfteil einer mittelalterlichen Rüstung. Nur gibt's da ein Problem – der Zug entgleist andauernd, und die entzückende junge Frau, die hier zuständig ist, muß sich hinknien und – mit schlappenden hohen Hakken, ihren recht wohlgestalten Hintern im engen Rock dem Betrachter zukehrend – die Räder des Zuges wieder auf die Geleise setzen ... und da dies drei-, viermal passiert, während ich versuche, mir die anderen verschrobenen Installationen in der Galerie anzuschauen, muß ich mich fragen, ob nicht auch diese junge Frau vom Künstler beabsichtigt ist. Ich hoffe es.

Ein paar Künstler machen wundervoll unbekümmerte, tapsig schöne Dinge inmitten all des Kunstüblichen in unserer Zeit. Ich mag diesen Kerl, der um die ganze Welt zieht und umhüllt, was immer er in die Hände kriegt ... der Reichstag in Berlin sieht wie ein ungewöhnlich großes Paket aus, von UPS zugestellt ... oder in einem Schweizer Park der Hain von Bäumen in Polyesterhüllen ... oder der Pont-Neuf in safranfarbener Seide, all diese wogenden, schimmernden Schleier, die das Licht durchlassen, die Konturen offenbaren ... Über Meilen hinweg hat er entlang der kalifornischen Küste aufgespannte Schirme gepflanzt, und er möchte in den Central Park kommen und ihn mit Reihen von Stahlbögen durchstanzen, von denen goldene Nylonlaschen flattern. Lassen Sie ihn kommen, Mayor! Lassen Sie ihn kommen, Ausschußmitglieder! Ich mag die Idee von überdimensionierter Kunst als Beschäftigung mit der Welt, als planetarische Umarmung, ich mag die verdrehten Verhältnisse bei solchen Projekten, die Sachlichkeit des jahrelangen Planens, die immensen Summen ... für das kapriziöse Ergebnis, den auf einmal wieder unvertrauten, neu eroberten öffentlichen Raum. Ich mag den Frevel, die Stadt, das Land in vergängliche Kunst zu verwandeln.

Ein anderer eindringlicher Künstler ist durch die Städte Europas gezogen und hat gespenstische Fotos der Toten an eben die Gebäude, die Fenster und Trottoirs projiziert, die ihnen einst vertraut waren, als sie noch lebten. In einem Hauseingang in Berlin steht ein alter jüdischer Gelehrter mit seinen Büchern, auf einer anderen Straße posiert eine Familie vor dem Wohnhaus, aus dem man sie deportieren wird, in Amsterdam leuchtet eine Kompanie marschierender deutscher Soldaten von einem Fenster herab … all diese Phantombilder werden abends sichtbar für alle, die in Autos vorüberfahren, für Passanten, die durch sie hindurchgehen, vor ihnen weglaufen, davor erzittern, wie die Vergangenheit mit der Gegenwart verschmilzt und Zeit und Ort in einem Punkt komprimiert werden.

Holt ihn nach New York, diesen Künstler, laßt ihn uns abbilden! Holt die Kunst aus der Abstellkammer auf die Straße, holt die Künstler zurück, die sich mit Farbe besprüht und in Bilderrahmen hängend ausgestellt haben, laßt den Künstler, der sich gern gefesselt in einem Segeltuch vor den Verkehr legt, sich gefesselt im Segeltuch vor den Verkehr legen … Und wo ist John Cage, wenn wir ihn brauchen, oder ist er noch da und verwirklicht mit seiner Copyright-freien Musik aus den Weltgeräuschen, mit jedem surrenden Motor, jedem Vogelruf, jedem Herzklopfen … und mit jedem Moment scheinbarer Stille seine Bewußtseinskunst?

Ich rufe nach einem Kabarett, in dem man in Zungen redet … nach einer einzigen gigantischen Symphonie aus sämtlichen Songs von Irving Berlin … und laßt eine erhebende, animierte Disney-Produktion nach Wittgensteins Tractatus Logico-Philosophicus entstehen. All das brauchen wir, ich finde, es muß geschehen, wir brauchen diese Ereignisse hier in dieser Stadt.

– Jede Stadt hat ein Museum, einen Park, eine Kirche mit Glockenturm, ein öffentliches Schulsystem und eine Ballsportmannschaft. Jede Stadt hat eine Bank. Jede Stadt hat ein Gerichtsgebäude und ein Gefängnis. Jede Stadt hat ein Krankenhaus. Die größeren Städte haben all dies mehrfach. Sie haben Flüsse mit Brücken darüber und Tunneln darunter. Sie haben Untergrundbahnen, Hochbahnen und Straßenbahnen, Wolkenkratzer, Theater und Opernhäuser in der City und Wohngegenden mit guten, weniger guten und schlechten Adressen. Sie haben Randgebiete mit Lagerhäusern, Fabriken und Umschlagplätzen, Flughäfen, Elektrizitätswerken, Wasserwerken und Kläranlagen. Sie haben Slums. Sie haben unsichtbare Leitsysteme – Radiowellen, Fernsehsignale, Mobiltelefonnetze –, die ihre Bevölkerungsgruppen miteinander verbinden und denen erlauben, ihre Geschäftstransaktionen durchzuführen.

Es hat Zeit erfordert, die fehlerträchtige Weisheit und anarchische Gier unserer Vorfahren, die moderne Stadt der kompakten Einrichtungen zu erbauen. Sie stellt eine grandiose, historisch akkumulierte Gemeinschaftsschöpfung dar. Wenn man des Nachts über sie hinwegfliegt, ist sie ein juwelenstarrendes Wunder des Universums, ein riesiges Kreuzfahrtschiff, das auf dem Meer der Dunkelheit schwimmt. Sie ist geistreich, vollendet, raffiniert und atemberaubend schön. Und sie schimmert und funkelt, wie es alle zerbrechlichen Dinge tun. Man fragt sich, wieviel Gott damit zu tun hat, inwiefern die Pracht und Überheblichkeit der schöpferisch von Generationen von Menschen mit grundverschiedenen Absichten errichtete moderne Stadt göttlicher Inspiration entsprungen ist. Denn sie ist die Stadt des unbemerkten Gottes, des Irgendwann-Irgendwas-Gottes, des Gottes der Geschichte.

– Der Film, der darauf basiert: Und nun werden mehr und mehr Menschen in sie hineingeboren. Die Elenden der Welt strömen zu ihr. Ganz plötzlich ist ihr Fassungsvermögen überschritten. Ihre Wirtschaft wird insuffizient. Sie ist nicht mehr imstande, die Massen zu beschäftigen, zu beherbergen und zu ernähren, die in ihren Straßen kauern. Während der Smog dichter wird und die global steigenden Temperaturen zu unerträglichen Hitzewellen, Dürrezeiten, Hurrikanen und maßlosen Schneefällen führen, brechen die stützenden Rituale der Gesellschaft zusammen, und die Vorstellungen von einem normalen Alltagsleben zerfallen. Die Stadt büßt allmählich ihre Gestalt ein, ihre Konturen verwischen sich mit der Ausdehnung der Randzonen, und die Klassenunterschiede zwischen ihren Wohngegenden sind nicht mehr auszumachen. Die Eigentumsdelikte nehmen zu. Die Versorgung mit Lebensmitteln wird unberechenbar, Stromausfälle werden immer häufiger, das Wasser kommt kontaminiert an, die Polizeikräfte sind bewaffnet wie Soldaten, und die Inflation macht das Geld wertlos. Propheten in Priestergewändern erheben sich und sprechen vom Bösen, von Ehrfurchtslosigkeit und Blasphemie. Sie verkünden, der Zorn Gottes habe die Stadt des unnatürlichen Stolzes getroffen, die irdische Stadt. Und der unbemerkte Gott, der Irgendwann-Irgendwas-Gott ist wieder einmal lebendig, auferstanden in seiner ganzen Wut.

Politiker erheben sich, die befinden, die Stadt ließe sich jeder ihr aufoktroyierten politischen Abstraktion anpassen. Sonderbare Krankheiten tauchen auf, für welche die Ärzte keine Heilverfahren haben. Schulen werden geschlossen. Sie werden zu lokalen Arsenalen. Seuchen brechen aus, Krankenhausflure werden zu Leichenhallen, die gewählten Anführer rufen das Kriegsrecht aus, Truppen sind überall, und die schmutzigen Hüttensiedlungen, die in den Außenbezirken der Metropole gewuchert sind, werden regelmäßig von Maschinengewehrfeuer bestrichen. Wenn der verarmte, mit Gott gesättigte Mob die Stadt überrennt, wird er niedergemacht. Das Militär putscht, die gewählten Anführer, die nach ihm gerufen haben, werden ins Gefängnis geworfen, eine regierende Junta schließt sämtliche Fernseh- und Radiosender, private Computer werden für illegal erklärt, und rings um die belagerten Enklaven der Wohlhabenden werden hohe Mauern errichtet, die in regelmäßigen Abständen mit Wachtürmen gespickt sind.

Es wird zum politischen Gemeinplatz, dem nicht einmal die Theoretiker der demokratischen Linken widersprechen, daß eine totalitäre Administration, Zwangssterilisierungen, Genehmigungen zur Elternschaft für die genetisch als geeignet Befundenen und ein Ethos der rationalen Selektion die einzige Zukunftshoffnung für die Zivilisation darstellen.

An diesem Punkt werden uns der Held und die Heldin des Filmes vorgestellt, ein zutiefst religiöses Paar, das eine kleine, progressive Synagoge an der Upper West Side unterhält.

Wir danken folgenden Rechteinhabern für die Erlaubnis, bereits veröffentlichte Texte nachzudrucken: